《西方古典学研究》
编辑委员会

主　编：黄　洋（复旦大学）
　　　　高峰枫（北京大学）

编　委：陈　恒（上海师范大学）
　　　　李　猛（北京大学）
　　　　刘津瑜（美国德堡大学）
　　　　刘　玮（中国人民大学）
　　　　穆启乐（Fritz-Heiner Mutschler，德国德累斯顿大学；北京大学）
　　　　彭小瑜（北京大学）
　　　　吴　飞（北京大学）
　　　　吴天岳（北京大学）
　　　　徐向东（浙江大学）
　　　　薛　军（北京大学）
　　　　晏绍祥（首都师范大学）
　　　　岳秀坤（首都师范大学）
　　　　张　强（东北师范大学）
　　　　张　巍（复旦大学）

西方古典学研究

奥林坡斯的政治
四首长篇荷马颂诗
的形式与意义

The Politics of
Olympus
Form and Meaning
in the Major
Homeric Hymns

Jenny Strauss Clay
[美]珍妮·施特劳斯·柯雷 著
余静双 译

北京大学出版社
PEKING UNIVERSITY PRESS

著作权合同登记号 图字：01-2020-1875

图书在版编目（CIP）数据

奥林坡斯的政治：四首长篇荷马颂诗的形式与意义 /（美）珍妮·施特劳斯·柯雷著；余静双译. —北京：北京大学出版社，2021.10
（西方古典学研究）
ISBN 978-7-301-32529-2

Ⅰ.①奥… Ⅱ.①珍… ②余… Ⅲ.①《荷马史诗》–诗歌研究 Ⅳ.①I545.072

中国版本图书馆 CIP 数据核字（2021）第 198308 号

The Politics of Olympus: Form and Meaning in the Major Homeric Hymns
©2021 by Jenny Strauss Clay
Simplified Chinese Edition © 2021 Peking University Press
All Rights Reserved

书　　　名	奥林坡斯的政治：四首长篇荷马颂诗的形式与意义 AOLINPOSI DE ZHENGZHI: SI SHOU CHANGPIAN HEMA SONGSHI DE XINGSHI YU YIYI
著作责任者	［美］珍妮·施特劳斯·柯雷（Jenny Strauss Clay）著　余静双 译
责任编辑	王晨玉　修　毅
标准书号	ISBN 978-7-301-32529-2
出版发行	北京大学出版社
地　　　址	北京市海淀区成府路 205 号　100871
网　　　址	http://www.pup.cn　新浪微博：@ 北京大学出版社
电子信箱	pkuwsz@126.com
电　　　话	邮购部 010-62752015　发行部 010-62750672　编辑部 010-62752025
印 刷 者	北京中科印刷有限公司
经 销 者	新华书店
	730 毫米 ×1020 毫米　16 开本　24 印张　282 千字 2021 年 10 月第 1 版　2021 年 10 月第 1 次印刷
定　　　价	72.00 元

未经许可，不得以任何方式复制或抄袭本书之部分或全部内容。
版权所有，侵权必究
举报电话：010-62752024　电子信箱：fd@pup.pku.edu.cn
图书如有印装质量问题，请与出版部联系，电话：010-62756370

"西方古典学研究"总序

古典学是西方一门具有悠久传统的学问,初时是以学习和通晓古希腊文和拉丁文为基础,研读和整理古代希腊拉丁文献,阐发其大意。18世纪中后期以来,古典教育成为西方人文教育的核心,古典学逐渐发展成为以多学科的视野和方法全面而深入研究希腊罗马文明的一个现代学科,也是西方知识体系中必不可少的基础人文学科。

在我国,明末即有士人与来华传教士陆续译介希腊拉丁文献,传播西方古典知识。进入20世纪,梁启超、周作人等不遗余力地介绍希腊文明,希冀以希腊之精神改造我们的国民性。鲁迅亦曾撰《斯巴达之魂》,以此呼唤中国的武士精神。20世纪40年代,陈康开创了我国的希腊哲学研究,发出欲使欧美学者以不通汉语为憾的豪言壮语。晚年周作人专事希腊文学译介,罗念生一生献身希腊文学翻译。更晚近,张竹明和王焕生亦致力于希腊和拉丁文学译介。就国内学科分化来看,古典知识基本被分割在文学、历史、哲学这些传统学科之中。20世纪80年代初,我国世界古代史学科的开创者日知(林志纯)先生始倡建立古典学学科。时至今日,古典学作为一门学问已渐为学界所识,其在西学和人文研究中的地位日益凸显。在此背景之下,我们编辑出版这套"西方古典学研究"丛书,希冀它成为古典学学习者和研究者的一个知识与精神的园地。"古典学"一词在西文中固无歧义，但在中文中可包含多重意思。丛书取"西方古典学"之名，是为避免中文语境中的歧义。

收入本丛书的著述大体包括以下几类：一是我国学者的研究成果。近年来国内开始出现一批严肃的西方古典学研究者，尤其是立志于从事西方古典学研究的青年学子。他们具有国际学术视野，其研究往往大胆而独具见解，代表了我国西方古典学研究的前沿水平和发展方向。二是国外学者的研究论著。我们选择翻译出版在一些重要领域或是重要问题上反映国外最新研究取向的论著，希望为国内研究者和学习者提供一定的指引。三是西方古典学研习者亟需的书籍，包括一些工具书和部分不常见的英译西方古典文献汇编。对这类书，我们采取影印原著的方式予以出版。四是关系到西方古典学学科基础建设的著述，尤其是西方古典文献的汉文译注。收入这类的著述要求直接从古希腊文和拉丁文原文译出，且译者要有研究基础，在翻译的同时做研究性评注。这是一项长远的事业，非经几代人的努力不能见成效，但又是亟需的学术积累。我们希望能从细小处着手，为这一项事业添砖加瓦。无论哪一类著述，我们在收入时都将以学术品质为要，倡导严谨、踏实、审慎的学风。

我们希望，这套丛书能够引领读者走进古希腊罗马文明的世界，也盼望西方古典学研习者共同关心、浇灌这片精神的园地，使之呈现常绿的景色。

"西方古典学研究"编委会
2013 年 7 月

目 录

第二版序与增补文献	I
第一版序	VII
缩略表	IX
引 言	1
第一章 致阿波罗颂诗	19
第二章 致赫尔墨斯颂诗	119
第三章 致阿弗洛狄忒颂诗	192
第四章 致德墨忒尔颂诗	256
结论：颂诗时刻	339
参考文献	343
索 引	359

第二版序与增补文献

自《奥林坡斯的政治》于1989年问世以来,人们对荷马颂诗的兴趣持续增长。这种兴趣不单单把荷马颂诗视为早期希腊文学与宗教的历史文献,亦把它们看作兼具优美与恢宏、诙谐与悲怆的作品。当然,古典神话与希腊文明课程,以及女性研究课程的大量开设,都促成了荷马颂诗的日益流行。快速检索会发现目前英语世界已有八种荷马颂诗译本,最近又出版了新的希英对照的洛布本。① 我不至颟顸暗示"前事必为后事之因",但我愿意认为,《奥林坡斯的政治》的确帮助到学者、学生以及非专业读者更好地理解这些诗歌。

即便是在古代,这些迷人的作品也并不为人所熟知;置身于荷马与赫西俄德的阴影之下,它们最终主要成为古典学家的领地,承受语文学家对问题重重的古代文本的一次又一次侮辱。我在《奥林坡斯的政治》中的目标是,表明长篇荷马颂诗可以被认为是早期五音步诗歌的一种独立体裁,是赫西俄德与荷马之诗歌的补充。神谱勾勒了宇宙与诸神的诞生,荷马史诗详述了英雄们的伟业,颂诗则叙述了奥林坡斯秩序演进史上的关键时刻,因此填补了其他两种叙事诗(epos)

---

① M. L. West (ed.), *Homeric Hymns Homeric Apocrypha Lives of Homer Loeb Classical Library* (Cambridge Mass., 2003).

II 奥林坡斯的政治

之间的断裂。① 换句话说,我希望证明长篇荷马颂诗的中心地位;它们绝不是居于边缘的作品,或者说是吟诵史诗之前的**开胃小菜**,它们之于希腊人对宇宙演变之叙述的地位正如同中心画板之于祭坛画。

在这一更大的背景之下,颂诗间或含混而隐晦的叙事策略具有了宇宙与神学的意义。正如大部分神话叙事,每首颂诗都讲述推动神灵和人类宇宙某个关键且恒久的变化的故事。即便某些情景中出现了悲怆或幽默(比如我想到德墨忒尔的丧女之痛或者婴儿赫尔墨斯恼人的滑稽举动),我们也不能赋予这些角色过多的人性或忘记他们是神。他们的每一个举动与手势都充满宇宙意义,无论是德墨忒尔被伊安珀的嘲弄逗笑,还是阿波罗对克里特水手微笑,又或者是赫尔墨斯奇怪地处置他杀死的牛。不同于我们转瞬即逝的凡人,众神在他们的每一个行动中都充分显现。颂诗诗人试图通过他的叙事来充分刻画他所赞颂的那位神灵,以便在他的创作结束之前,让神灵出现在观众面前,或者说让神灵成为可见的(enarges)并现身(epiphanes)。这一现身过程的标志是,颂诗由中间部分的第三人称叙事转为最后第二人称对神的告别(χαίρε)。因此,我对颂诗进行线性解读——基本上是从头到尾逐行评注——的做法尤其适合这种体裁。这一研究路径不仅突出颂诗与其他神话版本的重要分歧,并由此揭示出颂诗的泛希腊特征,还传达了承载宇宙变化之叙事的动态特征。

《奥林坡斯的政治》提出的解读,有很多引发了争议,例如我认为这些诗歌应该被当作独立作品,尽管它们可能确实在荷马史诗的表演之前演唱,本来就与史诗构成一个连续体(《奥德赛》1.338、赫西

---

① 我很高兴地看到,达克沃斯(Duckworth)出版社最近出版的 B. Graziosi 和 J. Haubold 的荷马颂诗研究专著 *Homer: The Resonance of Epic* (London, 2005) 也强调了这一统一体。关于赫西俄德的诗歌,见我的《赫西俄德的宇宙》(*Hesiod's Cosmos,* Cambridge, 2003)。

俄德《神谱》100-101，及《致阿波罗颂诗》191-192）。我还主张，荷马颂诗这一体裁的功能与崇拜颂歌（cult hymn）大为不同。具体的论点也使争议愈演愈烈，例如我坚持《致阿波罗颂诗》是完整的，坚持《致阿弗洛狄忒颂诗》中继位神话具有重要性或者说世界历史的意义；还有一些书评作者以为我的某些解读过了火。作为回应，我只能说，争议是好的，无疑比不痛不痒的赞同要好，过火也比不到位更好。

感谢 Duckworth 出版社重印本书，并且定价公道，我在此附上《奥林坡斯的政治》出版以后学界发表的英语研究文献目录。

增补文献

这份 1990 年后的荷马颂诗相关研究文献目录仅收录英语文献，并且意在激发大家进一步探索长篇颂诗。感谢阿萨纳修斯·维格多斯（Athanassios Vergados）对编辑这份目录提供的帮助。

Beck, D. 2001. "Direct and Indirect Speech in the Homeric Hymn to Demeter." *TAPhA* 131: 53-74.

Bergren, A. L. T. 1989. "The Homeric Hymn to Aphrodite. Tradition and Rhetoric, Praise and Blame." *ClAnt* 8: 1-41.

Brown, A. S. 1997. "Aphrodite and the Pandora Complex." *CQ* 47: 26-47.

Calame, C. 2005. "Relationships with the Gods and Poetic Functions in the Homeric Hymns." In *Masks of Authority: Fiction and Pragmatics in Ancient Greek Poetics*, pp. 19-35. Ithaca.

Callaway C. 1993. "Perjury and the Unsworn Oath." *TAPhA* 123: 15-25.

Clay, J. S. 1997. "The Homeric Hymns." In *A New Companion to Homer*, ed. B. Powell and I. Morris, pp. 489-507. Leiden.

Clinton, K. 1993. "The Sanctuary of Demeter and Kore at Eleusis." In *Greek Sanctuaries: New Approaches*, ed. N. Marinatos and R. Hägg, pp. 110-124. London and New York.

DeBloois, N. 1997. "Rape, Marriage, or Death? Perspectives in the Homeric Hymn to Demeter." *PhQ* 76: 245-262.

Detienne, M. 1997. " 'J'ai l'intention de bâtir ici un temple magnifique': à propos de l'Hymne homérique à Apollon." *RHR* 214: 23-55 [translated by J. Lloyd in Arion 4 (1996-97) 1-27].

Eden, P. 2003. "The Homeric Hymn to Dionysus 7. 55-57." *Mnemosyne* 56: 210.

Evans, S. 2001. *Hymn and Epic: A Study of their Interplay in Homer and the Homeric Hymns*. Turku.

Fantham, E. 1990-92. "Metamorphoses before the Metamorphoses: A Survey of Transformations before Ovid." *AugAge* 10: 7-18.

Foley, H. P. 1994. *The* Homeric Hymn to Demeter: *Translation, Commentary, and Interpretive Essays*. Princeton.

Foley, J. M. 1997. "Oral Tradition and Homeric Art: the Hymn to Demeter." In New Light on a Dark Age: Exploring the Culture of Geometric Greece, ed. S. Langdon, pp. 144-153. Columbia Mo.

Furley, W. 1993. "Types of Greek Hymns." *Eos* 81: 21-41.

Garcia, J.F. 2002. "Symbolic Action in the Homeric Hymns: The Theme of Recognition." *ClAnt* 21: 5-39.

Haft, A. J. 1996-97. "The Mercurial Significance of Raiding: Baby Hermes and Animal Theft in Contemporary Crete." *Arion* 4: 27-48.

Harrell, S. E. 1991. "Apollo's Fraternal Threats: Language of Succession and Domination in the *Homeric Hymn to Hermes*." *GRBS* 32: 307-329.

Holmberg, I. E. 1997. "The Sign of Metis." *Arethusa* 30: 1-33.

Hoz, M. P. de 1998. "Los himnos homéricos cortos y las plegarias cultuales."

Emerita 66: 49-66 [with summary in English].

Iwaya, S. 1990. "Mythical Themes and Narrative Pattern in the Hymn to Hermes." *ClassStud* 7: 65-76.

Johnston, S. I. 2002. "Myth, Festival, and Poet: The *Homeric Hymn to Hermes* and its Performative Context." *CPh* 97: 109-132.

Katz, J. 1999. "Homeric Hymn to Hermes 296: tlemona gastros erithon." *CQ* 49: 315-319.

Larson, J. 1995. "The Corycian Nymphs and the Bee Maidens of the *Homeric Hymn to Hermes*." *GRBS* 36: 341-357.

Lonsdale, S. H. 1994-95. "Homeric Hymn to Apollo: Prototype and Paradigm of Choral Performance." *Arion* 3: 25-40.

Papadoyannaki, E. 2001. "Philokydes in the Homeric Hymn to Hermes." *PP* 56: 196-198.

Parker, R. 1991. "The Hymn to Demeter and the Homeric Hymns." *G&R* 38: 1-17.

Pearce, T. 1999. "The *Homeric Hymn to Demeter* 403-04 and Chiasmus in Conversation." *Mnemosyne* 52: 177-180.

Penglase, C. 1994. *Greek Myths and Mesopotamia: Parallels and Influence in the Homeric Hymns and Hesiod*. London.

Perkins, C. A. 1996. "Persephone's Lie in the Homeric Hymn to Demeter." *Helios* 23: 135-142.

Peterson, L. 1997. "Divided Consciousness and Female Companionship: Reconstructing Female Subjectivity on Greek Vases." *Arethusa* 30: 35-74.

Pratt, L. H. 2000. "The Old Women of Ancient Greece and the Homeric Hymn to Demeter." *TAPhA* 130: 41-65.

Rhyan, D. K. 1995. *The* Homeric Hymn to Demeter *and the Art of Rape: Transforming Violence*. Diss. Columbus Oh.

Rose, G. P. 2000. *The Homeric Hymn to Aphrodite*. Bryn Mawr.

Shelmerdine, S.C. 1995. *The Homeric Hymns*. Newburyport.

Solomon. J. 1994. "Apollo and the Lyre." In *Apollo: Origins and Influences*, ed. J. Solomon, 37-46. Tucson.

Steiner, D.T. 1995. "Stoning and Sight: A Structural Equivalence in Greek Mythology." *ClAnt* 14: 193-211.

Sullivan, S.D. 1994. "The Mind and Heart of Zeus in Homer and the Homeric Hymns." *ABG* 37: 101-126.

Sullivan, S. 1996. "The Role of *ker* in Homer and the Homeric Hymns." *Euphrosyne* 24: 9-31.

Sullivan, S. 1996. "The Psychic Term etor: Its Nature and Relation to Person in Homer and the *Homeric Hymns*." *Emerita* 64: 11-29.

Suter, A. 1991-92. "homophrona thymon ekhousa: Mothers and Daughters in the *Homeric Hymn to Demeter*." *NECN* 19: 13-15.

Suter, A. 2002. *The Narcissus and the Pomegranate. An Archeology of the Homeric Hymn to Demeter*. Ann Arbor.

Taffeteller, A. 2001 "The Chariot Rite at Onchestos: *Homeric Hymn to Apollo* 229-238." *JHS* 121: 159-166.

Tzifopoulos, Y. 2000. "Hermes and Apollo at Onchestos in the *Homeric Hymn to Hermes*: the Poetics and Performance of Proverbial Communication." *Mnemosyne* 53: 148-163.

Walcot, P. 1991. "The Homeric Hymn to Aphrodite: A Literary Appraisal." *G&R* 38: 137-155.

West, M.L. 2001. "The Fragmentary *Homeric Hymn to Dionysus*." *ZPE* 134: 1-11.

Yasumura, N. 1994. "Demeter; Mater Dolorosa." *ClassStud* 11: 24-47 [with summary in English].

Yasumura, N. 1998. "Digression in the Homeric Hymn to Apollo." *ClassStud* 15: 1-23 [with summary in English].

第一版序

本研究最初始于 1984 年一个有关赫西俄德与荷马颂诗的研究生研讨会。本研究得到美国国家人文基金会的一项研究基金的支持,也得到弗吉尼亚大学与埃尔哈特基金会(Earhardt Foundation)提供的一些暑期研究津贴的支持。

查尔斯·西格尔(Charles Segal)与尼古拉斯·理查森(Nicholas Richardson)为普林斯顿大学出版社仔细认真地阅读了这部书稿。书稿成形的过程中,我亦从众多同事与朋友的建议与批评中获益良多,他们慷慨地分出时间来阅读了全部或部分的草稿。我在这里列出他们的名字,但我知道这并不足以表达我对他们的感激:柯雷(D. Clay)、克林顿(K. Clinton)、达迪安(C. Dadian)、丹豪泽(W. J. Dannhauser)、亨特(R. L. Hunter)、劳埃德-琼斯(H. Lloyd-Jones)、科瓦奇(P. D. Kovacs)、曼金(D. Mankin)、米勒(A. M. Miller)、萨奇(P. Sage)、谢尔默丁(S. Shelmerdine)、韦尔南(J.-P. Vernant)。他们的指点不可估量地改善了最终呈现的研究,但书中仍存在的缺陷不由他们负责。

我还要感谢梅根·扬奎斯特(Megan Youngquist)帮助制作了第四章末尾的示意图,感谢弗吉尼亚大学文字编辑中心的盖尔·穆尔(Gail Moore)及她的全体职员处理这份棘手的稿子的耐心,感谢麦克唐纳德（Brian MacDonald）的编辑技术，以及帮助制作索引的大卫·曼金和沃德·布里格斯（Ward Briggs）。最后，我还应特别地感谢普林斯顿大学出版社的乔安娜·希区柯克（Joanna Hitchcock）对我恰到好处的支持与鼓励。

全书引用的荷马颂诗文本依据艾伦（T. W. Allen）校订的牛津本，与艾伦文本的不同之处在脚注中说明。括号中的数字表示所讨论的诗行。至于其他作品，数字是卷数或行数依情况而定。征引《伊利亚特》时，卷数用罗马数字表示；征引《奥德赛》时，用阿拉伯数字表示。书中所有译文，如无另外说明，均出自本人。

缩略表

AHS	T. W. Allen, W. R. Halliday, and E. E. Sikes, *The Homeric Hymns* (Oxford, 1936)
AJP	*American Journal of Philology*
ARW	*Archiv für Religionswissenschaft*
BCH	*Bulletin de Correspondence Hellénique*
BICS	*Bulletin of the Institute for Classical Studies*
CJ	*Classical Journal*
CP	*Classical Philology*
CQ	*Classical Quarterly*
CR	*Classical Review*
CW	*Classical World*
Fr.G.H.	F. Jacoby, *Die Fragmente der griechischen Historiker* (Leiden, 1923–1958)
GGR	M. P. Nilsson, *Geschichte der griechische Religion*, 2nd ed. (Munich, 1955)
GRBS	*Greek, Roman and Byzantine Studies*
HSCP	*Harvard Studies in Classical Philology*
JHS	*Journal of Hellenic Studies*
Kern	O. Kern, *Orphicorum Fragmenta* (Berlin, 1922)
LSJ	H. G. Liddel, R. Scott, and H. S. Jones, *A Greek-English Lexicon* (Oxford, 1968)

Merkelbach-West	R. Merkelbach and M. L. West, *Fragmenta Hesiodea* (Oxford, 1967)
MH	*Museum Helveticum*
Page	D. Page, *Poetae melici graeci* (Oxford, 1962)
Quandt	W. Quandt, *Orphei hymni*, 2nd ed. (Berlin, 1962)
QUCC	*Quaderni Urbinati di Cultura Classica*
RE	G. Wissowa et al., eds., *Paulys Realencyclopädie der classischen Altertumswissenchaft* (Stuttgart, 1894–)
REG	*Revue des Études Grecques*
RFIC	*Rivista di Filologia e d'Istruzione Classica*
SMSR	*Studi e Materiali di Storia delle Religione*
Snell-Maehler	B. Snell and H. Maehler, *Pindari Carmina* (Leipzig, 1975–1980)
TAPA	*Transactions and Proceedings of the American Philological Association*
West	M. L. West, *Iambi et Elegi Graeci* (Oxford, 1971–1972)
ZPE	*Zeitschrift für Papyrologie und Epigraphik*

献给安德烈娅

ἔστι μοι κάλα πάις χρυσίοισιν ἀνθέμοισιν
ἐμφέρην ἔχοισα μόρφαν, Κλέις ἀγαπάτα,
ἀντὶ τᾶς ἔγωὐδὲ Λυδίαν παῖσαν οὐδ᾽ ἐράνναν...

我有一个漂亮的女儿,她有金色
花朵一样的形象,亲爱的克雷斯,
我不会拿她换整个吕底亚或可爱的……

引 言

没有人会否认,西方传统主要建基于希腊哲学与科学之上,而希腊哲学与科学,又源自对关于诸神性质的希腊观念的批判性考察。这些观念体现在诗人,首先是荷马、赫西俄德的诗歌中。因此,研究希腊早期诗歌中的诸神,不仅属于好古人士或学者的兴趣,也是理解西方思想之根的必要基础。我从《奥德赛》着手,开启我对希腊诸神现象学的研究,本书对荷马颂诗的考察在逻辑上延续了早前的著作。

在希腊文学与希腊思想史研究中,荷马颂诗常常遭到忽视。例如,像斯内尔(Snell)的《心灵的发现》(Discovery of the Mind)、弗兰克尔(Fränkel)的《早期希腊思想的方法与形式》(Wege und Formen frühgriechischen Denkens),甚至还有耶格尔(Jaeger)的《教化》(Paideia)这样的思想史著作,对这些诗歌竟只是一笔带过。不仅如此,在过去的五十年中,只有一首长篇颂诗有完整的评注本[①]出版。这归根结底是受某种观念的影响,即颂诗主要是长篇史诗的衍生品,而且这些颂诗其实是序诗(prooimia),是表演荷马史诗前的序曲。序诗理论滥觞于沃尔夫的《绪论》

[①] N. J. Richardson, *The Homeric Hymn to Demeter* (Oxford, 1974).

(*Prolegomena*, 1795)①，这一理论分派给颂诗的角色类似于史诗的开胃小菜。同样意味深长的是，颂诗的语言被称为"次史诗的"（sub-epic）②，这一说法本身不过是指出现在荷马之后，但这一标签仍暗示了颂诗次于史诗。

颂诗的批评研究不可避免地追逐同时期的荷马研究潮流。因此，整个19世纪直到20世纪，围绕这些诗歌的零星辩论发生在分析派与他们的对手统一派之间，后者坚持认为这些诗歌是完整的。近来，帕里（Parry）的荷马史诗研究也影响了颂诗研究，促使学者研究颂诗的程式化用语，并试图据此判断这些诗歌是否属于口头创作。③ 其他颂诗研究大体将颂诗视为历史记录，考虑的主要问题便是颂诗年代和起源地，还有一些研究在颂诗中挖掘理解希腊宗教崇拜的一手材料。如此一来，这些颂诗作为凝结着文学艺术与重要宗教思想的作品，其独立身份便被剥夺了。

---

① F. A. Wolf, *Prolegomena to Homer 1795*, trans. A. Grafton, G. Most, and J. Zetzel (Princeton, 1985). 序诗理论仍是正统，参见例如 J. M. Bremer, "Greek Hymns," in *Faith, Hope and Worship: Aspects of Religious Mentality in the Ancient World*, ed. H. S. Versnel (Leiden, 1981), p. 212; *and* L. Lenz, *Der homerische Aphroditehymnus* (Bonn, 1975), esp. pp. 278-286，作者综述了各种观点。但是比较 AHS, p. xciv，"很难想象五首长篇颂诗会是吟唱诗的序曲，后者甚至不一定比它们长"。关于序诗的古代引证，参见 R. Bohme, *Das Prooimion: Eine Form sakraler Dichtung der Griechen* (Bühl, 1937), pp. 11-24; 亦见 A. Aloni, "*Prooimia , Hymnoi, Elio Aristide e i cugini bastardi*," *QUCC* n.s. 4 (1980): 23-40。我希望能另外写一篇论文讨论序诗理论以及序诗的含义。

② 参见 A. Hoekstra, *The Sub-epic Stage of the Fommulaic Tradition* (Amsterdam, 1969), p. 5，作者将"次史诗的"一词追溯至艾伦。

③ Hoekstra (1969) 以外，参见 R. Janko, *Homer, Hesiod and the Hymns* (Cambridge, 1982)，以及 C. Brillante, M. Cantilena, and C. O. Pavese 收集的 *I poemi epici rapsodici non omerici e la tradizione orale* (Padua, 1981) 中的论文; 亦见 A. Notopoulos, The Homeric Hymns as Oral Poetry: A Study of the Post-homeric Oral Tradition," *AJP* 83 (1962): 337-368。尽管是口传还是书面文本的问题具有内在的相关性，但此处这个问题不予考虑。

尽管如此，我们最早的见证者，荷马与赫西俄德，赋予颂诗与史诗相同的分量。《奥德赛》第一卷中，佩涅洛佩说到歌手既吟咏神也吟咏凡人的事迹（1.338）；在费埃克斯（Phaeacia），当得摩多科斯（Demodocus）详述"阿瑞斯与阿弗洛狄忒的结合"（8.266-366）时，他表演了可称为最早的荷马颂诗的内容。① 赫西俄德对诗人双重功能的定义也所差无几：

> 而歌手，
> 缪斯女神的仆人，颂赞过往人类的事迹
> 与居住在奥林坡斯的受祝福的诸神的事迹。②
>
> （《神谱》99—101）

在《致阿波罗颂诗》中，提洛岛上的少女们首先颂赞阿波罗、勒托、阿尔忒弥斯三神，继而歌唱古老的男人女人（158—161）；在奥林坡斯山上，缪斯也遵照相同的安排，"他们歌唱众神不朽的赠予和凡人的苦痛"（190—191）。至少在这里，我们没有发现任何说明颂诗从属于史诗的证据。根据这些段落，以及比较研究的证据，我们甚至可以令人信服地立论：颂诗实际上早于史诗，而二

---

① U. von Wilamowitz-Moellendorff, "Hephaistos," in *Kleine Schriften 5, pt. 2* (Berlin, 1971), pp. 10-14，作者认为，得摩多科斯之歌是一首更为古老的"致赫淮斯托斯（或者更有可能是致狄奥尼索斯）的荷马颂诗"的"后续"（Fortsetzung），后者详述了赫淮斯托斯捆绑赫拉，以及狄奥尼索斯把他引入奥林坡斯。

② 本书出现的古希腊文引文，如作者附英文译文，译者按英文译出，以保留作者的理解；如未附英文译文，译者参考已有译本并有修改。——译者注

者的相似可能是因为史诗借用了颂诗的形式与母题（motif）。①

近年来，忽视颂诗的倾向有所扭转。学界对神话解读以及神话叙事的形式分析这两方面的兴趣日渐增长，这一趋势部分鼓励了几种研究单篇荷马颂诗的重要作品的诞生。这些研究的结果使得颂诗从希腊古风诗歌的边缘位置往主流迈进了一大步。然而，还没有哪一种研究把四首长篇颂诗看作同一种体裁来充分全面地考察它们。②

四首长篇颂诗的篇幅从300行到600行不等，年代从公元前8世纪到公元前6世纪不一，用史诗的体式讲述神话主题的故事，叙事完备。每首颂诗通过一个以神为主角的故事赞颂该神。如此，《致阿波罗颂诗》与《致赫尔墨斯颂诗》叙述的是二神的诞生故事，就像荷马颂诗中的第一首《致狄奥尼索斯颂诗》一样。然而遗憾的是，《致狄奥尼索斯颂诗》只留下两个片段。《致德墨忒尔颂诗》细说泊耳塞福涅的被劫，《致阿弗洛狄忒颂诗》则讲述女神勾引凡人安奇塞斯的故事。正如修辞学家米南德（Menander）已看出的，

---

① 正如 M. Durante, *Sulla preistoria della tradizione poetica greca. Parte seconda: Risultanze della eomparazione indoeuropea* (Rome, 1976), pp. 46-50, 155-156 所做的。I. De Hoz, "Poesia oral independiente de Homero en Hesiodo y los Himnos homéricos," *Emerita 32* (1964): 283-298, 认为赫西俄德的诗与荷马颂诗代表了一种与史诗并行的传统。W. Kullmann, *Das Wirken der Götter in der Ilias* (Berlin, 1956), pp. 10-41, 论证了荷马史诗是由两种原本独立的体裁——颂诗与"萨迦"（Sage）——融合演变而来的。

② 最接近这种研究的可能是 Lenz (1975) 的研究。C. A. Sowa, *Traditional Themes and the Homeric Hymns* (Chicago, 1984), 走了另一条道路。她分析了颂诗的情节类型与典型场景，旨在揭示它们与史诗母题以及民间故事母题的相似性。这些比较尽管可能有用，但忽略了颂诗作为一种体裁特有的元素。

诞生颂诗只是神话颂诗这一类型的子类。① 每首颂诗都通过一个叙述神的言行的叙事序列（narrative sequence）来定义该神的基本性质与特征。这一做法的特殊性值得注意，只需想想《圣经》中的《诗篇》、更短的荷马颂诗，或者所谓的俄耳甫斯颂诗即可。要赞美一位神灵，讲述与这位神灵有关的故事绝非必要。对长篇颂诗的任何解读，最终必须回到神话叙事的功能问题上来。

解读一首诗或一组诗的第一步，是确定诗歌的体裁，即便只能有条件地确定。② 毫无疑问，定义一种体裁有许多路径。其中一种近来在古风时期的诗歌研究中走俏，即通过确定诗歌表演的场合、听众的预期、诗人的限制来发掘诗歌的社会背景或功能。这一研究路径所获颇丰，尤其是在短长格（iambic）和挽歌体（elegiac）诗歌方面。然而不幸的是，就长篇颂诗的表演背景而言，我们要比早几代的学者没把握得多。③ 比如，长久以来人们都认为《致德墨忒尔颂诗》是在厄琉息斯秘仪上表演的，而今克林顿（Clinton）有效地削弱了此种观点的效力。④ 另一方面，《致阿弗洛狄忒颂诗》被认为与宗教场景无关，是用来赞颂特洛阿斯的埃涅阿斯王室的。史密斯（P. Smith）极有说服力地反驳了这一

---

① *Menander Rhetor*, ed. D. A. Russell and N. G. Wilson (Oxford, 1981), 338.17：“我认为，所有的系谱以及有系谱元素的颂诗都要通过神话背景展开，但不是所有的神话颂诗都要通过系谱展开。因此，神话颂诗是更宽泛的类别，而系谱颂诗是更具体的类别。”

② 参见 A. Fowler, *Kinds of Literature* (Cambridge, Mass., 1982), p. 38："当我们想要确定作品的体裁时，那么我们的目标便是找到它的意义。"确定体裁在解读中的作用，参见 E. D. Hirsch, *Validity in Interpretation* (New Haven, 1967), pp. 68-126 中的透彻讨论。

③ T.B.L. Webster, "Homeric Hymns and Society," in *Le monde grec: Pensée littérature histoire documents: Hommages à Claire Préaux* (Brussels, 1975), pp. 86-93 中的简短讨论也不够深入。

④ K. Clinton, "The Author of the Homeric Hymn to Demeter," *Opuscula Atheniensia* 16 (1986): 43-49.

说法。①至于《致阿波罗颂诗》，许多学者认为提洛岛的部分是为提洛岛而作，而皮托的部分在德尔斐上演。我以为，后一种说法可以被证否，前一种说法则提供了一个可能而非必要的结论。然而，如果我们把《致阿波罗颂诗》视为一首诗而不是两首，这首诗就更成问题了。《致赫尔墨斯颂诗》因为语言及其他方面的原因，被认为与雅典有关，但也有人将该诗属地定为彼奥提亚（Boeotia）或阿卡狄亚（Arcadia），因为颂诗提到了这两处地方。不过无论如何，没有明确的证据表明《致赫尔墨斯颂诗》与特定的节日有关。

至此，我们不得不承认，关于这几首长篇颂诗的创作背景与表演环境，可靠的知识很少。但我仍要大胆推测，正如得摩多科斯所叙述的赫淮斯托斯成功对付阿瑞斯和阿弗洛狄忒的计谋，颂诗是在宴会（dais）或者后世所谓的会饮（symposion）将尽时表演的。后文将讨论的《致赫尔墨斯颂诗》中的一些片段能支持这一推测，尽管这些片段的风格可以说有很强的古风色彩。不仅如此，还存在一种可能，颂诗与神谱诗，还有史诗，最开始也许都是在同一场合表演的。而这真不该令我们吃惊，因为三种诗歌类型的格律与词汇几乎相同。我所主张的是，颂诗与宗教崇拜或者特定的宗教节日之间的联系不应超过与叙事诗（epos）范畴的联系。

如若尝试从功能来定义颂诗这一体裁无果，我们还可以借描

---

① P. M. Smith, "Aineidai as Patrons of *Iliad XX and the Homeric Hymn to Aphrodite*," *HSCP* 85 (1981): 17-58（以下简称 Smith [1981b]）。

述来定义,即罗列颂诗在形式上的成分。① 举例来说,我们可以列举长篇荷马颂诗的形式特征,如开场和结尾的程式,定语从句作表语(relative predication)的使用。不过这些元素中的大部分也可以在短篇颂诗中找到,而长篇颂诗的区别性特征——增扩的神话叙事——只是众多元素中的一种,即便这一特征占据了诗歌百分之九十的篇幅。或者我们可以采取别的路径,聚焦神话部分,罗列某些构件、主题成分或反复出现的母题。例如伦茨(Lenz)就列出了四种典型成分:冲突、起源解释、神显、奥林坡斯场景。② 即便假定这些元素都出现在了四首长篇颂诗中,我们仍需承认,这几个元素太过含糊,派不上多大用场。就算这些元素进一步细化并完善,我们仍然会有疑问:为什么一定是这些成分而不是别的呢?可以这么说,我们依旧只是置身诗外地探视。

长篇颂诗基本上属于叙事体裁,因此无论是描述性路径还是分析性路径都无法在回答一些极其简单的问题上提供很多帮助。什么样的故事是适合颂诗体裁的?任何与神有关的故事都可以吗?这一问题的答案显然是"否",因为在《致阿波罗颂诗》中,

---

① 例如参见 W. H. Race, "Aspects of Rhetoric and Form in Greek Hymns," *GRBS* 23 (1982): 5-14. 创建结合形式与主题元素的分类方式的尝试,参见 R. Janko, "The Structure of the Homeric Hymns: A Study in Genre," *Hermes* 109 (1981): 9-24 (以下简称 Janko [1981b]); W. W. Minton, "The Proem-hymn of Hesiod's Theogony," *TAPA* 101 (1970): 357-377; and P. Friedländer, "Das Proömium von Hesiods Theogonie," in *Hesiod, ed. E. Heitsch* (Darmstadt, 1966), pp. 277-294. A. M. Miller, *From Delos to Delphi: A Literary Study of the Homeric Hymn to Apollo* (Leiden, 1985), 细致地研究了这首颂诗中"赞语的修辞"(rhetoric of praise)。

② Lenz (1975), pp. 9-21. 伦茨把 59 行的《致狄奥尼索斯颂诗》(第 7 首)囊括到长篇颂诗中,这给他自己制造了不必要的问题。这首诗中既没有解释起源也没有奥林坡斯场景。K. Keyssner, *Gottesvorstellung und Lebensauffassung im griechischen Hymnus* (Stuttgart, 1932), 试图找出希腊颂诗中所有反复出现的母题,既包括文学母题也包括仪式母题。他的考察面铺得太广,对我们的研究几乎没有帮助。

诗人放弃了神的几桩风流韵事。但为什么阿弗洛狄忒的情爱大业就可以入诗呢？是什么决定了主题——其起与始——的选择？长篇颂诗不同的叙事是否包含共同的框架，且这一框架是由颂诗的体裁特征决定的？

要回答这些基本问题需另辟蹊径。由于缺乏更好的概括，我且称之为语境（contextual）路径。这一路径要求我们偏离已熟悉的领地，但想要阐明四首长篇颂诗所由来的概念前提与类别根基，偏离是必要的。只有在这一基础上，主题的意义及主题的表现才能为我们所把握，颂诗体裁的具体特征才能在希腊诗歌的背景下为我们所把握。

希罗多德著名的，或说声名狼藉的一段文字这样写道："每一位神是从何而来，或者他们是否一直存在，以及他们的样式是什么，希腊人直到最近才知道，可以说，他们是昨天刚刚得知的。荷马和赫西俄德……为希腊人制作了神谱，他们赋予诸神名号，区别诸神的尊荣与技能，还说明他们的类型。"（2.53.1-2）这段话表面上看显然是无稽的。宗教史家们向我们保证，希腊诸神要古老得多。他们的起源各不相同：有一些可能属于前希腊的爱琴文明，而其他的无疑有印欧背景；更有一些来自海外，如东方。而且每个希腊社群都发展出了当地专属的宗教崇拜与相对独立的神灵体系。同一个名字下的神可能会展现出惊人的多样性——例如厄琉息斯的德墨忒尔和菲伽利阿（Phigalia）的黑色德墨忒尔。① 但是在公元前 8 世纪前后，一股强大的向心力出现了，它开始挑战

---

① 参见 W. Burkert, *Structure and History in Greek Mythology and Ritual* (Berkeley, 1979), pp. 125-132。

分裂各个希腊社群的离心力。这股力量彰显在伟大的泛希腊神庙中,如奥林匹亚、德尔斐、提洛和厄琉息斯,它们吸引着来自每个城邦和社群说希腊语的人。这股力量也彰显在荷马与赫西俄德伟大的泛希腊史诗中,尤其彰显在一个泛希腊的奥林坡斯宗教中。

现代学者中,罗德(Rhode)回应并确证了希罗多德的说法:

> 没有祭司般的人物教给希腊人他们的"神谱";在那一时期,民间信仰只能自行发展,也就比后世更加分裂,呈现为在各个地区与城邦各不相同的一套观念,而后来出现了一些通行的希腊制度,提供了把它们统一起来的中心点。一个有序的神灵群体发展出来并得以系统化,它由数量有限的神灵组成,这些神灵有明晰的特征,有固定的结构安排,聚集在一个地面之上的处所,这一过程只可能由诗人来完成。如果我们相信荷马,那么希腊仿佛就几乎不存在众多的地方宗教崇拜,其中每个地方宗教的诸神只限于一地。荷马几乎完全忽略了这些地方宗教崇拜。他的众神是泛希腊的、奥林坡斯山上的众神。①

最近,纳吉(Nagy)就同一现象评论如下(尽管他否认荷马和赫西俄德作为个体诗人的存在):"赫西俄德与荷马诗歌中的奥林坡斯有着泛希腊的架构,使众神超越了他们的地方属性……来自几大主要城邦的几大主神进化到融入奥林坡斯众神家族,这一综合过程不只是诗艺层面的,而且具有政治性,正如被称为奥林匹亚

---

① E. Rohde, *Psyche*, 2nd ed. (Freiburg, 1898), pp. 38-39.

的泛希腊赛会的演变过程。"①

奥林坡斯众神组成了韦尔南所说的"一种分类系统，一种通过区别宇宙中的不同权柄与力量来为宇宙搭建秩序、抽取概念的特殊方式"②。如此一种系统的形成需要确立诸种范畴与等级，也需要勾划并明确诸神能施加影响的领域。在众神的关系网络之中，横坐标上，每位神都有他专属的行动模式与行动场所；类似的，身份的等级构成了纵坐标，囊括众神、人类与兽类。③ 在这一系统化的任务中，泛希腊的史诗与神谱诗人，还有颂诗诗人，发挥了至关重要的作用。

荷马颂诗的泛希腊奥林坡斯取向的一个显著标志是，诗歌有意识地回避地方传奇。举例来说，在《致阿波罗颂诗》第二部分的开头，诗人在最终确定他的主题——阿波罗建立德尔斐的神谕所——前踟蹰片刻，考虑是否要叙述神的艳遇。此处的对比并不仅仅在于神的私事与神的公共事业之间的对比。严格来说，奥林坡斯众神的风流韵事从来不是私事，因为正是这些风流韵事产生了城邦的英雄与建城者以及宗教崇拜。不过，这大体上仍属地方性的。颂诗作者放弃的主题与他采用的主题之间的区别在于地方性质和泛希腊性质的区别。在《致赫尔墨斯颂诗》中，刚出生的神偷走了阿波罗的牛群。这一神话的发生地在不同的神话版本中各不相同，但在这首颂诗中，牛群原本所处的地理位置是靠近奥林坡斯山的皮埃里亚（Pieria），而它们最终的目的地是奥林匹亚

---

① G. Nagy, "Hesiod," in *Ancient Writers*, ed. T. I. Luce (New York, 1982), pp. 48-49.

② J.-P. Vernant, *Mythe et société en Greee ancienne* (Paris, 1974), p. 106.

③ 参见 Vernant (1974), pp. 141-176。

附近——这一地形刻意避开地方性的标志而令泛希腊听众极易理解。《致狄奥尼索斯颂诗》残篇直接斥标志地方性的狄奥尼索斯的五个出生地为谎言，代之以神话中的地点倪萨（Nysa）。① 更为惊人的是，荷马颂诗所描述的两种极为重要的宗教创立过程，德尔斐的神谕以及厄琉息斯的秘仪，与叙述这两种圣所创建过程的地方和官方传奇大为不同，而不只是细节上的差异。二者都表明，颂诗所包含的创建神话的异常版本是由颂诗中无处不在的泛希腊与奥林坡斯取向导致的。

尽管几首长篇颂诗在风格与主题上存在毋庸置疑的差别，但其实它们有一个共同的框架或理念。每一首都叙述了奥林坡斯众神神话史上的一个重要篇章。这一点体现了长篇荷马颂诗同属一种体裁的统一性。每一首都可以说是发生在伊利亚德（Eliade）称为彼时（illud tempus）的诞生之时。② 发生在彼时诸神间的行动与事件造成了此时永恒而不可逆转的结果，并且解释了世界如其所是的原因。贯穿颂诗的神话框架可以定义得更为精确。

在荷马史诗中，我们可以看到一个稳固的奥林坡斯众神系统，其中每一位神在宙斯的最高权威下施展他们的尊荣（timai），宙斯是众神之王和众神之父。当然时有冲突与紧张局面，尤其是《伊利亚特》中的这一时刻：宙斯不顾其他神灵反对，决定实现他对忒提斯（Thetis）的诺言，给阿基琉斯以荣耀。不过，至高神轻而易举地解决了此类对他的统治的挑战。我们可以回想一下，发

---

① 参见 Nagy (1982), p. 47。

② 参见 M. Eliade, *The Myth of the Eternal Return*, trans. W. R. Trask (New York, 1954); and *Myth and Reality*, trans. W. R. Trask (New York, 1963), esp. pp. 5-38。

生在第二十一卷的诸神大战是为了博宙斯一笑而上演的。

然而情况并不总是如此。《伊利亚特》有几处隐约提及在宙斯的权威确立之前,奥林坡斯众神的早期历史中上演的事件。三个例子足以说明。首先,在第一卷(396—406)中,阿基琉斯向忒提斯建议,她可以提醒提醒宙斯,当赫拉、波塞冬和雅典娜试图把他绑住时发生了什么:忒提斯召唤百手巨神布里阿柔斯(Briaraeus)——"他的力量比他父亲强得多"——到奥林坡斯山来,因此救了宙斯。这里明确提及反对宙斯的强力(boulē)的三位主神,意味深长。《伊利亚特》中,他们三位可能会惹恼宙斯,甚至在实施宙斯的计划时拖延一会儿,但他们从来没有构成真正的威胁。"他的力量比他父亲强得多"这一短句,间接地暗示了代际斗争与血腥的继位——这些都属于遥远的过去。

第二个例子发生在第八卷的结尾处(477—483),当时宙斯命令雅典娜与赫拉离开战场。宙斯谴责妻子的话隐约透露出,他一丁点都不在意她的愤怒,即便她去了地球上最深的界域,即伊阿佩托斯和克罗诺斯在塔尔塔罗斯的深处居住的地方。对于宙斯的话,利夫(Leaf)的评注提出了两种可能的解读,"失去你我不会遗憾"和"你可以试试在塔尔塔罗斯发动暴动,但我不会害怕"①;第二种的可能性更大。过去,赫拉联合诸提坦发动真正的反叛这一可能性确实存在了一段时间。但是现在,宙斯的统治是不容置疑的。②

最后一个片段来自第十五卷(187—211),影射了奥林坡斯

---

① W. Leaf, *The Iliad, 2nd ed.* (London, 1900-1902), p. 364.

② 参见第 8 卷开头(18—27)宙斯向聚集的众神宣布的大挑战。αὖτε(26)可能表明宇宙的拔河比赛在过去实际发生过。亦见《伊利亚特》xv.16-28,以及 C. H. Whitman, "Hera's Anvils," *HSCP* 74 (1970): 37-42.

家族史上更久远的事件。当宙斯从交欢后的小憩醒来，他试图重申自己高于波塞冬的权威，而后者一直在帮助希腊人。两位神之间的争吵象征了奥林坡斯宇宙的不确定性。宙斯宣称，他的最高地位基于他更大的力量、更长的年龄和更高的智慧。但波塞冬的反驳提醒他的大哥，很久以前克罗诺斯的三子通过抓阄的方式平分尊荣。尊荣平分的观念与宙斯的最高统治下的等级制度直接对立。在《伊利亚特》中，波塞冬一开始叫嚣了几句，但最终还是屈服了。但是屈服总是如此容易的吗？我们很轻易就能看出这个二重系统会导致真正的冲突。要实现真正且永久的平衡，各方的正当诉求都必须多少得到尊重与调适。

可以说，荷马在各处给了我们一些暗示，透露了早先众神之间严重的冲突，但这些都属于遥远的过去。在史诗的世界中，宙斯的统治不容置疑，而且，尽管偶有骚动，奥林坡斯的基础已经不再动摇了。奥林坡斯统治已经实现了其最终也是永恒的形态。

想要了解众神的史前史概况，正如要了解人类的史前史一样，须诉诸赫西俄德的诗歌。所谓的"继位神话"（Succession Myth）构成了《神谱》的叙事骨架；同样，《工作与时日》中的普罗米修斯故事和作为另一种可能的"时代神话"（Myth of the Ages），用来确定并连接与众神有关的人类发展史的若干关键时期。这些"前神话"（arch-myths）——如果可以这么说的话——散布于希腊古风时期的思想与文学中，举几个明显的例子，它们深刻地影响了品达的诗歌、《俄瑞斯特亚》（Oresteia）和《被缚的普罗米修斯》。反过来说，它们也构成长篇荷马颂诗叙事的核心背景。在这些古代文本中，许多对于现代读者而言也许看似难以把握或晦涩的内容，对当时的听众而言则是人所共知的神话框架，涵盖神与人的过去。

在此，我不能面面俱到地分析这些神话；我只能指出一些特征，它们对解读颂诗具有关键作用。乌拉诺斯、克罗诺斯和宙斯的故事，以及他们之间的父子冲突——乌拉诺斯奇怪地阻碍孩子出生并最终被阉割，克罗诺斯在孩子出生时吞下他们，最后还有宙斯，宙斯咽下了墨提斯（Metis）——都遵循相同的基本模式。同样重要的是女性在神话中的作用，尤其是盖亚。盖亚是神界改朝换代的第一推动力和促成者，也始终是现状的敌人。是她想出了让克罗诺斯阉割乌拉诺斯的主意；又是她用计救下了婴儿宙斯并帮助他推翻了父亲的王位。面对胜利的奥林坡斯众神，她的最后抵抗是孕育"本将统治神与人"（《神谱》837）的提丰（Typhoeus）。只有在宙斯用霹雳杀死提丰之后，盖亚才最终承认她的失败，她放弃反抗，提醒宙斯他与墨提斯配偶的固有危险。为了使他的统治持久永恒，至高无上的奥林坡斯神必须消灭"比父亲强"的儿子出世的可能性，来终结王位更迭。他通过先发制人，吞下怀孕的墨提斯，取得了成功。他这么做，不仅消除了继任者将来可能的任何威胁，还将永久地保有智谋（mētis），它能帮助他的统治不被摧毁。

因此，是女性——无论她是母亲还是妻子，在不屈不挠地寻求变易，推动王位更迭。在赫西俄德的诗中，这一模式因宙斯的践祚而终结。然而我们将看到，在长篇荷马颂诗中，这一模式仍在运作。不管是赫拉，还是德墨忒尔，都利用她们的母亲身份来反对宙斯的父权秩序。

如果说"继位神话"是构成众神历史的基本模式，那么两个与人类过去有关的神话，在希腊古风时期思想中发挥了相似的示范作用。正如韦尔南所表明的，普罗米修斯神话解释了神与人的永恒分离，以及我们所知道的人类生活的两个基本事实：劳作的必要性，祭祀与婚姻作为人类独有的制度的确立。①《工作与时日》提供了普罗米修斯神话之外的另一种可能，二者虽然看似相当不同，但另一个神话在解释人类的当前处境时也遵循普罗米修斯神话的大概结构。"时代神话"详述了人类历史上几个相继的时代。与普罗米修斯神话一样，"时代神话"开始于神与人的亲密无间，结束于他们的永恒分离，以及人类当前处境的确立。② 黄金种族的人虽然与神相似，但因不能繁殖而灭亡。宙斯摧毁了幼稚的白银种族，而青铜时代的人设法自己消灭自己。于是宙斯决定创造出英雄种族，他们比祖先"更好也更公正"。这些赫西俄德称为半神（hēmitheoi）的英雄，是神与凡人的交合带来的。他们中的一些死于大规模的英雄纷争，如特洛伊战争，但他们没有被神毁灭殆尽，也没有彼此毁灭殆尽。然而，众神不再与凡人结合，其结果便是黑铁时代，也就是我们的时代。我们是英雄的堕落后代，我们血管中的神灵之血已经稀释了。

《致阿弗洛狄忒颂诗》与《致德墨忒尔颂诗》这两首荷马颂诗在讲述神的故事时，最为明显地牵涉到人类，如果不援引深埋于

---

① 参见 Vernant (1974), pp. 177-194; also "A la table des hommes," in *La cuisine du sacrifice en pays grec*, ed. M. Detienne and J.-P. Vernant (Paris, 1979), pp. 37-132。

② 参见 S. Benardete, "Hesiod's Works and Days: A First Reading," Α Γ Ω Ν 1 (1967): 156-158; and J. Rudhardt, *Du mythe, de la religion grecque et de la comprehension d'autrui* (Geneva, 1981), pp. 245-281。

普罗米修斯神话和"时代神话"中的那些基本概念，这两首诗便难以读懂。同样地，即便是人类在其中只占据次要位置（《致阿波罗颂诗》）或者边缘位置（《致赫尔墨斯颂诗》）的颂诗，不援引那些基本概念也难以读懂。颂诗详述的故事属于伊利亚德称为"真故事"（true stories）的范畴，或者说是可以与众多传奇（tales）和寓言（fables）区别开来的神话（myth），这些传奇与寓言"即便对世界造成了影响……也没有从根本上改变人类处境……宇宙诞生、人类被创造出来以后，其他事件发生了，如今天所是的人是那些神话事件的直接结果，他是由那些事件构成的……因为'在彼时'（in illo tempore）发生了什么"。①

现在，我们可以把长篇颂诗定义为一种诗歌体裁，在希腊古风时期的诗歌星丛中有着具体的特征和功能。词汇、风格以及叙事技巧这些形式上的元素连接了颂诗与叙事诗，因此颂诗是叙事诗的一个分支。荷马史诗向我们展示了一个完整且稳定的奥林坡斯众神系统以及众神与英雄的互动；《神谱》揭示了奥林坡斯秩序的诞生，其结尾是宙斯的成功践祚。在神谱诗与史诗之间，仍存在断裂，这一断裂是由长篇颂诗的奥林坡斯叙事填补的。② 长篇颂诗最合适的题词便是《神谱》高潮处的诗行：

> 受祝福的诸神……便要求奥林坡斯的千里眼宙斯做他们的王、诸不朽者的主人；于是宙斯恰当地分配了他们的尊

---

① Eliade (1963), p. 11.
② 我们在此区别出的断裂可以类比《伊利亚特》与《奥德赛》之间的断裂，后一断裂是由史诗诗系（cyclic epics）填补的。关于这一问题，见本书结论部分。

荣。(881—885)

因此,长篇颂诗的作用是完成奥林坡斯大计,为我所说的"奥林坡斯的政治"提供最清晰的解释。每首长篇颂诗的核心,都与奥林坡斯宇宙中尊荣的获得与再分配有关。[①] 作为奥林坡斯家族早期历史中的关键一页,四首颂诗都开始于奥林坡斯等级制度的危机时刻。新神的诞生(阿波罗、赫尔墨斯)是绝好的主题,因为这种事件势必使现存的等级制度骤然出现危机,只有新神确定了他的势力范围并融入奥林坡斯秩序,危机才会解除。《致阿弗洛狄忒颂诗》与《致德墨忒尔颂诗》则提出了一系列不同的问题,但两首颂诗都始于宙斯的计划,终于重新安排诸神之间的关系,并重新安排神人之间的关系,且使这些关系持久永恒。

每首颂诗都描述了奥林坡斯神话纪年中的划时代时刻,并且真正地在神灵和人类的宇宙中开创了新纪元。每首颂诗的结尾处,宇宙的状态都和颂诗开头时不同了;穿插的叙事解释了那一变化的性质,以及变化如何发生。要领会颂诗详述的事件的过程,就意味着要理解这一事件的结果。这些叙事的特征决定了我们的解读所要采用的形式。因为叙事是变化的载体,这变化不仅有奥林坡斯的也有人界的,只有对每首诗的线性分析才足以描述神话情节的起点、过程与终点。因此,除了偶尔回顾,我将分别对四首诗进行从头到尾的解读,并且尊重每首诗的完整性和各自的特点。

---

① 参见 Lenz (1975), p. 20。

我也要对自己的意图稍作交代。尽管要考察的文本包含神话叙事，但我要做的不是对神话本身的研究，而是对颂诗的文学研究。如果像列维-施特劳斯那样对神话做结构分析，那么所有神话变体，包括希腊神话甚至其他神话的类似母题都具有几乎同等的重要性；没有哪一个文本具有"特殊地位"。为了揭示所有文本共有的深层结构，情节的严格顺序可能不会被考虑，某些外部细节也可能被忽视。① 但是在接下来的解读中，颂诗文本具有特殊地位，事件的准确顺序至为重要，也没有一处细节会被认为不相干。② 当然，不同的神话版本也是重要的，但重要性仅在于它们能帮助我们理解手头的文本。通常，不同版本的对比正突出了颂诗版本独有的主旨。

就奥林坡斯秩序及其对人类的意义而言，长篇荷马颂诗在希腊诗歌思想中占据正当且核心的地位，本书一以贯之的目标便是恢复长篇荷马颂诗的这一地位。颂诗为荷马及赫西俄德的泛希腊史诗与神谱诗提供了不可或缺的补充。从这些引人入胜的作品中，我们不仅能了解希腊人认为他们的神是什么，还能了解他们是如何思考众神的。

---

① M. Detienne, Dionysus mis à mort (Paris, 1976), p. 25, 清楚道明了"经典的"结构主义方法："结构分析……的任务是同时破译同一个神话的不同版本，借此来发现一个隐藏的系统。"对列维-施特劳斯方法的解释与批评，见 T. Turner, "Narrative Structure and Mythopoesis," Arethusa 10 (1977): 103-164. 事实上，我从某些结构主义洞见受益颇多，我试图将它们与线性的文学分析相结合。

② 见 Vernant (1974), pp. 246-247 的讨论，作者明白地概括了充分解读埋藏在极其精致、结构严密的文学文本中的神话所需要的步骤。

第一章　致阿波罗颂诗

　　上一章呈现的总体框架，我相信为考察长篇荷马颂诗提供了可靠的起始基点。不过，我并不想自欺欺人地认为，以一种机械的方式将这一框架套用到每一首单独的颂诗之上是可行的或者可取的。这些颂诗并非同质的作品，而假如我们想对它们有所了解，就绝不能把它们同质化。虽然奥林坡斯诸神在秩序井然的众神系统里各占一个位置，但他们的势力范围与特权各不相同。不仅如此，每一位神还因其典型特征，及其与其他诸神还有凡人的关系网而互相区别开来。可以类推的是，对一位神的颂扬——同时也是对这位神的性质的定义——自然会在形式和内容上与对另一位的不同。那么，每一首颂诗都会展现一系列不同的问题，因此也必须按它自己的方式去理解。每首诗的目标都是概括并充分传达某一位神在言与行上的本质。

　　本研究开始于《致阿波罗颂诗》，既不是因其结构简单（简单的是《致阿弗洛狄忒颂诗》），也不是因其（整首或部分）被视作颂诗集中最早的诗歌。我并非基于历史或风格的原因从《致阿波罗颂诗》开始，而是因为这首诗在神话纪年中是最早的。这首诗在奥林坡斯众神史上的时间位置逐渐从叙事进程中浮现出来，并且是解读这首诗的关键钥匙。

　　要讨论《致阿波罗颂诗》，便不可能将有关诗歌完整性以及所谓的提洛部分与皮托部分的关系问题完全弃置不顾，超过两个世纪的学术研究将这一问题抬升至"大问题"的地位。在时间的长河中，这一问题的每一立场都有人占据，每一立场又有各种细碎的修正和组合。人们一直认为，提洛部分——或者相反，皮托部分——更早；认为颂诗实际上是由两首独立的诗偶然拼合而成；或者认为，皮托部分有意识地模仿提洛部分——或者倒过来。即便在分析派看来，哪里是第一首的结尾第二首的开头，并没有共识，甚至整首颂诗一共由几个单独的篇章构成也没有共识。当然，每一代人中，都有顽固的统一派冒出头来挑战分裂说。学术信誉极佳的学者们各持一说，而观点相差甚远，这一事实恰恰说明，客观证据，尤其是基于古代引证（testimonia）和语言风格的证据不足以解决这个问题。① 诗歌水准或趣味的主观判断通常只能说服他们自己。目前，没有哪一方取得了明确的胜利，在休战之时，双方都感到一丝疲倦。也许我们单单是不再有热衷论辩的趣味与精力。无论如何，论争最终仍有收获；双方都贡献了一些敏

---

① 从 Ruhnken (1782) 到 West (1975) 以来，关于《致阿波罗颂诗》的创作与统一性的全面而公正的学者观点综述，感兴趣的读者应该参考 K. Förstel, *Untersuchungen zum Homerischen Apollonhymnos* (Bochum, 1979), pp. 20-59。而 Förstel 本人是谨慎的分裂派学者 (pp. 272-284)。E. Drerup, "Der homerische Apollonhymnos: Eine methodologische Studie," *Mnemosyne* 5 (1937): 81-99，也有对颂诗早期批评史与颂诗同荷马问题的关系的研究回顾。为了补充 Förstel 的综述，我在此列举之后的几种研究。G. S. Kirk, "Orality and Structure in the Homeric 'Hymn to Apollo,'" in *I poemi epici rapsodici non omerici e la tradizione orale, ed.* C. Brillante et al. (Padua, 1981), pp. 163-82，以及 Janko (1982), pp. 99-132，二者仍持传统的分裂派观点，并且认为提洛部分创作得更早。统一派立场的拥护者包括：M. Baltes, "Die Kataloge im homerischen Apollonhymnus," *Philologus* 125 (1982): 25-43; *F. De Martino, Omero agonista in Delo* (Brescia, 1982); *W. G. Thalmann, Conventions of Form and Thought in Early Greek Epic Poetry* (Baltimore, 1984), pp. 64-73; and Miller (1985)。最后还有 Sowa (1984), pp. 172-184，她在颂诗的创作上持分裂派立场，但认为诗歌的主题是统一的。

锐的洞见，增进了我们对颂诗的理解。

这一领地已经插满语文学（philology）的旗帜，用一种新奇的办法多插上一面在我看来并无意义。不过，我仍感到有必要对指导我的研究路径的几个前提稍作交代。首先，阿波罗是一个复杂甚至难以理解的角色，多面而非单一。因此完全可以料得到，一首诗要呈现这样一位神的完整面貌，必然不会是简单的。无论是提洛部分还是皮托部分，都无法独自完整地描绘出阿波罗的复杂性。只需指出一点便可明了，阿波罗在诞生之时宣布了三个影响力领域属于他，即弓箭、弦琴、神谕。直到颂诗结束时，这三个领域才完全为阿波罗所有。此外，前半部分和后半部分在形式与主题上的惊人相似表明全诗有整体的构思。最后，在我看来也是最具决定性的原因，前半部分提出的一些关键问题只有到颂诗的结尾才得到令人满意的回答。① 因此我的结论是，这首颂诗整体上表现了一个统一而可以理解的进程，通过复杂但仍是线性的发展，新神最终确立他的身份地位，并在奥林坡斯秩序中得到他的全部定义。

序曲

> Μνήσομαι οὐδὲ λάθωμαι Ἀπόλλωνος ἑκάτοιο,
> ὅν τε θεοὶ κατὰ δῶμα Διὸς τρομέουσιν ἰόντα·
> καί ῥά τ' ἀναΐσσουσιν ἐπὶ σχεδὸν ἐρχομένοιο

---

① L. Deubner, "Der homerische Apollonhymnus," *Sitzungsberichte der Preussischen Akademie der Wissenschaften, Phil.-hist. Klasse* 24 (1938): 251，特别重点地对统一派提出了这一诘难：提[洛部分]的母题复现于皮[托部分]，这对于理解提洛部分是否是必要的。

πάντες ἀφ᾽ ἑδράων, ὅτε φαίδιμα τόξα τιταίνει.

我将记得并且不会忘记远射手阿波罗,

他光临时,宙斯宫殿中的诸神都震颤;

他逐渐靠近,他们弹起——

所有神——从座位上,当他拉开他耀眼的弓。

(1—4)

  颂诗的开篇是激烈、戏剧性的一幕,这一幕通过阿波罗对聚集在奥林坡斯的众神的影响,生动地描绘出阿波罗的震慑性力量。他们因他的靠近而震颤,他们从椅子上跳起来,不是出于尊敬,而是因为目睹神挥舞他的弓箭感到不可抑止的恐惧。① 正如许多学者都注意到的,阿波罗出现在奥林坡斯的门槛,这引人联想到《伊利亚特》第一卷的灾难之神。② 在《伊利亚特》中,阿伽门农错待了阿波罗的祭司,这激起了神的愤怒,他射出百发百中的箭雨落在希腊人身上,直至他的怒火平息。这里,阿波罗的弓箭也满载毁灭性力量,蓄势待发;但是我们并不知道是什么激

---

① F. Jacoby, "Der homerische Apollonhymnos," *Sitzungsberichte der Preussischen Akademie der Wissenschaften, Phil.-hist. Klasse* 15 (1933): 727, 把《致阿波罗颂诗》开头与《伊利亚特》第一卷第 533—535 行及第十五卷第 85—86 行相比,但是该比较并不准确。在第一例中,众神起立(ἀνέσταν),是对宙斯降临奥林坡斯表示敬意。在第二例中,众神其实是因为赫拉的突然返回而跳了起来(ἀνήϊξαν),不过他们的姿态是出于吃惊与好奇而非畏惧。参见 Förstel (1979), p. 173; and Miller (1985), p. 3.

② 参见 W. F. Otto, *The Homeric Gods*, trans. M. Hadas (New York, 1954), p. 75。F. Altheim, "Die Entstehungsgeschichte des homerischen Apollonhymnus," *Hermes* 59 (1924): 431, 把这里的阿波罗比作《奥德赛》第十一卷第 606—608 行中葬礼上的赫拉克勒斯的魂影,而 AHS (1936), p. 200 及 M. L. West, "Cynaethus' Hymn to Apollo," *CQ* 25 (1975): 163, 二者都发现了这里的阿波罗与《奥德赛》第二十二卷开头的奥德修斯形象接近。

怒了他。那么，这位神为什么如此可怖？其他神又为什么那么害怕呢？

诸神会集，在宙斯的宫殿坐下宴饮，这在史诗中可以找到无数类似的场景。这一幕唤起一个图景，即处于宙斯的至高权威之下的稳固的（除了一些短暂的轻微扰动）奥林坡斯众神系统。而全副武装的弓箭手可怖的闯入是独一无二的，他的闯入提醒我们诸神之间古老的敌意，提醒我们诸神大战、争夺权力的早期时代，还提醒我们巨人与提坦之战。① 在诗歌的开头影射诸神史上一段更早、更动荡的时期，这样做绝非偶然，相反，我们将看到，这是用来明确这首诗在奥林坡斯历史框架中的总体时间位置的。

开头这几行诗句内在的凶险引起了许多人的严重不适②，促使一些学者尝试用站不住脚的说法去缓和这一不适。鲍迈斯特（Baumeister）不顾文本的原本用语（ipsissima verba），坚持说这一段里的神仅仅是打猎回来，因此把弓扛在肩上。③ 格莫尔（Gemoll）

---

① Förstel (1979), p. 166，评注道："这看起来像是天庭风暴和诸神大战，但并不可能，因为诸神是和平地聚集在一起的。"事实上，在奥林坡斯的和平聚会与阿波罗的蛮横闯入之间存在张力。Förstel, p. 170，提出神威吓的举止这一母题也许来自诸神大战的一个版本，但是错置于当前这个文本则"消解了真正的力量"。"阿波罗的举止因此与当前的情景形成怪异的矛盾。"(p. 216) 相比于刻意唤起诸神间敌意的可能性，Förstel 更倾向于认为此处属于怪异的前后矛盾。

② 例如 West (1975), p. 166 把这一幕称为"奇特的事件"，而 Kirk (1981): 166-167 提及一种"后荷马史诗的夸张"，"超出了荷马的人物刻画（*ethos*）的限度"，并给这里的阿波罗贴上了"滑稽角色"的标签。比较 G. Roux, "Sur deux passages de l'Hymne homérique à Apollon," *REG* 77 (1965): *1-2*，他以法国人的敏锐把这一幕描述为"不起眼的滑稽剧"，特点是"轻微的不敬"。

③ A. Baumeister, *Hymni homerici* (Leipzig, 1860), p. 118.

提出，拉开弓是阿波罗的顽皮动作。① 米勒（Miller）也认为，阿波罗刚刚只是用他的弓对付奥林坡斯以外的敌人，并且——我猜是——进来时心不在焉地忘了放下武器。② 正像雅科比（Jacoby）说的，这些解释听起来都太"轻巧"。③ 没有一种说得通，因为它们不仅使这一场景也使接下去的一幕显得荒唐。只有承认这一幕的全部效力，接下来几行的反转才能显现出真正的力量。

此刻，毁灭性暴力令人敬畏的潜能尚未施展。与其他诸神惊慌的骚动形成鲜明对比的是，"唯有勒托仍安坐在鸣雷神宙斯一旁"（5）。她坐在宙斯身边，震慑的一幕没有扰乱她。相反，她冷静地为她的儿子卸下武器：

ἥ ῥα βιόν τ᾽ ἐχάλασσε καὶ ἐκλῆϊσε φαρέτρην,

καί οἱ ἀπ᾽ ἰφθίμων ὤμων χείρεσσιν ἑλοῦσα,

τόξον ἀνεκρέμασε πρὸς κίονα πατρὸς ἑοῖο

πασσάλου ἐκ χρυσέου · τὸν δ᾽ εἰς θρόνον εἷσεν ἄγουσα.

她解下弓，合上箭袋；

又从他的肩上取下箭袋，拿在手里，

她把弓挂到他父亲的 [宫殿] 圆柱上的

---

① A. Gemoll, *Die homerischen Hymnen* (Leipzig, 1886), p. 121: "我们只能认为，阿波罗进来时手里拿着拉开的弓，并且开玩笑似的让弦发出声响。"比较 AHS (1936) 对第一行的评注："随着阿波罗靠近坐着的诸神，他把弓弄出声响来调试。"

② Miller (1985), p. 15: "他的弓随时待命，因为他在世上的大部分时间都在运用他，而当他进入宙斯宫殿的那一刻，他的状态与举止还没有调整过来。"

③ Jacoby (1933), p. 727, n. 1, 回应的是 U. von Wilamowitz-Moellendorff, *Die Ilias und Homer*, 2nd ed. (Berlin, 1920), p. 442, 后者称勒托"教导她的儿子如何在奥林坡斯山举止得体"。Jacoby 本人（pp. 729-730）认为这一幕被皮托部分的诗人削弱了，为的是与他的"另一个阿波罗形象"协调，"这个阿波罗形象把缪斯引领者、神谕之神而非可怕的弓箭手推到前台"（p. 730）。

金色钉子；而他，她把他领到一个宝座前安顿他坐下。

（6—9）

对勒托动作的一系列描述，紧凑而生动。① 视觉焦点对准那耀眼的弓，它首先是被解下，最后被安全地放置在一旁，原先带来恐惧的物件现在成了无害的。当勒托把她儿子带到他挨着宙斯的座位时，她的行动表露了母亲的挂念与亲切②，令人感动。

τῷ δ' ἄρα νέκταρ ἔδωκε πατὴρ δέπαϊ χρυσείῳ
δεικνύμενος φίλον υἱόν, ἔπειτα δὲ δαίμονες ἄλλοι
ἔνθα καθίζουσιν· χαίρει δέ τε πότνια Λητώ,
οὕνεκα τοξοφόρον καὶ καρτερὸν υἱὸν ἔτικτεν.

接着，做父亲的给他一杯盛在金盏里的琼浆，
欢迎他自己的儿子；接着，其他诸神
也坐了下来；勒托则感到欢欣
因为她生了一个肩着弓、孔武有力的儿子。

（10—13）

因为宙斯表示欢迎的手势，紧张的气氛消散了，宴饮场面恢复秩序。勒托见到她的儿子——孔武有力的弓箭手——的快乐为这一情节带来和平的结尾，不过，她作为母亲的骄傲，也正在于阿波

---

① 比较 Förstel (1979), pp. 167-170; and Deubner (1938), pp. 271-274。Miller (1985), p. 16, n. 39, 正确地把箭袋理解为 ἑλοῦσαι[拿]的宾语。

② 赫西俄德说勒托"永远和蔼，永远温柔地对待人和不朽的众神"(《神谱》406—407)。

罗有能力激起这样强劲的反应。

这一出色的小型场景引入了三个主要角色。① 阿波罗毫无疑问地主导舞台，但是勒托镇静的调停消除了恐惧的气氛，而宙斯表示认可的手势结束了这一过程。当然，勒托将是接下来的阿波罗诞生故事的核心角色，但宙斯在颂诗中始终是处于边缘地位的演员。然而，他的身份，即奥林坡斯的主人、勒托的丈夫，还有最重要的身份，阿波罗的父亲——这三重身份在第2—8行均有所提及，提供了叙事的关键背景。

这首颂诗简短而有力的开头留下了许多疑问。对于阿波罗的戏剧性出场之前以及之后的事情，我们毫无线索。确切的背景尚未明确。这一片段究竟是应该理解为阿波罗首次进入奥林坡斯——这是常见的颂诗母题②，还是代表一个典型场景，每一次阿波罗走进他父亲的宫殿都会重复出现③，两种观点的支持率在学者中不相上下。初看第一种解释似乎更吸引人，因为我们很难想象

---

① 参见 M. Forderer, *Anfang und Ende der abendländischen Lyrik: Untersuchungen zum homerischen Apollonhymnus and zu Anise Koltz* (Amsterdam, 1971), pp. 63-64。

② 例如，参见《致赫尔墨斯颂诗》第 325 行及以下、《致阿弗洛狄忒颂诗》(第六首) 第 14—18 行、《致潘神颂诗》第 42—47 行，及《神谱》第 68—71 行。

③ 首次：Jacoby (1933), p. 728; F. Dornseiff, *Die archaische Mythenerzählung: Folgerungen aus dem homerischen Apollonhymnos* (Berlin, 1933), p. 10; J. Kroll, "Apollon zum Beginn des homerischen Hymnus," *Studi Italiani di Filologia Classica* 27-28 (1956): 181-184; Deubner (1938), p. 272; Forderer (1971), p. 64; A. Heubeck, "Gedanken zum homerischen Apollonhymnos," in *Festschrift K. Merentitis* (Athens, 1972), p. 133. 反复出现或典型事件：Förstel (1979), p. 166, 170; Miller (1985), p. 12; West (1975), p. 163: "它（开篇一幕）所再现的不是他（阿波罗）曾经做过一次的事，而是他经常做的事；而诸神每一次都跳起，就好像他们以前从未见过虚张声势的一幕。" 比较 Kirk (1981), p. 167: "如果颂诗所描述的是阿波罗首次来到奥林坡斯，那么'神灵诞生奇迹'这一类型特有的人物刻画和语气也许可以解释；但是时态表明不可能是这种情况。"Sowa (1984), p. 176 把"众多时态"概括为"无时间的"，"用于描述典型场景，可以理解为以现在时一次又一次地发生"。F. Càssola, ed., *Inni omerici* (Milan, 1975), pp. 485-486，未下定论。

其他神最终不会对阿波罗每天的闯入习以为常。这就意味着第二种可能的支持者有必要弱化这一场景的效力。① 使这一困难变得极为复杂的是一连串奇怪的时态。诸神震颤着从座位上弹起来是现在时；勒托岿然不动是未完成时，而她卸下阿波罗的武器，还有宙斯提供琼浆却是简单过去时（aorist）。最后，随着诸神落座和勒托欢欣，我们又回到了现在时。要把这一幕看作过去发生的独一无二的事件迫使我们把现在时动词理解为历史现在时——这样做很僵硬，因为这一用法从未在希腊史诗体诗歌中出现过。② 反过来，如果要把这一情节看作反复出现的，那么简单过去时就要理解为无时间的或者永恒过去时（gnomic aorist），尽管说这些词所描述的动作落入这个范畴也并不完全妥当。③ 而无论取哪一种解释，未完成时的使用都是不同寻常的。④

为了走出这个死胡同，学者们做了各种不同的尝试，但没有

---

① 参见上文注 9—11。亦见 Baumeister (1860), p. 119：“众神出于敬意而起立”；以及 C. Cessi, "L'inno omerico ad Apollo", *Atti del Reale Instituto Veneto di scienze, lettere ed arti 87 (1928)*: 868：“所有的神都在崇敬中起立”。还有 Dornseiff (1933), p. 1：“这表明，神在其他诸神面前也拥有很高的地位。”比较 Deubner (1938), p. 271：“这既不可能对诸神构成真正的威胁——因为毫无理由，也不可能是一个玩笑——这样就太低级趣味。那么也许只剩一种可能：神想要在所有的情况中确保自己的地位。”这恐怕仍太过轻巧。

② Forderer (1971), p. 167, n. 23, 试图证明第 2—4 行和第 12—13 行所用的是历史现在时，但是他引用的类似例子不具有说服力。Förstel (1979), p. 102, 正确地论证了古风时期的史诗中从未出现过历史现在时。

③ W. Unte, "Studien zum homerischen Apollonhymnos" (Diss., Berlin, 1968), p. 22, 及 Förstel (1979), pp. 102-104, 认为第 6—10 行中的简单过去时是"无时间的"或者永恒过去时，但是 Förstel 所引用的有关这一用法的研究 A. E. Péristérakis, "Essai sur l'aoriste intemporel en Grec" (Diss., Paris) (Athens, 1962), 没有包括《致阿波罗颂诗》的开头，这是有意义的，因为该研究自称是穷尽式的。Péristérakis 显然没有把这些普通过去时视作永恒过去时，它们也不属于他在该研究第 6—11 页所明确的范畴。

④ 未完成时 μίμνε 似乎最终击败了 Förstel 的特殊辩护，因为他也承认此处应修订为普通过去时 ἐμεῖνε（p. 354, n. 238.）。

哪一种特别令人满意。例如，维拉莫维茨提出，在第 5 行，"诗人，因其职业为叙事，从展现日常反复出现的场景切换到叙事：简单过去时被错误地称为永恒过去时，其实就是萨迦（Sage）所用的时态"①。同样，按照范·格罗宁根（van Groningen）的说法，诗人一开始是在做普遍描述，"但是视觉再现的生动性——诗人这一族类正是以这一点见长，使得他很快转而描述一个特殊场景"②。两位学者虽然从不同的角度出发，但都暗示，诗人由于他的职业或天性而不由自主地开始叙述过去。不过，他们都没有解释诗人最后又回到现在时的原因。

近来，扬科（Janko）提出了另一种解释。他首先把荷马颂诗整体分为两种类别：一种中间有诸多描述性的部分，使用现在时，他称为"描述属性的"；还有一种包含一个核心的神话部分，

---

① Wilamowitz (1920), p. 442, n. 2. 另见 G. Hermann, *Homeri hymni et epigrammata* (Leipzig, 1806) 论第 4 行："诗人关注的是神激起的行动和情绪上的不安，精神被点燃，这一点始终不变，但诗人详细描述的好像是曾经发生过一次并且发生在某个特定时间的事件。"他令人费解地加了一句："如果诗人的这些安排被视作是发生在过去——现在以前，那就毫无魅力了。"

② B. A. van Groningen, *La Composition littéraire archaïque grecque* (Amsterdam, 1958), p. 305, n. 2. 另见 Unte (1968), p. 22，他认为作者开始时用现在时描绘阿波罗的典型肖像，但当他描述具体的事件——阿波罗在奥林坡斯的首次露面——时"不自觉地坠入了"过去时。后来，叙事又"不自觉地回到了"现在时。参见 Jacoby (1933), pp. 728-729："诗句表现了可怕的神经常性的、符合性格特征的露面。……如果颂诗诗人让阿波罗朝众神拉开弓，那么他可能是想展示神在奥林坡斯的第一次露面。……喀俄斯岛的诗人从第 1—4 行的颂诗现在时……转到未完成时 μίμνε 用来表示持续坐在那儿的时间，简单过去时用来表示行动的一次性……到结尾时又回到现在时，以至于人们更可能把 καθίζουσιν 之后的内容理解为历史叙述中的简单现在时，而非一首颂诗的。"（注意他假定第 12 行是不被承认的历史现在时。）根据 Jacoby 的说法，之所以在对神的典型描述和唯一描述之间摇摆不定是因为诗人错置了神首次进入奥林坡斯的情节，它通常出现在诞生叙事之后。Heubeck (1972) 认为这一幕描写的是阿波罗首次进入奥林坡斯，他也提到了时态从现在时到简单过去时——也就是从颂诗式断言到史诗式叙述——的变化，但没有解释这一幕末尾使用的现在时。在所有这些理解中，末尾回到现在时都构成了一个特别的绊脚石。

用过去时叙述。在《致阿波罗颂诗》第 2—13 行的例子里：

> 诗人笨拙地选择了一个描述属性的场景，这一场景如用现在时来叙述不可能不落入荒谬的境地。他在第 2—4 行中先用了现在时，接着就意识到，如果诸神已经对阿波罗的出现习以为常，他所描述的场景就不会发生。因此，他在第 5—10 行改用过去时，把这一片段变得更像是神灵首次抵达奥林坡斯的常见描述。①

上述做法造成的"断裂"或说"混乱"——用扬科的说法——又被第 12—13 行用回现在时弄得更为严重，对此，他和前辈学者一样，也无法提出有说服力的解释。但实际上他提供了两种解释："也许诗人只是在提醒我们注意这一场景旨在描述属性，并且他想在结束之前明确这一点。"② 这意味着我们的诗人不仅不懂得掩饰他的能力不足，还故意突出它。扬科又提出另一种可能性，切换到现在时与其他颂诗在神话结尾处的情形相似，"花费几行诗句把神话带到现在时"③。然而，我们可以明确地察觉到出现在开头与结尾的现在时是呼应的，并且用来构筑同一幕场景。诸神的震颤

---

① Janko, (1981b), p. 17；另见 Janko (1982), pp. 100-101 论这一幕的"失败"。West (1975), p. 163 提出的解释与 Janko 的思路相反。诗人"改写了阿波罗首次来到奥林坡斯的叙事。……但他写成了经常性的进入。为什么？"根据 West，这是因为提洛部分的诗人想要超越更早的皮托部分的诗人在第 184—206 描写的奥林坡斯的另一幕。对于 H. Herter, "L'inno a Hermes alla luce della poesia orale," in Brillante (1981), p. 186, 时态上的这些奇怪变化是程式化写作带来的。如他所言正确，那我们应该能在荷马史诗中发现不少似例子，但是 Herter 一处也没引用。

② Janko (1981b), p. 17.

③ Janko (1981b), p. 14.

和弹起与他们重新落座和勒托的欢欣相呼应。

  无论是诉诸语法范畴,还是假定诗人能力不足,这几种解释都无法完全令人满意。范·格罗宁根曾就相关问题评述道:"要充分解释简单过去时的出现,就必须抛开简单过去时,甚至必须抛开动词和语言的领地,去进入一个民族的心灵看看这个民族是如何看待现实的某些方面的。"① 这一建议很站得住脚,因为在全部颂诗中有不少明显的时态混乱与此相类,这表明我们面对的并不是无足轻重的现象。

  扬科本人就引用了荷马颂诗中其他 12 处使用异常过去时的例子,但他先后用多种不同的方式来解释它们。无论如何,他的看法也许可以带我们更深入地理解乍看像是奇怪语法的现象。在长篇《致阿弗洛狄忒颂诗》的第 9、10、18、21 行(还有《致诸神之母颂诗》第 4 行,《致波塞冬颂诗》第 4 行和《致赫斯提亚颂诗》[第 29 首]第 3 行),"过去时用于一位神灵选择或者被分配到他现在的活动领域"②。换句话说,虽然一位神是在过去的某一时刻接受或者选择他的特权,但他在那一领域的影响力一直持续到现在。在一些其他例子中,描述一位神常见的娱乐或活动用过去时还是现在时无关紧要。比如说,《致潘神颂诗》第 10—11 行用的是现在时,而第 12—15 行转变成了过去时(比较第 19 行及《致阿波罗颂诗》

---

 ① B. A. van Groningen, "Quelques considérations sur l'aoriste gnomique," in *Studia Varia Carolo Vollgraff* (Amsterdam, 1948), p. 57. 范·格罗宁根在这篇文章中创造了"神话简单过去时"这一说法,不过也许"颂诗简单过去时"是更符合我们的意图的说法。

 ② Janko (1981b), p. 12.

第 141—142 行）。① 扬科忽略了《致阿弗洛狄忒颂诗》的开头，这一片段详述了女神是如何"激起众神甜蜜的渴望也战胜人类的各个部落"及野兽（第 2—3 行）。接下来的神话故事描述了发生在过去的一个具体例子，阿弗洛狄忒运用了她特殊的力量，但是女神一直对所有生物有着同样的影响。因此，对诸神而言，过去与现在是可以互相置换的。每一次神灵的显现都彼此相似。这也解释了《致狄奥斯库里颂诗》（第 33 首）"不寻常的结构"②，这首颂诗在讲述了他们的诞生之后，用现在时描述了他们拯救受困于海上暴风雨的水手们的力量。然而，这两位双子神突然现身——应该是以圣艾尔摩（St. Elmo）之火的形象现身——拯救水手是用过去时叙述的。狄奥斯库里的每一次现身也许是独一无二的事件，但每一次现身同时也与其他现身一模一样。

上述回顾表明，也许我们面对的是荷马颂诗的独特用法，这种用法尚未在语法书中得到普遍承认。它不是一种简单的时态混乱，而是指出了诸神本身的特征。他们的行为、特权以及他们的现身可以被称为无时间的——但是不仅仅意味着他们超越时间或者在时间之外，还意味着他们每一次独一无二的显现都与他们的永恒显现别无二致。

与《致阿波罗颂诗》开篇最接近的例子——包括其中困难重重的未完成时——并非出现在荷马颂诗中，而是出现在《神

---

① Janko (1981b), p. 20 援引《致潘神颂诗》第 10—15 行，并提出"也许诗人此时想到马上就要切换到神话，所以受到了干扰"。但是在《致阿波罗颂诗》中，接下去的并不是神话。《致潘神颂诗》第 29 行描述宁芙们歌唱潘神的诞生；根据 Janko, p. 19, 这里使用过去时是"因为宁芙们不可能总是唱同一首歌"。为什么不可能呢？参见下文论《神谱》第 7—10 行。

② Janko (1981b), p. 20.

谱》的序诗中①，这一片段很可以被视作古希腊文学现存的唯一序诗（prooimion）。我在此概述一个强调时态变化的版本。赫西俄德先从赫利孔山上的缪斯着手，用现在时描述她们在赫利孔山上的游荡以及她们的舞蹈（1—4）。接着，描述她们在赫利孔山上的舞蹈切换成了简单过去时。②夜晚，她们包裹在雾中，一直前行（未完成时）③，同时一直歌唱诸神（5—21）。这时，赫西俄德开始叙述他与缪斯女神们的会面以及他的"诗人身份由神授予"（Dichterweihe），这一处不寻常地用了简单过去时（22—34）。然后，诗人突然停住，重新开始用现在时叙述缪斯女神们的永恒之歌，以及它给奥林坡斯带来的欢乐（35—52）。用过去时简单讲述她们的诞生之后，便是描绘她们现在在奥林坡斯的住所以及她们的典型活动（53—67）。不过，过去曾有一次，缪斯女神们第一次来到奥林坡斯，她们一路跳着舞，唱着她们一直在唱（ἄειδον）的歌，颂扬宙斯和他的统治（68—76）。

这样的梗概对我们的目的来说可能足够了。在上述片段中，我们发现了各种各样的描述，时间跨度从遥远的过去（缪斯女神们的诞生，以及她们进入奥林坡斯）到她们最近与赫西俄德的相遇，还有她们此刻与永久的活动。不仅如此，她们的出场涉及两

---

① Jacoby (1933), p. 728 指出了二者的相似之处，但没有深入。

② Jacoby (1933), p. 728 看起来把缪斯从赫利孔山出发以及第 5—8 行切换到简单过去时与第 68—74 行她们首次抵达奥林坡斯联系在一起。这对我来说是难以理解的。我也无法赞同 Wilamowitz (1920), p. 470：“此处由现在时到简单过去时的转换不完全与提洛部分所描述的进入场景一样，因为此处前几个简单过去时所表达的行为发生在现在时描绘的行为之前。”

③ M. L. West 在《神谱》的评注本（Oxford, 1966）第 155 页称简单过去时和未完成时都是"无时间的"，但他也承认"[第 10 行中] 未完成时的这种用法在典型意义上似乎没有受到标准语法书的认可"（p. 156）。

处地点：赫利孔和奥林坡斯。逻辑也许决定了缪斯女神们不可能同时出现在两个地方，但奥林坡斯的缪斯女神们和赫利孔的缪斯女神们毫无疑问是同一拨女神。无论是在赫利孔还是在奥林坡斯，甚至是在任何别的地方，缪斯女神们都进行同样的典型活动。如此一来，过去与现在在某种意义上是不可区分的。第7—10行中困难重重的过去时，既指她们不断重复的活动，也指她们与赫西俄德相遇的独一场景。由她们的歌舞所体现的本质属性永远是一样的，从她们出生的时刻直至所有未来。扬科主张应该使用过去时，因为缪斯女神们"不可能一直歌唱这一首歌"①。然而她们正是这样——虽然她们有时候倒着唱，有时候顺着唱，这解释了为什么赫西俄德特别强调她们为他的《神谱》所唱的是从头开始的（114—115）。然而，对诸神本身而言，缪斯女神们是从尾还是从头歌唱他们的历史并不重要。

  上述相当具有技术性的分析并不是为了考验读者的耐心，而是想要揭出神话叙事与神话时间的一个本质特征，也是发生在彼时的事件的本质特征。描述诸神时出现的明显的时态混乱并不是简单的失误，反而表明了诸神性质的一个基本面相。诸神的时间与我们的不同。②这一点从以下悖论便可看清：尽管诸神也是经由出生而得以存在的，但他们自此以后却永存：αἰὲν ἐόντες。而人类，则普遍会经历变化、发展、成长、衰老，直至死亡。我们的个体行为受到无数偶发事件的摆布，受到环境的限制，并且

---

  ① Janko (1981b), p. 20.

  ② 参见 P. Vidal-Naquet, "Temps des dieux et temps des hommes," in *Le Chasseur noir: Formes de pensée et formes de société dans le monde grec* (Paris, 1981), pp. 69-94。

极少有——如果有的话——机会成为"我们所是"（品达语）。然而，对诸神而言，每一个行为，每一次现身和干预都构成神灵存在（divine being）的完美表达。由此，过去的事件——例如，一位神的出生，他首次进入奥林坡斯，或者他在人类中的第一次现身——不能与他典型的不断重复的行为区别开来。每一次都完满地传达出神的本质属性。

《致阿波罗颂诗》的开篇场景并不把凡人的时间范畴放在眼里，而是与神的时间范畴相和谐，因此，这一幕既是刻画新神在奥林坡斯门槛的第一次现身，又是刻画新神永恒且重复地进入他父亲的宫殿。在这独一无二却又反复出现的一连串事件中，神完全地显现了自身，正如他第一次所做的那样，也如他永远会做的那样。从惊恐到欣悦的变化过程是对阿波罗神性显现的永恒回应。起初的恐惧让位给继之而来的欢乐，这一变化在整首颂诗中始终与阿波罗的显现如影随形，也构成了识别这位神的特征。[1] 即便全诗主要的叙事是从别处说起的，第一幕也绝非缺乏动机[2]，它必须理解为整体布局的一部分，表现的是颂诗将要歌颂的神所得到的程式化的典型反应。

诗人显然乐于在诗中制造众多令人吃惊的转折，这其中的第

---

[1] Sowa (1984), p. 324 引用表示"欢乐"和"欣悦"的词作为颂诗的关键词，但她未列出表示"恐惧"或"震颤"的词，它们在颂诗中同样普遍，而且发生在欣悦之前。有关"欢乐"母题，亦见 Forderer (1971), pp. 149-150。

[2] 参见 H. Fränkel, *Dichtung und Philosophie des frühen Griechentums*, 2nd ed. (Munich, 1962), p. 288, n. 7，他称开头为"缺乏动机的场景……颂诗并未暗示，为什么阿波罗要以这样的形式闯入奥林坡斯。"对比 Lenz (1975), p. 75，他认为颂诗中两幕奥林坡斯场景"都出现在诗歌的开头，但与接下去讲述的神灵历史没有什么动机上的联系"。Miller (1985), p. 28 称最初一幕是"自成一体的，对诗人的叙事没有任何推进"。

一个便是转而直接对勒托说话。① 第一幕以勒托的欢欣（χαῖρε）结尾，之后便是诗人对神的呼唤（χαῖρε μάκαιρ' ὦ Λητοῖ）。词语上的联系加强了实质的联系——都在说勒托这位两个"光芒四射的孩子"的母亲。但是在这里，技巧不仅仅是一系列联想或者一连串思绪像链子上的珠子那样相继出现。在这里，第一个母题引起了第二个，第二个又关联到第三个；而第三个却不一定和第一个有直接联系。② 另一方面，我们的诗人却好像有着清晰的方向感和终极目标。③ 因此，勒托在奥林坡斯集会上的角色，以及她对儿子的自豪使得她作为两个"光芒四射的孩子"——阿波罗和阿尔忒弥斯——的母亲发言。接着，这一声明又扩展为描述两位神各自的出生地（16—18）。诗人的视域继续扩展，在接下来的几行里，他描述了阿波罗的力量的普遍性。然后，随着叙事进程在完整讲述勒托生出阿波罗（30—139）之中达到高潮，他的关注范围再次缩小。对于这一复杂的过程，合适的比喻也许并不是链子上的珠子，而是从一个音调到另一个音调的音乐转调。颂诗诗人在谱写他的作品时，同样也运用了某些反复出现的主题、不同乐思的复合，以及和弦进行。④

---

① 就这几行诗更早且通常是分析派的观点的总结，参见 Förstel (1979), pp. 114-115。对比 Càssola (1975), pp. 486-487. Förstel, pp. 116-118，把勒托在颂诗中的显要性归结于她在提洛崇拜中的显要性，而 van Groningen (1958), p. 306 想象吟游诗人是在向他所在之处附近的勒托像致敬，这看似并无必要。对比 Miller (1985), pp. 16-17，他从修辞的立场为这一片段辩护。

② 参见 van Groningen (1958), pp. 29-50 论古风文学的"连锁"风格；以及 H. Fränkel, *Wege und Formen frühgriechischen Denkens* (Munich, 1960), pp. 40-82 的讨论；W. J. Verdenius, "L'Association des idées comme principe de composition dans Homère, Hésiode, Théognis," *REG* 73 (1960): 345-361; and Thalmann (1984), pp. 4-6。

③ 参见 Förstel (1979), p. 119："毫无疑问，诗人在此处已经想到了阿波罗的诞生。"

④ 参见 van Groningen (1958), pp. 94-97 所说的"交织的网络"，亦见 Thalmann (1984), pp. 22-24 论"螺旋结构"。

尽管我在研究《致阿波罗颂诗》及其他颂诗时的主要兴趣集中在叙事内容，但是处理《致阿波罗颂诗》独有的文体特征也很关键。诗人不寻常的转折是其中一个特征，同样令人惊讶的还有呼语法（apostrophe）的使用。在史诗中，除了祈祷，诗人打断叙事直接呼唤神是很少见的。然而，诺登（Norden）称为"你式"（Du-Stil）和"他式"（Er-Stil）的现象在希腊颂诗作品中大量出现。① 不过，直接对一位神灵说话在长篇荷马颂诗中仍然是极其少见的。② 不仅如此，《致阿波罗颂诗》前半部分在两种模式之间频繁切换，这在其他长篇颂诗都没有出现过，即便这一现象在后世的文学颂诗中很常见。似乎还没有人严肃地探讨过，为什么颂诗诗人要变换模式。单单说颂诗"变化丰富"并不足以解释。无论如何，我们可以看到这样做的效果：诗人强调了他与主题的直接关联，并且不断地把人的注意力引到他的在场上去，他的在场在第 172—176 行的自我描述中达到顶峰。《神谱》的序诗再次提供了最为接近的类比。不过也许还有更多可以说的。诺登提出，"你式"也许源自酒神颂（dithyramb），一种献给狄奥尼索斯的颂诗。③ 然而，直接发话可能也同样是日神颂（paean）这一体裁的题中应有之义，而这种颂诗是献给阿波罗的。④ 人们已经熟知，日神颂的特征是一段反复出现的直接祈求阿波罗的副歌。此外，颂诗与抒情诗在某些风格特点上的相似之处经常为人

---

① E. Norden, *Agnostos Theos* (Berlin, 1923), esp. pp. 157-158.

② 在长篇颂诗中，呼唤通常仅出现于对神最后的致意。残缺不全的《致狄奥尼索斯颂诗》属于重要的例外（见下文），因为这首颂诗开篇前 7 行就有与神的直接对话。

③ Norden (1923), p. 160.

④ 日神颂见 A. Fairbanks, *A Study of the Greek Paean* (Cornell Studies in Classical Philology 12) (1900); 及 A. von Blumenthal, "Paian," *RE* 18, pt. 2 (1942): 2345-2362。

所注意：

> 思绪的大胆跳跃，突然的转折，不断变化的主题，简短甚至模糊的暗示，呼唤与叙事、直接说话与间接说话之间的频繁切换，类似副歌的无数重复……所有这些以及其他特点只有在希腊人的抒情诗中才能真正地找到，而非史诗。①

《致阿波罗颂诗》本身也影射了若干抒情诗的形式：不仅是日神颂（517—519），还有提洛少女的合唱歌与摹拟诗（156—164），以及奥林坡斯山上复杂的歌舞（188—203）。当然，颂诗诗人也展现了他自己完全能够依照史诗叙事的方式来创作，只要他想。诗人刻意把基本上属于史诗六音步的风格，调整为传统上与他所赞颂的那位神相关联的诗歌模式，这样的说法会太离谱吗？无论如何，颂诗不仅证明诗人的诗艺精湛，还证明了听众的细腻，诗人预计听众可以欣赏他的技巧。

让我回到带来这些思考的文本本身。在荷马颂诗中，只有一处出现呼唤是合乎标准的：末尾。事实上，χαῖρε 听起来正像是结尾的程式化用语；我们预计诗歌就要结束了。不过两点考虑立即打消了我们的预期：这个尾声显然长得不同寻常；而且呼唤弄错

---

① A. Ludwich, *Homerischer Hymnenbau* (Leipzig, 1908), p. 162.（省略号略去了他对颂诗的诗节结构所作的令人遗憾的说明。）他在第 165—167 页讨论了颂诗与日神颂的风格可能存在的关系。关于《致阿波罗颂诗》的抒情诗风格，亦见 Gemoll (1886), p. 111，及 Drerup (1937), pp. 131, 133。Dornseiff (1933), pp. 3-4 注意到颂诗频繁出现罗列的手法，而这是抒情诗的独特手法，未见于吟诵诗中。

了对象——向勒托而没有向本诗的主题阿波罗呼唤。① χαῖρε 当然既可以表示"再见了",也可以表示"欢欣吧",诗人利用这个词的模棱两可戏弄我们。我们先是以为它表示前一个意思,但是随着诗歌的继续,我们意识到它不是诗歌结尾的标志,于是把它解读为对勒托的问候。② 看起来像是结尾的程式化用语成了继续前进的桥梁。这一特殊过程值得强调,因为诗人在提洛部分的结尾处(166 ff.),以更大的尺度运用了同样的手段。在后面一处,他明显是向提洛少女——再次不是颂诗的主题神——道别,但却是为了从另一个意想不到的方向上继续他的诗歌。

在第 19 行,诗人又一次突然中断叙事,转而呼唤阿波罗:

> Πῶς τάρ σ᾽ ὑμνήσω πάντως εὔυμνον ἐόντα;
> πάντῃ γάρ τοι, Φοῖβε, νομὸς βεβλήαται ᾠδῆς,
> ἠμὲν ἀν᾽ ἤπειρον πορτιτρόφον ἠδ᾽ ἀνὰ νήσους.
> 我将如何歌颂你,到处被优美歌颂的你?
> 因所有方向上,福波斯,歌的疆域已为你确立,
> 既在蓄养牛群的大陆上,也在列岛上。

(19—21)

一些学者认为,这里从勒托到阿波罗的转变猝然得不可思议。不

---

① 参见 E. Bethe, "Der homerische Apollonhymnos und das Prooimion," *Berichte der Sächsischen Akademie der Wissenschaften, Leipzig. Phil.-hist. Klasse* 83, no. 2 (1931): 14; West (1975), p. 163 提到诗人"在此制造了像是告别的干扰",但他也说"如果这的确是一首颂诗的结尾,那么他不会加上"第 16—18 行。

② 参见 Unte (1968), p. 24。

过，在打断的几行里，阿波罗从未完全地退出视线，他仍然位于本诗的中心。毕竟，勒托几乎无法独立于她的孩子们而存在。① 为了赞颂诗人的神，选择什么样的主题最为恰当，面对这一问题，诗人先是停顿了，像是被他可以取用的无数种可能弄昏了头。"歌的疆域"这一隐喻引出了地理形态的罗列，它们都能让阿波罗欢喜（22—24）。一位神灵通常因为他在某地受到尊崇而青睐此地，那么这一罗列证明，阿波罗崇拜无处不在。同时，这一罗列还暗示诗人最终为他的主题选择的叙事将聚焦于某一地，在那里，阿波罗享有特别的崇敬——也许诗人要描述的是阿波罗众多崇拜地之一建立的神话。② 但是既然到处都有丰富的歌颂材料，那要挑选哪一个地方呢？诗人现在做了一个完全理性的选择。既然有那么多可选的地址，为什么不从第一个开始呢？那就只能是神的诞生之地。前边叙及勒托也使得这一最终选择无可避免。

> ἢ ὥς σε πρῶτον Λητὼ τέκε χάρμα βροτοῖσι,
> κλινθεῖσα πρὸς Κύνθου ὄρος κραναῇ ἐνὶ νήσῳ,
> Δήλῳ ἐν ἀμφιρύτῃ; ἑκάτερθε δὲ κῦμα κελαινὸν
> ἐξίειc χέρσον δὲ λιγυπνοίοις ἀνέμοισιν·
> ἔνθεν ἀπορνύμενος πᾶσι θνητοῖσιν ἀνάσσεις.
> 或者勒托一开始如何生下你——凡人的欢乐，

---

① 这对于希腊大陆与诸岛屿对她的宗教崇拜而言无疑是正确的。参见 F. Wehrli, "Leto," *RE* Suppl. 5 (1931): 555-565。

② 参见 Jacoby (1933), p. 703: "每一个崇拜地点都与一个故事相联系，可以歌唱其中任何一个故事。"参见 Miller (1985), p. 22。

③ 我接受 M. Cantilena, "Due versi dell' inno omerico ad Apollon," in *Perennitas: Studi in honore di Angelo Brelieh* (Rome, 1980), pp. 109-113 提出的建议，即把抄本中的ἐξίηει修订为ἐξίει。

> 她依靠库图斯（Cynthus）山，在到处是岩石的小岛上，
> 在海水环绕的提洛岛？黑浪从两边
> 涌起，拍打着土地，风刮得尖利；
> 你从那儿诞生，从此统治所有凡人。
>
> （25—29）

提洛岛、勒托、阿波罗诞生的故事，以及他从身处荒无人烟的海岛到统治所有凡人的过程——这些将是诗人的主题。

阿波罗的诞生

漫长的地理清单始于克里特，并描述了环绕爱琴海大半圈的各个地点，这为诗人偏好奇特的灵活转折提供了又一例证。一开始，众多响亮的地名似乎是在以实例延续阿波罗无处不在的力量与尊荣这一主题。15 行之后，我们才发现这一连串的地名是勒托徒劳地寻找新神诞生之地而涉足的地方。地理清单与前后内容的双重联系模糊了序曲与叙事的界线。① 学者们在勾勒颂诗框架时众说纷纭，这正表明诗人经常掩饰他的转折。

---

① Förstel (1979), p. 112 和 Baltes (1982), p. 26 主张序曲与叙事之间有一个停顿，然而这样就失去了效果。关于句法上刻意的模棱两可，见 E. Kalinka 为 Bethe (1931) 所写的书评，*Philologische Wochenschrift* 52 (1932): 390; Forderer (1971), pp. 70-72; 以及 Miller (1985), pp. 31-33。如果提及的这些地点都可以被视作阿波罗的崇拜地（参见 AHS [1936], p. 205 及 Forderer, p. 70），那么句法的模棱两可就增强至形成了具有讽刺意味的反差，正如 Forderer, p. 71 所强调的：“那些看似属于阿波罗领地的地方——它们的确是——一开始都拒绝了他。" 参见 Miller, p. 33: "这一接纳的清单勾画出阿波罗现在的伟大，但回溯地看，这却是一个排挤的清单，描摹了阿波罗初次降世时苦涩的窘迫处境。" H. Koller, "Πόλις Μερόπων Ἀνθρώπων," *Glotta* 46 (1968): 22, 称第 30—44 行中的清单是此前已经存在的传统诗篇，诗人借来表现勒托的游荡。

τόσσον ἔπ᾽ ὠδίνουσα Ἑκηβόλον ἵκετο Λητώ,
εἴ τίς οἱ γαιέων υἱεῖ θέλοι οἰκία θέσθαι.
αἱ δὲ μάλ᾽ ἐτρόμεον καὶ ἐδείδισαν, οὐδέ τις ἔτλη
Φοῖβον δέξασθαι, καὶ πιοτέρη περ ἐοῦσα
πρίν γ᾽ ὅτε δή ῥ᾽ ἐπὶ Δήλου ἐβήσετο πότνια Λητώ.

怀着弓箭手的勒托游荡了很远，她乞求
有没有哪一片土地愿意给她的儿子安家。
然而她们颤抖得厉害，没有一片土地敢
接纳福波斯，即便是异常富饶的土地，
直到，勒托女士踏上了提洛岛。

(45—49)

出于莫名的恐惧，所有的土地都拒绝了勒托的乞求。这时，引起普遍畏惧的原因尚未得到解释。即使是丰饶的土地，足够为新神的诞生提供合适的地点，也拒绝了困苦的女神，她最终确信，只有贫瘠的提洛岛会欢迎她的儿子。现在，诗人以彻底的史诗风格叙述勒托与提洛岛之间迷人的对话，对话最终敲定了双方都能接受的协议。女神一会儿劝诱一会儿威吓地对提洛岛开口道，"如果你愿意成为我的儿子的基座"，但是接着她转向可怖的未来，她警告提洛岛，如果她错过了这个机会，从今以后再不会有人注意到她并向她乞求①：

---

① Forderer (1971), p. 174, n. 44 支持抄本的读法 λίσσει；参见 Förstel (1979), p. 427, n. 489。AHS (1936) 印为 λήσει；Baumeister (1860), Gemoll (1886), J. Humbert, *Homerè: Hymnes* (Paris, 1936), and Càssola (1975) 均印为 τίσει。

οὐδ᾽ εὔβων σέ γ᾽ ἔσεσθαι ὀΐομαι οὔτ᾽ εὔμηλον,
οὐδὲ τρύγην οἴσεις οὔτ᾽ ἂρ φυτὰ μυρία φύσεις.
事实上，我想你无法再供养牛群和羊群，
你也不会再产出谷物或带来充足的庄稼。

(54—55)

反过来，如果提洛岛答应为阿波罗建立一座神庙，那么勒托预言这座岛屿未来将会繁荣：全体人类都会带来他们的供奉，牺牲的香气不断升起，她土地上的居民也将随着海外输入的财富而生活兴旺，"因为你的土壤是贫瘠的"（56—60）。值得注意的是，勒托没有乞求怜悯与仁慈——也许她在条件更好的地带试过这招但没成功——也没有提及她的虚弱状态。相反，她劝说提洛岛的依据是该岛屿的贫穷并诉诸她直接的利己心。

起先，提洛岛愉快（χαῖρε）地接受了勒托的建议，因为她深知她在人类心里可怜的声名；这样一来"我也许会受到四方的尊崇"（61—65）。然而，某件事阻止她同意，使她转而犹豫：

ἀλλὰ τόδε τρομέω, Λητοῖ, ἔπος, οὐδέ σε κεύσω·
λίην γάρ τινά φασιν ἀτάσθαλον Ἀπόλλωνα
ἔσσεσθαι, μέγα δὲ πρυτανευσέμεν ἀθανάτοισι
καὶ θνητοῖσι βροτοῖσιν ἐπὶ ζείδωρον ἄρουραν.
但这故事令我颤抖，勒托，我不会向你隐瞒；
他们说，阿波罗将变得极有势力
且将牢牢地统治不朽者

和生长大麦的土地上的凡人。

(66—69)

攫住所有土地并使她们拒绝勒托乞求的普遍恐惧从何而来,现在清楚了。来源不明的传言说她的儿子将是极度残暴和专权的。

批评家认为这几行只是某种夸张的表达,用来突出阿波罗的强大力量,他们试图借此消解文本的惊人暗示,但这是徒劳。例如,柯克(Kirk)发现,ἀτάσθαλος 一词的使用是"夸大的,或者说感觉迟钝的",尽管"这里引入阿波罗作为统治者的主题……颇为合理"。① 而福德雷尔(Forderer)则从提洛岛对阿波罗力量的恐怖而夸张的描绘中察觉到了一丝幽默的味道。② 弗尔斯特尔(Förstel)和米勒提供了更为复杂的解释,但是二者都没有多少说服力。前者称,关于神的流言只是描述他的性质,并不包含具体的、会导致土地拒绝的威胁。然而,土地拿她们自己与令她们生畏的、人尽皆知的神之伟大相比较,并感觉到她们相对他的无限低微;正是这种感觉造成了她们的恐惧。对弗尔斯特尔而言,要点仍在于表现阿波罗超越一切的伟大。③ 米勒的解读(就我所理解到的)涉及阿波罗的伟大与他需要一个诞生地的卑微——或者用米勒的话

---

① Kirk (1981), p. 170. Wilamowitz (1920), p. 442 把 λίην ἀτάσθαλον 解释为"有力而残暴的神"。参见 Dornseiff (1933), p. 5:"传言是,即将出生的勒托之子将来相当无法无天。"

② Forderer (1971), p. 74:"恐怖的氛围毫无疑问通过幽默缓和了,幽默是整个描绘的基调……她(提洛岛)以一种古怪的曲解来谈论阿波罗的残暴,也以一种古怪的色彩形容迫近的危险。"

③ Förstel (1979), p. 183:"这是关于神的性质的说明,其中不包含任何具体的威胁,不会自然地激发土地的消极态度。土地拿她们自己与神公开的可怕伟大相比,并感到无法与之匹敌。正是这种完全处于神之下的感受使她们备感威胁,心生恐惧。"

来说,"可耻的依附性"——之间的不相称:"诗人设法表明,阿波罗很有可能已经感受到,在他完全实现的神性与他刚生成出世的一无所有之间的不协调,是对他的尊严难以忍受的冒犯;因此这也可能激发了他对最初所置身的环境的忿恨。"① 这些奇思妙想当中没有一种能回避显而易见的文本感觉,文本强调的不是阿波罗的威力,而是他那野蛮的无法无天和强势的天性。

把 ἀτάσθαλος 运用到阿波罗身上,是令人惊讶的悖谬。没有哪个词能完全表达出这个希腊单词的全部含义。"强势""暴力""莽撞""无法无天"都只能部分对应这个含义丰富的词。在荷马史诗中,这个词经常与 hybris 的一种形式相联系。② 尽管阿波罗在史诗中偶尔会展现怪异或疏离的一面,但大部分时间他恰恰是维护秩序的神。因此,正是他停止了狄奥墨得斯和帕特罗克洛斯狂暴(hybristic)的杀戮;③ 此外,在宙斯为了取乐而发起的诸神大战中,阿波罗拒绝加入无谓的战斗。④ 这里刻画的 ἀτάσθαλος 的神的特征是非荷马史诗的,但却与颂诗开头介绍的残暴的弓箭手相仿。⑤

---

① Miller (1985), p. 41.

② 例如见《伊利亚特》xiii.633-634;《奥德赛》16.86; 24.282, 352。这个词用于阿波罗的不同寻常,见 Kroll (1956), p. 185:"阿波罗是 ἀτάσθαλος 的?这位极其尊贵的神不可能是这样的,他在古风时期的宗教中是带来法律与仪式的神。"亦见 Miller (1985), p. 39:"把这样一个消极的词与阿波罗联系(无论是多么间接的联系)在一起很值得一提,因为在古风时期的希腊信仰中,这位神作为'认识你自己'和'勿过度'两句格言的发布者,是人类 hubris 的首要敌人。" Förstel (1979), p. 416, n. 459 徒劳地试图把这个词解读为"中性色彩的","只是用来表达极其超凡的力量与权势等"。他当然无法找到一个类似的中性色彩的用例。

③ 《伊利亚特》v.438-444; xvi.705-711。

④ 《伊利亚特》xxi.461-467。

⑤ 参见 Baumeister (1860), p. 132; Gemoll (1886), p. 133; Wilamowitz (1920), p. 442; Altheim (1924), p. 431; Unte (1968), p. 31; Forderer (1971), p. 76; Càssola (1975), p. 492; and Förstel (1979), p. 170。尽管这几位批评家都注意到了序诗中的阿波罗与传言中的阿波罗之间的联系,但都没有严肃地尝试理解此种联系,好像注意到相似性就足够了似的。

正是这位导致诸神惊恐地从座位上弹起的神灵，其诞生激起所有土地的恐惧。这两幅阿波罗的画像一直被认为与希腊宗教精神格格不入，因此有些学者认为它们受到东方的影响。① 但我们无须舍近求远：如果正确地理解这几行诗，那么它们不偏不倚地契合希腊传统，只不过不是史诗传统，而是神谱诗的传统。

提洛岛，还有世上的其余地方，所惊恐的是阿波罗不仅"将牢牢地统治"人类，甚至还有诸神。在此首次出现的希腊文单词 πρυτανεύω 有一丝独裁统治的意味。② 然而，依然是宙斯且唯有宙斯，统治着神和人。③ 各族人畏惧的正是新生的阿波罗将废黜奥林坡斯众神，继承天庭的王位。此外，他们还害怕他的统治与宙斯的统治不同，将是暴力且无法无天的。诗歌第一幕的意义至此彻底显露。这位令人敬畏的神打破了奥林坡斯诸神的和平宴会，在诸神心中激起恐惧，他看起来是奥林坡斯秩序潜在的破坏者，是推翻宙斯统治的篡位者。唯有宙斯表示接纳的欢迎手势才使平静

---

① 见 Kroll (1956), pp. 184-91; and F. Guida, "Apollo arciere nell' inno omerico ad Apollo Delio," *Studi Omeriei ed Esiodei* (Rome) 1 (1972): 7-25.

② 词根 *prytan-* 和僭主（*tyrannis*）的词根一样，都被认为来源于安纳托利亚。在《伊利亚特》第五卷第678行，普律塔尼斯（Prytanis）是吕底亚战士的名字。参见 J. Liderski, "Etruskische Etymologien: zila θ und pur θ ," *Glotta* 40 (1962): 157-159; *A. Heubeck, Praegraeca (Erlangen, 1961)*, pp. 67-68; and M. Hammarström, "Griechisch-etruskische Wortgleichungen," *Glotta* 11 (1921): 214-215.《被缚的普罗米修斯》第 169 行把宙斯称为 μακάρων πρύτανις[众神的统治者]。参见品达，《皮托凯歌》（*Pythian*）6.24: κεραυνῶν τε πρύτανιν[手持闪电的统治者]；欧里庇德斯，《特洛伊妇女》1288: Κρόνιε, πρύτανι Φρύγιε[克罗诺斯之子，弗里吉亚的统治者]。

③ 参见《伊利亚特》xii.242:（宙斯）ὅς πᾶσι θνητοῖσι καὶ ἀθανάτοισιν ἀνάσσει[他统治着所有有死者与不朽者]。参见 Kroll (1956), p. 190: "统治诸神与人的权力只属于宙斯，πατὴρ ἀνδρῶν τε θεῶν τε [人与众神的父亲］。没有其他神能说，他 μέγα πρυτανεύει ἀθανάτοισι[有力地统治着诸神]。"参见 Förstel (1979), pp. 171-172. "对神的再现十分特别。" Förstel 进一步指出，颂诗"经常强调神的权力的普适性，对其他神和人都有效力；但是这通常针对的是神的某一特别活动，而这里所描绘的阿波罗的优越性是他拥有普遍更高的权力"（着重号是我加的）。

得以恢复。这个举动毫无疑问地表明，他的儿子绝非应该畏惧的敌人，而是朋友，是既有秩序的同盟。说到底，这位新神将成为宙斯的残暴继任者仅仅是传言。

这几行对于整首颂诗的解读至关重要。首先，该诗牢牢地将自身置于神谱诗传统之中，或者更确切地说，是置于继位神话的框架之中，在继任神话里，每一代的众神总是被一位或多位新神推翻。其次，现在我们可以确定颂诗在奥林坡斯历史上正确的时间背景了。宙斯存在敌人和继任者的可能性暗示，奥林坡斯统治刚刚确立，还没有完全稳定至其最后的结构。宙斯的统治尚处于童稚时期，可以想象真正的动荡和对其统治的挑战仍存在。

除了周围到处流传的谣言外，提洛岛还解释了她对自身福祉的直接担忧。一旦他见到白日的亮光，这位残暴而 ἀτάσθαλος 的新神也许会对这座峭壁丛生的岛屿嗤之以鼻；他也许会用狂暴（hybristic）的暴力行为把这座岛屿踢到海里去（70—73）。神会去别的地方建立他的崇拜仪式，而她将成为被遗弃的礁石，仅仅被海豹和章鱼栖居的礁石（74—78）。提洛岛对她目前的贫瘠与缺乏吸引力十分敏感，她害怕如果她接受了勒托的提议，她将比以前更不如。

尽管提洛岛显然是无助且单纯的，但是当她要求勒托立下一个誓言时表现出了一定的聪明；女神需要发誓，阿波罗"将首先在这里建造他最美丽的神庙用作神谕所，然后才在所有人中[建造神庙]①，

---

① 提洛岛这里说得很含糊，但没有必要和 Hermann (1806), AHS (1936), and Càssola (1975) 一样认为有阙文。参见 Baumeister (1860) and Gemoll (1886)。

因为他将声名远播"①。提洛岛很谦逊地没有着眼于唯一，而是着眼于优先性。勒托答应了这个要求，并凭着"诸神最伟大最可怖的誓言"（85—86）起誓。凭着斯提克斯之水起誓极为常见，但这里的誓言却不是以通常的史诗手法来处理的。② 勒托也不乏狡诈，因此她在按提洛岛的建议起誓时修正了表述，比提洛岛所要求的既允诺了更多，又允诺了更少。

ἦ μὴν Φοίβου τῇδε θυώδης ἔσσεται αἰεὶ
βωμὸς καὶ τέμενος, τίσει δέ σέ γ᾽ ἔξοχα πάντων.
真的，这里将永远是福波斯芬芳的祭坛
和他的圣所所在，他将尤其荣耀你，超过所有。

（87—88）

女神不仅向提洛岛允诺阿波罗的第一所神庙，还允诺这所神庙将永远存在，并且在他所有的崇拜地中享有最高的荣耀。她无声地拒绝了提洛岛想要神谕所的狂妄要求。③ 不过此处已为颂诗第二部

---

① πολυώνυμος 本意是"拥有众多名号的"，因此意为"著名的"。这个词在这里很可能是指阿波罗将拥有众多崇拜名号。Dornseiff (1933), p. 14 认为这一行证明了整首颂诗的统一，因为这行诗指向一个事实，即阿波罗在颂诗的后半部分将获得 "Telphousios"、"Delphinios" 和 "Pythios" 这些名号。亦见 Dornseiff, "Nochmals der homerische Apollonhymnos: Eine Gegenkritik," *Greifswalder Beiträge zur Literatur- und Stilforschung* 8 (1935): 12。

② 第 89 行的程式化用语在荷马史诗中出现了六次（《伊利亚特》xiv.280;《奥德赛》2.378, 10.346, 12.304, 15.438, 18.59），但是这六个例子没有一处出现在重述之前已说出的誓言之后。

③ 有证据表明提洛岛有神谕所，但那是希腊化时期的证据，没有理由认定它很古老，更别说早于德尔斐了。参见 AHS (1936), pp. 212-213。Bethe (1931), pp. 19-20, and S. Eitrem, "Varia, 87: Ad Homericum hymnum in Apollinem," *Symbolae Osloenses* 18 (1938): 130 质疑古风时期提洛岛有神谕所的可能性。Wilamowitz (1920), p. 446, n. 2, and Jacoby (1933), p. 717, n. 3, 二人都相信提洛神谕所的存在。不过重要的是，勒托并未向提洛岛承诺神谕所。参见 Heubeck (1972), p. 146; and Ch. Floratos, "Ὁ ὁμηρικὸς ὕμνος εἰς Ἀπόλλωνα," Ἀθήνα 56 (1952): 295-296。

分叙述神谕所的建立做了铺垫。①

协议敲定,提洛岛"为弓箭手主人的诞生感到极大的欢欣"(90)。这场小型对话中无可置疑的幽默大部分来自人物塑造(ἐκ προσώπων):女神和说话的岛屿之间冷静的协商;勒托直露地用提洛岛的贫瘠刺激她,岛屿自知身份低微以及她对未来的谨小慎微,最后还有双方都流露出来的世俗气的狡诈。②不过,这里还有更深层的讽刺。勒托的游荡和提洛岛的恐惧都因为那显非真实的传言。③诗人的读者就像我们一样清楚这一点。因为诗人在介绍他的主题时就已经宣明,阿波罗将统治全体人类,πᾶσι θνητοῖσιν ἀνάσσεις(29),但是这位新神不会是人类的灾星,而是人类的欢乐,即 χάρμα βροτοῖσι(25)。伴随阿波罗诞生的可怕流言没有坚实的依据,流言的来源仍然使我们困惑。

伴随提洛岛的欢欣,从恐惧到欢乐的典型过程——这个过程也是阿波罗的标志,在序诗中用来描绘阿波罗的现身——似乎结束了。然而对勒托而言,突然出现了新的障碍。生产的巨痛整整折磨了女神九天而毫无减轻的希望。④令人惊讶的是,我们发现她在分娩的剧痛中并非孤身一人:

θεαὶ δ' ἔσαν ἔνδοθι πᾶσαι,
ὅσσαι ἄρισται ἔσαν, Διώνη τε Ῥείη τε

---

① 参见 Gemoll (1886), p. 134; Ludwich (1908), p. 183; Forderer (1971), p. 75; and Heubeck (1972), p. 136, n. 8,他们显然都是统一派。

② 对话中的幽默见 Forderer (1971), p. 74 以及 Miller (1985), pp. 34-45 的讨论。

③ Miller (1985), p. 42 提及 "他的 ἀτασθαλία[邪恶] 与事实相反"。

④ 参见 Gemoll (1886), p. 135。

ἰχναίη τε Θέμις καὶ ἀγάστονος Ἀμφιτρίτη,

ἄλλαι τ᾽ ἀθάναται, νόσφιν λευκωλένου Ἥρης·

ἧστο γὰρ ἐν μεγάροισι Διὸς νεφεληγερέταο.

> 诸女神都在那儿，
> 所有最好的那些，狄奥涅和瑞亚，
> 追踪的（？）①忒弥斯和高声叹气的安菲特里忒，
> 还有其他女神，白臂的赫拉除外；
> 因她坐在集云神宙斯的殿堂里。
>
> （92—96）

一群女神在场陪伴着勒托，这是此前并未透露的，而这里的措辞也显得笨拙。②勒托独自一人在到处是岩石的岛上分娩，这一幕引发同情的可能性被诗人放弃了。诗人自有他的目的：不朽者在勒托分娩之时到来，这表明她并非像她一开始看起来的那样是遭到抛弃的。在道出名字的诸女神中，忒弥斯是最重要的一位，她也将养育初生的神。她的名字意味着法律、秩序和得体。《神谱》称她为宙斯的第二位妻子，她的孩子是时序三女神，即秩序女神欧诺弥亚（Eunomia）、正义女神狄刻（Dike）和和平女神厄瑞涅（Eirene）（《神谱》901—902）。传统上，她与宙斯的关系很密切，

---

① 忒弥斯的这个含义不清的饰词，见 Forderer (1971), p. 176, n. 48。

② Hermann (1806) 把多个抄本中的 ἔνδοθι 修订为 ἐνθάδε。Kirk (1981), p. 171, 表达了他对颂诗略去了"雅典娜、阿弗洛狄忒甚至阿尔忒弥斯——她与出生有特别的联系"感到惊讶。当然，颂诗提到名字的女神都属于老一代神。J. Schröder, *Ilias und Apollonhymnos* (Meisenheim, 1975), pp. 13-14, 认为这里列举的女神名沿袭自《神谱》第 11—21 行。

因为她是他最为信任的顾问;①《神谱》有一处说她警告宙斯和波塞冬与忒提斯结合的危险后果。② 最后,忒弥斯与德尔斐及其神谕所有特殊的联系。③ 她出现在阿波罗诞生的现场,这给整个过程赋予了神的许可。

然而,赫拉还是"除外"的。此处,正如《致德墨忒尔颂诗》,νόσφιν 反映了天国里的分裂,以及存在于诸神间的冲突状态。④ 当其他女神都离开奥林坡斯去往提洛岛,唯独赫拉即便清楚地知道地上发生了什么也仍然置身事外。⑤ 只有助产女神埃勒提埃一无所知:

> ἧστο γὰρ ἄκρῳ Ὀλύμπῳ ὑπὸ χρυσέοισι νέφεσσιν,
> Ἥρης φραδμοσύνης λευκωλένου, ἥ μιν ἔρυκε
> ζηλοσύνῃ, ὅτ' ἄρ' υἱὸν ἀμύμονά τε κρατερόν τε
> Λητὼ τέξεσθαι καλλιπλόκαμος τότ' ἔμελλεν.
> 她坐在奥林坡斯山峰上,金色的云下,
> 这是因为白臂的赫拉的计划,她出于嫉妒,

---

① Wilamowitz (1920), p. 449, 称她为"永恒的世界秩序的象征,宙斯经常询问她的意见"。这样的话,她确实是阿波罗的养育者的合适人选。参见 R. Hirzel, *Themis, Dike und Verwandtes* (Leipzig, 1907), pp. 2-7。

② 参见 Pindar, *Isthmian* 8.26a-37。

③ 在第 394 行,阿波罗的神谕所被称为 θέμιστες。参见第 253 和 293 行。参见 Hirzel (1907), pp. 20-21。根据某个传统,阿波罗从忒弥斯那里接管德尔斐神谕所。参见如埃斯库罗斯的《复仇女神》第 2—19 行。关于忒弥斯与德尔斐,参见 Hirzel (1907), pp. 7-9。

④ 见下文第四章,特别是下文第 281 页注①。

⑤ 大多数校订者(Baumeister、Gemoll、Humbert,还有 Càssola——AHS 是例外)都认为第 96 和 98 行重复并删去了第 96 行。参见 Förstel (1979), pp. 120-123。Forderer (1971), pp. 79-80 捍卫文本原貌。诗人颇为费心地强调这一事实的反讽:只有好妒的赫拉和她不知情的同伙还留在奥林坡斯。

阻止了她，因为美发的勒托那时正要
诞下一子，孔武有力而完美无瑕。

（98—101）

赫拉的嫉妒和小心眼的计谋把埃勒提埃蒙在鼓里。不过这种情形只需一个简单的化解办法。诸女神派伊里斯（Iris）——在别处她是宙斯的信使——把助产女神带来，并且不能引起赫拉的注意（102—114），她们以女人的计策用一根金项链贿赂她。任务很快就完成了；① 埃勒提埃一踏上提洛岛，勒托就终于生下了阿波罗（115—119）：

ἐκ δ' ἔθορε πρὸ φόως δὲ, θεαὶ δ' ὀλόλυξαν ἅπασαι.
他跃出到日光之中，所有女神都欢呼起来。

（119）

那么，在《致阿波罗颂诗》中，阻止神诞生的障碍是双重的：赫拉的嫉妒和群岛的恐惧。赫拉迫害宙斯的情人们构成一个常见的神话母题，如伊俄或塞墨勒的故事中。《伊利亚特》里，赫拉推迟了赫拉克勒斯的诞生从而指定他接受众多考验（《伊利亚特》xix.96-133）。在其他版本且无疑是传统的阿波罗诞生故事中，勒托的游荡和遭遇仅仅是由赫拉的嫉妒造成的。② 诗人以一带而过

---

① 参见 Miller（1985），p. 46，他提到"叙事风格直率且如事务一般匆促"。
② 比较卡利马库斯（Callimachus）的《致提洛颂诗》、阿波罗多洛斯 1.4.1，以及奥维德《变形记》6.332-336。

的方式提及这一母题,并且草率地处理最终的化解办法,这表明他的听众十分熟悉这一母题。① 在勒托的阻挠这一传统动机之外,我们的诗人增加了一重障碍,并且花了两倍多的篇幅来详述。对大多数批评家来说,两个障碍似乎是互相独立的,是一种没有特殊理由的双母主题现象。赫拉对新神②的神怒,与地上的恐惧相呼应。可以想见,二者正好突出了阿波罗的伟大。③ 但是,我们已经看到,地上各族的恐惧——这也许是我们的诗人的创新——为颂诗带来一个全新的宇宙和诸神谱系的维度。也许我们的问题应该是,为什么颂诗诗人还要保留赫拉的敌意。

在既有恐惧又有敌意的漫长等待中,阿波罗的诞生最终释放出一阵欢乐。诗人显然也陶醉于这狂喜之中,他直接对神说话(120),并且描述了陪伴一旁的女神们如何给新生儿沐浴,用金色的褴褓裹好他。作为神,阿波罗吃的不是母乳,而是忒弥斯给④他的琼浆玉液和仙馐。接着是勒托"为她生下一个孔武有力的、负弓的儿子"(126)而欣悦。他的出生给她带来的欢乐和颂诗序曲中她作为母亲的欢乐是相同的(比较12—13);神的每一次现身,即便是第一次,都引起相同的反应。

尽管诸神也有父母,也必须诞生,但是他们不像凡人,可以很快成熟,达至成人阶段;自此以后,他们就"永远不老也不

---

① 参见 Förstel (1979), pp. 185-186。似乎仅有 West (1975): 169-170 认为赫拉的嫉妒属于次要的母题。

② Förstel (1979), p. 187 称赫拉的反对为"家庭内部的一个阴谋",这样就把它看得微不足道了。

③ 参见 Forderer (1971), p. 86:"土地的恐惧与赫拉的嫉妒二者都指向阿波罗的伟大。"亦见 Förstel (1979), p. 185; and Miller (1985), p. 46。

④ 关于 ἐπήρξατο(125)的神圣内涵,见 Gemoll (1886), pp. 138-139。

死"。① 所以他一吞下神的食物，就立刻撑裂了缚住他的襁褓（127—129）。他不再是婴儿，而是完全成熟的神灵，并且从今以后都是。阿波罗说道：

εἴη μοι κίθαρίς τε φίλη καὶ καμπύλα τόξα,
χρήσω δ' ἀνθρώποισι Διὸς νημερτέα βουλήν.
让弦琴属于我，还有那弯曲的弓，
我将对人预言宙斯永不落空的旨意。

（131—132）

新神刚开口说话，就声明了他的三项尊荣：音乐、射箭和预言。② 颂诗第一幕就介绍了令人畏惧的弓箭手，我们完全有理由期待颂诗还会展现阿波罗操弄他的其他特权。接管预言的权力显然构成了这一系列的高潮③，而阿波罗的宣言的表述值得特别注意。这位神不单单是说，他将预言未来，或者他将用他超人的知识来给出各种建议。事实上，他说的是他将向人类传达"宙斯永不落空的旨意"。这一宣告对神和人都产生了重要后果。这位孔武有力的神，因可能成为现存秩序的敌人或推翻者而被畏惧，但在他的首个宣言中，他就明确无疑地与他的父亲和奥林坡斯的统治结为同盟，

---

① 参见 J. S. Clay, "Immortal and Ageless Forever," *CJ* 77 (1981-1982): 112-117.
② 第 131—132 诗行一直被视为阿波罗的"人生计划"，将在颂诗的后半部分实现。参见 Bethe (1931), pp. 8-9; Jacoby (1933), p. 720, n. 1; Dornseiff(1933), p. 10, and (1935), p. 12; Unte (1968), pp. 38-39; Forderer (1971), p. 88: "那是他未来的工作，他的灵性能力的领域，他的本质。"亦见 Heubeck (1972), p. 146; and Miller (1985), p. 54.
③ 参见 J. T. Kakrides, "Zum homerischen Apollonhymnos," *Philologus* 92 (1937): 108; and Miller (1985), p. 54.

而他自己就将成为这种统治的发言人。不仅如此，作为宙斯的传声筒，阿波罗还将成为他的父亲与人类的中介。我们完全有理由认为，阿波罗在这里为自己选定的权力构成了一次宇宙革新。这意味着，在阿波罗以前——也是在他的神谕所建立以前——不存在向人类传达诸神旨意的通道。凡人生活在对神意一无所知的处境中。颂诗已经补充了一个显著的例子来说明人类当时的无知：新神出生时，人们普遍地误解了他。然而从此以后，阿波罗的神谕职权将减少此类无知。正如我们将看到的，颂诗诗人坚持德尔斐的革新性质，这一点与阿波罗神谕所的建立的其他传统版本极有分歧。

这位神已经完全成熟，有了标志性的波浪般的发卷（ἀκερσεκόμης），在他声明将属于他的三项尊荣以后，迈步从地上起来。正如面对一位神的现身时的典型反应，所有女神都被这一幕镇住（θάμβεον）了。不过，提洛岛的反应就绝非典型了：

χρυσῷ δ' ἄρα Δῆλος ἅπασα
ἤνθησ', ὡς ὅτε τε ῥίον οὔρεος ἄνθεσιν ὕλης,
βεβρίθει δέ θ' ὁρῶσα Διὸς Λητοῦς τε γενέθλην,
γηθοσύνῃ ὅτι μιν θεὸς εἵλετο οἰκία θέσθαι
νήσων ἠπείρου τε, φίλησε δὲ κηρόθι μᾶλλον.

看，提洛岛处处是金子
在绽出，就像缀满森林花朵的山顶，
（金子）让她沉甸甸的，当她注视宙斯与勒托的后代，
她欣喜，因神选了她来建立他的居所，

在众多岛屿与陆地之间，她心里愈发爱他了。

（135、139、136—138）

提洛岛奇迹般地镀上了一层金，这是她为阿波罗感到欢乐的金光四射的表达。① 同时，这也是实现勒托的承诺，预示了岛屿富庶的未来。第136—138行通常被视作第139行的异文。校订者们一般要么采纳前者，要么采纳后者，即便二者甚至不相对称。② 我接受这些文字，但把第136—138行放在第139行后面。③ 这样的读法恢复了合理的顺序，并且带来一个农业隐喻，也为这一片段提供了高潮。提洛岛先是开出金子之花，随之变得沉重。黄金无疑是神的标志，并且也像众神一样不可摧毁。但是动词 ἤνθησ'[绽出]和 βεβρίθει[变得沉甸甸] 都有植物背景。④ 绽出金子和变得沉甸甸

---

① 参见 Förstel (1979), p. 192，他指出这是提洛岛之欢乐的第三次表达，也是表达的高潮。参见第61、90行。亦见 Forderer (1971), p. 92。但是，我们必须回顾第66、70行她最初的恐惧与颤栗才能理解从恐惧到欢乐的典型全过程。

② 第136—138行在有些抄本中出现于页边的位置。因此 Baumeister (1860), pp. 139-140; Jacoby (1933), pp. 710-711; AHS (1936), p. 222; Deubner (1938), pp. 261-262; van Groningen (1958), p. 321, n. 3; and Förstel (1979), p. 125，把第139视作原文所有，而把136—138行看作异文。Wilamowitz (1920), pp. 449-50; Bethe (1931), p. 21; M. H. Van der Valk, "A Few Observations on the Homeric Hymn to Apollo," L'Antiquité Classique 46 (1977): 449-450; and Kirk (1981), p. 172，则捍卫相反的立场，卡索拉甚至把第139行从他的文本中删去了。Unte (1968), pp. 40-41 为136—139的顺序辩护，而 Forderer (1971), pp. 89-93 的排序是135、139、137、138，并认为136可能是诗人自己的异文。Gemoll (1886), p. 141 和我一样把136—138插在139之后，但他的读法是 βεβρίθη，并且对诗行重新标点，把这个词放到整个比喻里面：ἤνθησ', ὡς ὅτε τε ῥίον οὔρεος ἄνθεσιν ὕλης / βεβρίθη。

③ A. Kirchhoff, "Beiträge zur Geschichte der griechischen Rhapsodik II: Der Festhymnos auf den Delischen Apollon," Sitzungsberichte der Preussischen Akademie, Berlin (1893): 910 采用的是 βεβρίθεν，后边是逗号。我的读法是把提洛岛恢复为 βεβρίθει 的主语，同时把 καθορῶσα 校订为 ἡ δέ θ' ὁρῶσα。

④ βρίθω 与植物的关系见《伊利亚特》vii.307, xviii.561；《奥德赛》15.334, 19.1 12；《致德墨忒尔颂诗》473，《致大地与万物之母颂诗》(Hymn to Earth the Mother of All) 9；赫西俄德，《工作与时日》466，以及《赫拉克勒斯之盾》(Shield of Heracles) 290, 295, 300。

的——不是因为果实或谷粒,而是金子——生动地表现了提洛岛未来繁荣的悖谬性质。① 正如勒托承诺的,提洛岛的繁荣不是出于这座岛的自然资源,而是由成群结队的阿波罗的崇拜者从其他地方带来的。最终,提洛岛的财富因其与神的关系而有一种"非自然"但神圣的来源。

第 140—214 行

现在,诞生叙事结束了。接下来这一部分(140—210)整个可以视为精心结撰的过渡,过渡到第二个更长的神话叙事,也就是创立德尔斐神谕所的神话。② 作为前半的尾声和后半的开端,过渡部分既指向前又指向后;动词重复以及主题呼应的手法将原本看起来杂乱无章的篇章组织了起来。

两个较长的片段中止了这一部分有点儿无休止的运动,并且形成了这一部分的双重焦点。二者都庆贺刚出生的神所声明的第一项尊荣。音乐之神阿波罗,既掌管他的出生地为纪念他而举行的庆典,也掌管奥林坡斯山上众神的集会。这两种画面互为镜像;提洛岛的地上诗人呼应奥林坡斯山上的天庭诗人。因此,颂诗诗人通过赞颂他本人与他的技艺来继续赞颂阿波罗。

诗人首先继续歌颂阿波罗与提洛岛,他巧妙地从阿波罗诞生的神话过去过渡到现在。地理罗列(141—146)从过去的提洛岛开始("有时,你来到到处是岩石的库图斯"),逐渐移至更远的别处("有时你在诸岛屿与人群间游荡")。一连串受到阿波罗青睐

---

① 参见 G. Dumézil, *Apollon sonore et autres essais* (Paris, 1982), pp. 27-33。
② 这一部分的结构分析,见 Miller (1985), pp. 56-70。

的地貌塑造了与当下的联系以及这一系列的高潮：

ἀλλὰ σὺ Δήλῳ, Φοῖβε μάλιστ' ἐπιτέρπεαι ἦτορ.
但对你，只有提洛岛，福波斯，是最令你满心喜悦的。

（146）

以提洛岛开头，也以提洛岛结束这一串罗列，诗人试图重新呼应阿波罗的普遍性主题，现在该主题搭建了整个提洛片段的框架（144—145，对比 22—23）。神对提洛岛的偏爱影射了他出生时的处境，这一偏爱持续至今，因此便描述为纪念阿波罗而举行的每四年一次的盛大庆典。伊奥尼亚人"为着你"聚集在提洛岛，并尽情地斗拳、舞蹈和歌唱（149—150）。最后一项活动才是诗人在这一片段将着眼之处；① 我们甚至可以推测，插入提洛集会（panegyris）是为接下来讨论 ἀοιδή 而做的准备。但在最直接的上下文中，希腊人的庆典集会实现了勒托对提洛岛古老的诺言，许诺她有无尽的财富输入。听到神即将诞生的消息就颤抖不已的各族人，现在欢聚一堂赞颂阿波罗。他们的恐惧蜕变为愉悦，参与竞赛者的愉悦（τέρπουσιν [150]）和观看者的愉悦（τέρψαιτ δὲ θυμόν [153]）。辉煌一幕如下：

φαίη κ' ἀθανάτους καὶ ἀγήρως ἔμμεναι αἰεί,
ὅς τότ' ἐπαντιάσει' ὅτ' Ἰάονες ἀθρόοι εἶεν·

---

① 参见 Forderer (1971), p. 105："诗人强调的是最后一个联系，即歌唱，这也是后文继续描述的唯一一项。"有关诗人偏好使用三联组，且最后一项为高潮得到强调，见 Kakrides (1937), pp. 107-108。

> πάντων γάρ κεν ἴδοιτο χάριν, τέρψαιτο δὲ θυμὸν
> ἄνδρας τ᾽ εἰσορόων καλλιζώνους τε γυναῖκας
> νῆάς τ᾽ ὠκείας ἠδ᾽ αὐτῶν κτήματα πολλά.
> 他将宣称他们会永远不死也不老，
> 无论是谁在伊奥尼亚人聚集时遇见他们；
> 因为他会看到所有人的光彩，感到欢喜，
> 当他注视男人和可爱的束腰女人，
> 还有他们的快船和他们的众多财宝之时。
>
> （151—155）

庆典场合赋予凡人神性的光芒和超越的光环，这使那些终有一死的参与者短暂地与神相似。①

《致阿波罗颂诗》，或者至少是其中的提洛部分，专门为提洛庆典而作，这一假设广为接受。② 相应地，参加伊奥尼亚集会的行吟歌手想要赢得听众的倾心，因此才在他的诗中赞颂他们，并且预言自己将在史诗吟诵的竞赛（173）中胜出。这样的解读也许说得通，但并不必要。描述提洛岛上的阿波罗庆典很自然地从上下文生发出来。不仅如此，它将颂诗目前为止已使用过的某些主题拼成一幅生动的画面，并引出将贯穿颂诗第二部分的新主题。描述的内容本身相当普通，指向的是重复性事件而非某一具体场

---

① 这个想法与品达相同。参见 Miller (1985), p. 58, n. 143。提洛集会与颂诗开头的奥林坡斯聚会的呼应，见 J. D. Niles, "On the Design of the Hymn to Delian Apollo," *CJ* 75 (1979): 37-39。

② 颂诗本身即是这一传统的来源，该传统可以追溯至古代，保存在《荷马与赫西俄德的竞争》(*Contest of Homer and Hesiod*) 315 中 (in T. W. Allen, ed., Homeri Opera [Oxford 1912], 5: 237) 以及赫西俄德残篇 357 (Merkelbach-West) 中。参见 Förstel (1979), pp. 71-84 的讨论。

合。这段描述出现在颂诗中完全可以用诗歌的理由去解释。① 此外，正如我们将看到的，特别地作为提洛庆典专属诗歌表演的显然不是史诗吟诵。② 不过，无论如何，即便假定颂诗最初的表演地是提洛岛，也不意味着接下来德尔斐神谕所建立的故事不可能是颂诗原作的一部分。我们不应该把19世纪的地方主义强加于希腊人。③ 全部的长篇荷马颂诗在取向上均是自觉的泛希腊主义的。事实上，这些诗连同主神庙和荷马史诗，构成古风时期决定性地塑造了希腊的那一趋势的珍贵记录。是学者们非要将这些作品与具体的地点与场合联系起来：《致阿弗洛狄忒》与特洛阿斯，《致德墨忒尔》与厄琉息斯，还有《致赫尔墨斯》与各个不同的地方——实则并未成功。④ 在他们的眼中，阿波罗作为泛希腊神——如果真有这么一位神的话，只能是提洛岛的或者皮托的。而诗人们——尤其是《致阿波罗颂诗》的创作者——花费了极大的力气去将他们赞颂的神普遍化。为了刻画阿波罗的全部，他涵盖了提洛岛和德尔斐。

提洛岛庆典的生动描绘被"永垂不朽的辉煌奇迹"（156）盖

---

① 参见 Miller (1985), p. 59, n. 145："除非预设诗人的公开主题就是阿波罗的诞生，而非（用 Heubeck 的话来说）'在他超越时间的成就之中的神本身'，否则就不必援引'表演环境'的前提来解释这一片段。"

② 修昔底德 3.104.3-5 经常被用来证明提洛颂诗的独立存在，但他只是依据颂诗的引证明白地提到提洛岛的合唱歌竞赛。这并不意味着颂诗本身的表演就是在那里举行的吟诵竞赛的一部分。

③ 参见 Dornseiff (1935), p. 13："与统一派相反，有一种天真的习惯想法，认为诗歌中出现甚或扮演一个角色的地点就是诗人所属的地方。提洛部分的开头便是如此。因此，出现德尔斐的另一部分也必定出自德尔斐，并且很自然地出自另一个作者。" Van Groningen (1958), p. 312 生造了一个在 Miletus 表演的颂诗版本，他借此提供了他所谓"沙文主义"的惊人例子。

④ 关于《致阿弗洛狄忒颂诗》，见 Smith (1981b)，他正确地驳斥了颂诗为特洛阿斯的保护人所作这一观点。认为《致阿弗洛狄忒颂诗》是为某个厄琉息斯节日而作的厄琉息斯诗歌的观点，见 Richardson (1974), p. 12。关于《致赫尔墨斯颂诗》所在地的提议，见 Herter (1981), pp. 198-201。Jacoby (1933), p. 695 称提洛颂诗的诗人是"一位泛希腊的诗人"。

过了。紧接下来的 22 行诗（157—178）无疑是整首颂诗最聚讼纷纭的段落。争议聚焦于诗歌原本是否计划结束于此[①]，以及有关"喀俄斯（Chios）的盲人"——诗人如此自称——的猜测[②]。我已表达过，我相信我们现在所拥有的颂诗是完整的，因此对于诗人身份的争议，我也没有更多要补充。我将转向另一个与传统问题同样复杂但却没有得到足够重视的问题：这一片段蕴含的诗学，既包括普遍意义上的诗学，也包括这首颂诗特别的诗学。

我们被告知，提洛少女们首先是赞颂诸神（依次是阿波罗、勒托和阿尔忒弥斯）；继而歌唱"年长的男人与女人"（158—161）。先神后人的歌唱顺序恰好是经典顺序，并且在史诗/吟唱诗和合唱诗中都很常见。诗人把女孩子们称为"远射手的少女侍从"。如果没有形容词"提洛岛的"，我们会把这一表述理解成指缪斯——这样理解是对的，因为后面部分描述了奥林坡斯的缪斯，正与提洛岛的歌手呼应。少女们地上的歌反映的是奥林坡斯山上天庭的音乐。虽然字句中没有直接提及她们的舞蹈，但少女们的表演显然属于歌舞队表演，并且在某种意义上是模仿性的。

[①] 各家观点的综述见 Förstel (1979), pp. 20-53。

[②] 古代认为喀俄斯的盲人是荷马。Drerup (1937), pp. 121-122 重申这一可能。依据品达，Nemean 2.2 的古代注疏，《致阿波罗颂诗》曾被认为是库奈图斯（Cynaethus）的作品，他要么是公元前 8 世纪的荷马史诗歌手（AHS [1936], pp. 183-186），要么是公元前 6 世纪晚期的伪托者（West [1975], pp. 165-168）。Dornseiff (1933), pp. 36-43，有一个相当古怪的理论，认为库奈图斯把这首诗归于荷马并非刻意伪托，而是一个玩笑。有关品达的古代注疏的讨论，见 Förstel (1979), pp. 92-101。亦见 H. T. Wade-Gery, "Kynaithos," in *Greek Poetry and Life: Essays Presented to Gilbert Murray on His Seventieth Birthday* (Oxford, 1936), pp. 56-78; R. Dyer, "The Blind Bard of Chios (*Hymn Ham. Ap.*171-176)," *CP* 70 (1975): 119-121; and W. Burkert, "Kynaithos, Polycrates, and the Homeric Hymn to Apollo," in *Arktouros: Hellenic Studies Presented to Bernard M. W. Knox* (Berlin, 1979), pp. 53-62 的诸理论。

表演的效力在于能"令人类种族着迷"（161）：

πάντων δ' ἀνθρώπων φωνὰς καὶ βαμβαλιαστὺν
μιμεῖσθ' ἴσασιν· φαίη δέ κεν αὐτὸς ἕκαστος
φθέγγεσθ'· οὕτω σφιν καλὴ συνάρηρεν ἀοιδή.

所有人的声音和他们的闲谈①，
她们都知道如何模仿；每个人都会宣布是他本人
在说话；她们可爱的歌就是这样组合而成的。

（162—164）

在这里，模仿的原则如果不是首次得到表述，至少是最早的明确陈述。②女孩子们完美再现各种人的声音使得艺术与现实难以区分。最后，她们的歌曲之美源自它所有的元素——内容、形式、呈现——"组合"成一个和谐整体的方式。

在看起来是颂诗将要结尾处，诗人向阿波罗还有阿尔忒弥斯请求"对我们仁慈"（165）。按惯例，请求之后便是终章，其中包

---

① βαμβαλιαστὺν 比异文"κρεμβαλιαστύν"更可取。参见 Wilamowitz (1920), p. 450, n. 4。Wilamowitz, pp. 450-452, 认为提洛少女们的"咿咿呀呀"指的是采纳自外国——也许是阿纳托利亚——崇拜仪式歌曲的难以理解的字句，因为它们的神圣性而得以保存。Bethe (1931), p. 39 正确地反驳了维拉莫维茨的"胡言乱语"。Forderer (1971), p. 180, n. 66, 认为该词指的不是歌而是舞蹈的节奏。但是第 163—164 行完全没有提及少女们的舞蹈。关于提洛少女的模拟，Forderer, p. 100 引用了《奥德赛》4.279，那里描述了海伦模仿木马中的希腊人的妻子的声音——大概还有说话习惯。少女们毫无疑问是用希腊语歌唱的，不过他们的模仿能力使得她们可以拥抱不同方言的特点。我们不应忘记，吟诵的艺术语言（*Kunstsprache*）包含大量的各种方言的语言特点。正如诗歌描述的节日，这也是一种泛希腊的制度。

② 参见 Dornseiff (1933), p. 8："这是有关古代美学中重要至极的模仿的最早的论述。"参见 Forderer (1971), p. 101；亦见 A.L.T. Bergren, "Sacred Apostrophe: Re-Presentation and Imitation in the Homeric Hymns," *Arethusa* 15 (1982): esp. 92-94 的讨论。

括致意(χαίρετε),并且诗人最后承诺将继续他的赞颂。① 但此处正如第 14 行,只不过是在更大的尺度上,诗人操纵颂诗惯例来制造结尾的假象,其实是过渡。因为致意不是对阿波罗,而是歌唱的提洛少女,就像接下来的请求也是向少女们说的:"从此以后都要记得我"(166—167)。在这里的上下文中,μνήσασθ'的意思只能是"把我包含在你们的诗歌中"②。诗人给少女们指明如何才能实现他的请求,即他来充当合唱队指导老师(chorodidaskalos)的角色,为合唱队创作一个短小的应答对话。③ 他告诉她们,当见多识广的陌生人前来向她们问话时,她们应该说什么,

> ὦ κοῦραι, τίς δ' ὔμμιν ἀνὴρ ἥδιστος ἀοιδῶν
> ἐνθάδε πωλεῖται, καὶ τέῳ τέρπεσθε μάλιστα;
> "哦少女们,谁是你们认为最甜美的歌手,
> 在经常光临此地的人中,谁最令你们欢喜?"
>
> (169—170)

---

① 参见 A. M. Miller, "The 'Address to the Delian Maidens' in the Homeric Hymn to Apollo: Epilogue or Transition?" *TAPA* 109 (1979): 176-81,我完全认同他对这一片段的修辞布局的论述。亦见 Altheim (1924), p. 437; De Martino (1982), pp. 63-75,将这整段比作喜剧中的合唱歌。

② 参见第 1 行(μνήσομαι οὐδὲ λάθωμαι)和第 160 行,与提洛少女的歌曲有关:μνησάμεναι ἀνδρῶν τε παλαιῶν ἠδὲ γυναικῶν。见 J.-P. Vernant, "Aspects mythique de la mémoire et du temps" in *Mythe et pensée chez les Grecs* (Paris, 1965), 1: 80-107; and W. S. Moran, "Μιμνήσκομαι and 'Remembering' Epic Stories in Homer and the Hymns," *QUCC* 20 (1975): 195-211. 亦见 De Martino (1982), pp. 66-71.

③ 参见 Förstel l (1979), p. 404, n. 415:"诗人对提洛合唱少女说话,以及在此之前对她们的歌唱的赞美使我们联想起 Alkman 在他的诗中让他的合唱歌手说话并对她们说话。"参见 Bethe (1931), pp. 39-40 的评述:"我一再得出这一结论,即喀俄斯的盲人本人为少女们创作了歌曲,并像 Alkman 一样与她们一同歌唱……这一设想遭到一种并不公正的偏见的反驳,这种偏见认为荷马诗歌的吟诵者应该和合唱队长分开。"Bethe 还有 Dornseiff (1933), pp. 44-45,指出与得摩多科斯在跳舞的费埃克斯人中歌唱"阿瑞斯与阿弗洛狄忒的结合"(《奥德赛》8.256-367)的相似之处。从这一片段看,合唱歌与吟唱诗在古风时期各为一体的观念需要重估。

对这两行问句，少女们要给出相应的回答：

> ὑμεῖς δ᾽ εὖ μάλα πᾶσαι ὑποκρίνασθε ἀφ᾽ ἡμέων
> τυφλὸς ἀνήρ, οἰκεῖ δὲ Χίῳ ἔνι παιπαλοέσσῃ
> τοῦ μᾶσαι μετόπισθεν ἀριστεύσουσιν ἀοιδαί.
> 你们全部按照我们教的好好回答：①
> "一位生活在多岩石的喀俄斯的盲人，
> 他所有的诗从今往后永远是最好的。"
>
> （171—173）

诗人夸口他所有的诗都是最好的，那么就不仅指颂诗，还包括了提洛少女她们自己唱的模仿性合唱歌。换句话说，诗人涵盖抒情诗和吟唱诗两种模式，等于宣告他精通所有种类的音乐。② 事实上，他刚刚就顽皮地展现了他对音乐的全面掌握，在他的五音步颂诗中模仿了合唱表演。③

少女们将在提洛岛的固定点上，向时常光临此岛的外地人歌唱诗人为她们所作的歌，宣扬诗人的卓越。诗人也将向世人散播她们的声名，当他行经"有人群居住的城市"（174—175）。少女们的媒

---

① Forderer (1971), p. 104 and n. 69 把 ἀφ᾽ ἡμέων 释读为"从我们这儿"而不是"关于我们"。换句话说，少女们的回答传递的是诗人的信息。有关元音连读（hiatus），见 Forderer, p. 173, n. 38。ὑποκρίνασθαι 的读法也是有可能的。

② 参见 Forderer (1971), p. 109: "借此，诗人——某种程度即是阿波罗的化身——用一种有趣的幽默声明，他可以参与到神的全知全能中。"

③ 参见 Dornseiff (1933), p. 16: "我们在此看到，史诗吟诵艺术转化为合唱歌。"亦见 H. Koller, "Das kitharodische Prooimion," *Philologus* 100 (1956): 166: "提洛颂诗部分存在从合唱歌到史诗语言的转变。"

介当然是合唱歌,那么诗人的便只能是独唱歌——可以推测是史诗吟唱歌(rhapsodic song)。毫无疑问,他提到的那首诗以及他在其中承诺要把她们的声名(kleos)传扬到天涯海角(参见第156行)的那首诗只能是这首颂诗本身①,即提洛岛上表演的作品的移动版本。我们也许可以得出结论,《致阿波罗颂诗》绝非为提洛岛的表演定制,而是为表演给整个希腊世界而作。正如他的保护神,四处游历的诗人及其颂诗从提洛岛出发,游遍世界,并赢得四方的认可(参见第29行:ἔνθεν ἀπορνύμενος πᾶσι θνητοῖσιν ἀνάσσεις[从那里开始,你得以支配所有凡人])。这首颂诗歌颂一位无处不在的、泛希腊的阿波罗,因而也同样表明颂诗自身是泛希腊的。

上述片段中尤为突出的是前所未有的诗人的自我意识,他关注自己也关注他的技艺。颂诗中从未出现这样的自我意识,即便所谓的《致缪斯颂诗》——即《神谱》的序诗——提供了同样具有自我意识的对诗歌及诗人之性质与功能的思索,但内容与颂诗不同。相似并非偶然,② 赫西俄德与颂诗诗人均歌颂他们的保护神以及他们的技艺源泉:

---

① ἡμεῖς δ' ὑμέτερον κλέος οἴσομεν, ὅσσον ἐπ' αἶαν(174)无疑是品达诗中极其常见的所谓赞颂将来时(encomiastic future)的例子。参见 E. Bundy, *Studia Pindarica I: The Eleventh Olympian Ode* (Berkeley, 1962), p. 21:"赞颂者使用第一人称将来直陈式……实际上是颂歌风格惯用的一个元素。它从不指向超出颂歌本身的范围。" S. Fogelmark, *Studies in Pindar with Particular Reference to Paean VI and Nemean VII* (Lund, 1972), pp. 93-94,从荷马颂诗(《阿波罗》1、《阿弗洛狄忒》[第6首]2、《狄奥尼索斯》[第7首]2、《阿弗洛狄忒》[第10首]1、《赫拉克勒斯》1、《克罗诺斯之子》1,以及《万物之母大地》1)开篇的固定格式引用了几个这种相沿成习的将来时的例子,但他忽略了我们这一段。

② Bethe (1931), p. 36 和 Jacoby (1933), p. 700,都提到颂诗的诗人印记(*sphragis*)与《神谱》序诗的相似性。Jacoby 甚至主张赫西俄德影响了颂诗诗人。关于赫西俄德与赫利孔山上的缪斯女神的呼应以及颂诗诗人与提洛少女的呼应,见 Nagy (1982), pp. 55-56。

> ἐκ γάρ τοι Μουσέων καὶ ἑκηβόλου Ἀπόλλωνος
> ἄνδρες ἀοιδοὶ ἔασιν ἐπὶ χθόνα καὶ κιθαρισταί,
> 是因为缪斯诸女神与远射的阿波罗,
> 人们才成为地上的歌手和弦琴演奏者。
> (《神谱》94—95 =《致缪斯与阿波罗颂诗》2—3)

在两位诗人那里,歌手与歌手歌唱对象的关系都格外密切。颂诗诗人赞颂阿波罗时,自然也会反思他本人的技艺;这样的反思不能被理解为偏离了赞颂神的任务,而是颂诗的关键成分之一。最后,作为奥林坡斯的天庭歌手在地上的代表,诗人可以宣告他自己的卓越与声名,同时也使他的保护神愈显伟大。诗人在此完全不是为了无关紧要的个人或场合的考虑而放弃他的主题①,他恰恰是阐明了他如何理解阿波罗的音乐对人类的意义。

现在为了打消听众的疑虑,表明他不会中断赞颂②,诗人通过呼唤"啊,主人"(ὦ ἄνα),回到对阿波罗的表现上来。接着是一个简短的过渡段落,其中也有地理罗列,包括最后一次提及提洛岛以及第一次提及皮托③,这开启了颂诗的第二幕奥林坡斯场景。

---

① Unte (1968), p. 57, 称对提洛庆典的整个描述为"一个插曲", Forderer (1971), p. 110 则给它贴上了"几乎是个人的偏题"的标签,而 Baltes (1982), p. 29, n. 19 则称之为"个人的想象与请求",在此之后诗人回到"他原本的任务上来"。但是参见 Miller (1985), pp. 64-65。

② 有关 οὐ λήξω, 参见 Miller (1979), pp. 178-179。Koller (1956), p. 198, 说到一种"为了有趣而刻意为之的模棱两可"。关于诗人用颂诗惯例玩文字游戏,参见 Heubeck (1972), p. 140。关于第 177—178 行承上启下的性质,见 Dornseiff (1933), p. 9, and (1935), p. 11; Jacoby (1933), p. 719, n. 3; Floratos (1952), p. 301; Unte (1968), pp. 47-49; Forderer (1971), pp. 110-111; and Heubeck (1972), pp. 138-140。

③ Unte (1968), p. 50, and Forderer (1971), p. 111, 把第 179—181 行中的地名清单视作颂诗中其他地理名录的补充。Forderer (1971), p. 114, and Baltes (1982), pp. 28-30, 论证这一段必须理解为阿波罗接着第 146 行继续游荡,但说服力不大。

有点突然地，我们发现"勒托光芒四射的儿子"边弹琴边赶往布满岩石的皮托。在那之后，他"如思绪一样迅捷"地前往奥林坡斯：

εἶσι Διὸς πρὸς δῶμα θεῶν μεθ' ὁμήγυριν ἄλλων·
αὐτίκα δ' ἀθανάτοισι μέλει κίθαρις καὶ ἀοιδή.
他来到宙斯的宫殿参加其他神的集会；
片刻间，不朽者便沉醉于弦琴与歌曲。

（187—188）

奥林坡斯山上的音乐庆典场景与颂诗的开篇（2—13）遥相呼应，二者所刻画的宙斯殿堂中对阿波罗到来的反应截然不同。开头那里，他的入场在平和地聚会的众神之间引起了惊慌和骚动；而在这里，他带来了和谐的歌曲与舞蹈，安详的表演与愉悦。

  阿波罗在奥林坡斯山上鼓舞起来的活动是最完美的音乐表演，地上所有的表演不过是它不完美的再现。这一表演的复杂形式的特征在于各个部分清晰地表达，并和谐地组合在一起。缪斯女神们唱和起来（ἀμειβόμεναι ὀπὶ καλῇ [189]）；同时，美惠女神们与时序女神们，还有其他象征着优雅、美丽和愉悦的女神——和谐女神、赫柏以及阿弗洛狄忒——围成一圈跳舞。在她们之中，阿波罗的姐妹阿尔忒弥斯因身材与美貌而尤为突出。圆圈中间，阿瑞斯与赫尔墨斯——男性之美的典范——在"游戏"①。最后，在其间"高高抬腿走"的阿波罗弹着弦琴；神圣的光芒环绕着他

---

① 阿瑞斯与赫尔墨斯的游戏是某种杂技表演，比较《奥德赛》4.15-19 及《伊利亚特》xviii. 604-606。参见 Forderer (1971), pp. 206-213 的讨论。

的身体，他的双脚和服饰闪闪发光（189—203）。歌曲、舞蹈，还有弦琴的伴奏，各自鲜明但又完美融合，共同构成这一场天庭的演出。

奥林坡斯的参与者们的角色分配，可以帮助我们理解先前提洛岛上的音乐活动那一幕的奇特之处。就像提洛少女所对应的天庭缪斯，颂诗说她们在歌唱，但没有提及她们的舞蹈。① 同样，"喀俄斯的盲人"虽然指导了他的合唱队，但看起来并未加入她们的歌唱。

正如诗人的天庭典范——缪斯引领者（Musagetes）阿波罗，他也刻画自己指导他的地上缪斯歌唱并为她们伴奏。这些形式上的呼应表明，奥林坡斯表演是其他表演的样板。缪斯也正如提洛少女们一样歌唱众神与人类。不过，缪斯的歌曲不可避免地体现奥林坡斯视角。

> ... ὑμνεῦσίν ῥα θεῶν δῶρ' ἄμβροτα ἠδ' ἀνθρώπων
> τλημοσύνας, ὅσ' ἔχοντες ὑπ' ἀθανάτοισι θεοῖσι
> ζώουσ' ἀφραδέες καὶ ἀμήχανοι, οὐδὲ δύνανται
> εὑρέμεναι θανάτοιό τ' ἄκος καὶ γήραος ἄλκαρ.

---

① 颂诗中歌唱与舞蹈的分离更为惊人，因为传统上缪斯女神们既歌又舞。首先可以想到赫西俄德的缪斯。Dornseiff(1933), p. 8, 注意到提洛少女的舞蹈虽然没有被提及，"但必须被默认存在"，并提出，因为诗人是盲人，所以无法观看她们的舞蹈！Kakrides (1937), pp. 104-105, 虽然看到提洛与奥林坡斯庆典之间存在相似性，并将此作为颂诗连贯的依据，但坚持认为提洛少女跳舞了，而奥林坡斯的舞蹈者参与了歌唱。Koller (1956), pp. 160-161, 在这一点上也不准确。Förstel (1979), p. 227, 更为精准："只说她们［缪斯女神］在歌唱；她们似乎并没有参与圆舞。"有关诗人与阿波罗、提洛少女与缪斯的呼应，见 Forderer (1971), pp. 129-130; and Nagy (1982), pp. 55-56。

> ……她们赞颂不朽者永生的礼物和人类的
> 磨难，这磨难通过不朽者之手无穷无尽；
> 他们无知无识地活着，缺乏才智，也不能
> 找到死亡的解药或是对抗衰老的办法。
>
> （190—193）

借由人类苦难的提示，众神赞颂他们自己的"永生的礼物"更为有力，或者至少可以说，如果不提人类的苦难，众神的庆贺是不完整的。① 众神与人类的鸿沟，在提洛庆典上看似暂时可以跨越或者说消弭了（参见151—152），但在奥林坡斯再度出现；神清楚允诺的豁免年老与死亡只是幻觉。终有一死，永远是人类的生存处境。不过，人类的愚蠢和无助多少可以通过建立阿波罗的神谕所而得到缓解，后者将向人类传达"宙斯永远正确的旨意"。②

这一部分以勒托和宙斯看着他们"亲爱的儿子在诸神之间游戏"（204—206）结尾。颂诗开头一幕，唯有阿波罗的双亲不像其他神被普遍的恐惧吞噬。但在此处，奥林坡斯在阿波罗音乐温和的影响下，欢乐无处不在，他们的愉悦以及为儿子感到的骄傲也是这欢乐中的一部分。可见，阿波罗在奥林坡斯的两次露面，在一个更大的尺度上复刻了阿波罗的显现所带来的由恐惧到欢乐的

---

① 参见 J. Griffin, *Homer on Life and Death* (Oxford, 1980), pp. 189-92。奥林坡斯众神的人类观纠正了提洛庆典带来的美丽幻想，关于这一点，见 Kakrides (1937), p. 105, and Heubeck (1972), pp. 143-144。查尔斯·西格尔（Charles Segal）向我提出，第 193 行的 ἄκος 可能暗示了阿波罗与医药及治疗的联系。

② 参见 Förstel (1979), p. 233: "难以理解的人类的盲目与无助正是阿波罗在皮托建立神谕所的原因和前提。"

典型过程。

阿波罗为神谕所寻址

弓与琴二者作为神的双重面相均已得到充分的赞颂，之后我们来到了可以算作休止点的段落。① 需要一个新的开头来介绍阿波罗最后一个尊荣。新起点的标志是与开启诞生叙事相同的问句：

Πῶς τάρ σ᾽ ὑμνήσω πάντως εὔυμνον ἐόντα;
我将如何歌颂你，到处被优美地赞颂的你？

（207=19）

面对丰富多样的可能性，诗人似乎再度手足无措。在颂诗先前的段落中，"歌曲的疆域"很自然地引出一串令阿波罗愉悦的地名来，直到诗人总算从中选出了一个恰当的题目：神在提洛岛诞生的故事。但在这里，诗人改变了策略。诗人首先提了一个常见主题，即阿波罗在凡人之中的风流韵事（208），接着他罗列了具体事例，其中有各种不为人知的名字，并且提及似乎是更有名的神话的地方版本（209—213）。② 不过诗人提议的第二个主题以及最后采纳的主题看起来与神的桃色故事毫无关联：

---

① 有关第 207 行的新开头，见 Forderer (1971), p. 154。Drerup (1937), pp. 123-124，把皮托部分的开头定在第 206 行。

② 其中的复杂问题，见 AHS (1936), pp. 230-232; and Càssola (1975), pp. 499-501。参见 L. Bodson, "Hymne homérique à Apollon, 209-213: Un 'locus desperatus'?" *L'Antiquité Classique* 40 (1971): 12-20，作者认为这一段提到的是伯罗奔尼撒的传统。Dornseiff (1933), p. 11 称这几行的典故"暗含《名媛录》一类的故事"。

> ἢ ὥς τὸ πρῶτον χρηστήριον ἀνθρώποισι
> ζητεύων κατὰ γαῖαν ἔβης, ἑκατηβόλ' Ἄπολλον;
> 或者我该歌唱你如何前来为地上的
> 人类寻找神谕所,远射的阿波罗?
>
> (214—215)

根据米勒的说法,最终的选择——创建德尔斐神谕所——与否决掉的情爱主题之间的对立在于公共与私人实践(πράξεις)的差异。① 不过严格来说,阿波罗的情爱闹剧并不是私人的——至少不是凡人的情爱可能会是的那种。就像《奥德赛》所描述的,奥林坡斯众神的求爱与恋爱从来不是没有结果的。② 事实上,英雄以及各种崇拜和城邦的创建者都诞生自这类相会,只不过他们通常限定在他们受到崇拜的具体社群和地点。诗人否决的主题和他采纳的主题之间的真正区别并不在于公共与私人领域之分,而在于地方与泛希腊之分。

诗人选定的主题,即阿波罗为他的神谕寻找处所,开始于一连串阿波罗在寻找途中曾驻足的地名罗列。③ 这一清单与勒托寻找阿波罗诞生之地的列举有同有异。勒托的旅途沿着围绕爱琴海的沿海地带和岛屿,而她的儿子则是从奥林坡斯到皮托,途经希腊

---

① Miller (1985), p. 71. Forderer (1971), p. 159,指出遭到否决的主题涉及"某几位古代杰出人物",而创建神谕所的故事则有关全体人类。

② 《奥德赛》11.249-250: οὐκ ἀποφώλιοι εὐναὶ ἀθανάτων[神灵的床榻不会无结果]。

③ 参见 Baltes (1982), pp. 31-34。阿波罗从奥林坡斯到皮托的旅程绝非直线,但我们要知道,神此时尚不清楚自己的目的地。有关阿波罗路线的问题,见 Baltes, p. 32, n. 37,以及 D. Kolk, *Der pythische Apollonhymnus als aitiologische Dichtung* (Meisenheim, 1963), p. 15 中的地图。Altheim (1924), pp. 443-445 认为这一段由两个版本拼合而成。

大陆的深处。第三个地理清单（409—439）将围绕伯罗奔尼撒。三个清单合在一起囊括了整个希腊。因此，颂诗通过具体的表达来申明阿波罗的普遍性；希腊世界没有哪一块土地是这位神不曾涉足的。① 前两个地理清单在罗列技巧上也有重大差异。第一个提供的是有孕在身的勒托所经过的不同地点的静态罗列，因为女神也恰恰是被动地从一个地方被推到另一个地方，所有的地方都拒绝了她，直到她最终说服提洛岛。但这里的罗列充满了运动，因为这一罗列追踪的是阿波罗的伟大进程。不仅如此，阿波罗在他的寻找过程中积极主动，他一边观察一边选择他满意的地点。他在某一个场合也遭到拒绝，但他的反应绝非消极应对。②

神的寻找之旅开始于奥林坡斯，接着大体上朝南进发，随后转向东南方，穿过优卑亚。当他来到勒兰同平原（Lelantine plain），我们得知"这里不能令他满意"（220）。③ 实际上，没有一处地方能吸引阿波罗，直至他来到忒勒福萨（Telphousa）泉：

βῆς δ' ἐπὶ Τελφούσης· τόθι τοι ἅδε χῶρος ἀπήμων
τεύξασθαι νηόν τε καὶ ἄλσεα δενδρήεντα.

接着你来到忒勒福萨；在这个清净之处，你乐意建下一座神庙和布满树木的森林。

(244—245)

---

① 参见 Baltes (1982), p. 42。
② 参见 Baltes (1982), p. 32, n. 36。
③ 阿波罗拒绝的理由见 Jacoby (1933), pp. 739-740; and Miller (1985), pp. 73-75 and n. 187。参见 Eitrem (1938), p. 128："阿波罗似乎选择在一个到处是岩石的小岛诞生，而不是平原（参见第 220 行的 Lelantium campum）或肥沃的农田；事实上，他被峭壁与山峦吸引（第 145 行等）。"

一路上，有两处地方——被神暗暗地否决——得到了较长的描述。阿波罗首先经过后来是"神圣的忒拜"的地方，这时尚无人居住，也没有"小径通衢"，而是布满原始森林（225—228）。忒拜一般被认为是希腊最古老的城市之一，传说由卡德摩斯在德尔斐神谕的命令下建立。① 叙述忒拜，看似离题，但其实有双重功能：把人类历史整合进创建德尔斐的神灵叙事。颂诗重述的诸多事件发生在遥远的过去，不单单是在宙斯统治的早期，也早在人类历史的最初阶段。② 提及忒拜也指出了德尔斐神谕最重要的功能之一：古风时期它在建立城邦以及希腊世界的殖民活动中发挥政治作用。③ 波塞冬在翁凯思托斯（Onchestus）的圣林以及那儿上演的奇怪仪式（230—238）向来被视为诗人出于好古癖添加的无关内容，因而遭到忽视。④ 但是这段描述其实也有助于我们理解阿波罗最终为他的神庙选择的地址。首先，翁凯思托斯已经为另一位神灵所独有；而德尔斐，一处荒僻之地，将独属于阿波罗。其次，波塞冬的圣林因无人驾驭的马匹和在树木间斜驰的战车而不能给阿波罗提供一处他所寻求的"清净之地"。最后，如果像有些学者所提出的那样，翁凯思托斯的奇怪仪式是一种原始的占卜形式⑤，那么那里所采用的发现神意的方法（野蛮且代价极大）会与即将在德尔斐建立的神谕活动形成惊人的对比。

---

① 参见 F. Vian, *Les origines de Thèbes* (Paris, 1963), esp. pp. 76-87。
② 参见 Förstel (1979), p. 243, and p. 464, n. 645，他指出诗人不仅想点明神谕的历史悠久，还"借神谕所创建得极早这一点表明，大地上的状况曾经与现在有质的不同"。
③ 参见 H. W. Parke and D.E.W. Wormell, *The Delphic Oracle* (Oxford, 1956), 1: 49-81。
④ 例如 West (1975), p. 161："当他来到翁凯思托斯，诗人禁不住描写了那儿上演的奇特仪式，即便那与阿波罗毫无关系。"
⑤ 对翁凯思托斯仪式的诸种解释的全面讨论，见 A. Schachter, "Homeric Hymn to Apollo, lines 231-238 (The Onchestus Episode): Another Interpretation," *BICS* 23 (1976): 102-113。不过，Schachter 认为那里的仪式与占卜或向神献祭无关。

阿波罗在忒勒福萨泉，即他喜爱的"清净之处"停止他的寻觅。神对泉水说的话与勒托对提洛岛的请求相似，只不过他的口吻更纡尊降贵和傲慢，而非恳求；他完全不打算与宁芙通过协商达成一致：

> Τελφοῦσ᾽ ἐνθάδε δὴ φρονέω περικαλλέα νηὸν
> ἀνθρώπων τεῦξαι χρηστήριον, οἵ τέ μοι αἰεὶ
> ἐνθάδ᾽ ἀγινήσουσι τεληέσσας ἑκατόμβας,
> ἡμὲν ὅσοι Πελοπόννησον πίειραν ἔχουσιν
> ἠδ᾽ ὅσοι Εὐρώπην τε καὶ ἀμφιρύτους κάτα νήσους,
> χρησόμενοι· τοῖσιν δέ τ᾽ ἐγὼ νημερτέα βουλὴν
> πᾶσι θεμιστεύοιμι χρέων ἐνὶ πίονι νηῷ.
> 忒勒福萨，现在我想在这里建造我辉煌的神庙
> 来作为人类的神谕所，人们将一直为我
> 把尽善尽美的百牲祭带到这里，
> 既有那些居住在富饶的伯罗奔尼撒的人，
> 也有那些生活在欧罗巴和四面环海的各个岛上的人，
> 当他们前来求神谕；我将亲自为他们确立
> 永不出错的神意，在我富丽的神庙向他们所有人预言。
>
> （247—253）

阿波罗不等回答就布置起了巨大的地基。忒勒福萨看到这一切，"心中充满愤怒"。不过她用表面的好意掩饰她的愤怒，她向阿波罗建议道，虽然这里看起来适合他的目的，但其实并不。这里远不是一

个没有烦扰的地方（参见 χῶρος ἀπήμων[244]），反而经常受到来泉边饮水的马和骡子喧闹的搅扰（πημανέει,［262］）。来往交通的嘈杂会打扰到神，也会令他的崇拜者分心。忒勒福萨谄媚地承认阿波罗的优越地位，建议他将他的神庙建"在克里萨（Crisa）"，帕尔纳索斯的山谷下，那里既不会有战车也不会有马匹搅扰他：

> ἀλλά τοι ὣς προσάγοιεν Ἰηπαιήονι δῶρα
> ἀνθρώπων κλυτὰ φῦλα, σὺ δὲ φρένας ἀμφιγεγηθὼς
> δέξαι' ἱερὰ καλὰ περικτιόνων ἀνθρώπων.
> 不过对你，伊厄派安（Iepaean），所有人都一样会带来礼物，
> 那些声名远扬的诸部落；你心中感到温暖，
> 将从居住在周围的人那里收获丰美的祭祀。
>
> （272—274）

忒勒福萨这番话绝非出于好意。正如诗人告诉我们的，她想要自己拥有世界上全部的荣耀，而不想分一毫给阿波罗（275—276）。但是，她的说法中有某个东西说动了神；他也想要一个没有固定饮水处，不会带来纷扰的地方。[①] 结果他最终为自己的神庙所选择的地点虽然缺少自然景致，但将从神那里获得全部的声名与光辉。

前往德尔斐的途中，阿波罗经过了"佛律癸亚人（Phlegyans）——那些不敬宙斯的僭越（hybristic）之徒——的城市"（278—279）。按照神话的说法，正是这些佛律癸亚人后来袭击了德尔斐但被阿波罗击败。但此刻，他正飞速赶往他的目的地，没有时间对付这

---

① 参见 Förstel (1979), pp. 245-246; and Miller (1985), pp. 71-72。

些法外狂徒、宙斯的敌人：

> ἔνθεν καρπαλίμως προσέβης πρὸς δειράδα θύων
> ἵκεο δ᾽ ἐς Κρίσην ὑπὸ Παρνησὸν νιφόεντα,
> κνημὸν πρὸς Ζέφυρον τετραμμένον, αὐτὰρ ὕπερθεν
> πέτρη ἐπικρέμαται, κοίλη δ᾽ ὑποδέδρομε βῆσσα
> τρηχεῖ᾽.
>
> 从那里你疾速奔赴山脉，气喘吁吁地，
> 你来到覆盖着雪的帕尔纳索斯山下的克里萨，
> 山肩朝西延伸，但在它的上方
> 伸出一块岩石，下边的峡谷又深
> 又荒芜。
>
> (281—285)

这荒芜的禁地吸引了阿波罗。他决定在此建立他"可爱的神庙"。颂诗强调了这处地方偏远且不吸引人的特点。是什么使得此地如此吸引阿波罗尚不清楚。

其他叙述阿波罗建立德尔斐神谕所的故事中，据说阿波罗是接管了——有的说是通过蛮力，有的说是用和平手段——之前存在的盖亚或者忒弥斯的神谕所。① 这一传统显然已得到考古证据

---

① 主要的文献证据有：埃斯库罗斯《复仇女神》1-20；欧里庇得斯《伊菲革涅亚在陶洛人里》1234-1283；还有 Aristonous 的《日神颂》Paean（*Collectanea Alexandrina, ed. J. U. Powell* [Oxford 1925], pp. 162-164）。参见 Förstel (1979), pp. 212-217; O. Panagl, "Stationen hellenischer Religiosität am Beispiel des delphischen Sukzessionsmythos," *Kairos* 11 (1969): 161-171; and J. Defradas, *Les Thèmes de la propagande delphique* (Paris, 1954), pp. 86-95。

的支持,但更重要的是,它成为经典版本,被官方的德尔斐传说吸收。① 《致阿波罗颂诗》则相反,它坚持阿波罗的首创之功:在阿波罗奠基以前,德尔斐没有神谕所也没有定居点;这个地方甚至没有名字,也没有史前史。弗尔斯特尔认同颂诗所讲述的建立故事是一个关键的"校正神话"(Sagenkorrektur)②,但他没有完全理解严重偏离传统版本的全部内涵,毕竟那一传统是得到德尔斐官方认可的。帕纳格尔(Panagl)亦承认,"德尔斐神话实际意义的根本性改变,其缘由或许在于古颂诗(old hymns)本身的特点"③。帕纳格尔注意到荷马颂诗包含诸神的许多建立与开创活动,进而提出,接管一个已经存在的神谕所会被认为配不上阿波罗这么伟大的神。但是在希腊世界,或者至少是在德尔斐,没有谁认为阿波罗的征服故事够不上神的尊贵。

诗人偏离德尔斐的正统版本有更深层的原因。这是诗人定义的阿波罗的神谕尊荣以及颂诗整体的奥林坡斯框架必然带来的结果。简言之,阿波罗选择成为宙斯的先知作为他的特权。④ 这个选择显然只能在宙斯已经于奥林坡斯建立秩序之后做出。因此,如

---

① 在 Aristonous 的《日神颂》中得到了最好的体现。参见 Panagl (1969), pp. 168-169, and Förstel (1979), p. 216. C. Sourvinou-Inwood, "Myth as History: The Previous Owners of the Delphic Oracle," in *Interpretations of Greek Mythology, ed. J. Bremmer* (London, 1987), pp. 215-241, 不遗余力地反驳了"先前所有者"神话的历史真实性。她的论点不一定会削弱我的论点,因为我们无法得知"先前所有者"神话出现在颂诗所叙述的建立故事之前还是之后。

② Förstel (1979), p. 235; 参见 Defradas (1954), p. 86, 他承认,晚出的引证可能包含更古老的传统,颂诗"有意不提"后者。

③ Panagl (1969), p. 164.

④ Panagl (1969), p. 167, 错误地称埃斯库罗斯首次令阿波罗成为"宙斯的先知"。不过,在《复仇女神》的序曲中,阿波罗既是旧神谕诸神的和平接替者,也是宙斯独一无二的预言礼物的获得者。

果采纳有关键改动的德尔斐正统故事，就会与颂诗深层的奥林坡斯取向背道而驰。神谕所的建立成为独一无二的事件，它的用途也是独一无二的，即阿波罗在他诞生之初道出的，向人类传达宙斯永远正确的旨意（参见第 132 行）。颂诗故意忽视德尔斐传统，否认阿波罗在此的创建与之前同一地方的预言之所有任何承继关系或联系。这样便声明了阿波罗的神谕所是独一无二的奥林坡斯建置，是奥林坡斯天道（dispensation）中的核心元素。

阿波罗再一次重复他已声明的意图（287—293=247—253），重新开始为他的圣所奠下巨大的地基。奇迹一般地，辉煌的神庙在我们眼前建成了。① 传说中的建筑工，众神喜爱的特洛福尼乌斯（Trophonius）和阿伽莫得斯（Agamedes），在神所奠定的地基之上，筑起巨大的石墙，"将永远是歌唱的主题"。顷刻间，"人类的无数部落"围绕伟大的神庙定居，而在阿波罗到来之前，这一带无人居住，也不堪居住（294—299）。② 对阿波罗神庙的预先（proleptic）描述反映了包括神、英雄和人在内的巨大的等级结构，这一点在希腊思想中无处不在。③ 它亦将阿波罗在德尔斐的神庙与其他神庙

---

① Jacoby (1933), p. 740, 正确地指出阿波罗神庙的建造并非皮托部分的高潮或中心，但他说"这首颂诗无论是在艺术上还是事实上没有高潮"是错了。阿波罗对人类发布第一条神谕时完全就是颂诗恰如其分的高潮。

② 我赞同 A. von Blumenthal, "Der Apollontempel des Trophonios und Agamedes in Delphi," *Philologus* 83 (1927-1928): 220-224, 将第 228 和 229 行对调。Förstel (1979), pp. 252-257, 在颂诗提到特洛福尼乌斯和阿伽莫得斯还有"人类的无数部落"之中看到"叙事时间线上的一个突兀的矛盾"，以及一种"无所顾忌的对逻辑的蔑视"，因为两位英雄都属于后世，而此时还没有人定居德尔斐所在的位置。没有理由假设在巨蛇引起阿波罗注意之前，她坐视神庙建造。毫无疑问，第 295—299 行必须简单地理解为预先描述。Jacoby (1933), p. 741, 认为这几行是窜入的。

③ 参见 Eitrem (1938), p. 129; and Förstel (1979), p. 252。

及圣所区别开来。神在这里亲自奠基，而通常情况是神仅仅下令建造一所向他表示敬意的庙宇。① 阿波罗在德尔斐的积极参与并不随着神庙的建成而停止。因为每当有人前来求神谕，神就会亲自回答。阿波罗在传达他父亲的旨意时，为神和凡人建立了新的纽带，也创造了一种新的沟通模式。德尔斐神庙因此开创了神人关系史上的新时代。

皮托与提丰

> ἀγχοῦ δὲ κρήνη καλλίρροος, ἔνθα δράκαιναν
> κτεῖνεν ἄναξ, Διὸς υἱός, ἀπὸ κρατεροῖο βιοῖο.
> 附近是优美流淌的小溪，在那里，主人，
> 宙斯的儿子曾用强弓杀死了一条巨蛇。
>
> （300—301）

忒勒福萨推荐的地方绝非远离烦扰之处，实际上这里盘桓着一条凶残的蛇，人畜皆杀，"因她是散发出血腥气的祸害"（ἐπεὶ πέλε πῆμα δαφοινόν [304]）。阿波罗与巨蛇的恶斗成为德尔斐传统的经典元素。但在其他版本中，巨蛇是地母或忒弥斯的原初神谕所的守卫；怪物的落败标志着新神接管了古老的圣所。然而，正如我们已经看到的，颂诗诗人坚持阿波罗的神谕所是新建立的。颂诗中的巨蛇是母蛇，这也背离了通常的传统。② 很清楚，这一改变是

---

① 参见例如《致德墨忒尔颂诗》第 270—274 行。
② 参见 J. Fontenrose, *Python: A Study of Delphic Myth and Its Origins* (Berkeley, 1959), p. 14, n. 4, and p. 21，其中 Fontenrose 概述了阿波罗与巨蛇神话的五个主要版本。只有在《致阿波罗颂诗》中，巨蛇是母蛇，不过在此之后的一些版本受到了颂诗的影响。

由故事情节驱动的：原来德尔斐的蛇是一个更可怕的怪物提丰的养母。不过，也许最令人惊讶的是，颂诗大幅度削减了对实际恶斗的描述，后者从艺术表现的证据看，一定是当时十分流行的固定模式，并且是德尔斐诺姆斯歌（nomos）的叙事核心。① 可是，这首颂诗却来了一个出人意料的转向。我们看到，母蛇——她本身也是恶魔——从赫拉那儿接过"可怕而恐怖的提丰——众神的祸害（πῆμα）"② 并养育了他。这里用了详尽的五十行来解释提丰的出身。

几乎所有评注者都不假思索地将这一段落（305—355）斥为窜入文本的伪文；③ 而这段文字的捍卫者则屈指可数且立场不坚定。有些人承认这段话与颂诗无关，并退到"诗人思绪发散"这一薄弱的前哨。因此统一派的多恩赛夫（Dornseiff）把这一段视作在抒情诗中插一段神话插曲的那种做法的夸张版本——"颇为牵强地引入，却奇怪地不起作用"④。按照范·格罗宁根的看法，"思绪偶然发散，导致颂诗混入了不协调的元素"。人们很可能会问为什

---

① 有关皮托诺姆斯歌（nomos pythikos），见 Kolk (1963), pp. 41-47 的讨论。Jacoby (1933), p. 743 把略过与巨蛇搏斗的情节解释为诗人不愿与其他类似描述比个高下。关于这一情节的精简压缩，亦见 Förstel (1979), p. 249。

② 见下第 88 页注 1。皮托与提丰在神话中的相似性，见 Fontenrose (1959), pp. 77-93。二者的家族联系则是《致阿波罗颂诗》独有的。

③ 例如 Hermann (1806), pp. xxx-xxxvii; Baumeister (1860), p. 117; Gemoll (1886), p. 165; Bethe (1931), p. 12; U. von Wilamowitz-Moellendorff, *Pindaros* (Berlin, 1922), p. 75, n. 3; Jacoby (1933), pp. 743-745（"这一片段与阿波罗的故事毫无关系"）; Drerup (1937), p. 126，他认为提丰故事可能是"皮托崇拜神话"的一部分——该说法毫无证据; O. Regenbogen, "Gedanken zum homerischen Apollon-Hymnus," *Eranos* 5 (1956): 52-53; Càssola (1975), p. 505; and Kirk (1981), p. 176。

④ Dornseiff (1933), p. 17.

么，那回答便是因为"我们喜爱故事"①。

还有一些人认为，描述提丰是用来间接地刻画德尔斐巨蛇，并突出阿波罗的英雄行为，这个说法更站得住脚。②但即便这个说法就其本身而言是对的，这一辩护仍不能完全解释这段插曲过长的篇幅，也不能解释其迂回。它的缺点在于关注点局限，一种语文学的管见，仅仅专注于邻近的上下文，而无视更广阔的含义。弗尔斯特尔和米勒最近的研究虽然仍旧强调皮托与提丰的紧密联系，但也表明他们意识到提丰插曲与整首颂诗的关联，尽管二者都没有充分地探讨这个问题。举例而言，弗尔斯特尔提及这几行诗的神谱意义和神学意义，并指出此处的动荡形势与第182—206行笼罩奥林坡斯的和谐形成反差。他进一步注意到，提丰的故事表现了"奥林坡斯家族确立过程中的危机时刻"③，但他未继续加以申说。米勒认识到，提丰插曲里的赫拉与那个迫害勒托的嫉妒的女神相似；④此外，"诗人还设计力图使他的听众辨认出阿波罗与宙斯有一种相似性，他们均是混乱失序的敌人"⑤。

上述评论指出了一条可以更为全面地解释提丰插曲的路径。这一插曲既非无意义的偏题，也非仅具有限的联系，相反，它把

---

① Van Groningen (1958), pp. 317-18. 参见 AHS (1936), p. 189, n. 1, and p. 244; Humbert (1936), p. 92, n. 1 稍稍捍卫了这一片段。Janko (1982), pp. 116-119，认为这一段不同寻常地"笨拙"，但"并非不可理解"，而且找不到任何"文学或语言学上的依据假定这是另一个诗人的伪作"。

② Ludwich (1908), p. 190："这可怖的养子是用来刻画母蛇本身的。"参见 Unte (1968), pp. 80 and 104; and Floratos (1952), pp. 305-307。

③ Förstel (1979), pp. 262-263.

④ Miller (1985), p. 87. 参见 Unte (1968), p. 80："赫拉自然是阿波罗的对手，在他出生时，她就设置了障碍。"

⑤ Miller (1985), p. 88. 参见 Thalmann (1984), p. 72; and Unte (1968), p. 80："宙斯与阿波罗联手对抗赫拉及她的怪物提丰和母蛇。"

阿波罗的诞生故事以及他建立神谕所的故事——连同阿波罗在奥林坡斯众神之间的角色以及他对于人类的意义——放置到合适的框架中去，借此阐明颂诗的核心面相。颂诗最紧要的关注点，即阿波罗的崛起，通过描绘可称之为他的对立者的事物，得到了最全面的表现。① 孔武有力的合法儿子将推进父亲的奥林坡斯大计，他与那不自然的后代、潜在的篡位者，也是奥林坡斯秩序的摧毁者形成鲜明的对比。

此时，稍加回顾《神谱》所描述的提丰及其故事情节也许会有帮助。我如米勒一样认为②，《致阿波罗颂诗》的诗人对赫西俄德的故事版本十分熟悉，或者至少对《神谱》所依据的传统十分熟悉。逐渐明晰的是，颂诗诗人似乎也了解其他传统。无论如何，对比《神谱》中的叙述有助于我们理解颂诗重述的版本。前者包含许多相似的成分；然而这些成分均以不同的布局与顺序道来，从而极大地改变了它们的意义。不仅如此，颂诗还涉及几个从其他角度撷取自赫西俄德继承神话的母题。多种元素"嵌入"（米勒语③）一个统一的整体，给颂诗讲述的叙事增添了特别的紧密感与集中感。诗人似乎试图把所有的继承故事都纳入同一个叙述模板中。

在赫西俄德笔下，提丰体现了奥林坡斯秩序确立前最后面临的外部暴力威胁。提坦神被击败并扔进冥界以后，盖亚与塔尔塔

---

① Drerup (1937), p. 126, 提出提丰故事"可能包含与勒托生出阿波罗有意的对比"。Forderer (1971), p. 196, 认为"提丰的诞生是阿波罗诞生的怪物镜像"。

② Miller (1985), p. 85. 参见 Janko (1982), p. 119: "我们猜测《致皮托的阿波罗颂诗》（即《致阿波罗颂诗》第182—546行有关皮托的阿波罗的部分。——译者）有意识地改变了他所知的[赫西俄德的]版本。"

③ Miller (1985), p. 85.

罗斯结合生下了她最后一个孩子，怪物提丰。他的双亲的身份便足以说明他的意义：这个百头怪物，眼睛闪耀着火光，声音怪异地如野兽一般，他代表了诸原初神对宙斯统治的最后反抗：

καί κεν ὅ γε θνητοῖσι καὶ ἀθανάτοισιν ἄναξεν,
εἰ μὴ ἄρ᾽ ὀξὺ νόησε πατὴρ ἀνδρῶν τε θεῶν τε.
而事实上他本将统治凡人与不死的神，
如果众神与人之父没有敏锐地觉察到。

（《神谱》837—838）

宙斯迅敏的反应阻止了那怪物替代他成为宇宙的统治者，并永久地封锁了再三出现的原初混乱的力量。提丰被宙斯的雷电击中焚烧，他败北以后，宙斯即刻当选天庭的至上之王，随后便在其他诸神间分配各种不同的尊荣。从此以后，在奥林坡斯秩序之外没有任何事物能挑战他的统治。不过，内部的危险仍然存在：宙斯与墨提斯（"计谋"）的结合。① 她首先会带来一个女儿，她"在体力和头脑上都与父亲相当"（896），接着会带来一个儿子，他将成为"众神与人之王"，并且天性凶暴而专横（897—898）。宙斯在墨提斯将要分娩雅典娜之时把她吞下，阻止了一个继承者的诞生，同时通过吸纳墨提斯确保了他的永恒统治。此后，赫西俄德有序地叙述宙斯的其他婚姻及其产生的后代；他的第二位妻子是忒弥斯，再之后依次是欧律诺墨（Eurynome）、德墨忒尔和摩涅莫

---

① 关于 mētis 的含义，见 M. Detienne and J.-P. Vernant, *Les Ruses de l'intelligence: La Mètis des Grecs* (Paris, 1974), esp. pp. 9-10。

绪涅（Mnemosyne）；勒托是第五位，"最后他让赫拉做他多子的妻子"①（921）。这时，从宙斯的头颅里生出了雅典娜，仿佛他一直孕育着她。而赫拉这边，也怀着对丈夫的怒火，单性繁殖地生下了工匠大师赫淮斯托斯。

《致阿波罗颂诗》把上述赫西俄德母题中的多个拿来做了修改，从而产生了一个截然不同的奥林坡斯众神早期史的叙述。最惊人的是，根据颂诗，不是原初的地母而是赫拉她自己生出了可怕的提丰。②我们已经习惯了这样一个赫拉：嫉妒而狠毒，憎恨丈夫数不清的婚外情，迫害他那些私生子。《伊利亚特》中，奥林坡斯山上争吵不休的夫妻经常因战场上无休止的杀戮才消停一会。不过即便是在那里，赫拉对特洛伊人的野蛮恨意也暗示了更黑暗的一面。在史诗中这个大体上是无能的滑稽角色背后，是一个更古老也更强大的角色，即她的祖母盖亚——她一度是给众神制造君王的神——真正的继承人。赫拉的天庭王后地位，是不仰赖宙斯的；她的世系同他的一样高贵。然而，宙斯统治的永恒性要求停止继承，并确立了父权制度从而导致女性的臣服。在奥林坡斯天道下，赫拉可以继续暗中破坏宙斯的计划，但她的反

---

① 在《神谱》中，阿波罗与阿尔忒弥斯的诞生看起来发生在宙斯与赫拉成婚之前；因此赫西俄德取消了嫉妒母题，与我们在《致赫尔墨斯颂诗》里看到的不同。

② Stesichorus 显然详述了一个类似的版本（fr. 62, Page）。《伊利亚特》ii.783 的一条古代注疏讲述了一个有意思的别样版本，该版本试图调和提丰由地母（如在赫西俄德笔下）生出和由赫拉生出这两种叙述。地母因巨人的胜利而深感挫败，向赫拉控告宙斯。赫拉又告诉了克罗诺斯，后者给她两个涂了他的精子的蛋，并教她把这两个蛋埋在地里。赫拉因为对宙斯愤怒，就执行了克罗诺斯的指令。从这两个蛋中，生出了提丰，但赫拉接着就把一切都告诉了宙斯，后者立刻用霹雳炸死了怪物。《伊利亚特》xiv. 296 的 T 注疏转引了赫拉与巨人 Eurymedon 生出宙斯的另一个敌人——普罗米修斯的故事传统。就此的讨论见 W. Pötscher, *Hera: Eine Strukturanalyse im Vergleich mit Athena* (Darmstadt, 1987), pp. 95-103。

对最终是无效的。有关她的降格，最生动的表征在于她的后代的劣势地位，尤其是她的儿子们：赫淮斯托斯跛足，阿瑞斯是所有奥林坡斯神中最令宙斯厌恶的（参见《伊利亚特》第五卷第890行）。不过，在《致阿波罗颂诗》中的时代，也就是奥林坡斯政体的破晓时分，赫拉尚未驯化，她企图复制古老的继承轮回，这给宙斯的新秩序带来了最后一次挑战。①

威胁宙斯统治的并不像《神谱》中的那样来自旧神，而是来自奥林坡斯家族内部，事实上正来自其核心。雅典娜出生以后，赫拉对宙斯震怒，她在众神面前做了郑重的声明，并谴责了她的丈夫。"撇开我"生下雅典娜，宙斯先行迈出了侮辱她的第一步，尽管她是他的合法妻子（312—313）。赫拉控诉宙斯剥夺了她的尊荣，以及她作为合法妻子为丈夫生子的特权。因为他先侮辱她，她就有理由报复。赫西俄德笔下的盖亚在类似的情况下运用了相同的论证。当乌拉诺斯阻止盖亚的孩子从她的子宫出来，她为自己谋害配偶的行为解释道："是他先做了不合宜的事。"（《神谱》第166行）赫拉继续她的控诉：好像是在伤害之外再加一重羞辱，宙斯的女儿雅典娜"在有福的不朽者中格外突出"（315），而赫拉自己的儿子赫淮斯托斯因瘸腿而孱弱。在赫西俄德的版本中，赫拉自己一人生下赫淮斯托斯是对宙斯的侮辱的反击，而在《致阿波罗颂诗》中，他的出生显然早于雅典娜的出生。② 二神的差距——宙斯光芒四射的女儿和她残疾的儿子——点燃了赫拉的怒火；而

---

① 参见 C. Ramnoux, *Mythologie ou la famille Olympienne* (Paris, 1959), pp. 49-52.

② 参见 Miller (1985), p. 85, n. 221。颂诗诗人与荷马各自的赫淮斯托斯谱系（参见《伊利亚特》xiv.338 和《奥德赛》8.312）一致。注意《致阿波罗颂诗》第314行中的 καὶ νῦν；赫拉怒火的直接背景是雅典娜新近诞生。

且后者的存在始终提醒她自身的劣势。赫拉曾有一次在伪装中把他扔进海里，不过忒提斯以及海神涅柔斯之女们救下了他——令赫拉苦涩且扼腕的救援：

ὡς ὄφελ᾽ ἄλλο θεοῖσι χαρίζεσθαι μακάρεσσι.
要是她（忒提斯）对诸神做些别的好事就好了！

（321）

荷马在《伊利亚特》中提到了忒提斯援救赫淮斯托斯的故事①，不过这个故事在《致阿波罗颂诗》中的突出位置更有可能是影射另一个故事，其中忒提斯对应赫西俄德笔下的墨提斯。宙斯打算娶她，但是得知她注定会生下一个比他的父亲更伟大的儿子；因此她就嫁给了凡人佩琉斯（Peleus）。②如果赫拉想到了这个故事，那她徒劳言及的"别的好事"指的就是颇具威胁的层面。③忒提斯不该救下不幸的赫淮斯托斯，而应该生下那个会推翻宙斯的儿子。照现在的样子，将由赫拉试着完成忒提斯没有实现的事情。

无论如何，赫拉现在直接向宙斯发泄她无尽的怒火：

---

① 《伊利亚特》xviii.395-405。
② 参见品达, *Isthmian* 8.27-37; and J. S. Clay, The Wrath of Athena (Princeton, 1983), p. 176, n. 78. 忒提斯既是奥林坡斯的终极威胁也是它的保护者的双重身份，见 L. Slatkin, "The Wrath of Thetis," *TAPA* 116 (1986): 1-24。
③ 亦参考 χαρίζομαι 的情欲色彩，以及普鲁塔克《论爱》（*Amatorius*）751d 的论断："古人用 χάρις 一词表达女人对男人的臣服。"参见 J. Latacz, *Zum Wortfeld "Freude" in der Sprache Homers* (Heidelberg, 1966), pp. 107-116。

> σχέτλιε ποικιλομῆτα, τί νῦν μητίσεαι ἄλλο;
> πῶς ἔτλης οἶος τεκέειν γλαυκῶπιδ᾽ Ἀθήνην;
> οὐκ ἂν ἐγὼ τεκόμην; καὶ σὴ κεκλημένη ἔμπης
> ἦν ἄρ᾽ ἐν ἀθανάτοισιν οἳ οὐρανὸν εὐρὺν ἔχουσι.
>
> 诡计多端的恶棍，你此刻还在谋划什么？
> 你怎敢独自一人生下明眸的雅典娜？
> 难道我无法生下她？即便这样，她也可以被称为
> 是"你的"①，在居住于宽广天庭的不朽者中。
>
> （322—325）

仔细追踪赫拉对宙斯指控内容的变化，十分关键。一开始是控诉他侵犯了她作为妻子的荣誉，后来变成要挑战奥林坡斯的父权原则。即便赫拉参与了雅典娜的诞生，也仍然会是宙斯因为如此出众的后代收获赞誉，而一个残缺的孩子带来的耻辱则会落在赫拉头上。赫拉最终要反对的——也是驱动她做出接下来的行为的——是女性对男性、妻子对丈夫的顺服。从这一视角看，早前两幕奥林坡斯场景中对勒托的刻画就有了深意。第一幕中，她作为母亲为儿子感到骄傲；第二幕中，她与宙斯分享注视阿波罗指挥众神音乐会的愉悦。如此一来，勒托示范了作为宙斯之妻的得体举止，她的行为特征是恬静的琴瑟和鸣而非较量与对抗。赫拉的怒火一旦被点燃，就超越了它的直接起因，而达至一个宇宙性的质问，即两性之间以及家庭之中的等级秩序必须如此吗。她为

---

① 与大部分校订者采纳的 ἦα ῥ' 不同，我采纳了 ἦν ἄρ' 的读法。参见 Càssola (1975), p. 506, 他为情态小品词的缺乏辩护。Förstel (1979), p. 288, 也倾向这一读法。

反抗秩序而带到世上的、引发混乱的凶残后代将毫不含糊地证明这一等级秩序的有效性，这种等级秩序也延伸至得体的父子关系，而阿波罗就是这种关系的典范。

如果宙斯敢不与赫拉一起生出雅典娜，那么她就将以另一个计谋报复他：凭着自己，不通过性交，她也要生下一个儿子，他将像雅典娜一样"在不朽的众神中格外突出"（327）。与 mētis 有联系的单词在这几行频繁出现——第 322 行的 μητίσεαι，第 325a 行的 μητίσομ'，第 326 行的 τεχνήσομαι（比较第 344 行的 Διὸς ... μητιόεντος）——不可避免地使我们想起墨提斯的故事，她本该是雅典娜的母亲。宙斯吞下她，也即是永远地吸纳了**计谋**①，由此成为 μητιέτα ζεύς，"拥有墨提斯的宙斯"，并且永远不可战胜。在《致阿波罗颂诗》中，赫拉意欲凭借她自己的计谋来对抗宙斯的计谋，但是 μητιέτα ζεύς 既无法用武力打败，也不能由诡计智取。正如赫西俄德所形容的，"欺骗或胜过宙斯的头脑是不可能的"（《神谱》613）。赫拉的计划注定失败。

赫拉现在不仅与宙斯割床，也与众神——或者说至少是奥林坡斯的众神——割席。② 但她无法单靠自己实现她的计划。她以一种诅咒的姿势跺地③，她召唤**大地**与**天空**，还有"居住在地下伟大的塔尔塔罗斯的提坦"，并祈求他们赐予她一个儿子：

---

① 即 Metis 一词的含义。——译者注

② Ludwich (1908), p. 192，提议第 330 行的 οὖσα 读为 οὐδέ。这一修订乍看很有吸引力，但是我倾向于不改动文本。赫拉对宙斯的最后通牒包含一个谜题；虽然她将离开奥林坡斯，但她仍将与神往来，只不过不是奥林坡斯诸神。

③ 参见《伊利亚特》ix.568-569，也许还有《奥德赛》11.423。

71
>
> νόσφι Διός, μηδέν τι βίην ἐπιδευέα κείνου·
> ἀλλ' ὅ γε φέρτερος ἔστω ὅσον Κρόνου εὐρύοπα Ζεύς.
>
> 无需宙斯[的参与]，他在武力上绝不输于宙斯，
> 而且要让他更强——正如眼观六路的宙斯比克罗诺斯强。
>
> （338—339）

由于赫拉的愤怒有了宇宙性的尺度，她便与原初的地底神道（chthonic powers）结盟，后者不久前刚被宙斯击败。当大地回应赫拉的祈求而蠢动起来，赫拉的雄心之巨大才完整地显现出来：她意图生出一个比宙斯更强大的儿子，强大到足以罢免他——就像宙斯曾经推翻他的父亲克罗诺斯那样。女神所展望的不啻奥林坡斯秩序的毁灭。

赫拉回到她的诸神庙，"对献给她的牺牲心满意足"（347—348）。可见她在凡人中亦有她自己的狂热信徒。她的崇拜者会像傲慢的佛律癸亚人一样"毫不在意宙斯"（参见第278—279行）吗？无论如何，天庭的分裂大有可能反映在地上。可怕的后代适时而生：

> ἡ δ' ἔτεκ' οὔτε θεοῖς ἐναλίγκιον οὔτε βροτοῖσι
> δεινόν τ' ἀργαλέον τε Τυφάονα πῆμα θεοῖσιν.
>
> 她生下一个既不像神也不像人的东西[①]，

---

① 参见《神谱》第295—296行对 Echidna 的描绘。据称，她与提丰结合生出许多怪物后代。

> 提丰，可怕而恐怖，是众神的祸害①。
>
> （351—352）

在随后的故事中，颂诗诗人似乎挪用了一个《神谱》中的主题。诗人已经指出了克罗诺斯—宙斯和宙斯—提丰之间明显的相似关系。现在，正如宙斯的母亲瑞亚把她的新生儿托付给盖亚养育并托她藏好孩子不让他的父亲克罗诺斯发现，赫拉也把她的后代托付给德尔斐的母蛇，把"一个恶魔给一个恶魔"（354）。②

这时，诗歌又开始回归主要叙事。养母和孩子干着相似的毁灭事业，她给人类制造了许多罪恶③，接近她的人必死，直至阿波罗强有力的箭终结了她的杀人活动。德尔斐将永远纪念阿波罗打败巨蛇。神将从中获得一个宗教头衔，而这个从前没有名字的地方将因怪物尸体的腐烂取得它的名字：

> τὴν δ' αὐτοῦ κατέπυσ' ἱερὸν μένος Ἡελίοιο
> ἐξ οὗ νῦν Πυθὼ κικλήσκεται, οἱ δὲ ἄνακτα
> Πύθειον καλέουσιν ἐπώνυμον οὕνεκα κεῖθι
> αὐτοῦ πῦσε πέλωρ μένος ὀξέος Ἡελίοιο.
>
> **太阳**神圣的力量使她在那里腐化；
> 因此那里现在叫皮托，他们还称主人

---

① Ludwich (1908), pp. 190-191，提出第 352 行的 πῆμα θεοῖσιν 抄本 M 作 πῆμα βροτοῖσιν 是相同结尾致误。他进一步提出，πῆμα βροτοῖσιν 应属第 306 行，第 355 行的 ἥ 应该读为 ὅς，因为提丰是众神的祸害，而巨蛇是人类的祸害。阿波罗杀死后者，从而成为人类的拯救者。

② 同样合理的是，忒弥斯在颂诗中是阿波罗的抚养者。

③ 参见本页注①。

> 皮托的，作为他的别名，因为在这里
> 赫利俄斯锐利的力量腐化①了怪物。

（317—374）

黑暗的地底生物暴露在阳光之下便腐烂了。不过，阿波罗对垂死巨蛇的自我夸耀清楚地表明，提丰及其他怪物仍然栖居在世上。诗中没有描述他被宙斯的雷电毁灭，不单单是因为这会使阿波罗的成就失色②，还因为他构成的威胁仍然存在。③暴力推翻奥林坡斯秩序仍是可能的。

怪物一死，阿波罗就认识到了忒勒福萨的欺骗之恶毒。怒火冲天的他返回泉流。忒勒福萨之所以把阿波罗撺到巨蛇的巢穴去，是因为她渴望成为泉边唯一有声名的，而不愿接纳阿波罗（275—276）。这下，阿波罗报之以言与行。首先，他宣布，他也将在那里拥有声名，而非她一人独有（381）；其次，他恰当地惩罚了泉水，他把石块推进泉流，而这泉流正是她的骄傲与光荣的来源。神对待忒勒福萨的方式令我们想起提洛岛早前的担忧，她害怕自己的安全得不到保障。提洛岛胆战心惊，担心新神会因为她的贫瘠蔑视她并鄙夷地将她推入大海（70—73）。忒勒福萨与提洛岛的对照说明了阿波罗的性格。提洛岛欢天喜地地接纳了神，并且得到了丰硕的奖赏；而忒勒福萨恶意的拒绝遭到了羞辱与惩罚。如果说阿波罗通过杀死巨蛇成为"皮托的"，那么他通过惩罚

---

① 皮托原文 πυθώ 作为动词时意为腐烂。——译者注
② 参见 Miller (1985), pp. 87-88。
③ 参见 Förstel (1979), p. 263。

泉水成为"忒勒福萨的"(385—387)。神运用他强大的力量,并非随机地施加暴力,而是有目的地惩罚骄傲与恶毒。

人们早就认识到,从阿波罗与忒勒福萨的初次见面开始,到她遭到惩罚结束,整个故事是根据环状结构的原则结撰的。[1] 与忒勒福萨的两次会面构成了德尔斐巨蛇故事的框架,巨蛇故事中又包含提丰的故事。米勒把此处叙事材料的安排比作《奥德赛》第十九卷中奥德修斯的伤疤这一著名插曲。[2] 这一比喻是恰当的,因为此处与彼处,都从核心元素——一是奥德修斯的命名,一是提丰插曲——向外辐射意义至同心圆结构的其他层级。正如塔尔曼(Thalmann)评论另一个使用了相同技巧的段落时所说:"段落结尾处重述了与开头同样的内容,但它们的全部意涵都得到了更完整的理解,因为中间部分的发展对它们做出了新的阐释。"[3] 巨蛇的性质通过她与提丰的关联才得以说明,同样,忒勒福萨行为的意义也只有从提丰插曲的角度来看才完全显现。[4] 她让阿波罗前往他可能毁灭之处,这也表明她站在奥林坡斯的敌人一边。[5]

不仅如此,提丰故事的支脉延伸至其直接语境以外。他的诞生故事揭示了奥林坡斯的分裂。赫拉与地底神道的联盟表明,

---

[1] 参见 Unte (1968), p. 83; Thalmann (1984), pp. 70-71; and Miller (1985), p. 94。

[2] 参见 Miller (1985), pp. 82-83。关于奥德修斯的伤疤,见 Clay (1983), pp. 56-59。

[3] Thalmann (1984), p. 16,谈及《致阿波罗颂诗》第 14—29 行。

[4] 如果没有提丰的故事,它们就完全是个谜。参见 Jacoby (1933), p. 740:"我们明确地感受到,在与泉水相遇之后,出现了某些超出坏主意故事类型但我们又不知道是什么的元素。"如大多数学者一样,Jacoby 也把提丰故事视为窜入的伪文。

[5] Baltes (1982), p. 43,恰切地称 Telphous 为"赫拉的同谋"。根据保存于索福克勒斯《安提戈涅》第 126 行的古代注疏里的一个传统,忒勒福萨或 Tilphossa 是 Cadmus 杀死的忒拜巨蛇的母亲。这使得这位宁芙既与赫拉对应又与德尔斐巨蛇对应。关于忒勒福萨与地底神道的联系,见 Vian (1963), pp. 107-108; and Fontenrose (1959), pp. 366-374。

他们虽然被击败，但仍很强大。提丰本身尚未被摧毁，暴力推翻宙斯统治的危险持续存在。无处不在的动荡、不和谐与恐惧仍占上风。阿波罗正是在这样危机四伏的气氛中降临于世。颂诗的开篇场景中，阿波罗进入奥林坡斯山那一幕，像极了注定要推翻父亲的篡权的儿子强行闯入。随着阿波罗卸下武器，受到欢迎，并且在他父亲身边坐下，威胁也就成了幻影。在阿波罗诞生之初充斥世界的隐忧，是担心出现一位暴力而无法无天的继承者接替宙斯。恶意流言的源头原来正是勒托的迫害者——赫拉，她不仅仅是嫉妒的妻子，还是提丰的母亲，公然与宙斯的秩序为敌。然而，新生的阿波罗在他最初的话语里，就宣告了对父亲的忠诚：他的弦琴将为奥林坡斯带来和谐；他的弓，绝不会挑战父亲的统治，反而会捍卫它，并摧毁它的敌人；① 还有他的神谕所，将向人类传递父亲的旨意。这样一来，颂诗便把阿波罗置于最宽泛的可能语境中，并把他的角色定义为构成与维护奥林坡斯秩序的关键成分。

获得克里特祭司

即便神庙已经建成、皮托已经杀死、忒勒福萨已经获得惩罚，阿波罗的任务仍未完成。他的圣所要起作用，还需要一名祭司来照看神庙，传布神的律令，以及接待他的崇拜者。

καὶ τότε δὴ κατὰ θυμὸν ἐφράζετο Φοῖβος Ἀπόλλων,
οὕς τινας ἀνθρώπους ὀργίονας εἰσαγάγοιτο,

---

① 参见 Miller (1985), p. 121; and Unte (1968), p. 81。

οἵ θεραπεύσονται Πυθοῖ ἔνι πετρηέσσῃ.
这时福波斯·阿波罗心中思忖，
什么人他能命他们做他的侍者，
谁将是他在多岩的皮托的仆从。

（388—390）

　　颂诗的最后一部分专注于阿波罗在德尔斐确立祭司的过程，并在第一道神谕的发布中达到高潮。同时，这一部分拓展了目前为止相较诗歌主要情节处于边缘地带的母题。直到现在，颂诗既囊括奥林坡斯，甚至也囊括冥府，既有神灵，又有野兽，还有整个大地。因此，所有种族都为神的诞生而震颤，所有人都臣服于他（参见第29行）。提洛庆典表现了凡人在赞颂神的光辉中短暂地崇高起来。颂诗的高潮是对提洛少女——她们是阿波罗的侍者，也是地上的"缪斯"——以及神的尘世代表——诗人本人的歌颂。在奥林坡斯山上，缪斯曾对凡人的缺陷流露出更不乐观的看法。不过，阿波罗与人类的关系目前仍未得到全面的探索，即便它构成阿波罗第三个尊荣的基础。因为阿波罗的神谕功能正在于向人类传布天庭的旨意，并减轻缪斯所歌唱过的人类的无知与不幸。因此，颂诗的最后一部分，便记录了人类在德尔斐以前的无知无助与阿波罗的神性知识所形成的具有讽刺意味的对比。二者的鸿沟将在一定程度上由阿波罗的神谕裁决弥补。一旦人能够了解神的意图，他们就有能力做出道德选择，而这在他们先前处于无知状态时是不可能的。这样一来，《致阿波罗颂诗》所指向的不仅是奥林坡斯史上的新纪元，也是人类的新纪元。

在这里我们应当稍作停顿，先指出颂诗中一个惊人的疏漏，令人诧异的是以往的评注者对这一疏漏所言甚少：颂诗完全没有提及皮提亚（Pythia）——阿波罗在德尔斐的女先知。安贝尔（Humbert）和卡索拉（Càssola）二人分别把颂诗的这一部分定年为公元前 6 世纪初和前 6 世纪末，纯粹就忽略了这个问题，而艾伦（Allen）、哈利迪（Halliday）和赛克斯（Sikes）把诗歌对皮提亚的沉默与对阿波罗崇拜中的其他标志性事物的忽略——例如德尔斐的裂缝、神圣的三足鼎、地球的肚脐眼（omphalos）——等量齐观，并归因于"史诗风格"以及颂诗的创作年代较早（公元前 8 世纪晚期）。① 然而，皮提亚的缺席并不能以同等的视角看待：至少在真实的历史时期，是她，而非德尔斐的祭司，才是神的传声筒。祭司的功能是解读她的答复，并转告给求神谕者。但是，颂诗给我们的清晰印象是，克里特侍者们本身即是神的发言人：

> Κρῆτες ἀπὸ Κνωσοῦ Μινωίου, οἵ ῥα ἄνακτι
> ἱερά τε ῥέζουσι καὶ ἀγγέλλουσι θέμιστας
> φοίβου Ἀπόλλωνος χρυσαόρου, ὅττι κεν εἴπῃ
> χρείων ἐκ δάφνης γυάλων ὕπο Παρνησοῖο.
> ……米诺斯的克诺索斯的克里特人，他们
> 给主人献上牺牲，并宣布持金剑的
> 福波斯·阿波罗的裁决，无论他说了什么，

---

① AHS (1936), pp. 185 and 192. 参见 C. A. Lobeck, *Aglaophamus* (Königsberg, 1829), 1: 264-265; and Rohde (1898), 2: 57, n. 4. 颂诗不提阿波罗在疗愈与净化中的功能，虽然也很奇怪，但属于另一码事，因为神自身也没有在这首诗的范围内声称有这些尊荣。

当他在帕尔纳索斯的洞穴里，月桂树下预言之时。

(393—396)

颂诗对皮提亚的沉默可以从以下两种方式之一得到解释：诗歌创作的时候，皮提亚还不存在，也不被认为是神谕所初始组织的一部分；女先知确实存在，并且诗人也知道她的存在，但是诗人有意识地在他的叙述中隐瞒并省略了她的存在。第一种解读的主要论证可以在这里简要地回顾一番。如果这种解读正确，那么它将对德尔斐的最初阶段以及希腊宗教史有重要意义，但与我们对这首颂诗的理解没有什么关系。因为如果皮提亚此时不存在，那么诗歌的省略就没有特殊的意味而完全是理所应当的。

一些学者提出，必须把德尔斐崇拜中的皮提亚视作是后来添加的，他们还指出了皮提亚未参与最早的神谕实践的蛛丝马迹。意味深长的也许是，荷马没有提到她，但特奥格尼斯——韦斯特（West）把他定年至公元前 7 世纪——提到了她。① 她的缺席一直被视作颂诗年代久远的证据。② 根据一种观点，原始的神谕所，就像多多那（Dodona）的神谕所那样，包括一种圣树崇拜（tree cult），只不过用于预言的树是阿波罗的神圣月桂；他的祭司解读月桂树叶抖动发出的沙沙声。③ 毫无疑问，月桂树在德尔斐很重

---

① 特奥格尼斯 807（West）称她为"女祭司"（ἱέρεια）。
② 参见 J. Fontenrose, *The Delphic Oracle* (Berkeley, 1978), p. 215："由于颂诗没有提及皮提亚，所以可能反映的是早期男性祭司接收阿波罗的感应的情况。"
③ 参见 H. Pomtow, "Delphoi," *RE* 4, pt. 2 (1901): 2527。参见 Parke and Wormell (1956), 1: 9。AHS (1936), p. 254, 表示怀疑，同样怀疑的还有 P. Amandry, *La Mantique Apollinienne à Delphes: Essai sur le fonctionnement de l'Oracle* (Paris, 1950), p. 131。

要。有一个传奇说,第一座神庙就是用月桂木建造的;据说皮提亚传达她的答复时会摇动月桂树的枝条,甚至说她做准备时还要咀嚼月桂树的叶片;月桂树是阿波罗神圣炉灶的燃料。① 但是,说德尔斐存在一个原始的圣树崇拜的证据仍不足;第 396 行的ἐκ δάφνης 为这一理论提供的支撑脆弱如芦苇。历史时期有证据留存的一种预言形式是由皮提亚来掣签。一些学者设想,在女先知出现以前,德尔斐的祭司可能运用过掷骰子的方法,但颂诗没有提供任何支持或反对这一假说的证据。② 最后,罗德提出,皮提亚预言时的疯狂状态受到了狄奥尼索斯崇拜中的迷狂体验的启发,这一元素在较晚时期才进入阿波罗崇拜。③ 打那以后,皮洛斯(Pylos)泥板的发现给狄奥尼索斯相对其他诸神而言是新来者,是从别处进口到希腊的看法蒙上一层可疑的色彩。④ 因此,皮提亚较晚来

---

① 德尔斐使用月桂树的情况,见 Fontenrose (1978), pp. 224-225; Parke and Wormell (1956), 1: 26; and Amandry (1950), pp. 126-134。

② 有关德尔斐的大量神谕,见 Lobeck (1829), 2: 814-16; Rohde (1898), 2: 57; Parke and Wormell (1956), 1: 9, 18-19; Nilsson, *GGR* (1955), 1: 167:"在德尔斐掣签神谕是最古老的神谕形式。"参见 pp. 170-171; and Amandry (1950), pp. 25-36。K. Latte, "Orakel," *RE* 18, pt. 1 (1939): 831-832, and Fontenrose (1978), pp. 220-223,二者都拒绝该观点。在欧里庇得斯关于神庙早期历史的版本(《伊菲革涅亚在陶洛人里》1259-1283)中,据说地母为了报复阿波罗驱逐她女儿忒弥斯接管神谕所而建立了梦占。不过宙斯抑制了地母的梦占。Rohde (1898), 2: 58,认可德尔斐存在梦占仪式(incubation rituals),但 Amandry (1950), pp. 37-40,表示怀疑。最后,Forderer (1971), pp. 170-171, n. 28,提出火占可能是颂诗中暗示的占卜原始形态。

③ Rohde (1898), 2: 56-61. 就可能的狄奥尼索斯影响因素更谨慎的表述,见 Parke and Wormell (1956), 2: 12-13。比较 L. R. Farnell, *The Cults of the Greek States* (Oxford, 1907), 4: 192。K. Latte, "The Coming of the Pythia," *Harvard Theological Review* 33 (1940): 9-18,反驳了 Rohde 认为通灵占卜(Inspirationsmantik)的起源与狄奥尼索斯有关的论点,并认定皮提亚来到德尔斐的时间与阿波罗一致。他认为,二者都来自安纳托利亚;她的疯狂魔力源自她是神之情妇的东方观念。有关皮提亚的此种观点并无证据。Amandry (1950), pp. 41-56, and Fontenrose (1978), pp. 204-212,反对任何皮提亚本身陷入预言式疯狂的观点。

④ 例如见 W. Burkert, *Griechisehe Religion der archaischen und klassischen Epoche* (Stuttgart, 1977), pp. 252-253。

到德尔斐的诸种论证至多是不确定的。必须承认，我们所掌握的关于崇拜仪式最早阶段的证据确实极其稀少。然而，没有任何详细述说阿波罗在德尔斐建立神谕所之后皮提亚到来的神话流传下来，也没有关于她的履职必然带来的神谕所重组的传统留存，这仍是不寻常的。

那么，皮提亚在颂诗中缺席的其他可能解释值得我们考虑。应当指出的是，诗歌创作时间推定得越晚，这一省略便越瞩目。诗人有意识地在他的德尔斐神谕所创建故事中省略了所有与皮提亚相关的内容，而该假设与诗歌的其他倾向相吻合。正如一些学者很有说服力地论证了的，皮提亚原本是盖亚的女祭司。① 她的土地起源看起来通过她与裂缝、山洞、地下室和幻想的传统联系得到了证明。② 这些元素顽固地存在着，即便它们与阿波罗缺乏明显的联系。③ 无论真相是什么，颂诗诗人很可能把皮提亚视为大地女神古老仪式的残留。颂诗有意识地省略盖亚，那么也就意味着会

---

① 参见 Parke and Wormell (1956), 1: 10-11; and Farnell (1907), 4: 192。

② 德尔斐阿波罗神庙的地底发掘一锤定音地证明该遗址不存在任何地下内殿或洞穴。然而，把皮提亚与地下的裂缝以及地气相联系的诸多传统惊人地一致。A. P. Oppé, "The Chasm at Delphi," *JHS* 24 (1904): 214-240，认为这些是后来用以解释皮提亚预言时的迷狂的；但是他承认它们也是基于有关大地女神崇拜的古老的德尔斐神话之上的（p. 237）。参见 Fontenrose (1978), pp. 197-203。Parke and Wormell (1956), 1: 11, 指出"皮提亚坐在裂缝之上或进入洞穴的顽固传统指向某个类似的仪式，我们可以假定这个仪式原本是公元前第二个千年德尔斐的大地女祭司所进行的"。亦参见第 19—24 页。一个令人印象极其深刻的裂缝确实存在于德尔斐，距离阿波罗的圣地不远处：卡斯塔利亚（Castalia）峡谷。在卡斯塔利亚地下，后来是阿波罗神庙前的雅典娜（Athena Pronaia）的神庙的地方，发现了女神崇拜的史前遗存。这样便很容易假设，当大地的女祭司转化为阿波罗的女先知时，她仍保留了一些与大地的联系。参见 G. Roux, *Delphes: Son oracle et ses dieux* (Paris, 1976), pp. 28-29。

③ 参见 Farnell (1907), 4: 193："令我们感到与德尔斐仪式中的阿波罗最不相干的是这一观点，感应的来源在地底世界。"Farnell 也提及"皮托的阿波罗继承自更古老的系统""土地占卜"。

压抑她的女祭司。

因此,看起来是这样,颂诗为了奥林坡斯诸神及男性的利益,把一切前奥林坡斯的与土地及女性有关的痕迹都从德尔斐清除了。奥林坡斯诸神与地底神道的对立,还有男性与女性的对立,二者同样地支配了忒勒福萨和母蛇对阿波罗的敌意,也支配了赫拉和提丰的故事——反叛的女性与前奥林坡斯的地底神道联手,为奥林坡斯秩序制造敌人。而那一秩序的捍卫者阿波罗,把他的神谕能力限制于宣布他父亲的旨意。在颂诗中,阿波罗创建神谕所纯粹是奥林坡斯神的首创,与前奥林坡斯的前身毫无关系。他的祭司仅由来自外地、以前与德尔斐毫无关联的男性组成;这意味着,他们明确不是土著。① 这样一来,神为自己选择的侍从与颂诗的基本取向完全一致。

正当阿波罗思索他需要侍从时,他注意到外海上有一只船,船上满载来自克诺索斯的克里特人,他们注定要"给他献上牺牲,宣布他的裁决"(394)。神眼观六路,自然能将希腊大陆之外的克里特海摄入眼底。他与不能理解甚至就发生在眼前之事的凡人形成鲜明对比。克里特人所从事的无疑是常见活动:为了私人利益与交易而非公共福祉前往皮洛斯。为何唯独他们适合侍奉神,颂诗未置一词。他们既不更虔敬,也不更聪慧,甚至都没有出现个别人物的名字。阿波罗的选择看似完全随机。与创建一种新宗教崇拜的英雄人物极为不同,克里特人是全体人类的非英雄的、无

---

① 关于德尔斐祭司由土著构成的其他传统,见 Förstel (1979), p. 222 以及我在下文的讨论。

名的代表。① 正如阿波罗挑出的提洛岛与德尔斐外表也不繁荣，且两地都将仅仅从神而非任何自然优势获得他们的光辉与财富，阿波罗也选择了一群不起眼的人做他的侍者，他们的地位、荣耀和生计都将仅仅仰赖神。

克里特水手的非英雄特征为缪斯所描述的人类的无知无助提供了绝佳范例。他们的举止——既包括旅途中的，也包括他们到达德尔斐时——透露出他们对自己的独特命运浑然不知，他们也没有能力超越人类生活的琐碎小事。从神的视角看，他们那些太人性的缺陷是可笑的，或者有时是可怜的，但绝不是悲剧的。缺乏悲剧维度伴随着缺乏英雄维度。克里特人的无知提供笑料；如亚里士多德会形容的，比我们更糟的人，适于做喜剧的主题。这一插曲的诙谐来自我们对无知的克里特人的优越感。我们认得出神，也理解他的意图。我们能够取笑克里特人，这显示我们作为阿波罗的创新的结果已经有了多少进步。因为阿波罗，诸神的裁决不再对我们隐藏。在一定意义上，克里特水手代表了凡人在阿波罗创设神谕所之前的无助状态。

即便如此，阿波罗现在化身海豚，跃入克里特人的船或是在船边跳跃——"巨大而恐怖的怪物"（401），它的出现很有可能会被当作此次旅途成功与否的不祥预兆。

τῶν δ' ὅς τις κατὰ θυμὸν ἐπιφράσσιτο νέεσθαι

---

① 参见 Förstel (1979), p. 268。Förstel, pp. 221-222, 指出在其他版本中，克里特人计划建立一座城市；阿波罗在海上的暴风雨中救下他们，因此他们成了他的祭司。这类故事把克里特人表现得更具英雄色彩。关于克里特人的"背井离乡"，亦见 Miller (1985), p. 97。

πάντοσ' ἀνασσείασκε, τίνασσε δὲ νήϊα δοῦρα.

他们之中，无论谁在心中想回头①，

[怪物]就会四面摇晃他并摇晃甲板。

(402—403)

　　水手们很自然地想到折返回家，但他们的命运却是无法继续从前的生活。他们第一次对阿波罗计划的（心理）反抗招致甲板上的大鱼的激烈反应，它似乎有一种奇异的读心能力。他们吓得一声不出，呆坐着动弹不得，无力改变航向；一阵南风使他们沿原来的航线前行。绕过马拉角（Malea）之后，克里特人试图在泰那洛斯（Taenarum）靠岸，看看这"了不起的奇迹"会继续待在船上还是会跳回海里。两种可能的选项指向一种鉴别测试：如果海豚回到他的自然栖息地，那么他就应该是真海豚；如果他不回去，那么他必定是别的东西，而不是海豚。然而，试验永远没能执行，因为无论他们再怎么努力，"船不听舵手调遣"（418），

πνοιῇ δὲ ἄναξ ἑκάεργος Ἀπόλλων

ῥηϊδίως ἴθυν'.

---

　　① 几个抄本作 νοῆσαι，对我来说不可索解，不过 Kirk (1981), p. 177 说该词"一定是用来表达'决定稍加注意（因此稍加行动）'的意思。"参见 AHS (1936), p. 255，解释为"无论是谁想观察"；类似的是 Humbert (1936), p. 95。Càssola (1975), p. 509 没有说服力地采纳了 βοῆσαι，他解释为："给出命令"的意思。但是，无论是 νοῆσαι 还是 βοῆσαι，都与 κατὰ θυμόν 不合，后者暗示着沉思或考虑一种恰当的行动路线。νέεσθαι 在"归家"的意义上看起来适合克里特人的直接处境；他们目前不可能距离克里特太远。此外，他们失去归家路线这一点在故事情节中起到重要的主题功能。νέεσθαι 通常出现在荷马史诗的诗行末尾。有关"归家"的含义，见《奥德赛》2.238、3.60 和 24.460。与《致阿波罗颂诗》片段的几个相似之处，尤其见《奥德赛》4.260（κραδίη τέτραπτο νέεσθαι）和《奥德赛》1.205（φράσσεται ὥς κε νέηται）。

> 但是用他的呼吸，在远方操作的主人阿波罗
> 毫不费力地使船保持在原来的航线上。
>
> （420—421）

旅程继续，现在船完全由神掌控了。水手们原来的目的地皮洛斯已经驶过（424）①，他们很快绕过了整个伯罗奔尼撒。

颂诗最后一个地理清单（421—429）既使前两个地理清单完整，也与前两个形成对比。②在第一个清单中，勒托寻找一个会接受她的地方；而在第二个中，阿波罗寻找一个他能接受的地方。当前这一旅途则不一样：目的地已经由神先行决定了。但是克里特人完全不是在寻找，他们压根就不知道将前往何方，或为何前行。远方，伊奥尼亚岛屿和"伊塔卡陡峭的山出现在云层下"（428）。弗尔斯特尔称这行诗是"'文学性'回忆的极佳例子"③，但他没有解释其含义，尽管这并非孤例。颂诗最后150行中，有史诗，尤其是《奥德赛》的许多影子。它们指向的是有意识的模仿和影射，而不是程式化用语造成的巧合。④直接提及伊塔卡，还有其他影射，意图在于借强烈的对比唤醒人们对其他旅途的回忆：赐予克里特人的不是奥德修斯式的归家之旅。他们被一股他们所

---

① 第398行 = 第424行。参见 Unte (1968), p. 87。

② 有关第三个地理清单中的问题，见 Baltes (1982), p. 39。他认为（pp. 38-38）《奥德赛》15.292-300 中忒勒马克斯的旅途是颂诗的模本。参见 Wilamowitz, (1922), p. 75, n. 3; and Altheim (1924), pp. 445-447。二者都认为颂诗中的旅途来自荷马。

③ Förstel (1979), p. 266.

④ 参见 Janko (1982), pp. 129-132，他试图论证《奥德赛》在颂诗这一部分的回响不能归因于一个共同的传统或史诗程式的传统运用，而是表明诗人了解《奥德赛》。Kirk (1981), pp. 177-180 说到对《奥德赛》的文学模仿。

不能理解的魔力裹挟着，追寻迄今尚属未知的命运。

船经过伯罗奔尼撒，"在宙斯送来的顺风中欢欣鼓舞"（427），然后靠近科林斯海湾。在那里，"宙斯的旨意送来"（433）一阵强烈的西风，迅速把船朝目的地驱动，"宙斯的儿子，主人阿波罗为他们导航"（437）。宙斯积极的合作得到了强调；他的儿子是在执行并完成父亲的计划。① 船一到达，神便化作"正午的"流星，跃出船外，"许多火星自他飞出，光芒直冲天庭"（441—442）。阿波罗进入他的神庙的内殿（adyton），拿出他的霹雳，自己点燃了他的神圣之火。这一奇迹现身再度强调了阿波罗对德尔斐神庙的亲力亲为。他不仅为神庙奠定地基，还用自己的光辉燃起他的神圣炉灶。随着神的光芒布满整个克里萨，女人们大声哭喊，"因为他在每个人心中唤起的恐惧是那么巨大"（447）。这里重复了与阿波罗显现相伴而来的典型过程，神的可怕面相经过一定的时间将由欢乐占上风。②

阿波罗"如思绪一般迅捷"地回到船上，他抛开奇异的伪装，化作一个少年，带着标志性的波浪般的发卷，以人形出现。阿波罗对他未来的祭司发话，这也是他第一次对人类说话。随后神与凡人的交流特点是人类的无知与神的旨意形成讽刺的差异。阿波罗询问他们是谁，从何处而来。他们是从事贸易还是海盗？虽然这几行诗句是程式化的，但其中的讽刺却并不程式化，因为正是神把他们带到这里，他知道全部的答案。带着一丝嘲笑的味

---

① 参见 Miller (1985), p. 93。

② Unte (1968), p. 96, 比较了克里萨人的恐惧与颂诗开篇一幕诸神集会上的类似反应，并评述道："这是神的特征。"

道，他继续问为什么他们举止如此古怪，为什么他们不上岸，泊好他们的船，就像漫长的航行之后，"吃面包的人类会做的那样"（458），并且"对甘美食物的渴望立刻攫住他们的心"（460—461）。作为一片异土上的异乡人，作为未知神的慌乱而不情愿的人质，克里特人仍然屈服于恐惧，陷入瘫痪，无法进行普通的人类活动。不过得到神的鼓励以后，他们的首领终于回应了。他注意到眼前的青年很像不朽者，但马上祈祷道，"愿神赐予你繁荣"（466），这削弱了他正确的直觉。① 程式化短语的使用再度有了讽刺意味。船长回答了阿波罗的问题，同时询问他们现在何方，并解释说他们是克里特人，前往皮洛斯。他们来到这里是因为

νόστου ἱέμενοι, ἄλλην ὁδόν ἄλλα κέλευθα·
ἀλλά τις ἀθανάτων δεῦρ' ἤγαγεν οὐκ ἐθέλοντας.
寻找一条不同的路线，不同的归家路；
但众神中的一位违背我们的意愿把我们带到这里。

（472—473）

当然，那名未知的神就站在他们眼前，只是无人认出。

阿波罗在他的回复中既表明了自己的身份又揭示了克里特人的命运。他们注定不会再次回到他们"可爱的城邦、精美的房屋，以及他们的妻子身边"（477—478）。克里特水手们被剥夺了家庭、房屋和城邦，他们将脱离所有普通人拥有的关系，不过作为补

---

① 试想《致德墨忒尔颂诗》与《致阿弗洛狄忒颂诗》两首诗中的类似讽刺，凡人无法认出他们眼前的神。

偿,他们将掌管神富丽的神庙。这时神宣布他是"宙斯的儿子阿波罗"(480),他表明正是他带他们穿过海域,但"不是恶意的":

> βουλάς τ᾽ ἀθανάτων εἰδήσετε, τῶν ἰότητι
> αἰεὶ τιμήσεσθε διαμπερὲς ἤματα πάντα.
> 你们将了解不死者的安排,正是他们的旨意
> 将令你们持续而永久地得到荣耀。
>
> (484—485)

祭司们失去了自然的人类联系,作为交换,他们将可以了解神的旨意,并且得到永恒的荣耀。阿波罗描述了克里特人未来的特权与功能之后,他转向他们当前的处境。他们马上要泊船,为他(作为海豚 [delphinus])建一座祭坛,来纪念他第一次是以海豚的形象对他们现身;随后,他们要进行恰当的祈祷与祭祀,并用餐,在此之后再陪同阿波罗前往他富丽的神庙。颂诗此处的用语再度充满史诗的程式化用语,并且如米勒指出的[①],包含一丝悲悯。毕竟,这是这些来自克里特的异乡人最后一次从事这类日常活动,之后他们就要开始作为神的仆从而存在了。

克里特人恭敬地完成了阿波罗的指令。他们最初对神的拒绝已为对他的顺从所取代。此后,他们前往皮托,阿波罗领路,边弹弦琴,边迈着高步。他们在后面跟随着,边舞蹈边吟唱着日神颂(iepaian),

---

① Miller (1985), pp. 98-99.

οἷοί τε Κρητῶν παιήονες οἷσί τε Μοῦσα
ἐν στήθεσσιν ἔθηκε θεὰ μελίγηρυν ἀοιδήν.

正如克里特人的日神颂①，是女神缪斯在他们的胸中
放入了这声音甜美的歌曲。

(518—519)

神与他的祭司们欢快的音乐队列是颂诗的最后一个例子，代表对阿波罗现身的典型且普遍的反应。在德尔斐，与在奥林坡斯和提洛岛一样，一开始的恐惧让位给和谐的融洽与愉悦。克里特人在阿波罗的引领下，很快到达了帕尔纳索斯，那个"可爱的地方，那个神意欲居住的地方，受到许多人的尊崇"(521—522)，并且丝毫不感疲倦。不过，当阿波罗带他们观览他神圣的内殿和富丽的神庙时，他们感到不胜困扰。尽管克里特人到目前为止一直都遵从阿波罗，也无论情愿与否都接受了他的召唤，但他们仍像原先一样，是普通人，他们考虑更多的是直接的物质需求，而不是神所允诺的神性知识与永恒荣耀。最后，他们的船长再度发话：这个地方，神觉得合适带他们来，但他们要如何远离朋友和故土在这里生活？

οὔτε τρυγηφόρος ἥδε γ᾽ ἐπήρατος οὔτ᾽ εὐλείμων,
ὥς τ᾽ ἀπό τ᾽ εὖ ζώειν καὶ ἅμ᾽ ἀνθρώποισιν ὀπηδεῖν.

此地尽管可爱，但既长不出谷物，也没有丰美的草甸

---

① 日神颂及日神颂的格律被认为起源于克里特。有关格律日神颂与所谓克里特格律（即长短长格律——译者）的关联，见 von Blumenthal (1942), cols. 2361-2362. 有关克里特与德尔斐之间的神话与历史关系，见 Förstel (1979), pp. 220-222。

可供一人舒适地生活，更别说同时招待他人了。①

(529—530)

85　德尔斐和提洛岛一样，几乎没有任何自然资源，但阿波罗"可爱的神庙"的出现已经把这个严酷贫瘠之地转变成了"可爱之地"（ἐπήρατος [529]，参见第 521 行的 χῶρον ἐπήρατον）。② 这里不久也将成为一个富有丰饶之地。③

作为回应，阿波罗带着被逗乐的屈尊对他们笑了一笑，这一点证明了他作为神灵的高人一等。然后他谴责道：

νήπιοι ἄνθρωποι δυστλήμονες οἳ μελεδῶνας
βούλεσθ᾽ ἀργαλέους τε πόνους καὶ στείνεα θυμῷ...
愚蠢而缺乏耐心的人，你们在心中自找
忧虑和痛苦的折磨与烦恼。

(532—533)

不过神口中一句"安慰的话"就足以减轻他们不必要的焦虑。他

---

① ὀπηδεῖν 通常意为"跟随""伴随"或"出席"。这里需要的意义"照管"没有其他类似例子，因此有人建议采纳 ὀπάζειν，甚至是 ἀθανάτοισιν ὀπηδεῖν。见 Baumeister (1860), p. 179. 不过大概的意思是清晰的：他们如何在这贫瘠的土地存活同时还实现神的指令。参见 Miller (1985), p. 100.

② 有关 ἐπήρατος 的误读，参见 Càssola (1975), p. 515; and Förstel (1979), p. 473, n. 690. 不过，这个地方不是本来就可爱，而是因为出现了阿波罗"可爱的神庙"才变得可爱。参见第 286 行的 νηόν...ἐπήρατον. 同样，提洛岛预先被称为"美丽的岛屿"（102），但也是由于阿波罗圣所的出现才变得如此。

③ 提洛岛与德尔斐的相似关系，见 Unte (1968), pp. 96-97. 两地的财富都不是自然产物，而是神的崇拜者输送来的。

们的右手将会一直忙于处理崇拜者带来的丰富牺牲。神的在场确保他的侍者的生存。

阿波罗在他最后的话中，给了他的祭司仆从们终极训诫，并且宣布了一个庄严的警告：

> νηὸν δὲ προφύλαχθε, δέδεχθε δὲ φῦλ' ἀνθρώπων
> ἐνθάδ' ἀγειρομένων κατ' ἐμὴν ἰθύν γε μάλιστα.
> εἰ δέ τι τηΰσιον ἔπος ἔσσεται ἠέ τι ἔργον,
> ὕβρις θ', ἣ θέμις ἐστὶ καταθνητῶν ἀνθρώπων,
> ἄλλοι ἔπειθ' ὑμῖν σημάντορες ἄνδρες ἔσονται,
> τῶν ὑπ' ἀναγκαίῃ δεδμήσεσθ' ἤματα πάντα.
> εἴρηταί τοι πάντα, σὺ δὲ φρεσὶ σῇσι φύλαξαι.
>
> 照管我的神庙，接待人类的各部落，
> 他们聚集在这里，首要的是依照我的指示。
> 但是只要有任何放肆之言或之行，
> 也就是僭越（hybris）——凡人的积习，
> 那么让其他人做你们的领袖吧，听命于他们，
> 不得不永远臣服于他们。
> 该说的我都说了，你们要在心中守护。
>
> （538—544）

这些诗行总体来看构成了第一个神谕，因此也是整首颂诗的恰当高潮。这一片段本身引起了许多问题，有一些是出于文本残缺，还有一些是由于神的用语晦涩。考虑到德尔斐发布的信息向来晦

暗不明，后一点不应该令我们惊讶。不过理解这几行诗的主要障碍来自评注者们拒绝从整体来把握这一片段。文本在第 539 行后有可能掉了一行①，但是整体的衔接并没有遭到破坏。不过，批评家们割裂阿波罗的训诫与他的预言式警告，就忽视了二者之间的相互联系，也误读了二者。

只需对文本做几处微小的修订，并谨慎地调整几处标点，诗句就可以理解了。② 阿波罗首先指导他的侍者照看他的神庙，并且按照他的指引、在他的权威之下接纳他的追随者们。ἰθύς 一词的含义是"直线路程"，这话从阿波罗口中说出再合适不过。早先，他确曾指引（ἴθυνε [421]）克里特人的船只沿直线航行，正如后来他引领他们（ἡγεμόνευε [437]）。有关未来的警告紧接在这一积极的训诫之后，逻辑上也应该如此。任何对神定的直线路程的偏离，任何来自他的祭司们的未经考虑的言行，任何构成僭越的举动，都将得到神的惩罚。而人们甚至可以说，犯下僭越的能力和倾向正是人类天性的一部分（541）。我们记得，阿波罗选做他的侍者的克里特人绝非具有非凡天赋的非凡人群，相反，他们正是人类有限性和脆弱性的十足代表。③ 此外，被神选中所赋予他们的财富、

---

① 参见 AHS (1936), p. 266。

② 我的读法是 κατ' ἐμὴν ἰθύν γε μάλιστα，之后是句号，然后第 540 行是 εἰ δέ τι。不必假设存在一处脱漏，不过如果非要坚持抄本的 τε μάλιστα，那么可以补充类似如下内容："首要的是，为我提供牺牲，宣扬我的律令"（参见第 394 行）。一个常见的关键错误来自狭隘地把 κατ' ἐμὴν ἰθύν 看作修饰前一个词（人们根据我的指令聚集此处）。参见 AHS (1936), p. 266; Humbert (1936), pp. 100-101; and Càssola (1975), pp. 515-16, 后两位学者把第 540—541 行连接到前一个句子上，这样后两行仍然是指"人类的各部落"。这对我来说是完全不可解的。不仅如此，这还使得第 542—543 行中阿波罗的预言式警告缺乏动机，像晴天霹雳一样突兀。参见 Förstel (1979), p. 441, n. 538。

③ 参见 Förstel (1979), pp. 267-271。

荣耀和崇高的地位使他们成为首批候选人，也许能超越人类行为固有的枷锁——希腊人称之为 hybris。希腊人也知道，Koros（餍足）是滋长 hybris 的沃土。抵抗它的符咒是刻在阿波罗神庙上的两句格言：γνῶθι σεαυτόν 和 μηδὲν ἄγαν，即"认识你自己"和"勿过度"。阿波罗传递给他的祭司的信息亦是传递给人类的信息。①

如果从上下文抽离出来，阿波罗的神谕警告（540—543）就陷入了历史思考的泥淖，历史思考借此推测颂诗，或者不如说是颂诗的皮托部分的创作年代。假设神的宣言一定得被视作"事后预言"（vaticinium ex eventu），学者们通常在其中侦查到所谓的"第一次神圣战争"——时间大概在公元前 590 年——的踪影。② 我们被告知，克里萨人曾经掌管德尔斐的神庙，而在那一时期，他们有一些不当行为；德尔斐近邻同盟的联合力量打败了克里萨人，把他们的城市夷为平地，并接管神庙的管理。根据这一观点，第 542 行的"其他领袖"指的就是新同盟在此地的管理者。还有一些学者则坚持认为，阿波罗的话语暗示的是克里萨人对神庙造成威胁的那场战争之前的时期。那么，所谓的神谕事实上是"在危机显著之时的一个警告"③。

在此回顾第一次神圣战争的证据会离题太远，只需提几个直

---

① 关于阿波罗的信息的普适性，见 Förstel (1979), p. 271; and Miller (1985), p. 110。

② 根据 Gemoll (1886), p. 180，Ilgen (1796) 最早提出此种解读，后来成为共识。众多学者中，参见 Wilamowitz (1920), p. 441; (1922), p. 74; Altheim (1924), p. 449; Dornseiff(1933), pp. 14-15; Humbert (1936), p. 77; Eitrem (1938), pp. 133-134; Parke and Wormell (1956), 1: 108; and Càssola (1975), p. 101。G. Forrest, "The First Sacred War," BCH 80 (1956): 34-44 甚至确定了造成这场战争的 ἔπος[言]、ἔργον[行] 和 ὕβρις[僭越]。

③ West (1975), p. 165, n. 2; 参见 Förstel (1979), p. 202。Jacoby (1933), p. 731, 不确定颂诗是创作于第一次神圣战争之前还是以后。

接的反对理由。第一，颂诗中提到的克里萨还未被摧毁。① 第二，没有明确的证据表明克里萨曾经掌管德尔斐② （即便克里萨人一度对神庙构成了威胁，但随着克里萨的败落，危机很快便过去了）。第三， 如果如历史证据所显示的，德尔斐近邻同盟针对克里萨的战役意在保护德尔斐并把它从克里萨压迫者的手里解放出来，那么颂诗提到理当是解放者的人时，为什么说他们是"用强力"使德尔斐人臣服的主人？③ 第四，阿波罗的预言式警告不是针对克里萨而是针对他的德尔斐祭司。阿波罗威胁的是他们潜在的犯罪会遭致惩罚；克里萨完全与此无关。近来，罗伯逊提出一个论证，说第一次神圣战争从未发生过，而是公元前4世纪的杜撰，用来为马其顿的腓力干涉德尔斐事务提供合法性。④ 但是即便我们假定这一战事存在，与它有关的传统叙述也与我们的文本不相一致。就颂诗而言，第一次神圣战争总是不相干的主题。

此处我想跑个题。要理解上述解释最初是怎么出现的，意味着要面对古代文本的现代研究中的根本动力。长期以来，古典语文学首先把自身视作一门历史学科。一名古典学家面对一个文

---

① 参见 Förstel (1979), pp. 200-202。

② 参见 N. Robertson, "The Myth of the First Sacred War," *CQ* 72 (1978): 49。

③ 参见 Förstel (1979), pp. 201-202: "第543行对强迫与臣服的强调……与近邻同盟在神圣战争中扮演的角色完全不符。"亦见 Humbert (1936), p. 101, n. 1: "祭司对组织（近邻同盟）的臣服被表现得很残暴，这有一些可疑。" Forrest (1956), p. 45 做了一些调和。他认为，颂诗对近邻同盟的残暴描述得自被击败的克里萨人。参见 Eitrem (1938), p. 134，他把威慑的口吻解释为对祭司的警告，他们曾经站在克里萨人一边。Robertson (1978), p. 49，认为"其他领袖们"必然是近邻同盟，他们"至少从古风晚期起就掌控了德尔斐"，但是他并未解释为什么颂诗用并不讨喜的词语描述他们。

④ Robertson (1978), pp. 38-73. 参见 Parke and Wormell (1956), 1: 103 and 99。Robertson 的论点被 G. A. Lehmann, "Der 'Erste Heilige Krieg' —Eine Fiktion?" *Historia* 29 (1980): 242-246 反驳。亦见 M. Sordi, "La prima guerra sacra," *RFIC* n.s. 31 (1953): 320-346。

本首先问的，不是它在说什么，而是它创作于什么时期，由谁创作。在处理年代未知、作者未知的文本时，这些问题就成了研究的焦点。人们到处寻找线索，而证据的缺乏会激发各种奇思妙想。任何可以被解读为包含同时代影射或者暴露作者背景或偏见的片段都遭到了不顾上下文的歪曲。对《致阿波罗颂诗》的解读便提供了这类扭曲的几个例子。比如说，阿波罗经过将来是忒拜城的地方，且这里被描述为尚无人居住，这就会被说成是诗人流露了他的反忒拜偏见。① 类似地，忒勒福萨说在她的泉边来往交通之声嘈杂，会使阿波罗的崇拜者分心，这也被（荒唐地）用来给诗歌定年。论点是，如果这首诗创作于德尔斐设立战车赛（约公元前 586 年）之后，宁芙就不可能说出这样的话来——这样说仿佛神极其讨厌嘈杂，以至于为了纪念他而设立的比赛也会打扰到他。② 拒绝该观点及其定年的批评家们则一本正经地指出，战车赛在平原地带举行，所以不会打扰到神庙里的神。③ 无论如何，第一次神圣战争对于这首颂诗的解读没有任何意义；德尔斐最早期的历史仍包裹在晦暗不明之中。④ 然而，大部分评注者依然坚持对阿

---

① 参见 Eitrem (1938), pp. 128-129; and Defradas (1954), pp. 59-62。

② 参见 Gemoll (1886), p. 119; Humbert (1936), pp. 76-77。

③ 参见 Càssola (1975), p. 102。West (1975), p. 165, n. 2, 指出了这句论证的荒诞之处。一个类似琐屑的尝试给诗歌定年的努力基于第 299 行，在那一行阿波罗的神庙被称为 ἀοίδιμον ἔμμεναι αἰεί [将永远是歌唱的主题]。由于古风时期的神庙被焚毁于公元前 548 年，那么诗歌的创作必然早于那一时间。参见 Wilamowitz (1922), p. 74, n. 3; Gemoll (1886), p. 164; Dornseiff (1933), p. 14。诗人当然完全没有提及在他那个时代神庙是否还在，他只是说神庙将永远是歌唱的主题。Drerup (1938), pp. 108-109, and Càssola (1975), p. 102 值得赞赏地表达了怀疑。参见 West (1975), p. 165, n. 2。

④ 参见 Unte (1968), p. 98, n. 3 的谨慎评论："对于历史解读……我们必须十分小心。当我们解读事后预言时，我们从文本中只能读出，德尔斐祭司在诗人的时代是有所依附而非独立的。"

波罗的话进行某种政治解读，认为他的话涉及从一种管理形式到另一种的变化。神的宣言确实是关乎变革的警告，但针对的是另一种变化。

正如许多神谕一样，这第一个神谕用的也是条件句的形式；如果满足了条件，结果便是无可逃脱的。然而，阿波罗不是在预言未来，他只是传达宙斯的旨意以及宙斯对人类的裁决。如果祭司们偏离了神定下的正道，报应就注定会降临。尽管现在他们仅臣服于神，也仅供神差遣，但如果他们犯错，他们就会由人的权威统治。换句话说，阿波罗预言的是他的侍者们丧失自治。祭司们将不是听命于阿波罗，而是其他那些 σημάντορες——字面意即"给出信号者"，并受惠于他们。这些"其他人"——无论他们是谁——的对手正是神自己。这样，神谕宣布的变化看起来是指阿波罗的克里特祭司的身份变化，从自治到从属的变化。不仅如此，这一变化将是永恒（ἤματα πάντα）且应该是无法恢复的。而祭司们可以做出他们的选择：要么追随神，ἕπου θεῷ①，要么臣服于人。

如果以上对阿波罗预言大旨的解读是正确的，那么他的预言是否实现仍是一个问题。《致阿弗洛狄忒颂诗》结尾处一个类似的警告——尽管不是神谕——表明他的预言实现了。② 如果真如批评家所坚持的，我们面前的神谕是一个事后预言，那么那一事件也无法明确定年。正如我们已经看到的，阿波罗的话若用来形容克

---

① U. von Wilamowitz-Moellendorff, *Der Glaube der Hellenen* (Darmstadt, 1959), 2: 41，称 ἕπου θεῷ [追随神] 是阿波罗"认识你自己"的补充。

② 关于《致阿弗洛狄忒颂诗》的结尾，见第三章的讨论。关于两处警告的相似性，见 Unte (1968), p. 97。Miller (1985), pp. 109-110，认为阿波罗的话只是一个警告，而非预言。

里萨或德尔斐近邻同盟无论是神圣战争前还是神圣战争后在德尔斐事务中的分量，显得很不合时宜。① 不管怎么说，神如果用这种方式影射一次转瞬即逝的政治危机，他就有点轻率，而且也没有理由认为这样一个可靠性有限的神谕会得到虔敬的保存。毕竟伪造神谕在古代世界很常见。阿波罗影射的是他的神庙内部的宗教结构，而不是外部政治事件，这种可能性要大得多。因为求神谕的更多关注宗教事务而非政治或私人事务②，德尔斐发布的第一条神谕有关宗教问题才是完全合理的。

在上述评述的基础上，我想重提穆勒（K. O. Müller）的一个老观点：克里特人将臣服的"其他领袖"是 Hosioi[纯洁者]。③ 我们关于这些"纯洁者"的证据的确较晚也较零星，不过很能说明问题。④ 他们在数量上有五位，是从德尔斐最高贵的几大家族中抽签选出来的，这些家族自称是丢卡利翁的后代，因此应当被

---

① 参见 Robertson (1978), p. 49: "如此具有话题性和偏向性的片段既在神圣战争之后的权力交接期保存下来，又在最后库奈图斯或其他人的修订版中保存下来，这是可以想象的吗？颂诗说的是 δεδμήσεσθ' ἤματα πάντα[永远臣服]。"罗伯逊在此反驳的是神谕影射克里萨人的可能性，但是他的陈述同样适用于影射近邻同盟的可能性。

② 参见 Fontenrose (1978), pp. 26-27，他统计了所有历史上的神谕（相对于神话中的神谕），其中有四分之三与宗教事务有关。

③ K. O. Müller, *Geschichten hellenischer Stämme und Städte II: Die Dorier* (Breslau, 1824), 1: 211-212.

④ 主要的引证来自普鲁塔克《希腊问答》(*Quaestiones graecae* 9 [292d])；《伊西斯与奥西里斯》(*De Iside et Osiride* 35 [395a])；《神谕落空》(*De defectu oraculorum* 49 [437a] and 51 [438b])，以及欧里庇德斯《伊翁》413-416。H. W. Parke, "A Note on the Delphic Priesthood," *CQ 34* (1940): 86-87，质疑伊翁片段是否指的就是纯洁者。但伊翁使用复数，"里面的那些"，这一事实表明伊翁指的是纯洁者，因为一共只有两位先知（他自己已是其中之一），而纯洁者一共有五位。参见 A. S. Owen, *Euripides Ion* (Oxford, 1939), p. 101。铭文证据见 BCH 20 (1896): 716, line 9; BCH 49 (1925): 83-87; *and Fouilles de Delphes* 3, pt. 2: 118, line 5; pt. 3: 300 and 302。Roux (1976), pp. 59-63，是有关德尔斐纯洁者的功能的最佳讨论。亦见 Fontenrose (1978), p. 219；以及 Amandry (1950), pp. 123-125，他在附录中收入主要的引证。

视为土著。他们在神庙的职责包括监管"先知"和祭司的活动。因此，祭司们执行的是求神谕之前的献祭，而 Hosioi 要决定牺牲的行为是否允许求神谕的活动继续下去，或者甚至决定什么时候可以求神谕。从他们的功能来看，阿波罗使用略微不寻常的词 σημάντορες，"给出信号者"，就显得意味深长了。① 因为 Hosioi 的职责看起来就是给出信号——无论是积极的还是消极的，来决定是否可以接受一个牺牲，是否可以允许求神谕。祭司和"先知""不得不"服从他们的决定。没有他们的同意，什么也不能做。

上述解读揭示了颂诗诗人的一个意图，他的版本是阿波罗的侍者来自克里特，而德尔斐本地主张说祭司是土著，诗人试图调和二者。也如我们已看到的，诗人坚持祭司是输入的异邦人，这取决于他决定把德尔斐表现为在阿波罗的神谕所创建之前是一片荒土。颂诗的叙事忽略了德尔斐人自称土著的主张，但最终又在警告克里特人未来从属身份的神谕中纳入了该传统。

我认为，我在这里阐明的解读要比传统观点更吻合文本的精神、字句。不过也应该认识到，这个神谕超越了当前的场合或背景，成为阿波罗所有预言的范本。阿波罗不单单是训诫他的侍者们，也是在训诫全体人类留意神的裁决，警告他们不当行为会遭致惩罚，由此，阿波罗首次使人类了解到他们在神灵系统中的位置。

随着第一个神谕的发布，《致阿波罗颂诗》也结束了。神最

---

① 有意思的是，在特奥格尼斯 808（West）和赫拉克利特残篇 94（H. Diels and W. Kranz, *Die Fragmente der Vorsokratiker, 5th ed.* [Berlin, 1934]）中，神谕活动都是由动词 σημαίνω（"发出信号""指明"）提示的。

后的话意味着完结，也给他们提出了任务：保守并理解他的信息——"该说的我都说了，你们要在心中守护"（544）。阿波罗完成了他在诞生之初宣布的"人生计划"（Lebensprogram），同时，颂诗诗人也完成了他的赞颂清单。阿波罗接受他的尊荣，并获得他在奥林坡斯众神之中的位置；此外，他作为向人类传达神令的居间者，开启了神人关系的新纪元。任何新神的诞生都注定且不可逆转地改变奥林坡斯和人间的原状，不过可能没有哪位神比阿波罗改变得更厉害。因为他出生时的情况还有他选择的三项尊荣决定了他具有宇宙性的重要意义，他是宙斯及奥林坡斯秩序的卓越捍卫者。

颂诗的神谱特征由继位神话进一步确定，后者给阿波罗的出现投上了一层威胁的阴影。颂诗开篇，神令人畏惧的露面暗示着推翻奥林坡斯众神的可能性。当他诞生时，全世界都被恐惧攫住了，他们担心勒托带来的这个孩子将成为人和神的统治者，专制而残暴。隐晦而不祥地暗示一位篡权的神灵，不仅仅是强调阿波罗的非凡，还为我们理解这位神提供了至为关键的背景信息。这些令人困惑的暗示持续至提丰故事的前景中，在这里，继位神话的黑暗轮廓终于浮出水面。原来赫拉的怪物儿子才是奥林坡斯真正的敌人，而他所对应的同样强大的阿波罗，宙斯孔武有力的儿子，可以说，坐在父亲的右边①。阿波罗为他自己选择的特权弓箭，消灭了他父亲的敌人如皮托——对应提丰及其母亲；还有弦琴，确保了奥林坡斯的和谐。最后，阿波罗绝对没有给父亲的权

---

① 此处借用圣经里描述耶稣的话来形容阿波罗与宙斯的关系，圣经说耶稣"坐在神的右边"（《马可福音》16: 19）。——译者注

威带来挑战，他计划通过传达父亲的律令在人间宣扬他的权威。从土地的角度说，整个大地一开始畏惧阿波罗的野蛮暴力。然而，新神把他的三种尊荣用于人类，把人类从像皮托那样恐怖而具有毁灭性的造物手中解放出来；神又与他们分享音乐的快乐，使他们——即便只是暂时地——免于人的忧愁。另外，阿波罗的神谕把凡人从他们无助的无知无识中解救出来，使他们有能力做出道德选择。

颂诗表现阿波罗的视角全然是以奥林坡斯为中心的。诗歌的奥林坡斯主义与其泛希腊取向携手并行。事实上，这两种趋势正是一体两面；它们几乎可以解释诗歌的各个方面和诸多怪异之处。整首颂诗通过地理清单——合在一起涵盖了整个希腊世界——的方式表达阿波罗的无处不在。诗人自身也许诺要将他的作品——他的阿波罗颂——带到天涯海角。因此，诗歌和诗歌所颂扬的神都明显是泛希腊的。

颂诗的泛希腊倾向表现得最为显著的，是在诗人选用和拒斥的主题上。尽管诗人再三强调，适用于阿波罗颂的材料数量庞大，几乎不可穷尽，但他排除了与神有关的本地神话，也排除了仅有地方意义的仪式崇拜中心。与此相关的是雅科比的评述：

> 对每一位颂诗诗人来说，当他首先是为某一个地方崇拜仪式或地方的崇拜庆典创作诗歌时，存在一种张力，即地方崇拜的要求与泛希腊的颂神要求之间的矛盾。对于所有颂诗诗人都是如此，也许最主要的是阿波罗的诗人；因为阿波罗与宙斯或赫拉或雅典娜恰成对照，他绝非某个具体地方的神

祇，而是……无处不在的。①

在《致阿波罗颂诗》中，阿波罗的地方形象与普遍形象之间的张力通过支持泛希腊主义得到消解，但不只是通过对地方传统与崇拜的拒绝。诗人采取了特别的策略，他取消了任何地方独属性，挑选出不是一个而是两个宗教崇拜地：提洛岛与德尔斐。不仅如此，颂诗特别强调地把两地刻画为毫无地方传统而完全是阿波罗的和泛希腊的。因此，提洛岛由于她的贫瘠只能养活极少的土著人口；岛屿承认了她在人类世界的恶名。她与勒托的协商表明，到目前为止还没有哪位神用他们的降临光耀这座岛屿。这意味着，在阿波罗以前，提洛岛没有任何地方宗教传统。被神抛弃之地唯有从阿波罗的降临中获得她未来的全部财富与光辉。所以，颂诗所表现的提洛集会（panēgyris）是泛希腊的活动，而不是地方庆典。伊奥尼亚人偕他们的妻子聚集到这里，共同赞颂阿波罗；诗中提到的唯一本地居民是神的仆从提洛少女。

德尔斐的部分表现得更为清晰。阿波罗抵达时，那里既无人居住也没有名字。该地不仅崎岖多岩石，土地贫瘠，而且还有一条嗜血成性的巨蛇在此盘桓。阿波罗杀死怪物以后必须从克里特引进他的祭司，因为皮托目前荒无人烟。颂诗忽略了德尔斐人自称土著的主张，正如颂诗坚持此地此前不存在任何其他崇拜，即便德尔斐官方传统承认有这样一个崇拜存在。在这里，诗人的泛希腊取向使他不得不反对德尔斐的正统传说；颂诗把阿波罗创建

---

① Jacoby (1933), p. 713.

神谕所重新解释为奥林坡斯的创新。

　　提洛岛和德尔斐两地的声名与神授的光辉都来自她们作为泛希腊圣所的角色，男人与女人从有人居住的地方聚集到这里，赞颂阿波罗，向他求神谕。两地普遍尊崇的神是宙斯的奥林坡斯儿子，他的诞生引起了天庭和地上各处的恐慌。宙斯孔武有力的后代，他的力量强大到对奥林坡斯政体构成威胁，但最后他其实是令人胆寒的保卫父亲秩序者。在颂诗的结尾，宇宙已经发生了变化：阿波罗出现在他父亲身边，消除了未来所有对奥林坡斯的挑战，并使奥林坡斯稳固而永恒。此外，弓和琴之神——他既带来恐惧也带来欢乐，通过他的神谕将父亲的领土拓宽至把人类也纳入到宇宙的等级系统中来。

第二章　致赫尔墨斯颂诗

> ὡς ἀγαθόν ἐστ' ἐπωνυμίας πολλὰς ἔχειν·
> οὗτος γὰρ ἐξηύρηκεν αὑτῷ βιότιον.
> 拥有众多名号是多么美妙！
> 他正是由此为自己赢得谋生之计。
>
> （阿里斯托芬《财神》，1164—1165）

《致赫尔墨斯颂诗》通常被认为远晚于其他大部分荷马颂诗，它展现了许多奇特的用语以及明显不规整的叙事进程。顽固的文本问题极大地增加了阐释的难度。尽管诗歌戏谑的、有时甚至粗俗的幽默吸引了读者，但许多批评家否认这首诗有任何严肃的意图。① 因此，叙事线索的松散以及众多前后矛盾之处因作品的诙谐属性而得到原谅。② 这首颂诗的完整性不断被质疑，早期学者构建

---

① 例如，W. Schmid & O. Stählin, *Geschichte der griechischen Literatur* (Munich, 1929) 1, pt. 1:236, 认为该诗"缺乏任何宗教或伦理的严肃性"。H. Van Herwerden, "Forma antiquissima hymni homerici in Mercurium", *Mnemosyne* 35 (1907): 181, 把颂诗称为一个"古代渎神的例证"。

② 参见 Baumeister (1860), p. 185: "然而在这里（指在颂诗中——译者），正如在喜剧里，主题受到的限制甚少，有时还故意让期待落空，对立和相反的事物糅合在一起也不少见，甚至笑话也与严肃的语言混杂。"

了复杂的理论来解释诗歌目前的混乱。① 即便是统一派的学者也感到茫然。② 因此，艾伦、哈利迪和赛克斯认为，"为这首颂诗寻找一个能统一整体的主旨是个错误"，并最终把诗歌的主题定为"赫尔墨斯生命里的一天"。③ 不过，当格莫尔把"新生的赫尔墨斯如何赢得肯定，成为奥林坡斯山上一位强大的神"称为这首颂诗"真正的主题"时，他毫无疑问更接近真相。④

无论《致赫尔墨斯颂诗》在语调、风格与结构方面可能与其他长篇颂诗有多大区别，诗歌整体上仍然符合广义的荷马颂诗的主要诗体特征。首先，诗的开端就通过叙述被选中的神的言行来表明他的核心特征；继而，它展示了颂诗特有的内容，即奥林坡斯众神间尊荣的获得与（再）分配，这将为神圣世界带来一次永恒而不可逆转的秩序重组；最后，如同《致阿波罗颂诗》，《致

---

① 若要回顾早期分析派，参见 Baumeister (1860), pp. 182-84; Ludwich (1908), pp. 27-30; 以及 Humbert (1936), p. 105. 经 C. Robert（"Zum homerischen Hermeshymnos," *Hermes* 41 [1906]: 389-425) 的分析删减而成的"原初"的颂诗，比现在的一半长度还短。关于删减之后的文本，见 Herwerden (1907), pp. 181-191. Ludwich (1908) 和 J. Kuiper, "De discrepantiis hymni homerici in Mercurium," *Mnemosyne* 38 (1910): 1-50, 试图反驳 Robert 的论点，但是 Ludwich 的极端"错简理论"说服不了任何人。统一派应包括 Baumeister (1860); Gemoll (1886); L. Radermacher, *Der homerische Hermeshymnus,* Sitzungsberichte (Akademie der Wissenschaften in Wien 213, no.1) (193); Humbert (1936); AHS (1936); 和 Càssola (1975), 但他们当中有一些质疑最后七十行的真实性。Janko (1982), p. 133, 对研究现状的叙述如下："尽管过去曾有许多拆解《致赫尔墨斯颂诗》的尝试，但现在它的完整性不再受到严重的质疑。"

② 参见 Radermacher (1931), p. 234: "诗人自身是印象主义者，他只看到近处，瞬间对他来说意味重大，以至于他忘记了大处的联系，因此他对事物的描述有自相矛盾之处。" Humbert (1936), p.107, 向 Lévy Brühl 致敬，把颂诗诗人称作"半原始人"。

③ AHS (1936), p. 268.

④ Gemoll (1886), p.184. Ludwich (1908), p. 27, 赞许地引用 Ilgen (1796) 对颂诗整体的判断："其他神的尊荣已十分显著，追逐不低于其他神的尊荣，这是他的全部行为的目的。""毫无疑问，" Ludwich 补充道，"这就是基本主题。"

赫尔墨斯颂诗》也重新叙述了一位新神的诞生,这位神起初看似对既有众神的稳固地位造成了威胁,但最终接受他的权力并坐上他在神灵秩序内注定要获得的那把交椅。然而两首诞生颂诗的差异同样令人惊异且重要。正如我们所注意到的,阿波罗诞生于宙斯统治初期,在这位至高无上的神完全巩固他的权力之前;而赫尔墨斯相反,依据他的颂诗内容,他是奥林坡斯众神中最晚诞生的。[①] 其他神的尊荣均已分配完毕。赫尔墨斯一无所得,因此只能用盗窃或交换来取得他的尊荣。那么,《致阿波罗颂诗》与《致赫尔墨斯颂诗》就被安放在奥林坡斯家族的神话史中遥相呼应的两端。

人们其实可能会好奇为什么赫尔墨斯应该是众神中最后一位诞生的。历史地看,他在希腊土地上似乎出现得非常早;他不能被视作是刚来的或外来的神。[②] 事实上,关于赫尔墨斯的基本功能或原始功能,有大量推测。他一直被视为牧人之神、与土地有关的生育之神、火神、风神、盗神和石堆及界碑之神。[③] 试图从单一来源推导出赫尔墨斯的多重形象从未成功。甚至在赫尔墨斯应当

[①] 参见 S. C. Shelmerdine, "Hermes and the Tortoise: A Prelude to Cult," *GRBS* 25 (1984): 205, n. 22.

[②] 参见 Nilsson, *GGR* (1955), 1: 501.

[③] 关于赫尔墨斯的"原始"功能的研究综述,见 H. Herter, "Hermes, " *Rheinisches Museum* 119 (1976): 193-204,正如赫脱所评价的:"他(赫尔墨斯)忠诚地追随着上个世纪的宗教研究潮流"(p. 194)。一尊 Villa Albani 出土的赫尔墨斯半身像上的铭文给出了该神的一份特权清单:诸神的调解者,天地间的旅行者 / 我教给凡人对话与技艺⋯对话与梦的给予者 / 朱庇特的信使及其愿望的执行者 (*Inscriptiones Graecae* 14.978)。Horace, Odes 1.10,展现了对赫尔墨斯的含义的真正理解。Burkert ([1977], p. 246) 的简要定义也有所助益:"作为边界与打破禁忌的通道之神,牧人、盗贼、坟墓和信使的保护者,这即是赫尔墨斯。"

被视作前希腊还是印欧神祇①这个问题上都没有共识。赫尔墨斯的原初性质仍然不明晰，但我们可以颇为自信地说，当这位神被纳入奥林坡斯家族时，他的性质改变了或者说经过了修饰。

当然，"家族"成员们也都拥有多种来源以及多重的地方形象。只有当他们组成泛希腊众神之时，他们才获得各自的最终特征和轮廓。韦尔南恰当地指出：

> 把希腊神祇互相孤立地定义为各自分离、互不相干的形象，所有以此为起点的研究都有忽略本质问题的风险。正如处理语言系统一样，除非研究诸神在与彼此的关系中所处的位置，人们不可能理解一个宗教系统。必须用对众神的结构分析取代简单的神灵分类，阐明不同的神灵力量是以何种方式相聚集、相联系、相对立以及相区别的。唯有如此，每一位神或一组神的相关特征才得以显现——也即是那些从宗教思想视角看重要的特征。②

---

① 例如，E. Benveniste, "Le sens du mot ΚΟΛΟΣΣΟΣ," *Revue de Philologie* 6 (1932): 129-130; J. Orgogozo, "L'Hermès des Achéens," *Revue de l'historie des religions* 136 (1949): 170-176; 和 C. Ruijgh, "Sur le nom de Poséidon et les noms en -ā-ϝον-, -ī-ϝον-," REG 80 (1967): 12, 他们都认为赫尔墨斯不可能是印欧神祇。另一方面，A. Kuhn, *Die Herabkunft des Feuers und des Gottertranks*, 2nd ed. (Gütersloh, 1886); A. Hocart, *Kings and Councillors* (Cairo, 1936), pp.18-23; R. Mondi, "The Function and Social Position of the Kêrux in Early Greece" (Ph.D. diss., Harvard, 1978), pp.109-146, 他们都将赫尔墨斯等同于印度火神 Agni。但是 C. Watkins, "Studies in Indo-European Legal Language, Institutions, and Mythology," in *Indo European and Indo-Europeans*, ed. G. Cardona & H. Hoenigswald (Philadelphia, 1970), pp. 345-350, 发现赫尔墨斯与《吠陀经》里的 Pusan 相似。Wilamowitz (1959), 1: 156, 把赫尔墨斯称作 "一个原希腊并且纯希腊的神"。参见 A. Van Windekens, "Sur le nom de la divinité grecque Hermès," *Beiträge zur Namenforschung* 13 (1962): 290-292.

② Vernant (1974), pp. 110-111.

韦尔南强调了这一方法的必要，尤其是在审视像赫尔墨斯这样复杂的形象时。

现在，我们可以回到开始的问题：从《致赫尔墨斯颂诗》的视角看，为什么赫尔墨斯是最晚出生的神？尊荣在众神间的分配已经完成，奥林坡斯宇宙的结构也多少算完整了。但目前仍缺少某种令它运转的至关重要的东西。当我们观察到，奥林坡斯的分配与分界系统联结完毕后，除非它获得在它的范围与限制中移动的可能，它将保持静止，毫无生气，那一缺失要素的性质马上浮现出来。直到秩序的等级框架成形并且边界得以确立，赫尔墨斯才被引入，他是运动原则的化身。① 因此，赫尔墨斯一边使得宇宙保持有序的结构，一边引入在互相联结的部件之间的运动。正是沿着这些线索，韦尔南尝试通过赫尔墨斯与灶神赫斯提亚（Hestia）的对立来定义这位神的基本特点：

> 由于大量饰词以及众多属性，赫尔墨斯的形象显得异常复杂。学者们发现他太令人困惑，因此他们只能假定，最初有若干个不同的赫尔墨斯，后来才融为一体。然而，如果我们考虑到他和赫斯提亚的关系，构成这位神之面相的多种特征将清晰起来……任何内部的、闭合的、固定的事物，人类社群对自身的观照，都属于赫斯提亚；任何外部的、开放的、移动的事物，与外部事物的联系，都属于赫尔墨斯。可

---

① 非常有趣的是，F. G. Welcker, *Griechische Götterlehre* (Göttingen, 1857), 1: 342 依据一个可能不正确的词源（赫尔墨斯 [Hermes] 来自 ὁρμᾶν）将赫尔墨斯称作 "活力运动" 之神。Càssola (1975), p. 154 评价道，"赫尔墨斯的一个典型特征便是移动"。

以说，赫尔墨斯－赫斯提亚这一对神通过他们的对立表达了一种张力，这张力是古老的空间表现形式的特征；空间需要一个中心，一个有优势的固定点，从这个点出发，人们可以定位和确定方向。但空间又表现为运动的场所，它也隐含着从任意一点跳跃和移动到另一点的可能性。①

意味深长的是，传统赋予赫斯提亚的身份正是奥林坡斯众神中最早出生的一位；② 而赫尔墨斯，她的互补者与对立者，成了最晚的一位。

韦尔南没有直接研究《致赫尔墨斯颂诗》；卡恩（Kahn）则从颂诗入手发展自己的洞见，建立了重审奥林坡斯众神中最费解的一位的框架。③ 根据他的观点，赫尔墨斯的典型行为模式——运动的特征是进入边界与限制并在其间穿行，因此也就有调和一系列对立的特征，其中包括，内／外、神／人、生／死和男／女。但即便赫尔墨斯跨过或进入边界，他并没有摧毁甚至没有质疑这些边界。他的专属活动是通过和穿入；而界限，即使曾被越过，仍坚不可摧。

如果说穿越边界的运动定义了赫尔墨斯的活动范围，那么他完成这种旅程的特有手段就是智谋（mētis）。④ "穿透"这一行

---

① J.-P. Vernant, "Hestia-Hermès: Sur l'expression religieuse de l'espace et du mouvement chez les Grecs," in *Mythe et pensée chez les Grecs* (Paris, 1965), 1: 128.

② 参见 Hesiod, *Theogony* 454, and the *Hymn to Aphrodite* 22-23。见下文对《致阿弗洛狄忒颂诗》第22—23行的讨论。

③ L. Kahn, *Hermès passe ou les ambiguïtés de la communication* (Paris, 1978).

④ 对 mētis 的总体讨论见 Detienne and Vernant (1974)；它与赫尔墨斯的关系见 Kahn (1978)。

为与智谋的紧密联系可以通过我们熟悉的特洛伊战争传统得到说明。攻城的希腊人之间出现了分歧：应该用强力（biē）还是诡计与骗术（mētis）来突破城池的防守？木马计占了上风。整个特洛伊城无人怀疑，他们打开城门，拖进了"枵然的藏身物"，这是《奥德赛》的说法，随即，杀气腾腾的一伙人从木马腹中涌出。即使城墙仍固若金汤，城池无法从正面袭击攻取，敌人还是进来了。智谋战胜了强力，而这场胜利的策划者是奥德修斯，他是与赫尔墨斯最相近的英雄，并且享有神的饰词"诡计多端"（πολύτροπος）。①

作为最年轻的奥林坡斯神，直到尊荣基本分配完毕，赫尔墨斯才出现。因此新神必须以盗窃或者与其他神灵谈判的方式获得他的尊荣。这样，甫一诞生就遭权利剥夺的赫尔墨斯从一群不同的神那儿攫取各种各样的特权，也许看起来就理所当然了，可是颂诗只表现了他与阿波罗的交易。为什么阿波罗应该是赫尔墨斯唯一的对手？当然，聪明的婴儿与他富有、已经确立身份的兄长之间的对质，蕴含许多潜在的谐趣，颂诗并未忘记挖掘这些可能。②除此以外，很多批评家尝试发现这两位神灵之间内在的宗教崇拜角力。例如，埃特莱姆（S. Eitrem）试图从这一角度来解释《致赫尔墨斯颂诗》几乎所有的特点。③另一方面，对布朗（Brown）

---

① 试想圆目巨人的洞穴，它容易进，但若没有智谋则很难逃出。参见 Clay (1983), pp. 29-34 关于诡计多端（polytropos）的赫尔墨斯与奥德修斯之间的联系，另见 Thalmann (1984) pp. 173-174 以及 P. Pucci, *Odysseus Polutropos* (Ithaca, 1987), pp. 23-26.

② 参见 K. Bielohlawek, "Komische Motive in der homerischen Gestaltung des griechischen Göttermythus," *ARW* 28 (1930): 203-209.

③ S. Eitrem, "Der homerische Hymnus an Hermes," *Philologus* 65 (1906): 248, 他认为诗人描绘了"两位神以及两种宗教崇拜之间的竞争"，因而使颂诗成为重要的"希腊宗教史文献"。参见 Radermacher (1931), p. 217: "从宗教史的视角看，诗歌最开头也是最长的一段表明，赫尔墨斯崇拜已经侵入原来只属于阿波罗的领地。"

而言，两位神灵的冲突反映了公元前6世纪晚期雅典的政治动乱，以及旧贵族被商人阶级取代，后者将赫尔墨斯视作他们特别的保护神。① 沿着相似的线索，赫脱（Herter）却将颂诗作品限定在德尔斐一带，由此发现了阿波罗的贵族祭司与崇拜者和赫尔墨斯更为平民的信徒之间的张力②，但在德尔斐或其他地方并没有相关证据。即令赫尔墨斯获得帕尔纳索斯山上显然是附属性的"蜂女"的预言圣所，他也无法对德尔斐神谕所的威望造成真正的威胁。像卡索拉还有其他学者所认定的，两位原始畜牧神之间存在真正的对抗也没有说服力。③ 阿波罗与牧人的关系以及他的牧群保护者形象是次要的，并且是后来衍生的。④ 类似的，尽管赫尔墨斯创造了弦琴，他也从来不被认为与音乐艺术有任何密切联系。因此，两位神灵的对应不能约化为宗教职能和范围的简单重合。最后，我们必须注意到颂诗的总进程是由不共戴天发展到握手言和；诗歌结尾反复肯定了兄弟间的亲爱（philia）和亲密。在祭仪中，他们同享供奉奥林坡斯十二主神的六个祭坛之一，这一安排表明的不是对抗而是和谐的统一。⑤ 虽然证据并不充分，荷马史诗同样点出了他们的和平联结：在"诸神大战"当中，赫尔墨斯对与阿波罗的母亲勒托交手报之一笑（《伊利亚特》xxi.497-501），而《奥德赛》第八卷第

---

① N. O. Brown, *Hermes the Thief* (Madison, Wis., 1947). 参见 G. Graefe, "Der homerische Hymnus auf Hermes," *Gymnasium* 70 (1973): 515-526, 他认为两位奥林坡斯神之间的对抗与和解表现了约公元前475年时民主派的特米斯托克利与客蒙的贵族团体间的政治关系。读者们会注意到我在《致赫尔墨斯颂诗》的写作时间问题上没有表态，我就是不知道而已。

② Herter (1981), pp. 198-199.

③ Càssola (1975), p. 153; 参见 J. Duchemin, *La Houlette et la lyre* (Paris, 1960).

④ 参见 Nilsson, *GGR* (1955), 1: 536.

⑤ 参见 Pindar, Olympian 5.10a 的古代注疏，注家引用了语法学家 Herodorus (Fr.G.H. 34a) 来说明奥林匹亚两个祭坛的安排。参见 Pausanias 5.14.8.

334—342行中两兄弟的戏谑调笑也暗示了他们的亲密。

以上观察说明《致赫尔墨斯颂诗》中赫尔墨斯与阿波罗的冲突必须要从别处去寻找其深层原因。在这一文本中，会有所帮助的可能是对比位于德尔斐的真正宗教冲突——即阿波罗与狄奥尼索斯之间的冲突。全面探索这两个形象的复杂关系未免离题太远。我要提及的仅是众所周知的事实，即在阿波罗缺席的冬月，据说是由狄奥尼索斯掌管德尔斐神庙。这一交替表明两位神不容易联合。虽然最终达成了相互的接纳，某种不易解决的冲突仍然存在。希腊人把阿波罗认作是维护秩序、遵守等级与差异的神，尤其是遵守区别人神的那些等级与差异。狄奥尼索斯的出现模糊并消解了界限，唤醒了迷狂力量的解放但也带来了混乱。① 赫尔墨斯的情况与狄奥尼索斯有本质上的不同：狄奥尼索斯倾向于从既定秩序外部威胁整个系统，而赫尔墨斯因其有能力穿梭于既定秩序之内，而在内部发挥他的灵活性。赫尔墨斯的穿行运动和进入运动既没有否定奥林坡斯等级秩序，也没有消除阿波罗对有序界线的坚持。虽然使边界间的调解与流动成为可能，赫尔墨斯的穿行却并未撼动边界，反而重新确认了它们的存在。作为穿越边界者，赫尔墨斯同时也是边界的护卫者，并以这样的身份成了阿波罗的帮手。阿波罗与赫尔墨斯的握手言和最终体现了他们必要的相辅相成。

为了找到他在奥林坡斯山上的位置，赫尔墨斯必须发掘他的

---

① 例如参见 C. Segal, *Dionysiac Poetics and Euripides' Bacchae* (Princeton, 1982), p. 12: "阿波罗设置限制并加固边界，他的对立面与互补者狄奥尼索斯，则消解了它们。自《伊利亚特》以降，阿波罗就是神与人的距离的化身，狄奥尼索斯拉近了这一距离。"

专属活动领域——穿越边界；相应地，他也必须为了他的特权与受命保卫边界的神博弈。于是，赫尔墨斯为本来可能是秩序井然却静态的宇宙注入了动态变化与生命力。

赫尔墨斯的尊荣在性质上与其他神祇的不同；他的尊荣不是影响单个甚或某几个领域，而是涉及直接闯入不同领域并在其间穿行的活动模式。正如韦尔克（Welcker）很早前就认识到的那样，"赫尔墨斯是唯一一个没有显而易见的根基的主神，他的神话属性不建立在物质的基础之上"。① 赫尔墨斯尊荣的抽象性给本质上是叙事媒介的颂诗诗人带来了特别的麻烦，他不能满足于简单地贴一个抽象概念的标签，虽然他在前边确实罗列了一连串的饰词（第13—15行）并限定了一些赫尔墨斯的特殊表现，而这在荷马颂诗里是独一无二的。② 相反，诗人用叙事中的戏剧化进程来表现、嵌入抽象概念，在这一过程中，赫尔墨斯通过发挥功能成为功能本身。诗人的不规整叙事进程，以及其中突然的跳跃、断裂，可能仅仅是部分出于文本残缺，因为这看起来是神无休止的运动以及他瞬息万变的想法与动机的绝佳表达方式。正是通过这些，赫尔墨斯发现并获得了他的角色与尊荣。不同于一出生就能索取特权的阿波罗，赫尔墨斯必须自己创造特权，而在这之前，他还得发掘自己的适当位置。因为他究竟属神还是属人绝不是立刻就明确的。

虽然不得不承认还有为数不少的细节晦暗不明，也有一些难

---

① Welcker (1857), 1: 343.
② 有一些所谓的俄耳甫斯颂诗就只有一连串的饰词。荷马颂诗里的《致阿瑞斯颂诗》被认为作于希腊化时期，它的开头罗列了十七个饰词。

缠的问题尚未解决，但我相信以上分析为接下来对《致赫尔墨斯颂诗》的通盘考察提供了一个适当的起点。

著名事迹

诗歌首先呼唤缪斯歌唱赫尔墨斯，接着列出神的父母和他的两处宗教崇拜地点，库勒涅（Cyllene）和阿卡狄亚（Arcadia），还有他的一项功能——"诸神的飞毛腿信使"。简短地明确了主人公身份后，颂诗通过标志性的关系从句结构切换到叙事模式："他，是迈亚怀着对宙斯的爱生下的。" 赫尔墨斯父母的名字在首四行中出现了两次。在第五行之前就很清楚，我们面对的是一个诞生故事。①

正如《致阿波罗颂诗》，关于神的成胎和他的诞生的背景描述，对解释该神的性质以及之后的叙事进程大有用处。迈亚自己就生活在布满阴影的洞穴里②，一个对宁芙来说再自然不过的栖息处；但是她也主动避免与"有福的诸神交往"。她是否是诸神之

---

① 存在将赫尔墨斯的出生地落在塔那戈拉（Tanagra）的另一些传统。古代证据见 L. Preller 及 C. Robert, *Griechische Mythologie*, 4th ed. (Berlin, 1887), 1, pt. 1: 397. Philostratus, *Imagines* 26 则把赫尔墨斯的出生地设定在奥林坡斯山下。这些版本与我们的颂诗均不相合。在前一种情况中，塔那戈拉把神叫作先锋战士（Promachos），他与本地宗教崇拜和建城史的联系过于紧密。至于后一种情况，赫尔墨斯出生在奥林坡斯山或其附近，他要确认自己的奥林坡斯神身份就不会有任何困难。然而，颂诗坚持神出生在极遥远的地方。

② 例如，不妨再考虑一下栖居于洞穴的卡吕普索（Calypso）(《奥德赛》5.57-74）以及波吕斐摩斯（Polyphemus）的母亲托奥萨（Thoosa），后者"与波塞冬在大山洞中交合"(《奥德赛》1.71-73）。关于卡吕普索的山洞和迈亚的山洞的相似性，参见 S. C. Shelmerdine, "The 'Homeric Hymn to Hermes': A Commentary (1-114) with Introduction" (Ph.D. diss., University of Michigan, 1981), P. 15；及 S. C. Shelmerdine, "Odyssean Allusions in the Fourth Homeric Hymn," *TAPA* 116 (1986): 55-57. 还应注意迈亚和卡吕普索一样，是阿特拉斯（Atlas）的女儿（参见《致赫尔墨斯颂诗》（第 18 首行 4），以及《奥德赛》1.52）。尽管我们这首《致赫尔墨斯颂诗》没有提及这一事实，但我们也许可以推测，来自母亲的提坦血缘可能会对婴儿赫尔墨斯的个性造成某种影响。

一尚不明确。无论如何,她与宙斯是在最死寂的深夜,远离奥林坡斯秘密结合的;不仅对势必会嫉妒的赫拉,还对其他神与人隐藏了这一偷情的时间和地点。但既然宁芙被饰词尊为"可敬的"(5)①,那么他们的情事就在持续时间上与宙斯的众多艳遇区别开了。② 这不是一夜露水。

除一些微小的异文外,颂诗的前九行与荷马颂诗的第 18 首大体相同。正如通常所接受的看法,后者是长版本的缩写。③ 隐秘性总是与赫尔墨斯的概念相伴而行,对这一隐秘性的刻意强调在短版本中无足轻重,但在更完整的讲述中至为关键。至尊神与低微的宁芙的隐秘结合以及他对合法伴侣的夜间行骗最终会反映在他的后代④——一个在夜间行动的骗子手,还是私生子,既不完全是奥林坡斯神又不仅仅属于凡尘,一个完美的中间者——的性情上。而这些,诗人向我们保证,与伟大宙斯的意图吻合(10),随

---

① αἰδοίη[可敬的]的跨行位置提醒我们注意这一事实;这绝不是 νύμφη[宁芙]的常用饰词。在荷马和赫西俄德那里,这个形容词的阴性形式最常用于修饰妻子,还有女神、女管家和少女。关于 αἰδοῖος 与 φίλος 的密切联系,见 É. Benveniste, *Le Vocabulaire des institutions indo-européennes* (Paris, 1969), 1: 340-341. 我怀疑第 6 行中不寻常的 ἔσω 是否想要强调迈亚不仅栖居在洞穴中,还一直待在里面。

② 正如反复时态的 μισγέσκετο 和祈愿式的 ἔχοι 所表明的。关于后者的效力,见 Gemoll (1886), p. 195 及 Càssola (1975), p. 517. Shelmerdine (1981), pp. 50-51 注意到在荷马笔下只有两处平行例证:《伊利亚特》第九卷第 450 行,由于福尼克斯(Phoenix)的父亲的情事持续得太久,他母亲便请求他去和阿明托尔(Amyntor)的侍妾睡觉;《奥德赛》第十八卷第 325 行,墨兰托(Melantho)与欧律马科斯(Eurymachus)持续的鬼混,表明她对佩涅洛佩忘恩负义、毫无敬意。

③ 参见 Baumeister (1860), pp. 187-188; Gemoll (1886), p. 331; Ludwich (1908), p. 76; AHS (1936), p. 401 及 Shelmerdine (1981), p. 47。

④ Eitrem (1906), p.249: "另外,赫尔墨斯的出生即是这个小男孩后来的全部行为的原型:他是偷情的结果,成胎于夜晚的黑暗中。"亦见 Lenz (1975), p. 73: "小男孩的诞生史……对他的行动来说意味深长,因为他的本性是由此决定的:在这样的双亲和这样的情况下,夜间行骗进入了赫尔墨斯的性格。"强调赫尔墨斯的诞生的隐秘性,似乎是这首颂诗独有的。

着赫尔墨斯的出生,宙斯的意图正在实现①,但要到颂诗结束时才会彻底完成。

> καὶ τότ' ἐγείνατο παῖδα πολύτροπον, αἱμυλομήτην,
> ληϊστῆρ', ἐλατῆρα βοῶν, ἡγήτορ' ὀνείρων,
> νυκτὸς ὀπωπητῆρα, πυληδόκον, ὃς τάχ' ἔμελλεν
> ἀμφανέειν κλυτὰ ἔργα μετ' ἀθανάτοισι θεοῖσιν.
> 而那时她分娩出一个变化多端、能言善诱的孩子,
> 一个扒手、盗牛贼、掌梦者,
> 他监视着夜晚,徘徊在大门外,他不久即将
> 在不朽的众神间彰显他的著名事迹。
>
> (13—16)

赫尔墨斯从布满阴影的洞穴的黑暗中,走到日光底下。某种意义上,整首颂诗等同于新神的现身。序曲简短地勾勒出神在诞生第一天完成的"著名事迹"后终止:

> ἠῷος γεγονὼς μέσῳ ἤματι ἐγκιθάριζεν,
> ἑσπέριος βοῦς κλέψεν ἑκηβόλου Ἀπόλλωνος,
> τετράδι τῇ προτέρῃ τῇ μιν τέκε πότνια Μαῖα.
> 黎明出生,中午便弹起了弦琴;
> 傍晚他盗取了远射的阿波罗的牛群,

---

① ἐξετελεῖτο 的未完成时态的全部效力应当保留,它在《伊利亚特》的序诗中的效力参见 A. Pagliero, "Il proemio dell' Iliade," in *Nuovo saggi di critica semantica*, 2nd. ed. (Florence, 1971), p. 19。

在迈亚女士生出他的那个月的第四天。

(17—19)

这段对赫尔墨斯"著名事迹"(kluta erga)的总结令人惊讶,原因有两点。其一,在其他包含两个故事情节的版本中,偷盗牛群发生在发明弦琴以前。实际上,被剖杀的牛就用来制作乐器。① 而在《致赫尔墨斯颂诗》中,顺序颠倒了,弦琴从而得到了特别的强调。② 弦琴一经制成就被藏了起来,它是一件秘密武器,之后将成为解决赫尔墨斯与阿波罗之间冲突的工具。因此,用于和解的工具出现在两兄弟的纷争之前,保证了纷争的最终解决。

对赫尔墨斯在诞生首日的活动的简要描述还有另一点怪异之处。从第20行一直到第153行,所叙述的那些事件不仅包括弦琴和盗窃牛群,还有赫尔墨斯在阿尔费乌斯(Alpheus)进行的奇怪"献祭",而这里的情节预告对后者没有任何指涉。罗列神的行动时排除这件事,让人怀疑屠杀牛群算不上是赫尔墨斯的著名事迹。我们在考察那个令人费解的片段时应该时时想到这种可能性。

赫尔墨斯从他母亲的子宫诞生之初就展现了他典型的不知疲倦。他放弃摇篮的舒适,一跃而起,跨过洞穴的门槛去追寻阿波罗的牛群。他的动机还不明确。无论是何种动机,他的追寻

---

① 参见 Sophocles, *Ichneutae* 376-377 (E. V. Maltese, *Sofocle Ichneutae* [Florence, 1982]),以及 Apollodorus 3.10.2. 依据一些评注者(如 Robert [1906], p. 400,及 Radermacher [1931], p. 184),阿波罗多洛斯的版本"纠正"了《致赫尔墨斯颂诗》的错误,并使故事的"发生顺序更易于理解"。另一方面,Ludwich (1908), p.4,坚持颂诗不可能是阿波罗多洛斯的原始材料;Burkert (1984), p. 835,提出阿波罗多洛斯可能保留了一个比颂诗更早的版本。

② 参见 Shelmerdine (1984), p. 202.

突然被打断了,因为他在洞穴入口偶遇正在进食的乌龟。赫尔墨斯带着孩子气的喜悦欢迎这偶然的发现——希腊人把这叫作hermaion,把它视作能为自己带来极大好处的源泉。由于婴儿神极易从原有的目的转移注意力,叙事也暂时偏离了原轨。叙事的之字形进程映照出神在出发获取他的尊荣时也是无方向地运动的;看似偏离方向,但仍然能抵达他的最终目标。

现在,赫尔墨斯首次开口发话。言语,既然与个体和个体的交流或沟通有关,便属于赫尔墨斯的职能领域。但是赫尔墨斯的说辞非常特别;有说服力,有诱惑力,又具有欺骗性,非常典型的模棱与费解,揭示多少便隐藏多少,充斥着双重意味和隐含意味。把乌龟称为"踩出舞蹈节奏"者和"宴席的伴侣",赫尔墨斯已经预示了他将如何使用这"可爱的玩具"。把这生灵变为弦琴需要经历多重转化。首先,它必须被带进室内,把它之前的山间居处转变为家养环境;但是与赫尔墨斯用来诱骗乌龟入室的那句习语相反,室内也并不安全。① 其次,这没有声音的活物必须放弃它的生命以成为死后的歌者。② 如果说活着的乌龟相当于对抗邪恶诅咒的幸运物,那么一旦转化为弦琴,她也会对她的听众施加魔力。赫尔墨斯极具诱惑力的说辞充满奉承与费解的悖谬,故而掩饰了从乌龟到弦琴这一变形的暴力。

---

① 这一表达无疑是谚语,它出现于赫西俄德的《农作与时日》第365行。关于赫尔墨斯对乌龟所说话中的情欲味道,见 W. Hübner, "Hermes als musischer Gott," *Philologus* 130 (1986): 161。乌龟的诱惑力随后就会出现。

② 参见 Sophocles, *Ichneutae* (Maltese),他也玩了这个文字游戏:θανὼν γὰρ ἔσχε φωνήν, ζῶν δ' ἄναυδος ἦν ὁ θήρ[死了才拥有声音,活着却是哑的,这动物](300);οὕτως ὁ παῖς θανόντι θηρὶ φθέγμ' ἐμηχανήσατο[就这样,小孩儿从死去的动物身上制造出了声音](328)。

神迅速以他特有的方式"刺穿它的生命",杀死乌龟。① 赫尔墨斯打破生与死的脆弱边界,他设法使乌龟壳完好以便作弦琴稳固的琴板。一个比喻表达了神的动作的速度:

ὡς δ' ὁπότ' ὠκὺ νόημα διὰ στέρνοιο περήσῃ
ἀνέρος ὅν τε θαμιναὶ ἐπιστρωφῶσι μέριμναι,
καὶ τότε δινηθῶσιν ἀπ' ὀφθαλμῶν ἀμαρυγαί,
ὣς ἅμ' ἔπος τε καὶ ἔργον ἐμήδετο κύδιμος Ἑρμῆς.

正如一个被稠密的忧虑团团围住的人,

他脑中灵光一闪,

双眼放光:就是这样,

荣耀的赫尔墨斯策划了言与行。

(43—46)

这里被比较的是赫尔墨斯执行意图的迅捷。② 自救的念头进入被焦

---

① 关于 τορέω[刺穿]与赫尔墨斯的联系,见《致赫尔墨斯颂诗》第119和283行;还有《伊利亚特》第十卷第267行,在那里它被用于形容赫尔墨斯最喜爱的奥托吕科斯(Autolycus)(参见《奥德赛》第十九卷第395—398行);Aristophanes *Peace* 381; Aratus *Phaenomena* 268-269。第42行和119行的 αἰών 应该笼统地理解为"生命力量"或者"生命所在"而不是"脊髓",参见 Gemoll (1886), P. 200; Ludwich (1908), p. 96, n. 1 及 Càssola (1975), p. 519。关于该词的意义,试比较《伊利亚特》第十九卷第27行。 Shelmerdine (1984) 把杀死乌龟解读为一种祭祀,又把接下来对乌龟说的话解读为某种颂诗,二者都与之后的牛祭类似。两次举动确实相似,但正如我在本章后文所讨论的,我认为二者都不是祭祀。

② 我采纳了 Ludwich ([1908], p. 85) 对比喻的解读,并在第45行采用 καὶ τότε 的读法。大多数校勘者(Radermacher, AHS, Càssola, Shelmerdine)都读作 ἢ ὅτε,并把文本视为两重比喻,前一重比喻思考的速度,后一重比喻目光的速度。M. Treu, *Von Homer zur Lyrik* (Zetemata 12), 2nd ed. (Munich,1968), p. 252, 接受了通常读法,但把两幅图景整合到一起,他引用了 Schmid (1929), 1: 237, n. 1: "突然想到有用的好主意时的双眼放光。"

虑围困之人的心中并径直解决了这些烦恼；几乎就在同时，他的双眼发亮，闪动着胜利的智慧之光。但是整个画面又描绘出赫尔墨斯头脑的敏锐，他不停歇的观察力，飞快地一瞥即能看清所有相关细节并且不错过任何要点①，思维如闪电般迅疾，能够穿越一切困难与障碍抵达目的地。

当婴儿神用他的技艺（technē）着手将死掉的动物变为能歌唱的弦琴之时，他是想到就做。赫尔墨斯集齐不同的物件——不仅是乌龟壳，还有苇杆、牛皮、羊肠，钻孔、剪切、调整、拉长并且把它们连接到一起，就这样组成了一件新发明。他的组装能力（bricolage）在于他能充分利用所有触手可及的事物以及从偶然的发现中制造一种解救工具。智谋（mētis）的标志正是这样一个装置，即一个 mēchanē[机巧] 或 poros[通道]，能解除无援无策的境地，也即 amēchania[无策] 或 aporia[困窘]。不仅如此，它可能还需要被好好地保存，耐心地藏好，直到时机（kairos）来临，它可以最有效地发挥作用，解除即便是最强劲的对手的武器，并且令其措手不及。②这才是机巧与计谋大师赫尔墨斯使用他的绝妙发明的方式。

"可爱的玩具"一经完成，赫尔墨斯就试了一试。他在它的伴奏下唱起了歌并表演了某种"致赫尔墨斯颂诗"。神的即兴表演被比作年轻人在宴会上的即兴表演，他们"用双关语

---

① Baumeister (1860), p. 192 提供了 αἱ δέ τε 这样的修正，并评论道"把眼睛转动描述为思维敏捷的表征，诗人对此尤为热衷"（vibrationes autem oculorum, mobilis ingenii indices, in deliciis hic poeta）。比较第 278—279 行对赫尔墨斯目光的描述。

② 这让人再一次想起身处圆目巨人的洞穴的奥德修斯，在那儿，他必须耐心等待运用橄榄木棍的时机，即便是他的同伴被吞食的时候。

(παραιβόλα)互相挑逗"。① 即兴表演是直接的"对比参照物"(tertium comparationis)，但这一比喻延伸至两种不同类型的音乐在形式或表演层面以及在内容层面的对比。乍一看，这一对比在两个层面都不太合适。但是之后，当阿波罗第一次听到弦琴的声音，他也类似地把赫尔墨斯的弹奏比作"年轻人在宴会上的熟练把戏"(454)。② 显然，对于赫尔墨斯制作音乐的新模式，最贴切的比喻就是会饮场合的即兴诗歌，而这种诗歌总是伴以管笛，正如阿波罗直接提到"管笛可爱的幽怨声"(452)所暗示的。通过把赫尔墨斯的表演比作有许多参与者(κοῦροι, νέοι[少年、青年])的活动，诗人点出了婴儿神决定性的创造。在发明弦琴以前，歌唱与伴奏必须在二人或更多的表演者之间分配，一个歌手和一个乐手。赫尔墨斯的独特发现不仅带来新的制作音乐的方式，还带来完全不同类型的音乐，由于制作者的天才，新音乐将当时还判然两途的活动结合在了一起。此后，同一个人可以自如地同时掌控语言与音乐。

除了比较两种诗歌表演的模式之外，这一比喻还把我们的注意力引向赫尔墨斯创作的这一首歌曲的独一无二的特征。神歌唱了致赫尔墨斯的一首颂诗的开端，它与我们面前的职业行吟诗人

---

① Radermacher (1931) 及 AHS (1936) 将 παραιβόλα 解读为 "放肆的"，参见 J. Hooker, "A Residual Problem in *Iliad* 24" *CQ* n.s. 36 (1986): 34: "就像节日中的年轻人的放肆回嘴。"但是《伊利亚特》第四卷第 6 行中的相似用法表明不同的含义，那里，宙斯试图通过建议在希腊人与特洛伊人之间建立和平来激怒赫拉：κερτομίοις ἐπέεσσι, παραβλήδην ἀγορεύων[用嘲弄的言词，他话里有话地说道]。他的目标当然与他的建议相反。

② 也许与每月的第四天举行的赫尔墨斯节宴有关，参见阿里斯托芬《财神》第 1226 行，及 Hesychius, s.v. τετραδισταί: σύνοδος νέων συνήθων κατὰ τετράδα γινομένῳ[四日节：年轻友人在每月第四日的聚会]。C. Diano, "La poetica dei Faeci," in *Saggezza e poetiche degli antichi* (Vicenza, 1968), p.210, 把赫尔墨斯的第一首诗歌称为一首"讽刺诗"。

的作品非常接近。但尽管表面上与这样的典型表演极为相似，赫尔墨斯的"颂诗"在几个重要方面有所不同。通常情况下，当然是颂诗的凡间诗人褒扬、歌颂一位神，而这里是一位神——他确切的身份尚不明晰——在褒扬他自己。在奥林坡斯山上，是由缪斯来歌唱神的神圣礼物（dora ambrota）①，而地上的诗人在诗歌的开头呼唤缪斯助他一臂之力。赫尔墨斯当然无需如此。最后，没有听众出席这位早熟之神的表演。赫尔墨斯的歌曲的异常情形反应了他的异常处境：不是凡人，但也还未成神。

如果我们比较赫尔墨斯唱给他自己的颂诗和由缪斯激发的行吟诗人的颂诗，很明显的是神在美化自己的诞生背景并将其合法化这一点上远超颂诗诗人。通过歌唱他的出身，赫尔墨斯不仅强调了父母结合的持久，还强调了他们双方的势均力敌。赫尔墨斯削弱了他们的关系中完全是性的成分，而把宙斯和迈亚描述为"习惯于ἑταιρείῃ φιλότητι[满怀同伴间的友爱地]谈话"（58）。这一短语暗示了对等者之间双向互惠的义务。② 将赫尔墨斯的父母的关系表现为对等双方的持久结合而不是短暂的露水情，如此，他们的关系和赫尔墨斯的出生便得到了合法化，而他的血统也被抬高了（γενεὴν ὀνομακλυτόν,[59]）。③ 神继续通过描述他的出生地来光耀自己。在赫尔墨斯的叙述中，布满阴影的洞穴成了一个堂皇之

---

① 参见《致阿波罗颂诗》第190行。在《致潘神颂诗》第27—47行，宁芙们歌唱神的诞生，而在《致阿尔忒弥斯颂诗》（第27首）中，缪斯女神们与美惠女神们歌颂勒托和她的孩子。亦见《神谱》第43—49行。

② 关于ἑταιρία的含义，见 H. Jeanmaire, *Couroi et couretès* (Lille, 1939), pp. 97-111。

③ 参见 Radermacher (1931), p. 76，他把赫尔墨斯称为"莽撞的"：因为他目前仍然是νόθος[私生子]，他诞生于σκότιον λέχος[不合法的婚床]，因此必须赢得父亲的认可。谁没有父亲，也就没有γενεή[家族]。

地，还配有多名女仆和其他设施。学者们很早就注意到赫尔墨斯对迈亚的洞府的描述看起来与先前的描述矛盾，并且二者与后来提及的也都不一致。这些矛盾因此被引用来证明颂诗具有多位作者。① 但此处赫尔墨斯对出生地的理想化毫无疑问是一段神的自我夸耀。他不仅仅是颂扬自己，还 γέραιρε[馈赠礼物]，这个词的意思是提供 geras，或说是一份象征荣誉与地位的可触摸的礼物。② 这首歌本身即是礼物。

正如比喻中的年轻人的旁敲侧击，赫尔墨斯的"颂诗"是一个间接的挑衅行为，这挑衅既隐藏又显示了他字面意义以外的意图。神的创作颠倒了颂诗通常的功能，包含一个遥远的目标并公开了一个隐蔽的计划，即索取他尚未获得的神灵地位。即使在他弹奏的时候，他也"另有所图"（62）。即使赫尔墨斯发明了弦琴，他也不能成为诗歌的保护神。虽然神对音乐的潜在魔力了然于心，他自己却不为所动，因为对他来说，诗歌——语言也是一样——首先是达成目的的手段。赫尔墨斯弹奏弦琴正如他的人类对应者奥德修斯讲述故事。二人就像真正的行吟诗人，都拥有令他们的听众着迷的能力，而奥德修斯正是被直接比作这样一位诗人。③ 但是两个角色都在他们的歌曲中包裹了隐含意图，这一意图又塑造了他们表演的内容，无论这意图是英雄渴望归乡，或获得

---

① 尤见于 Robert (1906), pp. 389-90, 对他来说这些矛盾构成了分析颂诗的基础。Ludwich (1908), pp. 7-8; Kuiper (1910), pp. 7-9; 及 Humbert (1936), pp. 106-108, 他们试图回应 Robert 的反对意见，但他们为文本所作的辩护并不令人满意。然而一个充分的回答并不难获得：赫尔墨斯或者像在这里一样美化洞穴，或者像之后那样贬低它，视情况而定。

② 参见 Benveniste (1969), 2: 43-49。

③ 参见《奥德赛》ii. 367-369。

斗篷，或考验听众，还是赫尔墨斯想要在奥林坡斯众神中获得他那一份尊荣。如此，赫尔墨斯掌管的领域便不是坚持要求真理的语言范畴①，而是语言的使用，语言的目标超出它本身，它只是达成目的的手段：劝诱、魅惑人的修辞、谎言、誓词、伪证，甚至还有魔咒。

> καὶ τὰ μὲν οὖν ἤειδε, τὰ δὲ φρεσὶν ἄλλα μενοίνα.
> καὶ τὴν μὲν κατέθηκε φέρων ἱερῷ ἐνὶ λίκνῳ
> φόρμιγγα γλαφυρήν· ὁ δ' ἄρα κρειῶν ἐρατίζων...
> 这便是他所唱的内容，但在心中他另有所图。
> 接着他拿起桴然的七弦琴放在
> 他神圣的摇篮里；但他，渴望着肉类……
>
> （62—64）

赫尔墨斯弹奏弦琴与他的饥饿之间可能存在什么联系，完全是模糊不明的，但他的音乐演奏让神想起了食物这种可能性至少是值得考虑的。②无论如何，此刻他对肉类的食欲打断了他的歌唱。

对摇篮的提及架构并结束了发明弦琴这个片段。③神回到他的

---

① 参见 M. Detienne, *Les Maîtres de vérité dans la Grèce archaïque*, 2nd ed. (Paris, 1973), pp. 61-80。专门取悦听众的诗歌与含有更深动机的诗歌，这二者之间的类似区别，参见 G. B. Walsh, *The Varieties of Enchantment: Early Greek Views of the Nature and Function of Poetry* (Chapel Hill, N.C., 1984), pp. 1821. Walsh, p. 22 对奥德修斯的描述——不上当的听众和靠不住的讲故事者——也同样适用于赫尔墨斯。参见 Diano (1968), pp. 208-212，他把赫尔墨斯使用智谋与蒙骗（apatē）的诗歌语言与奥德修斯的进行比较。

② 注意这几行中 μέν...δέ... μέν...δέ... 这两组的对称。弦琴与宴会（dais）的密切联系接下来就会显现。

③ 参见 Shelmerdine (1981), p. 95。

启程点，又一次向前进发。在此之前，我们已经得知他要"寻找阿波罗的牛群"（22），虽然诗人并没有解释为什么赫尔墨斯对阿波罗的牛群有特殊的兴趣。这时我们知道，婴儿神很饥饿，甚至可以说是饥肠辘辘，因为"渴望着肉类"这样的表述在其他地方用来形容饥饿的狮子。① 赫尔墨斯人性的——或者说兽性的——欲望应该可以被任何一种肉类满足②，但他对阿波罗的牛群的兴趣出自不同的动机：对神圣尊荣的渴望。盗窃牛群的双重动机——一是人性的，一是神性的——在某种意义上完全是交错的，但是它们都指向赫尔墨斯介于神人之间的位置。赫尔墨斯横跨神人的界线，直到他解决他的身份问题。一开始，由于赫尔墨斯的出生背景尚不明晰，并且他扮演的是调解者的角色，他是否属神也就不那么确定。只有在他毫不含糊地确认他的神性之后，他才能一心一意地谋求自己的特权。

像窃贼于夜幕降临后，"在心中盘算让人捉摸不透的计谋"，赫尔墨斯马上开始行动（65—67）。夜盗阿波罗的牛群分为三个阶段，每一个阶段都有时间标志。③ 黄昏时分，赫尔墨斯向皮埃里亚（Pieria）出发；午夜之后，他抵达阿尔费乌斯河；日出之际，他回到了库勒涅的洞穴。盗窃的地理路径揭示了这首颂诗最终通

---

① 参见《伊利亚特》第 11 卷第 551 行及第 17 卷第 660 行。当然，仅从诸神享用牺牲散发的油脂香（knisē）来看，也可以说诸神渴望肉类。赫尔墨斯对他的肚腹（gastēr）的异常热衷（这再一次把他与奥德修斯联系起来），亦见第 130—132 及 296 行，那里，他释放了"来自肚腹的消息"。肚腹主题，尤其是与奥德修斯相关的部分，Pucci (1987), pp. 157-187 有所讨论。

② 就像我们之后会看到的，在库勒涅实际上有羊群正在吃草（第 232 行）。

③ 关于被视作相互矛盾的时间标志，见 Robert (1906), pp. 390-91。Ludwich (1908), pp.9-13; Kuiper (1910), pp. 9-16 及 Humbert (1936), pp.108-109 都为文本的现貌做了充分的辩护。

往奥林坡斯的走向。牛群的牧场所在地在不同版本中有出入①，但在这里神是从皮埃里亚偷走牛群的，即奥林坡斯山下"众神的阴影密布的山丘"。在《阿波罗颂诗》中，皮埃里亚是阿波罗前往奥林坡斯途中到达的第一站（216）。同样，出生在奥林坡斯的山丘皮埃里亚的缪斯女神们，从她们的出生地上升到她们在奥林坡斯的家（《神谱》53—62）。将一位新神引入奥林坡斯山，这是常见的颂诗故事情节，也意味着他被纳入奥林坡斯的秩序中。② 目前，赫尔墨斯接近但仍然尚未进入奥林坡斯山；那儿对他的接纳延宕了。关于他最后把盗来的牧群藏在何处，说法也各不相同。③ 在《致赫尔墨斯颂诗》中，神把牛藏在阿尔费乌斯河岸的洞穴里，这个地点与位于奥林匹亚的宙斯的泛希腊神庙密切相关。因此，赫尔墨斯夜间旅程的起点和终点加强了这首颂诗的奥林坡斯取向。④

正如《奥德赛》中赫利俄斯的牛群免于生死的自然周期，阿

---

① 阿波罗多洛斯 3.10.2 与《致赫尔墨斯颂诗》一致，说盗窃的地点在皮埃里亚。参见 Philostratus, *Imagines* 26（ἐν τῷ τοῦ Ὀλύμπου πρόποδι[在奥林坡斯山坡上]）。但在 Antoninus Liberalis 23, 阿波罗在马格尼西亚（Magnesia）的皮埃里亚放牧他的牛群，和阿德墨托斯（Admetus）的牛群一起。根据奥维德《变形记》第二卷第 679—685 行，阿波罗在美塞尼亚（Messenia）和厄利斯（Elis）牧牛，但盗窃发生在"皮洛斯的牧场上"。关于不同版本的地理位置，见 AHS (1936), pp. 272-273。

② 参见例如《致阿弗洛狄忒颂诗》（第 6 首），《致潘神颂诗》，以及（根据推测）《致狄奥尼索斯颂诗》（第 1 首）的残篇，还有《神谱》第 68—71 行。

③ 在 *Ichneutae* 一剧中，牛群被藏在库勒涅的洞穴里。Antoninus Liberalis 23 及奥维德《变形记》第二卷第 684 行，二者都把牛群的藏身地定位在美塞尼亚的皮洛斯。Eitrem (1906), p. 264 相信在原本的神话里，赫尔墨斯将牛群藏在冥界，而皮洛斯指的是通往地底的入口。参见 R. Holland, "Battos," *Rheinisches Museum* 75 (1926): 165-166。

④ W. Burkert "Sacrificio-sacrilegio: II 'trickster' fondatore," *Studi Storici* 4 (1984): 842 把牛群的移动过程扼要地描述为"从奥林坡斯到奥林匹亚"。

波罗的牛群也是不死的，它们在永不减少的牧场上饱餐。[1] 在其他地方，它们被称作 admetes[不配种的]，可想而知，它们是不繁殖的。赫尔墨斯在皮埃里亚牵走的五十头牛中，他只杀死两头，剩下的会被转变为家养动物，在普通的草地上吃草，并会生长繁殖。当它们脱离神的范畴，它们的驯化同时就把它们领进了人和终有一死者的领域。[2] 这一变形的媒介便是赫尔墨斯，他沟通终有一死者与神，他使得在这两种领域间的移动成为可能。

尽管文本存在一些模糊的地方，但很清楚的是赫尔墨斯采用了三种不同的策略来掩饰他的盗窃。首先，他不按照正常的道路，而是以之字形的路线驱赶牛群（πλανοδίας δ' ἤλαυνε[75]；ὁδοιπορίην ἀλεείνων[85]）；其次，他把它们往回赶，使得它们的足迹倒错（ἀντία ποιήσας ὁπλάς[77]）；最后，他在自己的脚上绑上树枝来掩饰他自己的足迹（ὑπὸ ποσσὶν ἐδήσατο σάνδαλα[83]）。赫尔墨斯的凉鞋，那 θαυματὰ ἔργα[无与伦比之物]，和神的其他发明一样，都是把不同的事物——在这里是柽柳和香桃木——结合在一起（διέπλεκε, συμμίσγων, συνδήσας），制造出一些闻所未闻的新事物（ἄφραστ' ἠδ' ἀνόητα）。赫尔墨斯的技艺仍是一样，但凉鞋不像弦琴和后来的钻木取火，它只是应一时之需，是一种 μηχανή[巧计]，只要它的使用价值耗尽就会被丢在一旁，而弦琴和钻木取火

---

[1] 大多数注释者没有给予 ἄμβροτοι（71）一词充分的意义：牛群不仅仅是神的所有物，它们自己也是不死的。关于它们与《奥德赛》第十二卷中日神的牛群的相似性，见 J.-P. Vernant, "Manger aux pays du Soleil," in *La Cuisine du sacrifice en pays grec*, ed. M. Detienne and J.-P. Vernant (Paris, 1979), p. 241（以下引作 Vernant [1979b]）。参见 Kahn (1978), pp. 48-50。注意在那些阿波罗为阿德墨托斯牧牛的版本中，牛群不是不死的。参见 Brown (1947), p. 140。

[2] 尤见 Kahn (1978), p.50；亦见 Burkert (1984), p. 842。

是文化性的发明，它们将不断地巩固人类生活的特性。赫尔墨斯的创造力的这两个方面又可以通过《奥德赛》中的类似例子得到说明：在圆目巨人的洞穴里，奥德修斯把橄榄木棍变成刺瞎波吕斐摩斯（Polyphemus）的武器；他运用的技巧被比作造船术和打铁术的技艺，这二者都是人类处境所独有的。① 因此赫尔墨斯的发明确证了他的聪慧与智谋的两个方面，其一与文化英雄不朽的发现有关，其二与敏捷地利用一时之需有关。

赫尔墨斯不仅充当窃贼，还是文化英雄，这一点也许能为之后费解的翁凯思托斯故事带来一丝线索。② 赫尔墨斯驱赶阿波罗的牛群时，在翁凯思托斯平原遇见了一位老人（87—88）。后来阿波罗追索他的牛群时将停下来询问同一个人。两次相遇构成了发生在阿尔费乌斯河的一系列奇怪之事。不仅如此，这一情节是《致赫尔墨斯颂诗》所独有的。其他版本中，赫尔墨斯在阿卡狄亚遇见某一位"巴托斯"（Battos[口吃者]），他给了他一点好处让他不要说出他所看到的事情。③ 当赫尔墨斯返回考验"巴托斯"时，他背叛了神并遭受惩罚，神把他变成了一块石头。这个故事的要点似乎在于"巴托斯"因告密而受罚，还包含阿卡狄亚人对一处成型岩石如何被称为"巴托斯的看守"的解释。

一些学者曾以为颂诗中的片段是"巴托斯"故事的缩略版，

---

① 参见 Clay (1983), pp. 118-119。

② Eitrem (1906), p. 256：＂正如我们在此处看到的，这一片段对于诗作整体没有很大的意义。＂依据 Radermacher (1931), p. 214，这一插曲只是用来娱乐听众逗他们笑的：＂它对故事的发展没有任何影响。＂参见 Shelmerdine (1981), p. 119。

③ 这个故事保存在 Antoninus Liberalis 23 及奥维德《变形记》第二卷第 687—707 行，但是 Antoninus 的注家告诉我们，此类传说可以追溯到赫西俄德。参见 Holland (1926), pp. 156-162。在阿波罗多洛斯 3.10, 2，阿波罗向皮洛斯的居民打听消息。

这个故事至少和托名赫西俄德的《名媛录》(Catalog of Women)一样古老。① 尽管颂诗中的老人没有名字，但是当阿波罗称他为采浆果者（batodrope）时，他可能是在影射原故事。不过将故事的发生地设置在翁凯思托斯仍是一个谜。② 更重要的是，这位老人不仅没有因他的背叛而受罚，还直接从叙事中消失了。删去赫尔墨斯报复的情节完全改变了这一插曲的意义。③ 故事在颂诗中的功能必须从别处入手。

先从最明显的部分开始：翁凯思托斯的无名老人是颂诗中唯一多少发挥作用的凡人。颂诗诗人在大部分篇幅里都专注于展现赫尔墨斯在诸神间的著名事迹（参见第 16 行），人类只具有边缘性的位置。作为诗中唯一的凡人，老人扮演了一个具有代表性的角色，而且是非常特殊的角色。他的意义被误读，部分是因为描述他的活动的文本不仅有残缺，而且还被学者们进一步更改并误读了。④ 赫尔墨斯经过时，老人在"建造一座花果园"，还很明显地在用曲木筑梯田。后来阿波罗责问他时，他也在劳作，正在把果园围上或者插上篱笆，还在采浆果。孤独的"老野人"——

---

① 参见 Brown (1947), p. 137；但是 Holland (1926), pp. 173-175 认为《致赫尔墨斯颂诗》比赫西俄德的版本更为古老。

② Holland (1926), p. 167 有所保留地提出，赫尔墨斯也许在宗教崇拜上与翁凯思托斯一带有着特殊的联系。参见 Càssola (1975), p. 523。

③ Radermacher (1931), pp. 193-196 认为颂诗中的这一插曲来自易容的神或是未被认出的神这一传统，并且与"巴托斯"故事截然不同。

④ 我把第 90 行读作：ὦ γέρον, ὥστε φυτὰ σκάπτεις ἐπικαμπύλα κᾶλα（参见 Radermacher [1931], p. 85, 但是 κᾶλα 指的是圆木或树桩，不可能是葡萄藤）并译为："老头，你用弯曲的木打桩，好像种下植物似的；当它们都结果时你将拥有大量的酒"（也就是说，永远不会）。在第 188 行我读作 δέμοντα 而不取 AHS 本的 νέμοντα。第 87 行以及第 188 行的 δέμων 并不是指筹划或者扩张，而是指建造。最后，我把第 190 行的 βατοδρόπε 理解为"采浆果者"，而不是"摘黑莓者"或通常所认为的"除草者"。

他就是这样被称呼的——的活动与《奥德赛》最后一卷中拉埃特斯（Laertes）的活动（24.226-31）相似。① 儿子迟迟未归，拉埃特斯绝望了，他离开城市，在乡村过着原始生活，花费全部精力照看他的果园。老拉埃特斯因悲伤而变得不幸的存在，是对公民社会和政治生活的弃绝。然而，我们没有理由认为《致赫尔墨斯颂诗》中的老人出于同样原因抛弃了一种更为文明的生活。相反，他像是代表人类存在的原初阶段，在农耕出现以前，在畜牧出现以前，在政治生活出现以前。② 事实上，《奥德赛》中的圆目巨人提供了与颂诗中怪物般的老人最接近的参照。他们的特征都是孤身一人，缺乏技术和政治组织，还有智力上的迟钝，他们也完全没有好奇心。老人没有认出婴儿神，他看起来笨拙到不能理解赫尔墨斯谜语一般的警告。③

> καί τε ἰδὼν μὴ ἰδὼν εἶναι καὶ κωφὸς ἀκούσας,
> καὶ σιγᾶν, ὅτε μή τι καταβλάπτῃ τὸ σὸν αὐτοῦ.
> 看到，但要看不到，听不到，即使听到，
> 别出声，既然你的利益没有受损害。
>
> （92—93）

---

① 参见 Shelmerdine (1981), pp. 17, 119, 123-124; 亦可见 Shelmerdine (1986), pp. 59-60。

② 老人显然以他果园里的果子和野莓为生。很长时间我都为这个在其他方面均很原始的伙食里出现了葡萄园和葡萄感到困惑不已，尽管荷马史诗中的圆目巨人也拥有酒（参见《奥德赛》第九卷第 357—358 行），但 Pausanias 7.42.5-12 所描述的前农业时期的祭祀证明，葡萄藤的果实（ἀμπέλου καρπόν）属于前农业时期。对保萨尼阿斯这一段落及其含义的讨论，见 L. Bruit, "Pausanias à Phigalie," *Mètis* 1 (1986): 71-96。

③ 见上文第 144 页注④。赫尔墨斯对老人说的谜语一般的话与他之前对乌龟说的神秘话语相似。

也许人们可以在这里看到一点暗示，它指向其他版本里"巴托斯"的石化，或者更普遍地指向希腊境内道路上的石堆或界碑。但这几行诗更与普罗米修斯对人类原始境况的描述有着惊人的相似："起初，他们也看，却看得徒劳，他们也听，却什么也听不到"（《被缚的普罗米修斯》447—448）。

我相信我们现在可以看出，为什么整件事要发生在翁凯思托斯。在《致阿波罗颂诗》中，这个地点属于远古时期，甚至比古老的忒拜建城还要早。① 因此翁凯思托斯的老人象征着在赫尔墨斯的技艺与聪慧出现之前人类的原始状态。② 颂诗诗人于是把一个无足轻重的地方性故事转化成对赫尔墨斯出现以前人类生活的野蛮状态的描述，且这一描述令人印象深刻。

午夜过后，赫尔墨斯与牛群抵达阿尔费乌斯河的浅滩。牛群吃草、饮水，然后被赶进一个高高的洞穴中。这时神堆起了一些木头，并用月桂树和石榴木钻木取火。③ 人们明确把取火技艺（πυρὸς τέχην）的首次发现归功于赫尔墨斯，但他无论在什么意义上都没有发明火本身。当然，赫尔墨斯与普罗米修斯之间存在某种相似。两个角色都拥有狡诈骗子和文化英雄的特征，但具有启发性的是他们的差异。普罗米修斯试图运用他的技巧和诡诈来戏弄宙斯并最终动摇奥林坡斯的秩序，而赫尔墨斯正相反，他成功

---

① 《致阿波罗颂诗》第225—230行，见本书前文对这一部分的讨论。

② 比较《被缚的普罗米修斯》第454—506行对普罗米修斯的技艺的罗列。赫尔墨斯的众多技艺同样包括驯养牧群，但不包括农耕。

③ 我采用了 Càssola (1975) 和 Radermacher (1931) 的文本，他们听从 Ludwich (1908) 的建议，读作 δάφνης ἀγλαὸν ὄζον ἑλὼν ἐν δ᾽ ὕλλε σιδείῳ（109）。再一次，赫尔墨斯的典型技艺存在于他结合不同事物的能力——这里是两种具有对立属性的树木。

地使用花招和诡计来确立他在秩序中的地位。前一个例子里,人类以失败告终;而赫尔墨斯的成功,正如我们将要看到的,带来了人类境况的改善。

在接下来的片段里,赫尔墨斯首先宰杀并分解了两头牛,然后把肉分成十二份但一份也没食用,最后擦除了他的活动所留下的全部痕迹。许多评注者把这一片段视作独立的故事,对诗歌的进程没有什么推动。据布朗所言,"这一片段对情节的发展没有任何贡献"。① 拉德马赫尔(Radermacher)认为偷盗和宰牛都是解释阿尔费乌斯河旁一个未知洞穴里形态奇怪的岩石的地方性起源故事。② 通常认为颂诗这里描绘的是赫尔墨斯行使他的信使/屠夫功能,以及他在确立一种举行于奥林匹亚或其他地方的祭祀十二神的宗教仪式。无论哪一种看法,神的活动都被视为整个叙事的附属或是插曲。卡恩的分析中极具价值的一点是,她肯定了颂诗用以表现赫尔墨斯作为传递和调解之神的一系列描写极其重要,但她较少关注这段描写在叙事的动态进程中的意义。尽管如此,她对这一幕的整体结论是完全有说服力的:"赫尔墨斯不仅能确认十二神的神性,还可以确认他自己的神性。但是,他的经历决定了他将成为一位'对人类友好'的神。"③

我并不自命有能力解决这一部分所有的文本问题和解读问

---

① Brown (1947), p. 102.

② Radermacher (1931), pp. 190-91. K. O. Miller, "Die Hermes-Grotte bei Pylos," in *Hyperboreisch-römische Studien für Archäologie*, ed. E. Gerhard (Berlin, 1833), pp. 310-16 相信他在皮洛斯附近发现了颂诗所描述的洞穴。对这一发现的有力反驳,见 Ludwich (1908), pp. 100-101 及 Radermacher, p. 190。

③ Kahn (1978), p. 66.

题，事实上我也疑惑在缺乏新证据的情况下有一些问题能否得到肯定的回答。但是在深入细节问题之前，我想我应该首先陈述，我认为这一片段在颂诗的总体结构中具有什么样的意义。至此，赫尔墨斯的确切身份仍有疑问：他是一位神还是一个凡人？当赫尔墨斯在他那首献给自己的即兴颂诗中索要神性时，他同时被太过人性的饥饿包围，而他坚持只要阿波罗不死的牛群来满足自己的食欲。此外，他遇见的那个凡人没有认出这位新神。赫尔墨斯的"身份危机"在他发现他无法咽下为自己准备的肉时才解除。明白无误地确认了他的神性之后，他回到了迈亚的洞穴，现在它被称为"富丽堂皇的庙宇"（πίονα νηόν [148]），因为它已被证明是神的栖所。

赫尔墨斯在阿尔费乌斯河畔杀了两头牛，如何阐释他处理它们的细节仍有待尝试。在最近的两个研究中，卡恩和布尔克特（Burkert）全面地考察了这一场景，但却得出了不同的结论。① 在卡恩堪称精微但时而缺乏逻辑的分析中，赫尔墨斯的行为表现的是伪祭祀或者反祭祀，那些支配奥林坡斯祭祀的法则，为了区别神和凡人的法则，在这里被颠倒了。通过系统性地混淆献祭词汇，赫尔墨斯有意识地歪曲仪式的规范，这使他得以在分隔凡人与神明的界线中创造一丝缝隙，并在两者之间搭起了通道。这样一来，赫尔墨斯就发挥了他作为跨界和调解之神的功能。

布尔克特质疑卡恩把那一场景视作伪献祭的解读，而回到一种更为传统的观点，即这一片段解释了奥林匹亚一带祭祀赫尔墨斯和

---

① Kahn (1978), pp. 41-73; Burkert (1984), pp. 835-845.

十二神的地方仪式的起源。① 我们对古希腊祭祀的了解非常零碎，而且许多地方祭祀活动都与荷马和赫西俄德描述的不同，注意到这两点之后布尔克特引证了一些与颂诗中的元素相似的例子，那些元素被卡恩视作偏离了正宗的奥林坡斯祭祀活动。他得出的结论是，没有理由认为赫尔墨斯在阿尔费乌斯河的活动展现的不是实际的祭祀。由于缺乏支持性证据，布尔克特的论点既不能被证实也不能被证否，但是他征引的相似例子存在某些疑问。例如，虽然灶坑的使用在英雄崇拜中能找到，但赫尔墨斯明显是想要供奉奥林坡斯十二神。互相矛盾的并非单个元素，而是元素与元素的联结方式。不仅如此，我要主张的是，即便赫尔墨斯完成的活动为一种特定的仪式提供了起源解释（而且有一些元素确实可以与赫尔墨斯崇拜仪式相联系），对这些活动的描述也必须在叙事的层面显示出某种连贯。一首神话颂诗与神法文本不同。因此，即使我们知道诗歌描述的活动会在崇拜仪式上一模一样地重演，我们也不能以此为借口而不在神话叙事的语境下阐释这一活动。

最后是一个总体上的思考：我已经论证过，荷马颂诗作为一种体裁显示出一种突出的泛希腊/奥林坡斯倾向。虽然《致赫尔墨斯颂诗》有许多特异之处，但它也不例外。这一点也许在诗歌分配给宙斯的角色上最为清楚②，但在诗歌的地理定位上也同样明白无误：阿波罗的牛群最开始处于奥林坡斯附近，最后抵达奥林匹亚一带，这样的地理形态是泛希腊听众极易理解的。而布尔克

---

① 参见 Eitrem (1906), p. 257。Brown (1947), pp. 102-122 坚持认为颂诗描绘的就是公元前 550—前 525 年间在雅典举行的十二主神崇拜仪式。

② 参见 Lenz (1975), pp. 69-75 以及本章后文我对颂诗结尾的探讨。

特相反，他设想了一种没有留下任何痕迹的阿卡狄亚地方崇拜仪式。《致赫尔墨斯颂诗》有意识地规避地方性神话或是将其改头换面，我以为，一个像这样的泛希腊文献，从它的性质来讲，不可能嵌入一段仅有本地听众能理解的对一种无名仪式的描述。

布尔克特和卡恩的阐释，和其他学者一样，都假设发生在阿尔费乌斯河边的一幕必须理解为这一种或那一种祭祀仪式①。但我认为，在这里起作用的模式属于另一种不同的活动，这一活动当然与祭祀密切相关，但也拥有足够的差异来形成它特有的一系列法度与规范，即 dais 或宴会。

赛义德（Saïd）清楚详细地解释了规定宴会的习俗。② 正如她所指出的，这个词本身并不指对食物的享用，而是来源于分割、分派的行为；因此 δαὶς εἴση 这一程式化表达指的是公平、均匀的分配。作为一种社会活动，宴会肯定了那些被允许参与的人之间共同的纽带和相互的义务。

> 实际上，共餐是归属同一社群的标志。关于这点的一个证据是，神不会参加人的宴会，除非是以间接而遥远的方式。"他们享用百牲祭中属于他们的那一份"（《伊利亚特》

---

① AHS (1936), p. 269 谈到赫尔墨斯的"焚烧牺牲的制度"。Humbert (1936), p. 111 提及"火与祭祀的发明"。参见 Càssola (1975), p. 525. T. Van Nortwick, "The Homeric *Hymn to Hermes*" (Ph.D. diss., Stanford University, 1975), pp. 108-110 将这一片段的词汇与荷马史诗中的传统祭祀部分进行比较，他注意到"诗人不仅没有从荷马史诗的宴会／祭祀场景引用哪怕一行诗句，他有时甚至像是刻意避免使用明显是荷马式的措辞"。用 Van Nortwick 的话说，"这一反常的态度"也许是由于赫尔墨斯根本不是在进行祭祀。

② S. Saïd, "Les Crimes des prétendants, la maison d'Ulysse et les festins de l'Odyssée," in *Études de littérature ancienne* (Paris, 1979), pp. 13-22. 参见 G. Berthiaume, *Les Rôles du mageiros* (Leiden, 1982), pp. 50-51 以及 M. Detienne 在前言（p. xvi）中的评论。

ix.535），是通过他们的祭坛，人类在那上面供奉酒和燃着的脂肪，但他们不再像普罗米修斯介入以前那样是人类真正的宾客了。①

据赛义德的说法，公平或者均等的宴会包含两种互异的分配。第一种是分成严格意义上均等的部分（moirai），这证明所有宴会成员是平等的。第二种是依据各自的价值和地位分配荣誉的份额，即礼物（geras）。因此，平等的宴会（dais eisē）表明，一方面，参与者作为一个社会群体的成员是平等的；另一方面，基于荣誉（timē）的社会等级无处不在。正是通过宴会习俗的视角，赫尔墨斯的活动大体上才可以理解。

赫尔墨斯拿着他刚制作出来的火棍点燃了堆在灶坑里的干木。这样一个沟壕（bothros）用于死者祭祀和英雄崇拜，因此可以与奥林坡斯祭祀中高于地面的祭坛作比较，但它还与普通的家用灶（eschara）相似。②这表明赫尔墨斯可能既不是在进行奥林坡斯祭祀也不是在祭祀亡魂，而仅仅是在准备晚餐。接着，神把两头母牛拖到③火堆旁并把它们推倒在地，这个动作需要很大的力气。两头母牛发出低吼，喘着气，牺牲好像在抗议它们所遭受的暴力。祭祀的准备环节通常尽其所能地使牺牲看起来像是同意自

---

① Saïd (1979), pp. 17-18.
② 参见 Kahn (1978), p. 53. 古代证据见 J. Rudhardt, *Notions fondamentales de la pensée religieuse et actes constitutifs du culte dans la Grèce classique* (Geneva,1958), p. 250.
③ 我不理解为什么 Burkert (1984), p. 837 发现这里暗示了"举起牛"，文本仅仅是说"拖"（第116 行的 ἕλκε）。

已被宰杀，卡恩将这一过程与之相比毫无疑问是正确的。① 把动物翻个身之后，赫尔墨斯接着刺穿了它们的脊椎。他杀死牛的方式和他处理乌龟的过程非常接近，他把乌龟从活的、哑的、野外的生物变成了死的、室内用的制造歌曲的器具，一个宴会的伴侣（δαιτὸς ἑταίρη）(31)。但在牛的故事中，不仅仅是从生到死的转变：不死的牛成了会死的，它们从神的所有物转移到了人类的领域，而在祭祀仪式中，牺牲被移除出凡界，顺从地成为神的所有物；这里，作为对比，原来属神的母牛失去了神性。②

神继续切割并烹饪已失去神性的肉。然后他把牛皮铺在一块人圆石上，石头上的牛皮"即使现在"也清晰可见，他又把肉分成十二份。这一划分与牺牲的分配形成鲜明的对比，根据接受者的不同，牺牲的不同部分有着不同的处理方式，诸神在进行庆典的凡人之前获得他们的份额。我们可以说赫尔墨斯纯粹就忽略了，即对诸神的供奉，如果不是因为肉已经去神化了；这肉没有哪一部分可以恰当地供奉给神。正如在宴会上，所有可食用的肉都分为相同的份额。赫尔墨斯致力于建立的不是一个基于级别与地位差异的纵向等级秩序，而是维护平等的横向分配。赫尔墨斯不是作为祭司或献祭者在行动，而是作为主人给平等相待的友人们（philoi）举行宴会，他通过热情好客创造了友爱（philotēs）的纽带。③ 一个不

---

① 参见 Kahn (1978), p. 58; Burkert (1984), p. 837, n. 15 引用了《伊利亚特》第二十卷第 404 行作为平行例证。

② 参见 M. Mauss, "Les fonctions sociales du sacré," in *Oeuvres* 1, ed. V. Karady (Paris, 1968), pp. 193-307, 他把祭祀定义为紧接着去神性化的神性化。赫尔墨斯的行为只涉及前者，母牛原本是 hiera[属神的事物]，即它们属于神；宰杀、切割它们构成了去神性化的行为。

③ 参见 Benveniste (1969), 1: 341-344。

同寻常的饰词 χαρμόφρων，"怀着愉悦的心情"或"欢快的"（127），用来形容正在准备食物的神。饰词指出了赫尔墨斯既是宴会的侍者又是主人的双重角色，并且在 χαριζομένη παρεόντων[殷勤招待在场者] 这一荷马式格套中找到了呼应，它原本用来形容为宾客们服务的主妇。宴会本身即是恩惠（charis）的场所。① 赫尔墨斯费尽力气把十二份当中的每一份都分得均等以后，这会儿又给每一份添加了"精确的荣誉份额"，τέλεον γέρας[最后的礼物]，由此拒绝区分不同的目标接受者。② 此外，为了确保绝对的平等，他通过掣签来分配。掣签预设了一个平等者的社群，忽略了成员间存在的等级差异。③ 因此在《伊利亚特》中，当宙斯因他更年长且有智慧想凌驾于波塞冬之上时，波塞冬为了确保他与兄弟的平等地位，提醒他克罗诺斯的三个儿子最初通过掣签分得宇宙。④ 值得注意的是，抽签的请求从处于下风者的嘴里说出最为令人印象深刻。

那么，赫尔墨斯不是在祭祀，而是作为"与其他神相等的神"（par inter pares）为奥林坡斯诸神举行宴会。他对份额的分配反映出他要求群体内部的平等，他不接受宾客在礼物因此也在荣誉上

---

① Saïd (1979), p. 23. 亦见《奥德赛》第十五卷第 319—324 行，易容的奥德修斯向求婚者们推销自己的侍宴技术，那是"赋予所有人类劳动以恩惠与荣耀（kudos）的赫尔墨斯依照心意"赠予他的。

② Kahn (1978) p. 36 错误地将 geras 等同于留给诸神的部分，因此认为赫尔墨斯在这里不加区别地混淆了指定给人和神的部分，而两者本来应该分开。但是根据文本所明确表明的，geras 等于 νῶτα γεράσμια[享有荣誉的排骨肉]（122），即指定给尊贵客人的部分。赫尔墨斯的步骤遵照宴会的习俗，而不是祭祀的习俗。Kahn, p. 65 指出，"通过掣签，赫尔墨斯将众神视作人类群体来对待"，这是正确的。

③ Eitrem (1906), p. 258, 误解了赫尔墨斯诉诸掣签的意图："如果只通过掣签的决定就将第一份也是最大的一份分配给赫尔墨斯自己，那效果就会更滑稽。"但 Burkert (1984), p. 839 正确地强调，使用掣签的方式预设了参与者的平等。

④ 《伊利亚特》xv.187-195。

存在任何合法的差异。神的行为表达了一种满怀期望的想法：通过拒绝等级分层的众神系统的观念，赫尔墨斯隐含的意思是，所有的奥林坡斯神都平等地配得上荣誉——考虑到他是他们当中最年轻、最不受尊敬的神，他有这样的主张完全可以理解。这一主张表达了想要在平等的基础上加入众神群体的愿望。

宴会准备就绪，宾客们却没有到来。尽管赫尔墨斯精心准备，他忘记了一个基本事实：众神不吃肉。事实上，正如赫尔墨斯马上发现的，不能吃肉是神的标志：

> ἔνθ' ὁσίης κρεάων ἠράσσατο κύδιμος Ἑρμῆς·
> ὀδμὴ γάρ μιν ἔτειρε καὶ ἀθάνατόν περ ἐόντα
> ἡδεῖ'· ἀλλ' οὐδ' ὥς οἱ ἐπείθετο θυμὸς ἀγήνωρ
> καί τε μάλ' ἱμείροντι περῆν' ἱερῆς κατὰ δειρῆς.
>
> 这时，光荣的赫尔墨斯渴望那一份失去神性的肉；
> 因为那香甜的味道令他虚弱，即使他是不死的神；
> 但即便如此，他果敢的心也没能劝服他，
> 让肉穿过他神圣的咽喉，尽管他如此渴望。

（130-133）

并非如赫尔墨斯所尝试的，在宴会上共同进餐可以确立他在众神群体中的成员身份，而是相反，他无法进餐这一点确认了他的神性。① 赫尔墨斯刚确立的地位得到承认之后，诗人现在称他为

---

① 参见 Vernant (1979b), p. 242: "赫尔墨斯小心地不吃他为自己准备的肉，一旦他吃了，他就会变成人。"

daimōn[灵]（138）。不死的牛群从神界跨入凡界，而赫尔墨斯则进入神的领域，由此完成了他作为跨界者的本质功能。

未完成的宴会残余证明了赫尔墨斯在他自身的神性问题上错得离谱。因此神迅速藏起那令他难堪的错误的证据。① 肉放在洞穴的高处，很适宜地悬"在半空中"，在天与地之间，神与人之间，作为他不久前的盗窃行为的标记。然后赫尔墨斯焚烧了牛头和牛脚，把他的凉鞋丢进了阿尔费乌斯河中，试图抹去篝火堆的全部痕迹。接下来的内容显示他这一系列努力只获得部分成功。阿尔费乌斯河边的宴会构成了赫尔墨斯获得尊荣的第一步，尽管这一步非常关键，它仍然是持久的尴尬来源，证明赫尔墨斯的神灵身份一直处于晦暗不明的状态。我们现在可以理解，为什么诗人在罗列神的著名事迹时省略了他夜间在阿尔费乌斯河岸边的活动（16）。

年轻的奥林坡斯神的发明，钻木取火和宴会，在某种意义上与普罗米修斯的发明相同——但是顺序颠倒了。在赫西俄德的版本中，普罗米修斯同样分割了一头大牛（μέγαν βοῦν...δασσάμενος[《神谱》536—537]），当时神和人还在一起进餐（参见《名媛录》残篇 1 M-W）。狡黠的提坦神试图戏弄宙斯，他把骨头藏在发亮的脂肪下给了宙斯，却把可以食用的部分给了人类。普罗米修斯的宴会造成了神和人的永恒分离，标志即是祭祀。② 而另一方面，赫

---

① Radermacher (1931), p. 100 说，赫尔墨斯试图"销毁盗窃的证据"，这并不准确。他要掩盖的并非偷盗牛群，而是对它们的分割。

② Rudhardt (1981), pp. 216-217 坚持认为不是普罗米修斯创造了对奥林坡斯诸神的祭祀，而是他的行为造成了一系列后果，这些后果导致祭祀仪式的建立，我认为他是对的。普罗米修斯将神与人分开，这最终带来一种新的神人交流形式。

尔墨斯的宴会以这一分离为前提，开启了一种完全属于人类的习俗，在人类的宴会上分享可吃的肉，即平等的宴会。相类似的，赫尔墨斯制造的火也和普罗米修斯的火不同，后者是在宙斯对人类藏起火之后从诸神那里盗来的（《神谱》563—567；《农作与时日》50）。提坦神盗来的火是僭越（hybris）的产物，也证明了欺骗宙斯的智谋是不可能成功的；而赫尔墨斯的火，本身即是智谋和技艺的产物，具有人的属性和文明开化的功能。① 毫无疑问，赫尔墨斯造火的新方法是以普罗米修斯的盗火为前提的，正如年轻的奥林坡斯神的宴会也以很久以前普罗米修斯分牛为前提。《致赫尔墨斯颂诗》中的行为发生在一个绝对是后普罗米修斯的年代里；叙事所设定的确切时间点可以进一步明确并指出。翁凯思托斯的老人提供了一个后普罗米修斯时代的人的象征，他与神分离，退回到孤寂的野蛮状态。② 根据这首颂诗，不是普罗米修斯，而是赫尔墨斯的技艺与智谋将改善人的野蛮状态。赫尔墨斯新的取火技艺使人类得以制造并随心所欲地控制火。不仅如此，新的宴会远不是分离人神的工具，反而作为人类共生的基本制度，成为重新把人团结成社会群体的方法之一。

因此，《致赫尔墨斯颂诗》表明，提坦神普罗米修斯使人类下降到野蛮的状态，但奥林坡斯神赫尔墨斯——人类真正的朋友，

---

① 参见 Kahn (1978), p. 52: "因此赫尔墨斯的火是技艺带来的火：由技艺制造，由智谋生发，它与普罗米修斯盗来的火相反。"

② Burkert (1984), p. 842 肯定了普罗米修斯与赫尔墨斯的相似性："这个建立了与神对立的人类境遇的骗子"，但他没有看出翁凯思托斯的老人的示范功能，当他如此补充道："我们的文本无疑没有明显地提到人"。贺拉斯非常了解赫尔墨斯，他会在老人身上辨认出"初民们未开化的生活方式"（*Odes* 1.10.2）。

使人上升到文明的程度。诗人把人类的技术进步归功于赫尔墨斯，这样一来就消除了传统的普罗米修斯形象固有的令人困扰的暧昧之处：传统上他既是宙斯的敌人又是人类的朋友。普罗米修斯对奥林坡斯的挑战是一种僭越，导致人类失去与神的亲密，而赫尔墨斯的善举完全与宙斯的想法一致（参见第10行）。奥林坡斯是无可责备的。

我已经论证过，发生在阿尔费乌斯河边的一幕表现的既不是通常意义上的祭祀，也不是伪祭祀，而是一场宴会，它首要地是凡人的制度。不过，赫尔墨斯的行为也给神与人的关系带来了冲击，故而拥有一重宗教的维度。奥林坡斯祭祀所纪念的墨科涅（Mecone）宴会上，普罗米修斯促使神疏远了人类，而赫尔墨斯通过他在阿尔费乌斯河边的宴会又把他们拉近了。作为调解之神和人类之友，这位新神的和解行动也在宴会的情境里含有恰如其分的纪念性质。

首要的文学证据来自《奥德赛》第十四卷，忠诚的欧迈奥斯（Eumaeus）为他的新客人，即伪装的奥德修斯，宰杀了一头猪以示敬意（14.418-456）。① 牧猪奴的祭祀开始于向"所有神"祈祷，接着把包裹着脂肪的肉——比通常奥林坡斯祭祀所用的肉少一些——放到灶上焚烧，剩下的肉用来烤。史诗强调了欧迈奥斯

---

① 我采纳了 E. Kadletz, "The Sacrifice of Eumaios the Pig Herder," *GRBS* 25 (1984): 99-105 的分析。Orgogozo (1949): 157 极具洞察力地评论道："要进一步了解神（赫尔墨斯），描述欧迈奥斯的祭祀的几行诗比卡吕普索那一场重头戏更为重要。"但她继而把赫尔墨斯描述为杜梅齐尔所说的第三功能之神，即劳动者的保护神。

在这些事情上的娴熟①,他继续把烤熟的肉分成七份,先为赫尔墨斯和宁芙们留出一份,再给其他宾客们享用。他为奥德修斯保留了专属尊贵客人的一份:νώτοισιν δ' Ὀδυσῆα διηνεκέεσσι γέραιρεν (437)。

分给赫尔墨斯的那一份和分给其他参与者的完全相等。其他神接受的是他们的典型贡品,经过焚烧的肉,这是宴会的第一步,赫尔墨斯仅仅是作为其中一位受邀的客人参与平等的宴会——甚至不是尊贵的客人。卡德莱茨(Kadletz)在他对这一片段的分析中把赫尔墨斯的贡品和一种常见的习俗联系在一起,这一习俗是沿着境内的道路在石头路标或界碑下放一些食物供旅行者食用。②饥肠辘辘的旅行者碰见这些小份美食会把它们看作幸运发现,一个偶然发现(hermaion),是来自旅行者的保护神赫尔墨斯的礼物。无论如何,熟食供给处于奥林坡斯祭祀和死者燔祭的中间地带,暗示了给予者与预期接受者的亲密。③这些所谓

---

① 《奥德赛》14.432—434:"牧猪奴起身安排宴会。因他熟稔如何恰当地分配。按照比例,他将它们分为七份。"这里 αἴσιμα 指的是它的词根义"恰当的分成或份额"。

② Kadletz (1984), pp. 103—105.

③ K. Meuli, "Griechische Opferbrauche," in *Phyllobolia für Peter von der Mühll* (Basel, 1946), p. 196 认为所有这些食物供品都起源于死者或英雄崇拜,只有当奥林坡斯众神变得更有人味并且与崇拜者更亲密时,这些供品才转移给他们。对于欧迈奥斯留给赫尔墨斯和宁芙们的食物,他评述道:"对他来说,这些神秘而神出鬼没的力量就同这片土地的英雄一样亲近而熟悉。"(p. 214) Nilsson, *GGR* (1955), I: 145, n. 2 否认食物供品必须与亡魂或英雄崇拜相联系。D. Gill, "*Trapezomata*: A Neglected Aspect of Greek Sacrifice," *Harvard Theological Review* 67 (1974):135—136 同样表达了怀疑,并提出这样的食物也许起源于民间信仰或家族崇拜。参见 Kadletz (1984), p. 105 他将欧迈奥斯的供奉描述为"朴质的"。Burkert (1977), p. 176 同样提出这些"诸神的食物"适于"家庭日用而不是城邦宗教"。Gill, p. 137 进一步注意到"先前的证据似乎表明,他们认为神通过某种方式以自己的本来面目出现在食物旁"。事实上,所有这类供品的普遍共性也许就是表示亲密。

的菜肴（trapezomata）在另一些类似赫尔墨斯的调解角色如赫卡忒（Hakate）、狄奥斯库里（Dioscuroi）那里也被证实普遍存在①，这并不令人惊讶。尽管赫尔墨斯最终成为奥林坡斯群体的正式一员，他作为"宴会的伴侣"，δαιτὸς ἑταῖρος（436），仍然继续参与他创立的人类的宴会。正如我们所看到的，那一制度构成了人类团体的基础。在这样的语境下，我们应该想到普鲁塔克提到的一句智慧谚语："当聚会或集会突然陷入寂静，人们说是赫尔墨斯进来了。"② 赫尔墨斯突然的、捉摸不定的，甚至可以说是鬼魂般的出场，不仅证明他对社会制度的保护③，还证明他在奥林坡斯神和人之间调解的能力。

这样说来，这位新奥林坡斯神既没有发明火，也没有发明祭祀仪式。相反，他重新建立了曾经被普罗米修斯破坏的宴会，但是加上了一个重要的改变：神和人再也不会像在墨科涅那样一同进餐了。不过，通过这位"陪伴所有终有一死者和不死者"（576）

---

① 作为"家神"的狄奥斯库里，见 Nilsson, *GGR* (1955), 1: 409-410。作为调解者的赫卡忒，见 J. S. Clay, "The Hecate of the *Theogony*", *GRBS* 25 (1984): 24-38. 赫卡忒的食物（deipna）放置在十字路口，与放在界碑处的食物相似。关于赫卡忒与赫尔墨斯的关系，见 T. Kraus, *Hekate* (Heidelberg, 1960), pp. 71, 85, 101, 151："赫卡忒与赫尔墨斯有许多共同之处"（p.71）。关于赫卡忒的食物，见 Kraus, pp. 88, 91 及 Meuli (1946), p. 200。不妨也考虑 Burkert (1977), pp. 175-176 的讨论，他强调了献给友好宙斯的食物供品："这个人们与他往来如此亲密的宙斯，显然与那掷雷的天神不同。"关于罗马世界中的平行例证，见 G. Dumézil, *Archaic Roman Religion*, trans. P. Krapp (Chicago, 1970), 1: 182-183。亦可参见 É. Benveniste 在 *Problèmes de linguistique générale* (Paris, 1966), 1: 323-325 中对祭祀宴（daps）的讨论。

② *De garrulitate* 502: ὅταν ἐν συλλόγῳ τινὶ σιωπὴ γένηται τὸν Ἑρμῆν ἐπεισεληλυθέναι λέγουσι. 关于 Kahn（[1978], p. 184）对这一谚语的误读，见 Hübner (1986), p. 157。

③ 参见 J. Toutain, "Hermès, dieu social chez les Grecs," *Revue d'Histoire et de Philosophie Religieuses* 12 (1932): 297-298 及 Watkins (1970), p. 345，Watkins 把赫尔墨斯称作"人类学和社会学的基本原则——互惠原则——的保护神"。

的神的行为，神和人之间形成了新的联系。

目前为止，我已经考察了赫尔墨斯的宴会为人类社会和神人关系带来的后果。但是发生在阿尔费乌斯河边的一系列事件，对诸神自身也有着不容置疑的意义。虽然赫尔墨斯在任何意义上都没有创立十二主神崇拜①，但是他通过他的行为把奥林坡斯十二主神群体确立为一个完整、永恒的团体。从此以后，永远会有十二位奥林坡斯神，不多也不少。②随着赫尔墨斯诞生并被纳入这个群体，在此之前仍残缺不全的神灵世界抵达了它的最终形态和目标（telos）。赫尔墨斯的夜宴因其对诸神群体、人类群体还有二者的相互关系的三重影响，引入了一种新的事物秩序（novus ordo rerum）。

对质

就在黎明时分，赫尔墨斯回到了库勒涅的洞穴，现在它被称作"富丽堂皇的庙宇"（148），他悄无声息地从锁眼溜了进去。③神迅速回到摇篮，用襁褓把自己裹好，扮演着提抱之婴，始终紧紧地抓着他"可爱的乌龟"。回归洞穴和摇篮标志着神的著名事迹的终结。行之后是言。三次对质将占据诗歌的中心位置，先是

---

① 品达把奥林匹亚崇拜仪式的创立归功于赫拉克勒斯（*Olympian* 10.49）。Hellanicus (*Fr. G.H.* 4, fr.6) 称丢卡利翁为该仪式的创立者。

② 尽管成员有所不同，但十二这个数字却总是不变的。见 O. Weinrich, "Zwölfgötter," in *Ausführliches Lexikon der griechischen und römischen Mythologie* 6, ed. W. H. Roscher, 尤见 cols. 838-841。参见 Wilamowitz (1959), 1, 323, n. 3, 他非常奇怪地认为颂诗诗人没把赫尔墨斯算进十二主神中；Radermacher (1931), p. 99 也持此见。Welcker (1857), 2: 164-165 提出十二主神崇拜也许由梭伦创立。

③ 参见 Càssola (1975), pp. 160, 527, 他注意到赫尔墨斯的行动与《奥德赛》第四卷第 802 和 836 行中的梦的相似性，以及赫尔墨斯与梦的关联（参见《致赫尔墨斯颂诗》第 14 行）。

和他母亲，再是和阿波罗，最后和宙斯——明显是由低到高的顺序。明确他的神性以后，赫尔墨斯的身份改变了。但他的身份仍然反常：他确实是神，但是一位没有尊荣的神。颂诗余下的部分将描述他获得尊荣的过程。

赫尔墨斯与迈亚的对话充满了他对新身份的自知。① 他第一次明确地陈述，他想要获取理当伴随他的身份而来的特权。诗人引出迈亚的话时，把二者的交流视作是神与神之间的，θεὰν θεός（154），由此强调了情况已变。赫尔墨斯或迈亚的神性已毋庸置疑。迈亚清楚地知道赫尔墨斯去了哪里，她责骂她尚是婴儿的儿子，预言要么是阿波罗用 ἀμήχανα δεσμά[不可抵抗的链条] 把他绑走，要么就是赫尔墨斯成为峡谷里的窃贼。当然，用锁链捆缚是对不顺从的神的传统惩罚，而阿波罗确实将试图捆绑这位新神，但他没有成功。迈亚的第二个预言一定程度上实现了：跨界之神总是多少有点逍遥法外，栖息于城市与乡野之间。迈亚总结道：

μεγάλην σε πατὴρ ἐφύτευσε μέριμναν
θνητοῖς ἀνθρώποισι καὶ ἀθανάτοισι θεοῖσι.

你的父亲生下你
让有死的人和不死的神都伤脑筋。

（160—161）

---

① Robert (1906), p. 406 主张这一片段是后来窜入的；Radermacher (1931), p. 214 发现迈亚与赫尔墨斯的对话对叙事没有任何推动作用，但是 Kuiper (1910), p. 45 把第 166-175 行称作"诗歌的高潮"，肯定了它的重要性。F. Dornseiff, "Zum homerischen Hermeshymnos," *Rheinisches Museum* 87 (1938): 83 把这几行诗视作赫尔墨斯的"人生规划"，并把它们与《致阿波罗颂诗》的第 131—132 行作比。

她的话令我们想起，赫尔墨斯的出生是符合宙斯的意图的（参见第 10 行）。①尽管他造成了麻烦，喜偷盗的神是神的计划的必要元素。

虽然赫尔墨斯之前装作无助的小孩子，之后和阿波罗对质时再一次装作无助的小孩，但此时他对母亲的责骂不予理睬，告诉她不要拿他当婴儿看待。在他的回答中，他流露出想要获得与他刚确定的神性相称的尊荣。他将使用任何必要的手段（τέχνης...ἥ τις ἀρίστη）来达到最大利益。赫尔墨斯提议改变他们的住所，搬离他轻蔑地称为"发霉的洞穴"（172）的地方到奥林坡斯山上去；改变他们目前的孤立状态，而去与众神作伴；最后改变他们的身份，不做收不到人类的祈祷和礼物的神，而要获得神应有的财富与荣华。他总结他的意图道：

ἀμφὶ δὲ τιμῆς
κἀγὼ τῆς ὁσίης ἐπιβήσομαι ἧς περ Ἀπόλλων.

至于尊荣，
我也将获得与阿波罗拥有的同样的"供奉"（hosiē）。

（172—173）

hosiē 一词在这里造成了相当大的困惑。许多评注者简单地译为"崇拜仪式"，尽管上下文表明它是某种更为具体的事物。赫尔墨斯刚刚抱怨过他从人类那儿既没有收到礼物，也没有收到祈祷（168）。这里他索要 hosiē——确切地说，即是神应得的供奉，且与

---

① 见 Shelmerdine 即将出版的评注本。

阿波罗所有的相同。然而，hosiē 的这种解释似乎与这个词在前面部分的使用矛盾，前面说 ὀσίη κρεάων，"失去神性的肉"①，不能滑下赫尔墨斯"神圣的咽喉"（130）。这一片段与其他许多片段一样，把 ta hosia[世俗的事物] 与 ta hiera[属神的事物] 并置，这使得让马里（Jeanmaire）和本维尼斯特（Benveniste）把 hosiē 定义为"神的律法让渡给人类的那些"——也就是世俗的事物，与 hiera 相反，后者指的是属于神的或神圣的事物。② 当我们用这个意义去理解这一片段里的 hosiē，问题出现了。本维尼斯特和卡恩都认为赫尔墨斯在这里误用了词语，他像个凡人而不是神在说话。赫尔墨斯所觊觎的 hosiē 其实应当属于人的世俗物品。相应的，神的词语误用证明他的身份仍暧昧不明，他究竟该属于人界还是神界仍不确定。③ 但如果我们对之前那一幕的解读是正确的话，赫尔墨斯从阿尔费乌斯河回来以后，他的神性就没有任何疑问了，他坚决要获得与他的地位相称的特权——包括 hosiē。

如果 hosiē 仅仅是指诸神让渡给凡人的世俗物品，我们所面对

---

① 参见 Burkert (1984), pp. 837-838, 他将 hosiē kreaon 翻译为 daps profanata[世俗的祭祀宴]："这是祭神仪式（hiera）结束后可以供人类正常食用的那部分肉。"当然，切割阿波罗的两头牛时，并不是在进行祭神仪式（hiera）；不死的牛群一旦离开神界，就内在地世俗化了。如果它们是为了祭祀的目的而被宰杀、成为牺牲，那么它们只是被变成"属神的事物"（hiera）（即重新获得神性）。但是我们已经看到，赫尔墨斯没有实现这一点。Kahn (1978), pp. 61-66 坚持认为在第 130 行中"hosios 一词被误用了"，并且这里是一个"有效的文字游戏"(p. 66)。但我认为，她的解读尽管细致入微，却是错误的。hosiē kreaon 有我们希望的"失去神性的肉"的含义，并且其他对比 ta hosia 和 ta hiera 的段落与其含义吻合。

② 参见 Benveniste (1969), 2: 198-202 及 H. Jeanmaire, "Le Substantif *hosia*," *REG* 58 (1945): 66-89。亦见 M. H. Van der Valk, "Zum Worte 'ΟΣΙΟΣ,'" *Mnemosyne* 10 (1942): 113-140; Rudhardt (1958), pp. 30-38 及 A. Pagliaro, "Ἱερός in Omero e la nozione di 'sacro' in Grecia," in *Saggi di critica semantica* (Messina, 1953), pp. 92-96。

③ Benveniste (1969), 2: 201 及 Kahn (1978), pp. 68-71。

的文本就讲不通了，但如果我们采取本维尼斯特更宽泛的定义，"神的律法指定给人的"①，我们就不仅可以从赫尔墨斯的宣言中得出一个满意的含义，还能得出可以说明新神窘境的含义。因为神的律法指定给人的，首先也是最重要的是通过祭祀和祈祷的方式礼拜诸神；其次才把世俗的物品让渡给人供他们使用。具体的语境决定了词语在每一个用例中的确切含义。只有当文本中有明显的语言标志表明 hosia 或显或隐地与 hiera 相对照时，hosiē 才意味着世俗的（profanus）。因此，hosiē 既包括献给神的供奉也包括专门供人类享用的事物。

赫尔墨斯的话语确实暴露了一种困惑，但无关他的神性身份，而是在供奉（hosiē）和尊荣（timē）的区别上。② 赫尔墨斯已经充分地确认了自己的神性，现在他渴望获得相应的特权与荣誉，即尊荣。这些包括作为奥林坡斯诸神之一的成员身份和来自人类的供奉。在奥林坡斯的词汇中，尊荣意味着一位神的势力范

---

① Benveniste (1969), 2: 198.

② hosiē 和 timē 的关系在第 469—472 行表达得很清楚，让马里和本维尼斯特都未能为这一段提供可信的解释。赫尔墨斯在那儿有一点儿嫉妒地描述宙斯与阿波罗的特殊关系（我采用我认为正确的断句方式给出这一段希腊文文本，并把第 470 行抄本中的 δέ 改为 γέ）：

...φιλεῖ δέ σε μητίετα Ζεὺς ·
ἐκ πάσης ὁσίης ἔπορεν γέ τοι ἀγλαὰ δῶρα
καὶ τιμὰς · σὲ δέ φασι δαήμεναι ἐκ Διὸς ὀμφῆς
μαντείας.

……拥有智谋的宙斯喜爱你，
他[宙斯]从所有的供奉中赐给你华贵的礼物
和尊荣；他们说你从宙斯的声音中习得了
预言。

(469-72)

预言与尊荣关系紧密，而供奉带来华贵的礼物，来自人类。那么，宙斯不仅赐予阿波罗他的尊荣，还强加给人们供奉他最喜爱的儿子的义务。

围。比如，射箭构成了阿波罗的尊荣之一。因此，人类射箭命中靠的是阿波罗的意愿，恰当的供品和祈祷（hosiē）可以确保这种意愿。另一方面，一旦他们疏忽了供品和祈祷，就有可能失败。①赫尔墨斯的宣言来自他的异常处境；他毫无疑问是神，但却是一位尚未获得被承认的尊荣的神。当赫尔墨斯索要与阿波罗相等的供奉时，他当然暴露了一种粗野的物质主义，但更重要的是，他流露出了自己对奥林坡斯秩序的无知：供奉取决于尊荣。赫尔墨斯应该说的是："我想要拥有和阿波罗一样的尊荣（如预言或牧牛），这样我就会和他一样富有供奉。"通过索取供奉而不是尊荣，赫尔墨斯表露了他的异常处境——相比那些身份确定并且已经拥有界限清晰的领域的神。直到现在，赫尔墨斯还没有尊荣，并且不知道他的尊荣会是什么。然而，他确实知道要如何尝试获得它们：通过他的智巧，即技艺和智谋。讽刺的是，年轻的神没有意识到，他的每一个行为，从发明弦琴到宰牛，都会构成他的尊荣的一个要素。因此，赫尔墨斯已经在成为一位奇技淫巧之神、诡计与偷盗之神、穿越与进入之神，还有转换与调解之神。

在接下来发出的恐吓（174—181）中，赫尔墨斯表现出他新近意识到奥林坡斯由谁统治。尊荣是由宙斯来分配和保证的，赫尔墨斯也必须最终从他那儿获得。如果宙斯拒绝，那么赫尔墨斯就将试图通过进入（ἀντιτορήσων [178]）②德尔斐并盗取阿波罗的无数珍宝来成为"窃贼的首领"。在这里我们再次发现尊荣与人理

---

① 例如参见《伊利亚特》xxiii.862-883，透克罗斯（Teucer）由于忘记供奉阿波罗而在射击比赛中失利，而墨里奥涅斯（Meriones）因牢记在心而获胜。

② 参见上文第134页注①。

应给神的礼物之间的混淆。为了完全获得神的身份并由此而得到尊荣，赫尔墨斯必须用某种方式潜入奥林坡斯；如果做不到这一点，他至少想获得供奉，也就是献给神的物质供品，通过抢劫阿波罗的神庙的方式。当然，恐吓的内容从来没有实现，因为在接下来的故事中，赫尔墨斯将通过他典型的迂回而间接的路线，试图耍花招进入奥林坡斯。

黎明时分，赫尔墨斯已经退回到他的摇篮，阿波罗动身寻找他的牛群并来到了翁凯思托斯。一个核心事实浮出水面：尽管有老人提供给他的信息（这位老人突然变得饶舌了，"赫尔墨斯的路过"似乎赐予了他讲话的能力），尽管神拥有预言的能力，尽管他已经发现了足迹，阿波罗仍然不能发现他那群被偷运走的牛在哪里。实际上，它们突然消失得无影无踪；① 只有赫尔墨斯才能把他的兄长带到它们被藏匿的地方。

在急迫的追逐中，阿波罗不由自主地不断惊叹赫尔墨斯的劫掠，首先是因为只剩一头公牛和几条狗还留在原地。（可以想见，公牛通常会跟随母牛，而狗也会追逐盗贼。）当然，惊叹是面对富有智谋的行为的典型反应。② 阿波罗问哪个成年男子可能曾牵着牛群经过，翁凯思托斯的老人一开始似乎回避神的问题，他也许是想起了赫尔墨斯的警告，但是接着他又透露他"认为自己看到了"一个走着奇怪的之字形路线并把牛群往后拉的孩子。当阿波罗无声地继续赶路时，一个预兆在他面前出现，表明盗贼是宙斯的儿

---

① 注意赫尔墨斯最喜爱的，或者在有一些传统里就是他儿子的奥托吕科斯也拥有相同的能力。参见 Hesiod, fr. 66-67 (M-W)。

② 参见第 196 和 219 行的 θαῦμα。关于 thauma 和 mētis 的联系，见 Kahn (1978), p. 75 及 Clay (1983), p. 179。

子。① 于是阿波罗朝着皮洛斯的方向狂奔，直到他看见了巨大的足迹（μέγα θαῦμα [219]），首先是牛群的，然后是赫尔墨斯的，后者完全不像人类的或者野兽的足迹，甚至不像半人半兽的肯陶洛斯。如果足迹既不像人又不像兽，那么罪犯实际上一定是神，或至少是半神。这时阿波罗突然改变了他的路线，事实上他不再追踪足迹了，而是调头冲向库勒涅。当然，足迹是不会把他领到那儿去的，我们必须假设阿波罗也是通过占卜知道赫尔墨斯的家在阿卡狄亚的山洞里，正如他是通过占卜知道盗贼是宙斯的儿子。阿波罗无法找到他的牛群，这注定了他和赫尔墨斯的对质。

阿波罗后来向宙斯陈述他的搜寻时（334—361），说得要远比叙事进程中的这一片段更具有连贯性。陈述的顺序是清晰而有逻辑的。② 那里，阿波罗声称他追随足迹一直到一块坚硬地面并不再能看到脚印为止，然后他从一个老人那儿得知，赫尔墨斯前往皮洛斯并把牛群藏在那儿后（此处神的说法又有些含糊），又回到库勒涅。那么，在宙斯面前，阿波罗隐瞒了自己的路线并掩饰了他的困窘（aporia）和找不到牛群的无能。事实上，赫尔墨斯让阿波罗白费力气地追逐了一番，最后的结果正是赫尔墨斯所欲求的——他自己进入奥林坡斯山。

---

① 参见 Shelmerdine 即将出版的评注本对第 213-214 行的注释，他注意到 Διὸς παῖδα Κρονίωνος 这一程式化表达是"全新的"，并且"可以用来形容宙斯的任何一个儿子"。Van Nortwick (1975), p. 36 注意到诗人本可以在这里使用格律相同的 Διὸς καὶ Μαιάδος υἱόν，但他误解了诗人的选择。阿波罗通过占卜发现的是盗牛贼的父亲是谁，因此也知道了他与自己的兄弟关系（参见下一行出现的 Διὸς υἱὸς Ἀπόλλων）。

② 依据 Robert (1906), p. 407, 阿波罗寻牛的叙事（186-227）与他向宙斯陈述的版本之间有出入，是由于文本的错简。Radermacher (1931), pp. 138, 211 在二者的不一致中，发现了一个未被完全纳入颂诗的更早版本的痕迹。

168　奥林坡斯的政治

133　　阿波罗和赫尔墨斯的对质（233—318）聚焦于自信满满、仗势欺人的大哥与理应是无辜、无助的婴儿形成的对照。尽管充满粗俗的幽默，这一片段仍然提供了一个强力与智谋对立的典范。智谋，毫无疑问，喜欢隐藏自己，装出柔弱和孩子气的天真模样追逐它的目标。当阿波罗进入洞穴时，赫尔墨斯用襁褓把自己裹好，使自己显得更幼小并假装是一个嗜睡的新生儿，"但是，事实上，他非常清醒，手臂下夹着乌龟"（242）。颂诗的又一个卓越比喻把婴儿神比作藏在一堆灰烬下仍在燃烧的余火。① 神永远警觉的智谋的火星隐藏在他婴儿的外表下闪光：

παῖδ' ὀλίγον δολίης εἰλυμένον ἐντροπίῃσι.
一个小小的婴孩，裹在狡黠的伪装下。②

（245）

阿波罗彻底打破人和神的礼仪，莽撞地把洞穴的角角落落搜了个遍，他仍然希望找到他被偷走的牛群，但是只发现通常"受祝福的神灵的神圣居所具备"的那些装饰和珍宝。③ 当阿波罗搜寻无果时，他蛮横地要求赫尔墨斯交出他的牛群，还马上补充了一个残忍的威胁，说要把他扔进无处可逃的塔尔塔罗斯的深处。赫尔墨斯用"狡诈的言词"回答了阿波罗的强力威胁（260）。他大

---

① 参见《奥德赛》5.488-491，精疲力竭的奥德修斯躺在树叶铺就的床上，被比作闪动的余火。见 Shelmerdine (1986), p. 58.
② 赫尔墨斯无疑是真的裹在襁褓中，参见第151行。以玩笑的方式将抽象与具体倒置，是这位颂诗诗人的风格。
③ 迈亚与自己的女神身份相称的富足和赫尔墨斯在第171—181行所渴望的战利品之间，并不存在任何矛盾。后者来自凡人，是他们礼拜、敬神的标志。

言不惭地声称自己对牛群一无所知，并指出他不像是可能的嫌疑人。① 事实上，他只关心睡觉、吃奶以及婴儿会关心的其他事。无论如何，阿波罗的指控缺少可信度：没有人会相信一个刚出生的婴儿能带着一群牛跨过一扇门；他太柔弱了，不能完成这样的劫掠。最后，赫尔墨斯说他愿意凭着"他父亲的头"起誓，他既没有做这件事也没有目击谁做这件事；事实上，他根本不明白牛群是什么东西，他只是听说过而已。聪明的神小心地斟酌词句，不仅是此处，即使是后来在宙斯面前，他也没有发过伪誓；他从没有把牛群拉进家门。②

赫尔墨斯清白受损的姿态，连同他无耻的否认，惹得阿波罗发笑，但接下来他不知疲倦、充满智慧的目光，闪闪发亮的双眼，背叛了自己（278—279）。正如迈亚在他面前所做的那样，阿波罗也为这个诡计多端的骗子预言了作为盗马贼、小偷的生涯，"将常常在夜晚潜入（ἀντιτοροῦντα）住着许多人的房子里面"（283—284）。

τοῦτο γὰρ οὖν καὶ ἔπειτα μετ' ἀθανάτοις γέρας ἕξεις·
ἀρχὸς φηλητέων κεκλήσεαι ἤματα πάντα.
因此，这往后也会成为你在诸神中的特权：

---

① H. Görgemanns, "Rhetorik und Poetik im homerischen Hermeshymnus," in *Studien zum antiken Epos*, ed. H. Görgemanns and E. A. Schmidt (Meisenheim, 1976), pp. 113-119 尝试以赫尔墨斯的修辞尤其是他的或然性论辩方式为基础，发展出一套为颂诗系年的标准，但即便是早期智术师中的修辞学家最早为这一种辩论方式归类，它的基础——表象与真实的区分——可以追溯到荷马。

② 参见 Baumeister (1860) 和 Gemoll (1886) 对第 379 行所作的注释。关于"微妙的誓言"，见 R. Hirzel, *Der Eid: Ein Beitrag zu seiner Geschichte* (Leipzig, 1902), pp. 41-52，尤见 p.43 他对"发誓的艺术"的定义："那张精致的网，熟练地由语言构成，愚钝者和轻信者将会落入其中。"

永远地被称作众贼之王。

(291—292)

阿波罗目前唯一愿意让给他弟弟的特权是赫尔墨斯已经认领为自己的那一种。然后，阿波罗为了重申自己在体力上的优势，他抓起了婴儿，当然是想要迫使他说出牛群的藏身地。但是这一次，赫尔墨斯不再凭借言词，而是用拉伯雷式的胃胀气使讲究的阿波罗如赫尔墨斯所愿地放下婴儿。因为阿波罗在意的仅仅是寻回他的牛群，而赫尔墨斯从始至终另有所图：利用盗窃一事获得进入奥林坡斯的入场券，正如他表示愿意用宙斯的头起誓时就暗示过的那样。赫尔墨斯又重复了他无耻的否认，并要求把这个案子带到宙斯面前。

尽管阿波罗的指控是正义的，赫尔墨斯想要的只不过是"用诡诈而具有欺哄性的语言行骗"（317—318），二人的对质还是以僵局告终。诡计多端（polymētis）的赫尔墨斯遇到了一个同样足智多谋（polymēchanos）的对手。赫尔墨斯一直在积极地向目标方向推进，但现在，两个曾经的对头首次在这一表述中联结："宙斯的可爱的孩子们"（Διὸς περικαλλέα τέκνα [323]），这预示了他们最终的和解。

诸神群体在奥林坡斯山上友好地会聚在一起。① 毋庸置疑，这就是赫尔墨斯想要进入的群体，可以说，他是通过非正统的方

---

① 我认为这是只出现了一次的 εὐμιλίη（326）的含义，也是这里的上下文所要求的含义，尽管该词不合格律。诸神群体正是赫尔墨斯所渴求（ἤματα πάντα μετ' ἀθανάτοισιν ὀαρίζειν [170]）也是他最终达成的（πᾶσι δ' ὅ γε θνητοῖσι καὶ ἀθανάτοισιν ὁμιλεῖ [576]）。

式，即一次审判，偷渡进来的。

> κεῖθι γὰρ ἀμφοτέροισι δίκης κατέκειτο τάλαντα.
> 那里，为双方都调平了正义的天平。
>
> （324）

通过把审判带到宙斯面前，赫尔墨斯使自己合理地站在奥林坡斯的法庭中。同时，这一幕取代并戏仿了描述新神首次进入奥林坡斯的标准颂诗情节。①

奥林坡斯从不缺少低俗喜剧，宙斯开始审判时，先开玩笑地问阿波罗从哪儿得来"这么大个的战利品，一个长得像信使的小孩儿"（330—331）。毫无疑问，一个有分量的事件来到了诸神的集会上。阿波罗反驳说不是只有他贪心，并将他对"敏锐的窃贼"的控诉一一道来，他重新叙述了他如何追逐盗贼，但正如我们所看到的，他所说的路线掩饰了他的困窘。当阿波罗完成他的控诉发言，赫尔墨斯起来为自己辩护。他的发言堪称一篇模棱两可的小型杰作。开头他先保证自己的诚实，为了避免直接反驳阿波罗的指控，他首先反告阿波罗没有走恰当的程序——他没有证人——还以暴力恐吓远比自己弱小者。然后，赫尔墨斯再次利用可能性为自己辩护：他仅仅是个婴儿，不可能有足够的力量盗牛。就像之前，神的反驳也是仔细字斟句酌的：他事实上并没有把牛群拖回家，他也没有跨过门槛。再一次，赫尔墨斯一边大言不惭地声称自己是无辜的，一边又"凭着众神的门廊"（384）立了一个模

---

① 见上文第 141 页注②。

棱两可的誓言①，巧妙地以此避免了发伪誓。最后，他强调了自己此刻的无助，他以这样的吁请结束他的陈词：终有一天，他希望他能偿还阿波罗，但在此之前，宙斯应该保护年幼者。

宙斯听完他淘气的儿子老练的辩白，大笑起来，并下达了他的判决：赫尔墨斯不许再耍花招，必须带路并指出牛群的藏身之所。那么，从法律上说，牛仍是阿波罗的所有物。如果赫尔墨斯还想设计获得它们，他必须诉诸其他手段。不用说，赫尔墨斯立即接受了宙斯的裁决。毕竟，他从未想要反驳阿波罗的指控，而是要把控局面以获得通往奥林坡斯的入场券，并由此赢得正式承认：他是神，他的父亲是宙斯。②

交换行为

诗歌的最后部分（397—580）表现了两兄弟的最终和解。在宙斯的祝福下，他的两个"可爱的孩子"飞奔向阿尔费乌斯河的浅滩。但是这里，叙事又发生了一次完全出乎意料的转折。如果我们不把前一个晚上发生在这儿的事考虑进来，对这一部分的解读

---

① 比较《伊利亚特》第十五卷第 36-44 行中赫拉模棱两可的誓言以及宙斯愉快的回答。这里，赫尔墨斯用奥林坡斯的大门起誓，也显得与这位正想方设法进入其中的年轻神尤其相称。赫尔墨斯对阿波罗所说的话（261—277）与他对宙斯所说的话（368—386）之间的相似性，见 Hübner (1986), pp. 169-171。

② Radermacher (1931), p. 200 看出奥林坡斯一幕具有双重功能，它表现的不仅是两兄弟的纷争，还表现了"对私生子的承认，承认（σκότιος）赫尔墨斯是一位主神"。奥林坡斯家族，经过必要的改动，与希腊人的家族一样，都是父亲掌握认子的特权，只有父亲可以使儿子合法化，将他们纳入家族中。参见 J. Rudhardt, "La Reconnaissance de la paternité dans la société athénienne," *Museum Helveticum* 19 (1962): 51：" 一个希腊男婴，并不属于他父亲的家族，他不会仅仅因为诞生在那个家里就被承认……必须要给他一个名字并为他举行一些仪式才算正式把他纳入家族群体中，才可以介绍给不同的亲戚群体并加入他们。"

仍将晦暗不明。当赫尔墨斯把牛从它们的藏身之所赶出来时,阿波罗突然注意到两头被杀的母牛的皮,它们一直被留在洞穴外。阿波罗惊叹道,区区一个婴儿到底如何聚集起必要的力量"切开"牛的"喉咙"。① 如果他现在就如此强大,那么他很有可能在将来变得更加强大。阿波罗的醒悟使两位神的关系来了一个急转。此前,他一直理所当然地认为,他们在体力上是不对等的,赫尔墨斯也坚称是如此。然而,母牛皮的证据表明赫尔墨斯的威胁比他原先以为的更大。因此,阿波罗现在试图执行迈亚曾预言过的事:用强韧的绳索把赫尔墨斯绑起来。这时,赫尔墨斯设法控制柳条绳索;首先,让它们在地下生根,其次让它们缠绕牛群,"按照贼头贼脑的赫尔墨斯的安排",使牛群原地不动(413)。② 通过他的捆绑魔法,赫尔墨斯展现了他超越单纯体力的力量,这再一次激起了阿波罗的惊叹。

阿波罗的惊叹还没有结束,因为情节再次突然发生了始料未及的转折。赫尔墨斯用眼角余光瞥见了闪着亮光的火焰,那显然是前一晚的宴会留下的。③ 为了不让阿波罗发现余火,赫尔墨斯掏

---

① δειροτομῆσαι (405) 清楚地表明阿波罗以为他的弟弟是出于祭祀的目的杀了母牛。

② Kuiper (1910), p. 43 对比了这里的柳条和《致狄奥尼索斯颂诗》(第 7 首) 第 39—42 行中的葡萄藤和常春藤。关于捆绑及其与智谋的关系,见 Kahn (1978), pp. 81-117。关于它与魔法的关系,见 Brown (1947), pp. 12-13。

③ 第 415 行抄本读作 πῦρ ἀμαρύσσων, Radermacher (1931), AHS (1936) 及 Humbert (1936) 均保留这一读法。Baumeister (1860) 及 Gemoll (1886) 修正为 πύκν' ἀμαρύσσων,但是他们都认为这里指涉赫尔墨斯闪烁的或灼灼的目光,并且假设这里存在一处包含赫尔墨斯试图掩藏的对象的脱漏:即弦琴(Gemoll, Radermacher, Humbert),或一部分肉(AHS)。不过,Ludwich (1908) 及 Càssola (1975) 读作 πῦρ ἀμαρύσσον 才是在正确的道路上,但他们仍然把这一短语解读为神试图掩饰的目光。赫西俄德《神谱》第 827 行描述怪物提丰眼中闪入一道火光,并不构成与这里相似的平行例证。因为赫尔墨斯的眼睛也许会眨动或闪光,但却不会真正产生火。

出他的终极武器弦琴来转移阿波罗的注意力,他一直把弦琴藏在襁褓下随身携带。① 我们也许会奇怪,为什么赫尔墨斯花那么长时间吸引阿波罗的注意力,让他看不到火焰。如果母牛皮的证据证明了赫尔墨斯在此之前未引起怀疑的力量,那么火的痕迹会指出一个事实,这个事实揭露出来将使年轻的神感到极为难堪,因为它们说明赫尔墨斯原先不确定自己的神性。同时,赫尔墨斯已经被奥林坡斯接纳,他现在想得到的仅仅是作为羽翼丰满的诸神成员必要的配件。他早先不知道自己的身份,所有暴露他无知的痕迹——他的烹饪和试图食用被宰杀的母牛的肉,必须不惜一切代价瞒住阿波罗。

在这关键时刻,赫尔墨斯展示了弦琴。乐器待命已久,它甫一露脸便造成未曾料及的局面突转,而这正是智谋的伎俩成功的典型标志。看起来更弱小、即将被判有罪的那一方出乎意料地解除了对手的武器并战胜了他,后者大吃一惊,束手无策。足智多谋的阿波罗刚刚还惊异于赫尔墨斯使用技艺和修辞的计谋,现在就成了利用欲望的计谋的受害者。② 赫尔墨斯的音乐的魅力比任何一种链条都更紧地箍住了阿波罗。它的魔力不仅网罗身体,还使灵魂因欲望而迷醉。弦琴的声音和赫尔墨斯的歌声都被描述为"可爱的"(ἐρατόν [423];ἐρατή [426])。受到语言与音乐的全新结合体的诱惑,阿波罗向不可抗拒的爱欲投降了(434)。

赫尔墨斯早先为自己即兴演奏了一首颂诗,为阿波罗他则表演了一首神谱诗(theogony)。神为什么要在这一特殊时刻挑选这

---

① 参见 Gemoll (1886), p. 186。

② 参见 Kahn (1978), pp. 127-153。

一特殊歌曲？形容赫尔墨斯活动的动词 κραίνων 隐含着比单纯的"庆祝"或"歌唱"更多的意味；它的字面意是"用语言来结束某事""完成"。① 从某种意义来说，赫尔墨斯的诗歌具有为世界带来秩序的力量。从最原初的开端开始（ὡς τὰ πρῶτα γένοντο [428]），然后依据行辈（κατὰ πρέσβιν, [431]），它奖赏给众神应有的荣耀，并且描述了整体，πάντ' ἐνέπων（433）。赫尔墨斯的主题正是有序的宇宙和众神，其中每一位神都拥有他自己的份额或说 moira。由于诗歌是依据行辈次序来结撰的，那么它必须以神的诞生的终结点为结尾：赫尔墨斯自己的诞生和他在众神体系中获得他注定的份额。诗歌本身是达到它的目标的途径，因为它将带来交换，而那是赫尔墨斯的尊荣的基础。

赫尔墨斯赋予摩涅墨绪涅最为尊贵的位置，这似乎打破了他自己的结撰原则：

> Μνημοσύνην μὲν πρῶτα θεῶν ἐγέραιρεν ἀοιδῇ
> μητέρα Μουσάων, ἡ γὰρ λάχε Μαιάδος υἱόν.
> 他在歌曲中首先向众神中的摩涅墨绪涅致敬，
> 她是缪斯女神们的母亲，因为她接纳了迈亚的儿子作为命运。
>
> （429—430）

当然，神的这一步骤是在模仿通常引出诗歌的祈祷格套。但是陈述摩涅墨绪涅"接纳赫尔墨斯作为她的命运"看起来被奇怪地曲

---

① 参见 Benveniste (1969), 2: 35-42.

解了。① 它所表明的是，神制作音乐的新技能使得摩涅莫绪涅掌管的那种诗歌得以成为可能——也就是希腊人称为 epos 的诗歌，六音步韵文，所囊括的不仅有史诗还有神谱诗和颂诗。或者这里我们可能应该说，尤其是颂诗。因为颂诗作者的独特使命即是"记住而不要忘记"他所歌颂的神灵；并且在颂扬完毕之后，他又谨慎地向神灵保证他会在另一场合也"记住"他。因此，叙事诗（epos）的诞生与赫尔墨斯的神谱诗同步。但是正如我们已经看到的，这首特殊的诗歌在全部神的诞生过程结束以前是不能被唱出来的。诗歌当然不会创造宇宙，但是却揭示并歌颂它的秩序与完满，并由此"带来不死众神和黑色大地的完成"（427）。② 赫尔墨斯是首位能唱神谱诗的，因为只有他诞生以后神灵宇宙的结构才最终成形。由于颂诗与神谱诗属同一范畴，且颂诗是神谱诗的延续，赫尔墨斯的表演必定要以致赫尔墨斯的颂诗结束。我们现在便可以

---

① 我不能理解 Thalmann 的陈述："赫尔墨斯放肆地声称自己是分派给迈亚（原文如此，应为摩涅墨绪涅）的命运，如此，整个的通灵概念成为一个娱乐性的主题。"在大英博物馆的一份纸草（Pap. Gr. 46, 415-416）= K. Preisendanz & A. Henrichs, eds, *Papyri graecae magicae*, 2nd ed. [Stuttgart, 1973] 1: 194）上，赫尔墨斯被称为摩涅眉（Mnēmē）之子。

② 一个类似的想法隐藏于《神谱》第 68—74 行之下，缪斯女神们出生后来到奥林坡斯山歌唱宙斯打败克洛诺斯获得王位，也歌唱他如何εὖ δὲ ἕκαστα ἀθανάτοις διέταξε νόμους καὶ ἐπέφραδε τιμάς[妥善地为每一位不死者颁布律法并宣示尊荣]。参见 Wilamowitz (1920), p. 468. 亦见 Aristides 2.420 (= Pindar, fr. *31 [Snell-Maehler]) 的证据："品达……说，在宙斯的婚礼上，宙斯询问其他神是否还缺少什么，他们请求他为自己造一些神，用语言和音乐来装点他所有这些伟大的工作和全部的安排。"这一证据通常与品达的第一首《致宙斯颂诗》（参见 Snell-Maehler & A. Turyn, *Pindari Carmina* [Cracow, 1948]）相联系，它也许暗示着缪斯女神们或阿波罗的诞生。但无论是何种情况，都说明宇宙的安排要直到它被诗歌歌颂才全部完成。关于品达的第一首《致宙斯颂诗》，见 B. Snell, "Pindar's Hymnos auf Zeus," in *Die Entdeckung des Geistes*, 4th ed. (Göttingen, 1975), pp. 82-94. Snell 评述品达的话对我们的颂诗诗人同样有效："诗歌对世界意味着什么，品达说得最为令人印象深刻：在世界完成的那一天，他发现：如果无人称扬，所有的美便都是残缺的。"(p. 87)

认识到，神早前的诗歌，在他尚未万无一失地确立神性或进入奥林坡斯之时，是早熟的。他现在的诗歌表明，神灵世界的等级秩序至此全部完成。

不久，弦琴将从赫尔墨斯手里传给阿波罗，但赫尔墨斯将保有饰词"宴会的伴侣"（436）。正如赫尔墨斯仍然是拥有制作弦琴的技艺的大师，他同样保有诱人和魅人的艺术，而这是诗歌的核心要素。如果说他的煽动力和技艺把他与赫淮斯托斯及雅典娜联系在一起，那么他劝诱、迷住、吸引人的魔力使他分享阿弗洛狄忒与阿波罗的领地，即爱欲与音乐。其实，智谋就涵盖了它们全部。① 赫尔墨斯把他们的不同掌管领域融合于他一己之身，同时还保留着他独有的在他们之间沟通的能力。

阿波罗被震住了，想要拥有赫尔墨斯那件迷人的乐器的欲望折磨着他，他立马宣布他愿意接受交易，愿意和平地解决他们之间的纷争：弦琴完全值得五十头母牛的代价。在快速的交接过程中，阿波罗询问他的弟弟"这些美妙的作品"（440）的性质。它们是从他一出生就属于他，还是由教他"神的歌曲"（442）的神或人传授给他？毫无疑问，这两个问题的答案都是否定的：赫尔墨斯的智谋创造了弦琴和诗歌；二者都把原先分离的元素结合成为"新的美妙的声音"（443）。事实上，当阿波罗问什么样的技艺和技能② 可以产生这样一首激起不可抗拒的激情的诗歌时，

---

① 关于阿弗洛狄忒的智谋，见本书第三章。
② 第448行中的 τρίβος 等同于 τριβή，即"研习""操练"，而不是如 LSJ 所给出的"道路"。参见 M. Kaimio, "Music in the Homeric Hymn to Hermes," *Arctos* 8 (1974): 36。

他已经回答了自己的问题。① 它的效果恰可与爱比拟：快乐、欲望以及甜蜜的睡眠。作为缪斯的伴侣和音乐的保护神，阿波罗当然对这种艺术不陌生，但是还没有哪一种表演如此深切地打动过他。

热情的爆发之后，阿波罗开始让自己镇定下来，并微妙地重申他凌驾于赫尔墨斯的优越性，后者虽然非常聪慧，但仍年幼，应当听从比他年长者的建议。阿波罗可以运用他在奥林坡斯的影响力来赋予赫尔墨斯及其母亲声名（kleos），他还进一步表示愿意帮助赫尔墨斯在众神中获得声名与荣华②，愿意给他货真价实的华贵礼物。

赫尔墨斯用"狡诈的言词"（463）回答了阿波罗含糊的承诺。一宗交易即将敲定，这是一桩双方都同意的交换，但是，虽然他们的言语都彬彬有礼，两方都在极力为自己争取利益。赫尔墨斯带着恭维的语调声称他愿意马上向他的哥哥介绍他的新技艺。毕竟，阿波罗有能力掌握任何他想要掌握的技艺。甚至赫尔墨斯都已经对他哥哥在众神中的崇高地位有所耳闻。宙斯自己也把来自人类的华贵礼物③，还有尊荣，让与他。在阿波罗的特权中，赫尔墨斯挑出了预言：

---

① 我被 Càssola (1975), p. 537 的观点说服了，他认为 μοῦσα ἀμηχανέων μελεδώνων 的意思不可能是一首"平息难以招架的忧虑的诗歌"。毕竟赫尔墨斯的演奏刚刚在阿波罗心中激起"不可抗拒的爱欲"。

② 第 461 行脱漏的 ἡγεμονεύσω 可能是由于与上一行末尾的 ἦ μὲν ἐγώ σε 形近致脱，因此大部分修正建议都必须遭到否定。

③ 这段文本的断句与含义见上文第 164 页注②。

σὲ δέ φασι δαήμεναι ἐκ Διὸς ὀμφῆς

μαντείας θ' Ἑκάεργε· Διὸς πάρα θέσφατα πάντα.

他们说你曾从宙斯之口

学会了预言，远射手；所有的神谕都来自宙斯。

(471—472)

狡黠的赫尔墨斯虽然对此一带而过，但他其实是在明确示意他想要从阿波罗那儿得到的礼物的性质。由于阿波罗此刻渴望学习弹奏弦琴，赫尔墨斯将会把弦琴交给他，而阿波罗反过来则应该给他的弟弟荣耀（kudos）。

卡恩已经注意到赫尔墨斯的请求中的异常。① 毕竟，荣耀是神赐给凡人的。赫尔墨斯采用这一词语，是把自己置于阿波罗之下，但是他称他的哥哥为朋友（philos），这又狡猾地暗示了他们的平等。实际上，赫尔墨斯是在回应阿波罗早先对声名的允诺，这个词语同样属于人的范畴，因而带有微妙的轻视意味；但同时他拒绝了阿波罗对他低一等身份的暗讽。这里是一个小把戏；赫尔墨斯既不想要声名也不想要荣耀，甚至也不要阿波罗提供的精美礼物。他在追逐更大的猎物，用弦琴和牛群来交换只不过是初步阶段：尊荣最终要由宙斯来保障（参见第470—471行和第516行）。

从此，阿波罗将把"声音轻柔的伴侣"带到"热闹的宴会和

---

① 参见 Kahn (1978), pp. 159-164。

可爱的舞蹈以及盛大的宴饮"中去（480—481）。① 从一开始，赫尔墨斯的发明就注定要成为"宴会的伴侣"（31）并在整首颂诗中都与其紧密相连（参见第56和454行）。因此弦琴与赫尔墨斯创立的另一习俗密切相关，并且成为后者和谐运作所不可或缺的要素。正如奥德修斯对费埃克斯人所说：

> 我要说，没有什么结果比这更快乐
> 当宴饮时的同伴情谊（εὐφροσύνη）笼罩着所有
> 人；房子里在举行宴会，他们倾听歌手，
> 按次落座；一旁的桌子摆满了
> 面包与肉，侍者拿来从调缸中
> 打出的酒，将它倒进杯子。
>
> （《奥德赛》9.5-10）

宴会与弦琴相结合，制造出友爱的同伴情谊氛围，即 εὐφροσύνη（参见第449和482行）。② 虽然弦琴不久将落入阿波罗手中，但仍是赫尔墨斯——他不仅是边界与分离之神，还是联盟与结合之神——发现了一股柔和的力量，这力量以友爱的精神将凡人们甚

---

① Mondi (1978), p. 135 依据他对印欧社会中的信使（kēryx）角色的分析，提出了一个令人困惑的说法："赫尔墨斯与阿波罗代表了诗歌的两种类型，仪式性的和世俗性的。弦琴从赫尔墨斯手上传给阿波罗不仅反映了庇护诗歌的职能从一个神转移到另一个神，还折射出世俗性诗歌如史诗从宗教仪式性的颂诗分离出来的历史进程。"我无法在《致赫尔墨斯颂诗》找到这样一个转变的切实证据，而我们也许会注意到，在《阿波罗颂诗》中，神伴随着缪斯女神们的诗歌，这诗歌既涵盖神也涵盖人。我更认为，赫尔墨斯代表的是宴会背景下叙事诗的统一，其中包括神谱诗、颂诗和史诗。

② 见 Saïd, (1979), p. 22, 关于宴会与同伴情谊（euphrosynē）的联系，参见《伊利亚特》xv.99 及《奥德赛》2.311。

至还有诸神^①联合在一起。

这时赫尔墨斯继续指导他的哥哥弹奏弦琴的技艺。^②需要耐心、技术和温柔才能从乐器中引出"各种不同的事物，愉悦头脑的事物"（484），但若愚蠢粗笨地对待她，她则也报之以噪声。在整个音乐课中，赫尔墨斯强调了乐手与弦琴的和谐互动：二者进行某种对话，弦琴手发问、探询，而乐器应答、指引。^③赫尔墨斯再次展现了他作为驯化者和沟通者的角色，表明他的技艺是可以传递的。他的技艺并非专属他一人，而是可以无条件地授予那些渴望学习者。

作为弦琴的交换，赫尔墨斯得到了牛群，它们从此成为家畜，在他的保护下繁衍。它们被移除出神界，将在凡人的世界里增殖。伴随着阿波罗的弦琴演奏，宙斯可爱的孩子们回到了奥林坡斯，他们的父亲为他们刚建立但将永久持续的友谊感到高兴，这友谊的凭证是弦琴，它本身就是名副其实的和谐器具。

---

① 弦琴与宴会的密切联系，参见例如，《奥德赛》8.99："弦琴，……是热闹宴会的伴侣"（φόρμιγγος θ', ἣ δαιτὶ συνήορός ἐστι θαλείῃ）；《奥德赛》17.270-271："弦琴，众神把它造成宴会的伴侣"（φόρμιγξ....ἣν ἄρα δαιτὶ θεοὶ ποίησαν ἑταίρην）。参见《神谱》917："缪斯女神们，……喜爱欢宴与诗歌的享受"（Μοῦσαι... τῇσιν ἅδον θαλίαι καὶ τέρψις ἀοιδῆς）。在奥林坡斯山上，众神似乎不断地在举行宴会。《伊利亚特》中，偶尔有一位神抱怨他们在凡人问题上的纷争会损害宴会的欢乐（i.575-79；xv.95-99）。《神谱》中，把一位神驱逐出众神的聚会与宴席是对他发伪誓的惩罚（802）。Hübner (1986), p. 161, n.32 提出 δαιτὸς ἑταῖρος 也许原本是赫尔墨斯的惯用饰词。

② Thalmann (1984), p. 155 看到用牛群交换弦琴是某种"诗人的圣职授予仪式"（Dichterweihe），他还援引了阿尔基罗库斯（Archilochus）的传统故事：阿尔基罗库斯偶遇一些年老的女人，她们拿走了他的母牛并把弦琴给了他。但是要注意，颂诗中的故事提供了一个对诗歌诞生的传统情节的有趣倒转。赫尔墨斯把弦琴交给阿波罗，他这么做是为了成为牧人而放弃诗歌——正与赫西俄德和阿尔基罗库斯的情形相反。

③ 弦琴的弹奏作为一种对话，见 Kaimio (1974), p. 39。关于赫尔墨斯教授阿波罗音乐，见 Görgemanns (1976), pp. 123-127。

三件事物都是年轻的神在生命的第一天就留下的：弦琴被带到奥林坡斯山作为和解的象征（509）；被宰杀的母牛的皮永远留在大地上（124—126）；肉仍藏在洞穴里，悬在天地之间（136），为这位新神神秘的调停能力提供了看不见的无声证词。

由赫尔墨斯的盗窃所导致的二神之间的纷争，显然以所有人都满意的方式解决了。自格罗德克（Groddeck，1786）以来，许多学者都相信《致赫尔墨斯颂诗》原本在这里就结束了，现在的结尾部分（512—580）是后来由一个阿波罗崇拜者添加的，他急切地渴望这两位奥林坡斯兄弟间的天平倾向德尔斐主神那边。① 他们认为，文本中的一些不协调和怪异之处表明它出自后人之手，他给现存的作品附加了一个带有倾向性的结尾，但并不成功。不严密的添补在第533行尤其明显，此处阿波罗显然是指赫尔墨斯要求分享他的神谕技艺，但在此之前赫尔墨斯并未提出这样的要求。我们马上会回到这个问题，但是现在必须承认，诗歌的结尾充满令人望而生畏的文本与阐释困难。我想正是那些困难促使批评家们认为最后的结尾完全是后来窜入的伪作。

让我们心平气和地承认，在这首最棘手的颂诗中，没有哪一片段像这一段有如此之多的难解之处。路德维希（Ludwich）相信诗歌的完整性，他诉诸大规模的诗行错简来保证文本的连贯。② 然

---

① 对之前针对颂诗结尾的观点的总结，见 Gemoll (1886), pp. 87-88。Gemoll, Baumeister (1860) 以及 AHS (1936) 基本上是统一派；Radermacher (1931), Humbert (1936)，及 Càssola (1975) 都质疑颂诗尾声的真实性。Radermacher (p. 218) 的观点最有代表性：第513—578行的作者是"阿波罗的拥趸，他使天平最终平衡而不是向婴儿赫尔墨斯倾斜"。

② 他对"错简理论"的整体论述，见 Ludwich (1908), pp. 31-36，这一理论由于他认为颂诗的创作单位是诗节而进一步失效。在他的文本中，第513—580行之间至少有四处错简。

而，他的论证过程建立于一个乐观但没有保证的假设之上：这个拼图的各个部分，虽然被打乱了，但是完整无缺的。不仅如此，他的方法还因他拒绝解释某一个诗行顺序上的错误为何又如何出现而失去效力。尽管如此，文本至少在第 568 行有一个重要脱漏，以及至少一处错简，有六行诗（507—512）本属结尾部分，应在第 575 行和 576 行之间，这两点我认为是可信的。① 不过我们也要承认，颂诗不能仅仅以牛群和弦琴的交换为结尾。那一情节对诗以及诗中的神灵的目标——赫尔墨斯获得他的全部尊荣——来说，虽然是极为重要的一步，但也只是第一步。况且，文本本身也很清楚地说明了这一点。阿波罗宣布他愿意拿他的牛群来交换弦琴之后，赫尔墨斯用 μύθοισιν....κερδαλέοισιν[狡诈的言词]（463）来回答②，他的言词既狡猾又对准更大的利益。事实上，他通过强调阿波罗在预言方面的卓越公开提示他的目标。最后，我们也许注意到整首诗呈现出三乘三的结构：著名事迹（弦琴、盗窃、宴会）；接着是三次口头对质（迈亚、阿波罗、宙斯）；最后是阿波罗的三种礼物（牛群、节杖、蜜蜂占卜）。那么，抱着适当的审慎态度，我们也许可以试图解读我们面前的文本，但时刻要记住我们的结论必然是尝试性的。

---

① 我认为这一错简发生于第 507—512 行首先从第 575 行以下脱漏，然后又被添加在页边之时，一位后来的抄工不确定这几行的位置，但他认出了 συνήγαγε 的主语一定是宙斯，于是就把这几行错误地加在了第 506 行之后。

② 关于这一非荷马式的套语 μύθοισιν....κερδαλέοισιν（参见第 162 和 260 行），见 Van Nortwick (1975), pp. 46-47。他认为在第 463 行，"赫尔墨斯似乎不再需要诡计，因为他已经凭借他的歌唱彻底征服了阿波罗"，但 Van Nortwick 也承认 "κερδαλέοισιν 一词在文本中是否具有特殊含义，对于解释第 513—580 行的前后矛盾是一个重要问题"（他也把这归因于 "某种为阿波罗而作的修改"[p. 130]）。κερδαλέοισιν 清楚地表明，赫尔墨斯还想要拥有比目前获得的更多，这个"更多"即是预言。

牛群和弦琴的交易显然令人满意，它也已经完成，但阿波罗突然表达了他的担忧，他担心赫尔墨斯会抢走他的弦琴与弓：①

τιμὴν γὰρ πὰρ Ζηνὸς ἔχεις ἐπαμοίβιμα ἔργα
θήσειν ἀνθρώποισι κατὰ χθόνα πουλυβότειραν.
因你从宙斯那儿获得荣誉
来为繁盛大地上的人确立交易行为。

（516—517）

当然，交易发生得很突然，但却不是不可理解的。毕竟，牛群是最早被偷走的，赫尔墨斯把它们扣留在手中直到阿波罗拿它们"换"弦琴。表面上的互相交换遮蔽了实际的不对称；阿波罗面对的是既成事实。面对这样一个偷窃成癖的无赖，阿波罗很容易想到，他可能会再一次试图窃取他的所有物并敲诈其他特权。因为正如阿波罗清楚认识到的那样，赫尔墨斯掌管的领域包含所有"交换行为"——盗窃还有交易。牛群本身已经成为这位新神的特权的标志；它们不仅最早被偷走并用来作为第一次双方同意的以物易物的媒介，还在刚驯化的情况下成为进行交易的标准。换言之，它们已经成为 χρήματα[财物]（参见第400行）；② 然后由于它们刚获得的繁衍增殖能力，它们成为可以流通的商品以及所有贸易活动的共同基准。但是在物质商品的移动以外，epamoibima erga[交

---

① 见 Horace, *Odes* 1.10.11. 盗弓的故事也许可以追溯到阿尔凯乌斯（Alcaeus）。
② 参见 Kahn (1978), p. 181。

换行为]还包含了语言交流，因为语言同样是交换的一种媒介。①希腊语中表示"回复""回答"的常用词 ἀμείβομαι 与 epamoibima 拥有相同的词根。所有的语言交换、对话以及交流活动都属于赫尔墨斯掌管的范畴。正如偷盗和贸易只是一体两面，赫尔墨斯治下的语言领域，谎言、欺骗及伪誓与誓言、契约及指令并存，而后者，正如我们已看到的，被描述为对话。将 epamoibima erga 的各色表象统一起来的是运动与交流。

在这个节骨眼上，阿波罗有充足的理由向赫尔墨斯索取一个有约束力的誓言，保证不抢夺甚至不靠近他的"坚固的房子"②。作为回报，阿波罗向他承诺了永恒的友谊。两兄弟间的共同契约成为后来所有协议的模范，正如阿波罗所说，是一个完美的符节（symbolon），可靠而受尊敬。③此外，阿波罗还将赐予赫尔墨斯"带来繁荣与财富、用黄金制成、有三个分叉的可爱玩意"，它将实现阿波罗从宙斯那儿获知的善好之物。④赫尔墨斯获得节杖后，便成为神的信使，是神与人之间最佳的沟通者，也是"善好之物的赐予者"，即 δωτῆρ ἐάων，以及所有人类传令官的保护神。

阿波罗与赫尔墨斯都将成为宙斯与人类的中介，但他们的介入将采取不同的形式。预言，作为沟通神人的途径，看起来确实就像是沟通之神的恰当标志——这也正是赫尔墨斯曾想要占有它

---

① 参见 Kahn (1978), pp. 184-185。
② 指德尔斐神庙。——译者注。
③ 此处的文本以及接下来的几行极其困难，我基本上遵照 Càssola (1975), p. 540 的释读。
④ 节杖（Rhabdos）来自哪里？阿波罗托付给赫尔墨斯的其他礼物，牛群和蜜蜂神谕，都是本来属于阿波罗的。Ludwich (1908), p. 133 在第 460 行采取 κραναιαῖνον 的读法并将它等同于"实现心愿"的长矛，阿波罗拿它和他交给赫尔墨斯的能实现心愿（ἐπικραίνουσα）的东西来起誓。

的原因。但是阿波罗给了他的弟弟另一种沟通方式,即作为神的传令官和信使。本来就属阿波罗职能范围的那一种预言——传达宙斯的 ὀμφή[声音]——是阿波罗独有的;它无法与其他神共享也不能转移给其他神。因此,阿波罗的神谕技艺与赫尔墨斯的技艺形成鲜明的对比,后者是可以传授、交流的,后者的发明可以广为流布。阿波罗对他的神谕的描述看起来与赫尔墨斯的音乐课相似①,但成功的问卜并不取决于技术或技艺,而在于吉兆。不过,正如粗鲁地对待乐器的弦琴手只能制造不悦耳的噪音,抱着敌意前来询问神谕或者逼退它的人,"想要知道得比永生的神还多的人","他这一趟将白跑"(548—549)。②虽然阿波罗狡猾地补充道,无论哪种情况他都能收到问卜者的礼物,但德尔斐之神在此最为鲜明地表现为划分神人界限的执行者。不仅如此,由于他的神谕传达的是宙斯对人类的意图,阿波罗从未说过神谕会撒谎。

因此,阿波罗的神谕是专属于他的特权,仅限于传达宙斯的意志。③阿波罗给予赫尔墨斯的蜂女的神谕则与德尔斐神谕在一些重要方面存在差异。比如说,阿波罗可以把它给出去,而它与宙斯也无密切联系。它不限于传达至高神的目的,应该是处理较为次要的事情。另外,这一小型占卜形式似乎与赫尔墨斯恰好匹

---

① 关于《致赫尔墨斯颂诗》对神谕描述与对音乐描述的相似性,见 Eitrem (1906), pp. 280-281.

② 参见 Euripides, *Ion* 374-380,伊翁(Ion)劝阻克瑞乌萨(Creusa)为她被抛弃的儿子向阿波罗问卜:"如果我们强迫神灵违背他们的意愿说出他们不想说的内容,无论是通过在他们的祭坛前宰羊还是群鸟的飞翔,我们就是愚蠢至极。因为如果我们在神不愿意的时候强迫他们,女士,我们将获得不会带来益处的善好之物;但他们情愿给出的任何东西,都将有益于我们。"

③ 参见《致阿波罗颂诗》第 132 行。Dornseiff (1938), p. 83 依据两首颂诗对阿波罗预言能力的相同定义,论证了《致阿波罗颂诗》对《致赫尔墨斯颂诗》的影响。

配；阿波罗自己也曾在青年时期边照看牛群边练习。最后，蜜蜂神谕既传达真理也传达谬误：当蜜蜂受到蜂蜜这神的食物的激发时，便传达真理；当它们被夺走蜂蜜，则传达谬误。① 正如我们所看到的，阿波罗似乎并不认为他的神谕会有谬误。能否从德尔斐得到成功的回应，部分地取决于问卜者的内心态度，而赫尔墨斯的神谕缺少这一伦理维度。对阿波罗来说，蜜蜂预言只是他登上宙斯的唯一传声筒的神圣位置以前，过去年轻时的练习。向蜜蜂问卜的凡人不会听到宙斯的声音，而是听到赫尔墨斯的声音——如果他走运的话。一个捉摸不定地既传达真理也传达谬误的神谕看起来与盗神很相称，后者的司掌范围便包括真理与谬误二者。②

阿波罗委托给赫尔墨斯的礼物——蜜蜂预言、传令官的事务、不仅是牛还是所有家畜的保护神——都有沟通的共性并成为赫尔墨斯尊荣的基础。在这里，我们的文本似乎断裂了。一段无法确定长度的脱文之后，诗歌的结构从直接对话变为间接对话。说话者必然是宙斯③，他肯定并增加了赫尔墨斯的特权，不仅包括

---

① 见 S. Scheinberg, "The Bee Maidens of the Homeric Hymn to Hermes," *Harvard Studies in Classical Philology* 83 (1979): 11; 还有 Detienne (1973), p. 74; 关于诗性／神谕性语言，见 P. Pucci, *Hesiod and the Language of Poetry* (Baltimore, 1977), pp. 19-21。

② 其他地方把赫尔墨斯与抓阄或卵石占卜（参见 Apollodorus 3.10.2）和谶语（kledones）相联系。

③ 试思索第一首《致狄奥尼索斯颂诗》的结尾，在那里宙斯也肯定了狄奥尼索斯新近获得的尊荣。在《致赫尔墨斯颂诗》中，第 391—394 行也是间接引述了宙斯的话语，见 Gemoll (886), p. 256: "这些话出自阿波罗之口并不合适，因此我们需要让别的角色来说。他只能是宙斯。这句话（575）也表明宙斯有事要做：χάριν δ' ἐπέθηκε Κρονίων[克洛诺斯之子赐予恩惠]。" 参见 AHS (1936), p. 348: "主语几乎不可能不是宙斯。" Càssola (1975), p. 544 亦持此见："毫无疑问指涉的是宙斯的决定。" Radermacher (1931), p. 175 仍坚持阿波罗是说话者，并断言第 568 行以下的脱漏包含一些大意如此的内容："最终阿波罗给予赫尔墨斯权力。" 阿波罗是否拥有这一权力仍存在问题。

阿波罗赐予他的那些，应该还有一些别的神所让出的。第 569—570 行提供了一个完整的动物列表，既有野生的也有家养的。由于没有理由把赫尔墨斯定位为"动物的主人"，① 我认为宙斯可能说的是赫尔墨斯的中介角色的一个面相，这一点将他与阿弗洛狄忒的领域联系在一起：② 通过性交将所有物种的雌雄两性结合在一起的能力。宙斯重申赫尔墨斯对畜群的掌管权之后，他挑出一种在奥林坡斯诸神中独属赫尔墨斯的特权给他的"尊荣清单"殿后：进入冥界并带信给哈德斯的特权。宙斯以一种打哑谜的方式结束他的列举：即使是不赠礼物的哈德斯，赫尔墨斯也能从他那儿得到分量不小的特权（γέρας [573]）。③

如果我对宙斯那一番话的重构是正确的话，那么颂诗就以赫尔墨斯的"尊荣录"结尾，其中每一种都被描述为奥林坡斯众神中的其他神贡献给最年轻成员的礼物。尽管起点有误，还曾偏离轨道，赫尔墨斯为了获得完整的奥林坡斯神身份这一战役最终胜利，而宙斯为他任性的儿子所设的计划也实现了：Διὸς νόος ἐξετελεῖτο[神的意图完成了]（10）。

---

① 参见《致阿弗洛狄忒颂诗》第 4—5 行及 70—71 行对动物的枚举；以及《神谱》第 582 行中最早的女勾引者（译者按：指潘多拉）的发带。J. Chittenden, "The Master of Animals," *Hesperia* 26 (1947): 102 称，颂诗在这里为赫尔墨斯作为动物掌管者的原始功能提供了"最早的明确的书面记录"，他没能说服我。Wilamowitz (1959), 1: 163 把第 567-571 行归于"一个发挥过头的行吟诗人，他主动给赫尔墨斯增加了权力"。Cássola (1975), p. 165 遵从 Chittenden 的"两级化"原则，把赫尔墨斯视作既是牲畜之神又是它们的天敌。亦参见 also Herter (1976), p. 239。

② 赫尔墨斯与阿弗洛狄忒在欺骗与诱惑领域的联系，见 Detienne (1973), pp. 65ff.；赫尔墨斯与婚姻的关系，见 Kahn (1978), pp. 54-55。

③ 赫尔墨斯从哈德斯那里得到的礼物，也许正如 Cássola (1975), p.544 所指出的，是他在与巨人大战中（参见 Apollodorus 1.6.2）使用并借给佩尔修斯（参见 Apollodorus 2.4.2-3）的隐形帽。见 J. Roeger, ΑΙΔΟΣ ΚΥΝΕΗ (Graz, 1924). Radermacher (1931), p. 175 认为第 573 行的 ὅς 指的是赫尔墨斯。

宙斯在颂诗结尾所扮演的角色把我们带回颂诗开头他的意图，当时他瞒着众神与凡人（9），生下了对二者来说都是个捣乱者（160—161）的赫尔墨斯。颂诗的尾声处，宙斯正式把那些尊荣赐给赫尔墨斯，但它们都是他的小儿子在出生第一天便已经获得并运用过的。宙斯还主宰了诗歌的中心部分。正如拉德马赫尔所论证的，所谓的判决一幕占据着叙事的轴心位置①，但是如伦茨所阐述的，这一部分可能不见于早期版本，而且对于我们目前的版本来说也很明显不是必要的。② 因为，尽管宙斯命令赫尔墨斯把牛群归还给阿波罗，但他们的永恒和解是由他们自己通过交换的方式达成的，与宙斯的积极干预无涉。

如伦茨所指出的，宙斯的出场在长篇荷马颂诗中是一个常见元素，并且是反复出现的文体特征之一。然而，宙斯的出场，并不像伦茨所暗示的，只是一种艺术手法，他称作"次级史诗化"③，而是一个基本的神学元素。宙斯的出场，即使是明显多余的，比如说判决一幕，也在我们眼前呈现出史诗彻底的奥林坡斯取向。阿波罗和赫尔墨斯之间的对质，不仅仅是一个更为年长、地位已经确立的哥哥和他年幼、一夜发迹的弟弟之间的对质，甚至也不是互为对手的神之间的对质，而是一个高度联结的众神群体中的两个成员间的对质。实际上是宙斯制造了纷争的来源，而纷争又交由他仲裁，这表明双方都属于奥林坡斯群体；接下来，他又在最后的和解上加盖了许可印章，由此把赫尔墨斯提升到正式的众

---

① Radermacher (1931), p. 215: "在奥林坡斯面对宙斯的那个场景是整首颂诗的轴心。"
② Lenz (1975), pp. 69-73.
③ Lenz (1975), p. 78. 对判决一幕伦茨评述道："由于奥林坡斯那一幕是十足的颂诗作品，行吟诗人就必须使用颂诗体裁的形式来引入那一幕。"（p. 14）这还称不上一种解释。

神成员之一。

　　许多学者都感觉到颂诗的结尾（512—580）一定是由一位阿波罗宣扬者创作的。毕竟，赫尔墨斯最后对一个神谕就心满意足了，而这个神谕毫无疑问比德尔斐之神拥有的低一级；这位初来乍到者从来没有实现他曾陈说的目标，即获得与阿波罗相同的尊荣与供奉。① 但是，这对赫尔墨斯明显的贬低并非说明颂诗作者亲阿波罗的倾向，而是说明他对我称之为奥林坡斯主义的原则的忠诚。② 把赫尔墨斯置于阿波罗之上——即使是在一首向赫尔墨斯致敬的诗中——会意味着无视且歪曲奥林坡斯的结构。同样，在《致阿波罗颂诗》中，阿波罗也不能被提升到宙斯之上，而是成为宙斯忠诚的盟友与追随者。此外，正如我们将看到的，在颂扬阿弗洛狄忒和德墨忒尔的诗作中，二者都没能完成她们计划的关键环节，反而遭遇了权力的削弱。宙斯的意愿总是压倒单个神的利益。如果赫尔墨斯不能真正地对抗或挑战阿波罗，他仍然会获得他在奥林坡斯山命定的位置，并且实现他作为诸神间的信使和沟通者，作为智谋之神和交易、旅途、沟通之神的重要功能。

　　《致赫尔墨斯颂诗》的最后几行简要地总结了刚被奥林坡斯接纳的赫尔墨斯的几个主要特征：他发明排箫取代弦琴表现了他永不枯竭的创造力（511—512），他沟通神与凡人的功能（576）；他

---

　　① Herter (1976), p. 238 提及颂诗最后赫尔墨斯的"失败"，并疑惑诗人究竟站在哪一边。但是参见 Càssola (1975), p. 172："阿波罗的优越性是故事从头至尾的前提。"
　　② 参见 P. Raingeard, *Hermès psychagogue* (Rennes, 1934), p. 613："[颂诗的]主题响应了宗教统一活动：致赫尔墨斯颂诗与致德墨忒尔颂诗一样，调和分歧并认可一致；我们似乎看到诗歌在纪念一种深思熟虑的活动，这个活动想要创造一个在宙斯的王权下统一起来的同质的奥林坡斯。"

既是施恩者又是永恒的骗子的双重身份（577—578）。① 但结尾的
诗行还是最为着重地落脚在建立于宙斯的两个儿子之间的友爱纽
带上，这友爱是双向且互惠的：

> οὕτω Μαιάδος υἱὸν ἄναξ ἐφίλησεν Ἀπόλλων
> παντοίῃ φιλότητι, χάριν δ' ἐπέθηκε Κρονίων,
> ἄμφω δ' ἐς φιλότητα συνήγαγε. καὶ τὰ μὲν Ἑρμῆς
> Λητοΐδην ἐφίλησε διαμπερὲς ὡς ἔτι καὶ νῦν...
> 因此，主人阿波罗爱着迈亚之子，
> 怀着每一种友谊；克罗诺斯之子又施加恩惠，
> 将他们带入友爱。而赫尔墨斯
> 也持久地爱着勒托的儿子，直到如今……

这两位神之间的联系与赫尔墨斯和赫斯提亚之间的联系相似（φίλα
φρεσὶν ἀλλήλοισιν / εἰδότες [怀着友爱认识彼此]《致赫斯提亚颂诗》
第9、12行]）。② 内不能无外，静也不能无动。同样，限制与边界
的完整意义也需要穿梭和进入的可能——阿波罗和赫尔墨斯。他
们的互补与相依定义了新的、完全实现了的奥林坡斯：明确地连
为一体，等级秩序井然，但是因为有了赫尔墨斯，也能够流动、
改变和沟通。

---

① 参见《伊利亚特》xxiv.334-335，宙斯对赫尔墨斯说：Ἑρμεία, σοὶ γάρ τε μάλιστά γε
φίλτατόν ἐστιν / ἀνδρὶ ἑταιρίσσαι, καί τ' ἔκλυες ᾧ κ' ἐθέλησθα[赫尔墨斯，对你而言，最好最亲爱
的是 / 与人作伴，你只听你所愿意听的]。最后的短语也许暗示了任性。参见 Clay (1984), pp.
34-35。

② 我依据的是 Càssola (1975) 的文本并把第9行放在第11行之后。关于赫尔墨斯与赫斯
提亚的互补性，见 Vernant (1965c) 1: 124-170。

第三章　致阿弗洛狄忒颂诗

《致阿弗洛狄忒颂诗》讲述的是爱之女神引诱凡人安奇塞斯（Anchises）的故事，颂诗本身也对读者施以诱人的魔力，这一点也许并不会因缠绕颂诗之创作与目的的诸多谜题而有所减弱。

> 致阿弗洛狄忒的荷马颂诗是长篇荷马颂诗中最令人赞叹的一首，但这首诗的创作时间、起源地以及和其他诗歌的关系尤其晦暗不明；外部证据匮乏，并且这首诗在整个古代几乎完全没有被引用或提及。①

这首令人击节的诗所处的真空状态带来了某种语文学的焦虑（Angst）。我们可以这样归纳学术研究的主线：各式各样把这一恼人地捉摸不透的作品与某种确定的宗教、历史、文学背景相联系的尝试。这首诗缺乏明显的崇拜仪式联系，人们因此猜测，爱之女神引诱凡人的故事与阿纳托利亚的母神崇拜（Mother cults）有关。②

---

① Janko (1982), p. 151.

② 例如见 Baumeister (1860), p. 250; Wilamowitz (1920), p. 83; H. J. Rose, "Anchises and Aphrodite," *CQ* 18 (1924): 11-16; L. Malten, *"Aeneias," ARW* 29 (1931): 35; Humbert (1936), pp. 143-144; S. Ferri, "L'inno omerico a Afrodite e la tribù anatolica degli Otrusi," in *Studi in onore di L. Castiglioni* (Florence, 1960), 1: 293-307; *Nilsson, GGR* (1955), 1: 522-523; *and Càssola* (1975), pp. 231-243。我本人更赞同以下学者的观点：Gemoll (1886), pp. 26-61; AHS (1936), p. 351; H. Podbielski, La Structure de l'Hymne Homérique à Aphrodite à la lumière de la tradition littéraire (Wroclaw, 1971), pp. 40-41;（转下页）

另一方面，缺乏鲜明的宗教背景又使人们认为，这首诗是纯粹的世俗宫廷诗，意在光耀特洛阿斯的埃涅阿斯王室。① 最后，颂诗中若干诗行与《伊利亚特》片段的相似性把颂诗卷入了"荷马问题"的旋涡；② 由此而来的有关作者身份与创作时间是否较早的争议，很遗憾，对理解整首诗歌的含义并无助益。因此，以往的研究路径流露出了几许绝望。直到最近，批评家们才把不相干的问题放在一边，重新检视颂诗。③ 我充分地借助了他们的研究结果。在

153

（接上页）and N. van der Ben, "De Homerische Aphrodite-hymne 2: Een interpretatie van het gedicht," *Lampas* 14 (1981): 69-70，他们否认与近东母神崇拜的相似性，认为颂诗中的阿弗洛狄忒完全是希腊与荷马的。D. D. Boedeker, *Aphrodite's Entry into Greek Epic* (Mnemosyne Supplement 31) (Leiden, 1974)，试图将阿弗洛狄忒的来源追溯至印欧的黎明女神。另外，P. Friedrich, *The Meaning of Aphrodite* (Chicago, 1978), pp. 9-54 把希腊的阿弗洛狄忒视作东方与印欧元素的复合产物。

① 参见 A. Matthiae, *Animadversiones in hymnos Homericos cum prolegomenis* (Leipzig, 1800), pp. 6-67（转引自 E. Heitsch, *Aphroditehymnos, Aeneas und Homer* [Hypomnemata 15] [Göttingen, 1965], p. 12）："这首诗可以题作'埃涅阿斯家族颂歌'，因为它歌颂得最多的是他们的光荣，因为这一系的祖先据称出自女神。"hoc carmen 'laudes stirpis Aeneadarum inscribi posset, siquidem eorum gloriam maxime attingit hoc, quod stirpis auctor dea matre genitus perhibebatur"；以及 K. Reinhardt, "Ilias und Aphroditehymnus," in *Die Ilias und ihr Dichter* (Göttingen, 1961), p. 507（此后省作 Reinhardt [1961b]）："阿弗洛狄忒颂诗与别的颂诗不同的地方在于它一开始隐藏了其目的，最后其目的并非与神有关，而是世俗的。这首诗归根结底并非向神，而是向一个统治家族致敬。"亦见 Wilamowitz (1920), pp. 83-84; Malten (1931), p. 33; Humbert (1936), p. 144; Heitsch (1965); Càssola (1975), pp. 243-247；一定程度上也可参见 Lenz (1975), pp. 29，31。Baumeister (1860), p. 251; Gemoll (1886), p. 260; AHS (1936), p. 351 表达了质疑。对更早的各家观点的穷尽式综述，见 N. van der Ben, "De Homerische Aphrodite-hymne 1," *Lampas* 13 (1980): 40-55。van der Ben (1980) 和 Smith (1981), pp. 17-58 二者通过不同的方式，都罗列了充分有说服力的论据，否决了宫廷诗假说，该问题不再是个问题。

② 关于该争议的完整陈述，以及对相关《伊利亚特》片段的细致检视，见 van der Ben (1980), pp. 4-77；亦见 Lenz (1975), pp. 1-6。

③ 我获益最多的有：Podbielski (1971); C. Segal, "The Homeric Hymn to Aphrodite: A Structuralist Approach," *CW* 67 (1974): 205-212; P. M. Smith, *Nursling of Mortality: A Study of the Homeric Hymn to Aphrodite (Studien zur* klassischen Philologie 3) (Frankfurt, 1981)（下文省作 Smith [1981a]; and van der Ben (1981). 对颂诗的整体解读与我最接近的是 van der Ben；现在可以看他的 "Hymn to Aphrodite 36-291: Notes on the *pars epica of the Homeric Hymn to Aphrodite*,"（转下页）

这一章中，就像前几章一样，我的解读尝试既尊重单首颂诗的特性，又把颂诗作为整个颂诗集中的一部分来看待。

最简单地说，每一首长篇荷马颂诗首先是赞颂，继而以叙事的方式完整地描摹奥林坡斯众神中的一位，每一种叙事都表达了所选定的神灵的独特个性。此外，但绝不是次要的，每首颂诗都通过对叙事素材的选择与排布来聚焦众神史与人类宇宙中的一个划时代时刻。《致阿波罗颂诗》与《致赫尔墨斯颂诗》都表现新神的诞生，并用不同的方式表现新神融入奥林坡斯秩序所遇到的问题。这样的主题毫无疑问具有划时代意义；新神的降临以及他们得到众神系统的接纳实质性地改变了宇宙。不仅如此，因为每一位神灵不仅拥有他特殊的活动领域，即尊荣，还拥有他与凡人交流的独特模式，所以他降至诸神图景之中，必然开启诸神与人类关系的新纪元。在《致德墨忒尔颂诗》还有《致阿波罗颂诗》的第二部分中，这样一种新关系的确立通过创建新的崇拜仪式来具体体现。残缺不全的第一首《致狄奥尼索斯颂诗》极有可能与《致阿波罗颂诗》一样，既包含诞生叙事，也包含崇拜仪式的建立过程。

不过，《致阿弗洛狄忒颂诗》歌唱的既非女神的诞生，也不是她的崇拜仪式的创建①，而是叙述阿佛洛狄忒引诱凡人安奇塞斯。

（接上页）*Mnemosyne* 39 (1986): 1-41，本质上是他早期研究的重述。我认为 Sowa (1984) 那本书用处不大，因为她的主题路径（thematic approach）既使颂诗的独特性支离，又使其同质化。举例而言，她如此概括《致阿弗洛狄忒颂诗》与《致德墨忒尔颂诗》："两首诗的情节基本相同。二者都讲述了这样的故事，生育女神（fertility goddess）想使一个男人不朽，但她的努力失败了，反而给他带来了繁衍。"（第36页）

① Heitsch (1965), p. 12 引用了 Matthiae (1800)，后者质疑《致阿弗洛狄忒颂诗》究竟能否被视作一首颂诗。参见 Schmid (1929), p. 240，他称这首颂诗为"爱奥尼亚贵族的道德历史而非宗教历史上的一页"。类似的，对于 E. J. Bickerman, "Love Story in the Homeric （转下页）

从这一视角看，本诗不同于其他长篇颂诗，也立即引发了问题：这一宏大故事（histoire gallante），尽管迷人而刺激，但如何能被视为划时代的呢？不仅如此，其他颂诗似乎都是以所歌唱的神的胜利结尾，而《致阿弗洛狄忒颂诗》却是从胜利到失败，或者至少可以说女神的力量部分地削弱了。① 这几点绝非这首诗最令人吃惊的特异之处，颂诗所有的特异之处都需要充分的解读加以说明。

序曲

> Μοῦσά μοι ἔννεπε ἔργα πολυχρύσου Ἀφροδίτης
> Κύπριδος, ἥ τε θεοῖσιν ἐπὶ γλυκὺν ἵμερον ὦρσε
> καί τ᾽ ἐδαμάσσατο φῦλα καταθνητῶν ἀνθρώπων,
> οἰωνούς τε διιπετέας καὶ θηρία πάντα,

（接上页）Hymn to Aphrodite," *Athenaeum* 54 (1976): 229-254 而言，这首诗首先是一首"田园牧歌"，是对普遍的童话故事母题的改编，同时也"记录了古风时期希腊人对爱情的态度"（第237页）。Lenz (1975), p. 28 看出了颂诗的特异性："这里的中心题目既不是女神在众神中的第一次露面——这通常是颂诗中的诞生故事的素材，也不是她在人类中的第一次露面——这通常是崇拜仪式建立故事的素材。"然而，Lenz, pp. 28-31 试图绕过他提出的这个问题。尽管他对颂诗解释埃涅阿斯家族起源的说法感到不满，他仍然把起源解释——无论是诞生神话还是崇拜确立神话中——列为长篇颂诗这一体裁必备的元素之一。他为了说明《致阿弗洛狄忒颂诗》缺乏起源解释，把短篇颂诗《致狄奥尼索斯颂诗》（第 7 首）以及《致阿波罗颂诗》第 205—217 行提到但否决的主题囊括进颂诗主题的范例。然而根据伦茨自己的标准，《致狄奥尼索斯颂诗》就不属于长篇颂诗的范畴，而《致阿波罗颂诗》提到的主题最终被否决了。Van der Ben (1980), p. 53，指出伦茨无法完全放弃埃涅阿斯家族起源说，正因为这一说法给他提供了某种起源解释。

阿弗洛狄忒从海洋中诞生并首次进入奥林坡斯，这是献给她的、篇幅较短的第 6 首荷马颂诗的主题。

① 关于阿弗洛狄忒的失败，见 Matthiae (1800)，转引自 Heitsch (1965), p. 12; Reinhardt (1961b), p. 514; and Lenz (1975), p. 34，他指出女神虽战胜了安奇塞斯，但被宙斯挫败了。德墨忒尔在《致德墨忒尔颂诗》中也遭遇了一次关键挫折。参见 Lenz, p. 20。女性神祇的权力受到限制，这与荷马颂诗的父权制奥林坡斯取向是一致的。见我在结论中的讨论。

ἠμὲν ὅσ' ἤπειρος πολλὰ τρέφει ἠδ' ὅσα πόντος·
πᾶσιν δ' ἔργα μέμηλεν ἐϋστεφάνου Κυθερείης.

缪斯，请告诉我金色的库普里斯的

阿弗洛狄忒，她的作为，她激起众神甜蜜的渴望

也战胜终有一死的人类种族，

还有飞向天空的鸟和所有野兽，

无论是陆地还是海洋所养育的；

库忒拉戴花环的可爱女神的作为将他们一网打尽。

(1-6)

《致阿弗洛狄忒颂诗》开头对缪斯女神的呼唤令人更容易想到史诗而非颂诗体裁。① 当前作品所属类型的不确定性被诗歌所宣称的主题——不是女神本身而是她的作为——加强。② "库普里斯的阿弗洛狄忒的作为"不仅是指女神的行为，还可以指她激发的事件。类似的，正如"阿瑞斯的作为"代表"战争"，"ἔργα Ἀφροδίτης"[阿弗洛狄忒的作为]也可能就简单地意味着"性"。因此，赫西俄德可以称年轻的女孩为"尚懵懂于阿弗洛狄忒的作为"③。诗歌的前21行中，ἔργα/ἔργον出现了六次，且每一次出现

---

① 在长颂诗中，只有《致赫尔墨斯颂诗》和《致阿弗洛狄忒颂诗》是以对缪斯的呼唤开篇的；而有八首短颂诗是这么做的。

② 阿弗洛狄忒在这方面是独一无二的。参见 H. N. Porter, "Repetition in the Homeric Hymn to Aphrodite," *AJP* 70 (1949): 252, n. 18: "值得注意的是，整个集子中的其他颂诗都以一位男神或女神为直接主题。只有在这首颂诗中是神的'作为'作为具体的主题。"参见 Podbielski (1971), p. 18; and Lenz (1975), p. 23。

③ 《工作与时日》第521行。参见《致阿弗洛狄忒颂诗》第6、9、21行。比较 ἔργον Ἄρηος, (10); ἀγλαὰ ἔργ' (11)。

都暗含它的"次要意义（即身体之爱），无论它出现在诗歌的何处，也无论它是如何使用的"①。

诗歌的主题是什么，甚至这是否是一首颂诗，这些在开头都并不明确。它也许是一首聚焦于，或开始于"阿弗洛狄忒的事迹"的某种史诗。这样的诗歌确实存在于古风时期；它的标题恰恰就等同于"阿弗洛狄忒的作为"——库普里亚（Cypria）——这也许不完全是偶然。② 我们现在只能看到这首诗的零碎片段，不过幸运的是，我们可以从普洛克罗斯（Proclus）的撮要中勾勒出内容大概。它详细叙述了导致特洛伊战争的诸事件，并按年份记录了战争的前九年，一直到《伊利亚特》开始的时候。这首诗与《伊利亚特》的榫合意味着普洛克罗斯的《库普里亚》是所谓的史诗诗系的一部分，用来补充两部荷马史诗之前、之间、之后的事件；不过它

---

① Porter (1949), p. 252. 参见 Podbielski (1971), pp. 19-20; and E. Pellizer, "Tecnica compositiva e struttura genealogica nell' Inno ad Aphrodite," *QUCC* 27 (1978): 118-119。

② 诗歌的题目 Κύπρια[库普里亚] 或 Τὰ κύπρια ἔπη[库普里亚史诗] 通常被联系到库普里斯岛上去，即这一史诗的假定作者 Stasinus 大概的出生地。然而无论是 Stasinus 还是他的看库普里斯出身在传统中都不是完全确定的。参见 W. Kullmann, *Die Quellen der Ilias* (Troischer Sagenkreis) (Hermes Einzelschriften 14) (Wiesbaden, 1960), p. 215, n. 2. 古代引证见 A. Rzach, *s.v.* "Kyklos (Kypria)," *RE* 2, pt. 2 (1922): 2394-2395。史诗诗系中的其他没有一首是以作者命名的，更别说以作者的出生地命名了。F. G. Welcker, *Der epische Cyclus oder die homerischen Dichter 2: Gedichte nach Inhalt und Composition* (Bonn, 1849), 1, pt. 2: 154，敏锐地点评道："诗歌的灵魂当然是阿弗洛狄忒，在这一点上那些语法学家把诗歌的标题本身与女神相联系是正确的。"

我猜测，"库普里亚"这一标题原本属于一首更短的诗，它是特洛伊战争的前传并与阿弗洛狄忒在其中扮演的角色有关。其篇幅可能像其他属史诗诗系的诗歌（《埃塞俄比亚》[*Aethiopis*] 五卷，《小伊利亚特》[*Little Iliad*] 四卷，《特洛伊的陷落》[*Sack of Troy*] 和《特勒格尼亚》[*Telegonia*] 各二卷，以及《漫漫归途》[*Nostoi*] 五卷）一样，在二至五卷之间。描述希腊人登陆特洛伊到《伊利亚特》开头之间事件的史诗也许被命名为《特洛伊卡》（*Troika*）（参见欧里庇得斯《安德洛玛刻》1139 的古代注疏）。更晚一些，"库普里亚"这个题目才用于全部十一卷，这十一卷包含了发生在我们现存的《伊利亚特》以前的事件。原始标题的含义不为人知，人们提出了各种各样的说法来解释它。

毫无疑问包含更古老的传统材料。① 根据撮要，《库普里亚》的开头是宙斯计划减少大地上过多的人口，他带来了"特洛伊战争的巨大纷争……英雄们死于特洛伊，宙斯的意志实现了"②。战争更直接的原因来自赫拉、雅典娜、阿弗洛狄忒三位女神在佩琉斯和忒提斯的婚礼上的争吵。这引发了帕里斯的"裁判"，使他在阿弗洛狄忒的帮助下劫走海伦。诗歌的标题看起来是取自库普里斯的女神在促成这场巨大纷争中的关键作用。

《致阿弗洛狄忒颂诗》经常被称为"最荷马的"颂诗。③ 这一标签或许应该稍微修改为"最史诗的"。不管怎么说，《致阿弗洛狄忒颂诗》的首行很容易引出一首类似《库普里亚》的诗；但它引出的不是史诗而是颂诗，不过其叙事并非与《库普里亚》中的事件完全无关。④ 阿弗洛狄忒与安奇塞斯相遇的故事，在空间与时间上都与另一次会面——女神与一位特洛伊王子在伊达（Ida）山上的会面——接近：帕里斯致命的"裁判"。首行隐晦地影射《库普里亚》——或者一首与之类似的诗，这一点使得《致阿弗洛狄忒颂诗》比其他任何一首颂诗都更锚定在史诗的框架之内。这一联系通过叙事材料得到证明。尽管《致阿弗洛狄忒颂诗》最终停留在颂诗

---

① 参见 E. Bethe, *Homer. Dichtung und Sage II: Kyklos—Zeitbestimmung* (Leipzig, 1922), p. 213; G. L. Huxley, *Greek Epic Poetry from Eumelos to Panyassis* (Cambridge, Mass., 1969), p. 124。Kullmann (1960) 认为某种形式的史诗诗系诗歌比荷马史诗更早。

② *Cypria* fr. r. 6-7 (Allen).

③ G. H. Groddeck, *Commentatio philologica de hymnorum Homericorum reliquiis* (Gottingen, 1786), p. 42（转引自 Podbielski [1971], p. 8），称颂诗"必须被称为'最荷马的'"。Hermann (1806), p. LXXXIX, 称其为"在荷马的名义上最高的诗歌"。Reinhardt (1961b) 甚至论证这首诗的作者就是《伊利亚特》的作者。

④ 我一直无法读到 Groddeck（见上文注 15），他显然论证了《库普里亚》与《致阿弗洛狄忒颂诗》的紧密联系。亦见 Lenz (1975), pp. 93-95, 139。

体裁的界线中，但还是建立了与史诗世界——具体来说是英雄时代的巅峰事件特洛伊战争之前的时期——的密切联系。

某种程度上说，其他颂诗至少可以在神的历史与人的历史的普遍框架中分得一个相对位置。因此，正如我们已经看到的，《致阿波罗颂诗》显然影射的是早于《致赫尔墨斯颂诗》的时期。但《致阿弗洛狄忒颂诗》是个例外，我们无法在时间上将叙事定位到人类历史的某个确切时刻。阿弗洛狄忒与安奇塞斯的结合发生在特洛伊战争刚开始之前；他俩结合的产物埃涅阿斯将在英雄大战中扮演突出的角色。① 《致阿弗洛狄忒颂诗》虽然擦过史诗体裁的边缘地带，但仍保持了所有颂诗具有的神灵视角的特征。因此我们完全有理由设想一些对特洛伊战争之前发生事情的奥林坡斯解读，即便颂诗的角度可能与史诗极为不同。

接下来的几行（2—6）定义了阿弗洛狄忒力量的范围与性质：它是普遍的，囊括神、人和兽。时态必须视作"颂诗过去时"（ὧρα, ἐδαμάσσατο），正如《致阿波罗颂诗》开头的那些动词。② 因为即便接下来的叙事将详述女神施展她专有力量的某个具体场景，她始终制造相同的效果。此处首先提到众神，他们是和人与兽分开的，而后两者被归在一起。然而人类的模糊位置在诗中逐渐浮出水面，颂诗的主要对立并非神与人和兽，而是神与人。这已经由第三行的 φῦλα καταθνητῶν ἀνθρώπων，"有死的人类种族"，透露消息。作为更常见的 θνητός 的强调形式，καταθνητός 在《致阿弗

---

① 参见 Lenz (1975), p. 44："阿弗洛狄忒颂诗与其他颂诗的不同处在于它的叙事材料与描述特洛伊战争的英雄史诗相关联（无论是多么遥远的关联）。"

② 见我之前对《致阿波罗颂诗》第 2—13 行的讨论。关于厄洛斯 - 阿弗洛狄忒战胜神人的力量及其播种的混乱，见索福克勒斯《安提戈涅》781-801。

洛狄忒颂诗》中出现了 12 次，而这个词在《伊利亚特》和《奥德赛》中总共只出现了 10 次。因此，颂诗从开头便通过词语来强调 ἀθανάτοι，不朽者与καταθνητοί，有死者的区别。① 然而，从某种意义上讲，颂诗的问题来自神与凡人过度的相似与亲密。那种混淆位阶差异的亲密性，也是阿弗洛狄忒的成果。

在首先声明阿弗洛狄忒的效力无处不在之后，诗人出乎意料地列举了三位对阿弗洛狄忒无动于衷的处女神：雅典娜、阿尔忒弥斯及赫斯提亚。此外，他重新定义了阿弗洛狄忒的作用模式——不再是激起渴望并战胜之（2—3）而是劝诱与欺骗（πεποθεῖν, ἀπατῆσαι [7]）。阿弗洛狄忒的武器不是体力与武力的刚性武器，而是弱者的武器。② 正因如此，它们与智谋的策略相类，即通过手段与诡计击败强者。③ 我们可以把阿弗洛狄忒典型的弱者征服强者的手段称为引诱。即便引诱者其实是强者，他也必须藏起自己的力量优势并放弃使用这种优势，通过更温和的欺哄与劝诱来实现目的。品达的《第九首皮托凯歌》（Ninth Pythian）提供了一个充满魅力而恰当的说明。在那里，阿弗洛狄忒促成了"一桩常见的婚姻，使神与少女结合"（13）。当阿波罗看到库瑞涅（Cyrene）赤手空拳地与一头狮子搏斗，他立刻被迷住了。于是神询问喀戎（Chiron）"他是否能用他有名的手碰她，并修剪她的草地，她床榻散发出的蜂蜜般甜味"（36—37）。聪明的肯陶洛斯人的微笑透露了他的计谋（μῆτις），他建议一种更细腻的方式：

---

① 参见 Podbielski (1971), pp. 20-21, 29; and Porter (1949), pp. 259, 264-266。
② 试想《伊利亚特》iii.41-57 处赫克托耳对阿弗洛狄忒最心爱的帕里斯的谴责。
③ 关于阿弗洛狄忒的 mētis，见 Vernant (1974), pp. 267-268; Detienne, (1973), pp. 64-66; and Friedrich (1978), p. 90。

κρυπταὶ κλαΐδες ἐντὶ σοφᾶς
Πειθοῦς ἱερᾶν φιλοτάτων,
Φοῖβε, καὶ ἕν τε θεοῖς τοῦτο κἀνθρώποις ὁμῶς
αἰδέοντ᾽, ἀμφανδὸν ἀδεί-
ας τυχεῖν τὸ πρῶτον εὐνᾶς.

老道的**劝诱**打开爱的神圣仪式的
钥匙是看不见的,
福波斯;众神及人都有
一种羞耻感,如若公然
从开始便获得床第之乐。

(39—41)

不是强力而是劝诱与诡计成为成功引诱的秘密工具。

阿弗洛狄忒及其作为对三位女神毫无吸引力,对这三位女神的描述通过一系列复杂的对立继续定义并深化阿弗洛狄忒力量的范围。① 第一位女神,雅典娜,喜爱战争——这是"阿瑞斯的作为"——以及匠人的"了不起的作品"。② 第 8—11 行本已足够刻画

---

① 参见 Smith (19812), p. 34: "通过对照,阿弗洛狄忒定律的三个例外的共同特征,可以确定阿弗洛狄忒自身力量的范围与特点。" Friedrich (1978), pp. 72-103, 即采取了与颂诗诗人非常相似的策略,他试图对照和比较阿弗洛狄忒与女神赫拉、雅典娜及阿尔忒弥斯来定义阿弗洛狄忒。很典型地,van Groningen (1958),认为三位女神的插曲就如伽倪墨得斯、提托诺斯以及宁芙的插曲一样,是典型的古风时期诗歌风格,诗人忍不住要岔开去讲述一个与他的主要叙事无关的故事。参见 J. van Eck, "The Homeric Hymn to Aphrodite: Introduction, Commentary and Appendices" (diss. Utrecht, 1978), p. 12。

② 参见《伊利亚特》v.428-429,宙斯安慰受伤的阿弗洛狄忒:"我的孩子,战争的事务不是给你的,/你是要照管可欲的婚姻事务的。"在诸神大战(《伊利亚特》xxi.423—425)中,雅典娜得意地袭击了阿弗洛狄忒,并一下就把她打倒了。

雅典娜，但是诗人的兴致让他不仅描述了她的活动范围，还描述了她的行动方式。作为男人和女人共同的导师，雅典娜的教导既产生了和平的艺术，也产生了战争的艺术。① 作为第一位导师，她扮演着驯化者的角色，使人类脱离野蛮状态。阿弗洛狄忒的"技艺"尽管从某种意义上讲是天然固有的，但也不乏技巧与计谋。我们只需想一想她与音乐及舞蹈、妆容、挑逗这些引诱技艺的联系。但是阿弗洛狄忒更多是为了自己的目的——而目的始终如一——利用这些技艺，而非教授它们。阿弗洛狄忒的作为（ἔργα Ἀφροδίτης）不像雅典娜的作为那样产生对战争与和平有用的计谋；相反，它们促成两性的结合。

第二位阿弗洛狄忒无法战胜（δάμναται [17]，参见 ἐδαμάσσατο [3]）的是阿尔忒弥斯，她的领地既包含野外（群山与幽暗的树林），也出乎意料地包含"正直者的城邦"。阿尔忒弥斯与城邦的公共开放空间"市场"（agora）有特殊联系②，这一地点可以与阿弗洛狄忒的掌管领域卧房构成对比。阿尔忒弥斯恣意于捕猎，她通过猎杀野兽来战胜它们，而阿弗洛狄忒也是某种女猎手，她以一种大为不同的方式征服野兽。像阿尔忒弥斯一样，阿弗洛狄忒在城邦中占有一席之地，因为城邦的增殖需要她，但是她对作为政治共同体的城邦鲜少兴趣。事实上，为了保持正义，城邦必须凭借有关婚姻、乱伦、通奸的法律来限制和规范性活动。并非整个的共

---

① 作为导师的雅典娜，见例如《奥德赛》6.232-234、《致赫淮斯托斯颂诗》3、梭伦 13.49-50 (West)。关于第 13 行的 σατίνας，见 Càssola (1975), p. 545，他称它们是女人使用的轻便马车。如果是这样的话，那它们就平衡了战士们所使用的战车。

② 关于阿尔忒弥斯在奥林匹亚作为"市场女神"（Agoraia），见 Pausanias 5.15.4。Smith (1981a), p. 35，不必要地论证了诗人的伊奥尼亚出身使他强调阿尔忒弥斯在城邦中扮演的角色。

同体，而是排他和私密的爱侣构成阿弗洛狄忒的领域。

诗人在赫斯提亚——最后一位对阿弗洛狄忒的影响力无动于衷的女神——方面花费了大量笔墨（21—32）。诗人不是仅仅罗列她的一系列特权，而是提供了一小段叙事，很可能出于他自己的构思。① 他称赫斯提亚为"依据持盾牌的宙斯的意志"克罗诺斯头生却最年轻的女儿。这一描述明白无误地指向赫西俄德的继位神话中的一个片段：克罗诺斯一一吞下他刚出生的孩子们，直到他吞下替代最后出生的宙斯的石头，又一一把他们吐出（《神谱》453—497）。赫斯提亚只有是最早出生又最后吐出来的，才可能同时是克罗诺斯的儿女中最年长又最年幼的。与她的高贵地位相称的是，波塞冬和阿波罗都向她求爱，但她拒绝了两位神。凭着"父亲"宙斯的"头"，赫斯提亚起誓将永是处女，而且"'父亲'宙斯已赐予她一项不错的特权替代婚姻"（29）。赫斯提亚在所有家庭里被所有人尊为炉灶的化身，也被尊为众神所有神庙里的牺牲祭坛。借此，她挑战了阿弗洛狄忒的普遍性，尽管毫无疑问她的普遍性是另一种。阿弗洛狄忒的位置既不在家灶这一贞洁之所②，也不在宗教节日与庆典的公共世界。她属于卧房的私密飞地以及情人们的幽会之处。③

---

① 参见 Gemoll (1886), p. 263; and Podbielski (1971), p. 24。F. Jouan, "Thétis, Hestia et Athéna," *REG* 69 (1956): 290-302, 认为颂诗人参考了赫西俄德讲述的 Thetis 求婚故事中的一些元素。参见 F. Dornseiff, "Der homerische Aphrodite-hymnos," *ARW* 29 (1931): 203。

② 关于炉灶的贞洁与纯洁，参见 Vernant (1965b), 1: 125-144。

③ 因此，举例来说，赫拉拒绝与宙斯在伊达山上做爱，因为那里所有的神都可以看到，她坚持回到他们具有隐私性的卧房，直到宙斯同意用金色的云罩住他们（《伊利亚特》xiv. 330ff.）。另一方面，在《奥德赛》8.302-327，当众神发现阿瑞斯与阿弗洛狄忒笼罩在香薰之中时，都发出"抑制不住的笑声"。

正如佐尔姆森（Solmsen）所指出的①，赫斯提亚的简短插曲将颂诗与赫西俄德的神谱传统衔接起来，这不仅体现在把赫斯提亚刻画为克罗诺斯最年幼又最年长的女儿，还体现在分配给宙斯的角色上。此外，赫西俄德讲述的赫斯提亚故事与荷马史诗中赫拉是克罗诺斯最年长的女儿的描述矛盾。②颂诗诗人试图调和两个版本，他既突出赫拉出众的美貌和地位，又赋予赫斯提亚年龄上的优势。如果说这一想要融合两种传统的尝试使得诗人成为一个"《神谱》派"（用佐尔姆森语）③，那么我们仍不清楚诗人为何首先自找麻烦去调和二者。他想要为模糊的赫斯提亚形象创造一个神话，这只解释了部分，而他的片段速写既阐明了赫斯提亚，也阐明了宙斯。悖论是，宙斯两次被称为"父亲"，尽管从逻辑上讲他不可能是他姐姐的父亲。不过从某种意义讲，根据 πατὴρ ἀνδρῶν τε θεῶν τε[人类与众神之父]这一常见表述，宙斯是所有神和人的父亲。正如我们将看到的，他作为人类之父的身份才是成问题的。无论如何，诗人费尽心机地使我们认识到，唯有宙斯能给其他神分配尊荣④——而且可以想见也唯有他能修改尊荣。此处，他甚至可以豁免无处不在的命运，在赫斯提亚的例子中，是豁免她的婚姻。颂诗接下来的叙事预设我们理解宙斯相对其他神的地位与权力，正如赫斯提亚故事所说明的。

---

① F. Solmsen, "Zur Theologie im grossen Aphrodite-hymnus," in *Kleine Schriften* (Hildesheim 1968), 1: 55-67.

② Solmsen (1968), pp. 65-66. 参见《伊利亚特》iv.58-61。

③ Solmsen (1968), p. 66.

④ Solmsen (1968), p. 64. 参见 Smith (1981a), p. 37，他看到，赫斯提亚故事框架中的宙斯形象是"世界政府不容置疑的首领，是秩序的维护者，是权利与荣誉的赐予者和保护者"。

我们已经注意到《致阿弗洛狄忒颂诗》中奇怪的史诗特征。现在，我们同样可以辨认出某些重要的赫西俄德元素，这首先体现在对宙斯的描述上。我认为，诗歌的特异性来自它与英雄史诗及赫西俄德的神谱传统的双重关联。

第 33 行重复了第 7 行的话，第 7 行开始罗列对阿弗洛狄忒的诡计免疫的诸女神，而第 33 行结束了这一插曲；第 34—35 行再度强调她统治所有其他人神的普遍性（参见第 2—6 行）。① 这一次仅提及神与人，而这组对立正是接下来的叙事将聚焦的。② 在如此定义并限定阿弗洛狄忒力量的性质之后，诗歌的开篇部分在阿弗洛狄忒施用其权力的最高例子中达到高潮：阿弗洛狄忒战胜宙斯自身。

> καί τε παρὲκ Ζηνὸς νόον ἤγαγε τερπικεραύνου,
> ὅς τε μέγιστός τ᾽ ἐστί, μεγίστης τ᾽ ἔμμορε τιμῆς·
> καί τε τοῦ, εὖτ᾽ ἐθέλοι, πυκινὰς φρένας ἐξαπαφοῦσα
> ῥηιδίως συνέμιξε καταθνητῇσι γυναιξίν.
> 她甚至将热衷霹雳的宙斯引向歧途，
> 最伟大，也拥有最伟大荣光的宙斯，
> 甚至欺骗他坚固的智力，只要她乐意，③

---

① Smith (1981b), p. 32, 恰当地把包含第 1—35 行的序诗部分命名为 "阿弗洛狄忒领地的界线"。

② Lenz (1975), p. 23, 指出从第 6 行到第 34 行，焦点逐渐缩小。

③ Hermann (1806), p. 88, 错误地选择了 εὖτ᾽ ἐθέλῃ，但注意到祈愿式是合适的，"如果这一表达仅仅有关过去，而无关现在与未来。" si solum de re praeterita, neque etiam de praesente et futura, sermo esset 正如其后将清晰起来的，我们面对的就是过去之事（res praeterita）。参见 Baumeister (1860), p. 255; van der Ben (1981), pp. 92-93; and van Eck (1978), p. 27："阿弗洛狄忒使宙斯爱上凡人女子的陈述在诗人的时日已经失效了。"（转下页）

轻轻松松就让他与凡人女子相交。

(36—39)

女神对宙斯的欺骗是她全部引诱力量的最高范本。正如这里所展现的，宙斯不仅是最伟大最有权力的，还显然是众神中的大智者。然而，弱势的阿弗洛狄忒却能轻轻松松、随心所欲地战胜最强大、最智慧的神。拥有最了不起的尊荣的至高神任由一位无足轻重的小神随意摆弄，这一情形有可能摧毁整个奥林坡斯的等级秩序，其中只有宙斯能分配并确认神的尊荣。此外，通过使宙斯与凡人女子相耦，阿弗洛狄忒令他忘记了他的合法妻子，后者是完全与他相称的配偶。作为最美丽、最光芒四射的不朽女神，赫拉完美地与她的丈夫匹配；她同时是他的妻子与姐妹，他们共享瑞亚和克罗诺斯的高贵血脉。① 然而阿弗洛狄忒轻易地破坏了这一表面忠诚的婚姻。

赫拉一连串的话（40—44）② 可能表明，其实她有充分的理由阻止丈夫不断的背叛行为，我们从无数个她的嫉妒故事中得知，对于这些背叛行为她极难忍受。基于《伊利亚特》第十四卷中她引诱宙斯的故事，我们可能会期望看到这位受伤的

（接上页）亦可比较《伊利亚特》xiv.215-217 中对阿弗洛狄忒的腰带的描述，腰带可以帮助赫拉引诱宙斯："其中编织进各样的魔力；／有爱情，有欲望，还有引诱的／话语，能偷走头脑清楚之人的智力"。

① 关于奥林坡斯神之间的同族通婚，见 J. S. Clay, "Aeolia, or Under the Sign of the Circle," *CJ* 80 (1985): 290.

② 颂诗关注赫拉的理由既非 Solmsen (1968), p. 65 声称的弥补她输给赫斯提亚的年长地位，也不是 Fränkel (1962), p. 286 提出的，诗人想用对赫拉的赞颂平衡对阿弗洛狄忒的赞颂。参见 Smith (1981a), p. 110, n. 26. 对赫拉的表现引起听众心中的期待，她也许会在叙事中发挥作用。期待落空使宙斯的干涉更加显眼。

妻子进行一些活动，甚至可能和阿弗洛狄忒联手，重新俘获宙斯的爱意。然而相反，是宙斯采取措施，阻碍阿弗洛狄忒的活动。

突然且出乎意料地，颂诗中的戏剧性情节不是始自阿弗洛狄忒，甚至也不是赫拉，而是宙斯：

> τῇ δὲ καὶ αὐτῇ Ζεὺς γλυκὺν ἵμερον ἔμβαλε θυμῷ
> ἀνδρὶ καταθνητῷ μιχθήμεναι, ὄφρα τάχιστα
> μηδ' αὐτὴ βροτέης εὐνῆς ἀποεργμένη εἴη,
> καί ποτ' ἐπευξαμένη εἴπῃ μετὰ πᾶσι θεοῖσιν
> ἡδὺ γελοιήσασα, φιλομμειδὴς Ἀφροδίτη
> ὥς ῥα θεοὺς συνέμιξε καταθνητῇσι γυναιξί
> καί τε καταθνητοὺς υἱεῖς τέκον ἀθανάτοισιν,
> ὥς τε θεὰς ἀνέμιξε καταθνητοῖς ἀνθρώποις.

甚至在她（阿弗洛狄忒）心中，宙斯也注入了甜蜜的渴望

让她想同凡人男子相交，那么很快
即便是她也无法抗拒凡人的床榻，
无法在众神之中大放厥词，
一边甜蜜地笑着，一边说她，爱笑的①阿弗洛狄忒，
是如何令诸神与凡人女子相交，
——她们给不朽者生下有死的儿子——

---

① 阿弗洛狄忒一直存在的饰词"爱笑的"，通常表示爱情的愉悦。这里，上下文把该词的含义调整为嘲弄与高人一等的笑。参见 Podbielski (1971), p. 30; and Boedeker (1974), p. 33。

又如何把女神与凡人男子结合。

(45—52)

因为阿弗洛狄忒的力量正在于她战胜强者的能力，强者通常使用的武器相比她的进攻显得微不足道。宙斯要想扭转败局，只能通过用她本身的武器来对付她。① 宙斯可以调动阿弗洛狄忒的办法来对自己有益，意识到这一点是很有趣的。宙斯的行动表明，标志着奥林坡斯统治的众神间的特权分割也许不是非此不可的安排，而是在宙斯仁慈统治下的随心所欲的安排。不仅如此，如果说宙斯可以分配并保证尊荣，那么他也同样可以增加或削减它们，还可以拿走它们。这归根结底就是赫斯提亚故事的意义。

宙斯的干涉开启了颂诗的叙事情节。别处在讲述阿弗洛狄忒与凡人安奇塞斯的结合时没有出现宙斯。② 这一省略带来了一个截然不同的故事——不适合颂诗体裁，但放在史诗中绝不违和的故事——即英雄埃涅阿斯的起源故事。③ 而在颂诗中，宙斯的主动行为把英雄谱系故事转变成一个具有宇宙意义的神圣计谋，最后的

---

① 参见 Lenz (1975), p. 33："宙斯无所不能。文本表明，这位（全能的）宙斯并不会随心所欲地干涉其他神灵发挥他们的神力，干涉他们的尊荣，除非威胁到了全体神灵的利益。"

② AHS (1936), p. 349 列出了其他版本。Lenz (1975), p. 37 正确地指出，诗人把宙斯的计划加入情节中。Rose (1924), p. 12 同样指出了这一点，尽管他没有理解到这一点的重要性："宙斯在推动整件事上的作为……显然不是原始故事的一部分，这种行事方式完全是人类的做派，伊奥尼亚人以及之后的亚历山大里亚人半严肃地叙述神时喜欢把这种做派归于神。"

③ Lenz (1975), pp. 34-35 指出，史诗提到神和凡人的结合都是为了他们的神性后代的缘故。一个重要的例外是《奥德赛》5.121-127，Van Eck (1978), p. 2 称，"当前这首颂诗的史诗部分（pars epica），形式和内容都受到了《名媛录》体裁的强烈影响"。关于《致阿弗洛狄忒颂诗》与谱系诗的主题性相似（thematic similarity），见 Pellizer (1978), pp. 137-143。不过重要的是二者的差异。参见 van der Ben (1986), p. 7。

结果将改变此后所有的神人关系。颂诗把宙斯描述为"了解不朽的谋划"（ἄφθιτα μήδεα εἰδώς [43]），这暗示了这位奥林坡斯神的行为有着极为广泛的内涵。在《神谱》中，这个饰词出现于宙斯对付普罗米修斯的语境中，宙斯运用他至高的智力击败了狡黠的对手。① 那里，宙斯所启动的计划从一开始就保证了最终的成功，且最后的结果对神和凡人来说都是永恒不变的。同样，在《致阿弗洛狄忒颂诗》中，宙斯的干涉背后存在一个牵扯极广的计划与目标，那不仅将加强他在众神之中至高无上的权威，还将为人类开启一个新时代。

许多批评家仅以狭隘或短视的目光阐释宙斯的目标。这样一来，有些人称宙斯之所以让阿弗洛狄忒自食苦果，只是为了让她不再夸耀她的权力并嘲笑其他无助的神。② 或者就是另一种说法，宙斯给阿弗洛狄忒一个教训，是为了削弱女神过度的权力，以恢复奥林坡斯等级秩序的平衡。③ 最后还有一种说法，宙斯想要阿弗洛狄忒也遭受她自己施于其他诸神的与凡人交媾的痛苦和羞辱。④

---

① 《神谱》第545、550和561行。参见《致德墨忒尔》第321行以及下文对那一行的讨论。
② 参见 Rose (1924), p. 11: "宙斯为了阻止阿弗洛狄忒嘲笑所有其他神，使她爱上安奇塞斯。" Bickerman (1976), p. 240: "宙斯……把她引上了歧路……好让她无法再因其他神的不能自制而取笑他们。"同样，J. C. Kamerbeek, "Remarques sur l'Hymne à Aphrodite," *Mnemosyne* 20 (1967): 394: "宙斯希望通过在阿弗洛狄忒心中激起对凡人的爱来使她成为她自己的力量的受害者，这样便可以羞辱她，使她闭嘴不提他对其他神的征服。"对于 Podbielski (1971), p. 54, 重点在于看到阿弗洛狄忒陷入她自己的罗网的幽默效果；但他整体上把全诗看作对史诗中的神的反讽戏仿，为的是娱乐那些高雅的听众（参见 pp. 30-31）。然而颂诗的喜剧维度丝毫不妨碍它深层的严肃。
③ 参见 Lenz (1975), p. 93: "宙斯这一行为的意图在于给某些奥林坡斯的内部关系带来秩序。"亦见 p. 129: "这位女神的特殊力量干扰奥林坡斯等级秩序的内在平衡。"但是，伦茨称宙斯"通过改变阿弗洛狄忒的例外处境，再度合法化神人的风流韵事"（p. 33），这是不对的。
④ 参见 Smith (1981a), pp. 39-40。

以上关于宙斯意图的解释虽然就它们所说的内容而言是正确的,但是它们没有抓住他的最终目标。阿弗洛狄忒不仅让诸神难堪并羞辱他们;也不仅给他们造成悲伤与痛苦,同时摧毁了构成奥林坡斯家族的脆弱的权力平衡;她还给诸神带来了半神半人的后代。归根结底,阿弗洛狄忒不仅在奥林坡斯散布混乱,她还通过制造半神或英雄的混合种族——他们模糊了神人之间清晰的界线——使混乱因素永远存在。宙斯干涉的最终要点是使阿弗洛狄忒停止并且永远不再制造那些神与凡人的不当结合,而这将意味着英雄时代的结束。①

此处粗略回顾有关英雄时代的开端与终结的神话,可能会对我们有帮助。赫西俄德《工作与时日》中的种族神话提供了一幅最广阔的画卷,描摹了人类从黄金时代——那时人活得像神一样——到黑铁时代的衰落。最初的黄金、白银、青铜三个种族消亡之后,宙斯创造了"一个英雄人类的神圣种族,他们被称为半神"(159—160)。这些英雄是父母分别为一神一人的后代,他们比上一代更正义也更好。有几个例外——人们会想到狄奥尼索斯与赫拉克勒斯——成为不朽者,但真正的英雄是此类结合的终有一死的后代。两个因素导致了英雄时代的终结;许多英雄壮烈地死于忒拜的巨大纷争中,尤其是在特洛伊(161—165)。但是给英雄鸣响丧钟的是诸神不再与凡人相交,从此这一种族便不再更新。②神与人的距离日益扩大是黑铁时代——即我们的时代——的标志。

---

① 就我所知,仅有 van der Ben (1981), pp. 89, 93 领会了这一关键点。Lenz (1975), p. 35 稍微触及,但未深入。

② 参见 Clay (1983), p. 173; and Rudhardt (1981), pp. 247-249。

赫西俄德另两部作品与这一问题有关。《神谱》的结尾简短地叙述了女神与男人的结合（965—1020）。① 其续篇《名媛录》列举了长得多的名录，记载凡人女子与男神的结合，还有他们的后代，跨越整个英雄时期。这首诗呼唤神灵的部分强调了那一时代神与人之间所维持的亲密无间（fr. 1.6-7 [Merkelbach-West]）。② 最后一卷保留下来的冗长但残缺极为严重的残篇（fr. 204.41-95 [Merkelbach-West]）罗列了海伦的求婚者，并描述他们发誓共同襄助那名成功的追求者。最后，他们将成为特洛伊各个舰队的领导者。简要地叙及海伦与墨涅拉奥斯的婚姻之后，是突兀的转折：我们突然发现诸神之间爆发了争吵，而宙斯在凝神思考如何毁灭诸英雄（第96行及以下）。③ 纳吉评述道，"除了造成英雄在特洛伊战争中的死亡……宙斯的意志还造成神与人的永恒分离"（参见第102—103行）。④ 正如我们已看到的，在《库普里亚》开头，宙斯的计划包含类似的分离与目标。那么，我们手中的文本的相似之处表明，存在一个成熟的传统，这个传统把英雄时代逐渐结束

---

① 关于这一片段的真伪问题，见 West (1966) 为《神谱》所作的评注。我本人很愿意相信涉及安奇塞斯与阿弗洛狄忒的第1008—1010行（戴可爱花环的库特瑞娅生出了埃涅阿斯，/安奇塞斯在多风多峡谷的伊达的山峰上爱恋地结合时）是诗歌的结尾。那么，这一节在列举女神与凡人结合的清单中的位置就反映了一个别处未知的传统，即埃涅阿斯是最后一位英雄。

② "那时，宴会与坐席是 / 不朽的神与凡人所共有的。"有关《名媛录》的序诗，见 K. Stiewe, "Die Entstehungszeit der hesiodischen Frauenkataloge," *Philologus* 106 (1962): 291-99。

③ 关于这一问题多多的残篇，见 K. Stiewe, "Die Entstehungszeit der hesiodischen Frauenkataloge (Fortsetzung)," *Philologus* 107 (1963): 1-29。West 在 *The Hesiodic Catalogue of Women* (Oxford, 1985), pp. 115-121, and "Hesiodea," *CQ* 55 (1961): 132-136 中的解读，说服力不如前者。

④ G. Nagy, *The Best of the Achaeans* (Baltimore, 1979), p. 220.

的时期与特洛伊战争开始前不久的时期衔接起来。①

尽管不明显，但是荷马史诗中有无数个暗示，表明英雄时代即将终结。② 因此，涅斯托尔可以拿他年轻时那些孔武有力的战士蔑视特洛伊的英雄们：

κείνοισι δ' ἂν οὔ τις
τῶν οἳ νῦν βροτοί εἰσιν ἐπιχθόνιοι μαχέοιτο.
这些人，没有
哪个现在活着的凡人足以与之交战。

（《伊利亚特》1.271-272）

诸神与凡人的距离日益增加。他们最后一次一起参加宴会是在佩琉斯与忒提斯的婚礼上（xxiv.62）。现在，神通常隐身或以伪装降临人世。卓越的英雄通过特殊的任务赢得不朽也像是过去时代的事了。现在只有极少数英雄能直接说出他有一个神灵母亲或父亲。③ 他们之中最好的阿基琉斯，诅咒他的混合血统（xviii.86-88）；对于他的神灵母亲，儿子终有一死的命运是无穷苦痛的来源。萨尔佩冬之死，因我们发现他是宙斯的最后一个儿子而更显悲剧性的怆痛。其他英雄都要向上追溯几代才能找到他们的神灵祖先；大部分都同意他们的父亲和先祖要比他们强。赫拉克勒斯之子，

---

① 参见 Nagy (1979), p. 219, n. 14, 2: "不必假定赫西俄德的 204 M W 残篇的文本是基于某个或几个其他文本；说该文本基于亦出现在《库普里亚》和《伊利亚特》中的诸多不同传统便已足够。" 参见 Thalmann (1984), pp. 102-106。

② 参见 Clay (1983), pp. 174-76; Rudhardt (1981), pp. 257-258, n. 66。比较 Griffin (1980), p. 170: "诗人没有解释为什么一度有英雄而现在没有英雄只有更低等的人类。"

③ 参见 van der Ben (1981), p. 89，他列出了名单。

宙斯之孙特勒波勒摩斯（Tlepolemus），甚至挑衅萨尔佩冬道：

> ψευδόμενοι δέ σέ φασι Διὸς γόνον αἰγιόχοιο
> εἶναι, ἐπεὶ πολλὸν κείνων ἐπιδεύεαι ἀνδρῶν
> οἳ Διὸς ἐξεγένοντο ἐπὶ προτέρων ἀνθρώπων.
> 他们说你是提大盾的宙斯的后代，这是撒谎，
> 因为你比那些人差得远了，
> 过去那些出自宙斯的人们。

（《伊利亚特》v.635-637）

《伊利亚特》本身即揭示了它对自身所处时代的衰世气质与转瞬即逝不无意识。在第十二卷的开头，诗歌展望未来某个时间，那时战争的所有痕迹，包括了不起的阿开奥斯人的壁垒都会被抹除得干干净净（xii.13-33）。荷马只在这一片段中使用了半神一词（ἡμιθέων γένος ἀνδρῶν [23]）。① 从我们现在的视角来看，在特洛伊战斗的英雄们即将成为消失的半神种族。在《奥德赛》中，英雄的亡魂在冥府面无血色地窃窃杂谈，英雄时代已成既往之事。② 在其结尾，神与人不是共同宴饮，而是共同哀悼，凭吊伟大的阿基琉斯以及他所代表的那个时代（24.64）。

赫西俄德的名录传统和史诗均认准英雄在特洛伊的毁灭是人

---

① 关于这一片段，可以参考 K. Reinhardt, *Die Ilias und ihr Dichter* (Gottingen, 1961), p. 267 的见解："这是唯一一次诗人把那个他所歌唱的英雄年代与他自己所处的时代拉开距离……正是从这个视角，英雄在《伊利亚特》中唯一一次被称为'半神种族'（ἡμιθέων）……行吟歌手口中道出这个词时，是作为今人沉思与倾慕那个英雄世界。"参见 Nagy (1979), pp. 159-161; and R. Scodel, "The Achaean Wall and the Myth of Destruction," *HSCP* 86 (1982): 33-50。

② 参见 Clay (1983), pp. 183-185。

类历史上的一个关键时刻。然而这只是故事的一半。荷马史诗与《名媛录》隐晦地承认英雄时代的逝去还有第二个因素：随着诸神不再与凡人配偶，也就不再有新一代的英雄诞生了。

只有置于这个框架内，《致阿弗洛狄忒颂诗》才能得到理解，它的跨时代意义也才能显露。诗歌的情节发生于人类与神灵历史上的一个决定性时刻。宙斯的计划——叙事正是由此生发——的目标即是神与凡人永恒的彻底分离。为了实现这个目的，宙斯将构建新的秩序，即赫西俄德笔下的黑铁时代以及史诗诗人描述为"人类如他们现在所是"的时代。颂诗远非一个单纯的引诱故事，也并不是"自食其果"式的寓言。颂诗以其略带猥亵的魅力与机锋，提供了一个解释起源的神话，说明这些光芒万丈但成问题的混合种族（Mischwesen）——希腊人口中的英雄和半神——不再存在于我们所了解的世界里。①

因此，阿弗洛狄忒引诱安奇塞斯以及他们的结合的故事，既是所有爱欲活动的典型范例，优雅地思索了阿弗洛狄忒的永恒意义②，同时也是一个独一无二的预示普遍后果的事件：最后一次神与凡人交合生下最后一位英雄。颂诗仅用一种叙事，融合了对阿弗洛狄忒及其"作为"——无处不在且永远如一的作为——的歌颂，而该叙事的结果至为关键地变更了宇宙的构造以及未来所有的人神关系。

---

① 参见 van der Ben (1981), p. 89。
② 参见 Fränkel (1962), p. 285："一次奇遇的个例揭示了阿弗洛狄忒一贯来的特征与作为。"亦见 Porter (1949), p. 270："颂诗形式的完美在于戏剧与形而上，瞬间与永恒的完美综合。"

引诱

颂诗剩下的部分可以很容易被分为两个部分：引诱（53—167）及其后果（168—结尾），后者的大部分内容是阿弗洛狄忒的长篇大论（191—290）。在阿弗洛狄忒的发言中，除了少数几次所谓的离题，颂诗没有表现出《致阿波罗颂诗》和《致赫尔墨斯颂诗》经常有的突然转换话题或思维跳跃。《致阿弗洛狄忒颂诗》出奇的流畅与线性叙事进程一直广受赞誉，即便是吹毛求疵的19世纪批评家也很难找到质疑这一作品统一性与完整性的依据。①

Ἀγχίσεω δ' ἄρα οἱ γλυκὺν ἵμερον ἔμβαλε θυμῷ.
接着，向着安奇塞斯，他（宙斯）在她心中注入了甜蜜的欲望。

（53）

欲望不是向着普遍的事物，而是向着某个特定的对象：安奇塞斯，他在伊达山顶上放牧他的牛群。欲望由美点燃（"他的身型"酷肖"不朽的神"），因目见而炽热：

τὸν δὴ ἔπειτα ἰδοῦσα φιλομμειδὴς Ἀφροδίτη
ἠράσατ', ἐκπάγλως δὲ κατὰ φρένας ἵμερος εἷλεν.
这时，她看到他，爱笑的阿弗洛狄忒

---

① G. Freed and R. Bentman, "The Homeric Hymn to Aphrodite," *CJ* 50 (1955): 157，利用文本的出色状态论证诗歌的写作年代在希腊化时期，诗歌"是完整的，没有脱文也没有拼写的讹误"。

陷入爱河，欲望紧紧地攫住了她的心。

(56—57)

爱之女神发现她被欲望掌控了，但是她首先必须让自己成为欲望的对象。阿弗洛狄忒前往她在帕福斯（Paphos）的神庙，在那里她的侍者美惠女神为她沐浴并涂上神的香油膏；然后女神穿上盛装，用金饰装扮自己。香水和熏香诱人的气味主宰了这一场面。① 她的准备工作就像那些为战斗而武装的战士：② 引诱正如战争，需要准备。诗人也仿效了一些类似的荷马史诗片段：《伊利亚特》中赫拉准备引诱宙斯时，还有雅典娜把睡着的佩涅洛佩变得更美以便"她能激动那些求婚者的心"。③ 但是这两个史诗中的引诱举动朝向完全不同的目的：赫拉是为了把宙斯的注意力从特洛伊战场拉开，佩涅洛佩是为了从她的追求者那里榨取礼品。而阿弗洛狄忒没有更隐蔽的动机；对她来说，就是纯粹的引诱，除了实现愿望别无他求。④ 宙斯的意图是她所未知的。

---

① 参见 Porter (1949), pp. 268-269; Podbielski (1971), p. 37; and van der Ben (1981), p. 69。有关芳香、香水与情色的联系，见 M. Detienne, Les Jardins d'Adonis: La Mythologie des aromates en Grèce (Paris 1972)。

② 参见 Smith (1981a), p. 41。

③ 第 62 和 63 行对应《伊利亚特》第十四卷的第 169 和 172 行，即赫拉为引诱宙斯做准备处。有关这两段的比较，见 Lenz (1975), pp. 118-123; and Podbielski (1971), pp. 36-39。第 58—59 行对应《奥德赛》第八卷的第 362—363 行和第 364—365 行，即阿弗洛狄忒与阿瑞斯偷香窃玉被抓个正着以后回到库普里斯处。这几行既可以用来描述情色活动的准备阶段，也可以用来描述情色活动的事后，这一点正好表明它们是荷马史诗中的程式化用语。那么此处，我们就不必假定颂诗诗人是在模仿。参见 Pellizer (1978), pp. 132-133。佩涅洛佩那一段中，雅典娜给王后做的准备是，用阿弗洛狄忒加入"美惠女神可爱的舞蹈"时所用的"美丽油膏"涂在她身上（《奥德赛》18.192-194）。

④ 就像 Reinhardt (1961b), p. 515 论述赫拉与阿弗洛狄忒的引诱的不同之处时所说的："对赫拉来说是欺骗，对她（阿弗洛狄忒）来说就是她的本质。"

当一切就绪，阿弗洛狄忒飞越云层，从库普里斯到特洛伊，直到她抵达翁郁的伊达——"百兽之母"（66—69）。女神一出现，连最凶残的动物都变得温驯并向她摇尾乞怜。

> ἡ δ' ὁρόωσα μετὰ φρεσὶ τέρπετο θυμὸν
> καὶ τοῖς ἐν στήθεσσι βάλ' ἵμερον, οἱ δ' ἅμα πάντες
> σύνδυο κοιμήσαντο κατὰ σκιόεντας ἐναύλους.
> 目视它们，她心中欢悦，
> 她在它们的心中注入欲望；它们全部都立刻
> 成双成对地在它们幽暗的洞穴躺下。
>
> （72—74）

序诗宣明了阿弗洛狄忒对所有陆地、海洋、空中动物的征服：此处我们看到她在经过它们时是如何施展她的力量的。野兽不像人类与众神，劝诱与欺哄以及阿弗洛狄忒的其他技艺对它们来说是不必要的；它们依自然行事，并只与它们的同类配对。

在城邦与野蛮的动物的巢穴之间，文明与荒野的交界处，便是阿弗洛狄忒的领地。① 正是在这一临界地带，女神来到安奇塞斯身边，他一人落单，弹奏着弦琴②，漫无目的地游荡，而他的同伴在远处牧牛（78—80）。他的孤独与悠闲——爱欲的前提条件，恰

---

① 参见 Segal (1974), p. 210; and Friedrich (1978), pp. 74, 143-145。
② 参见《伊利亚特》iii.54，把弦琴与"阿弗洛狄忒的礼物"相结合。阿基琉斯下了战场以后会弹奏弦琴。安奇塞斯漫无目的地游荡，可对比《伊利亚特》第二卷第779行，那里米尔弥冬人被迫停战休整，打发时间。《库普里亚》似乎也描述了当三位女神为了那致命的裁决来到帕里斯身边时，帕里斯正在弹奏弦琴。关于瓶画的证据，见 C. Clairmont, *Das Parisurteil in der antiken Kunst* (Zurich, 1951), pp. 19-22, 104。

如他的身体之美一样得到了应有的强调：

> τὸν δ᾽ εὗρε σταθμοῖσι λελειμμένον οἶον ἀπ᾽ ἄλλων
> Ἀγχίσην ἥρωα θεῶν ἄπο κάλλος ἔχοντα.
> 她发现他独自一人，被其他人抛下，
> 英雄安奇塞斯，继承了神的英俊。
>
> （76—77）

第 77 行可能看似仅仅是程式化表达或惯例说法，但其实不是。① "英雄"在荷马颂诗中只出现了这一次。② 事实上，安奇塞斯的英俊是从神那儿继承来的（参见第 55 行），因为他是英雄，是神的后代。描述安奇塞斯与他的处境是为了配合阿弗洛狄忒的到来。③ 现在叙事可以继续了。

> στῆ δ᾽ αὐτοῦ προπάροιθε Διὸς θυγάτηρ Ἀφροδίτη
> παρθένῳ ἀδμήτῃ μέγεθος καὶ εἶδος ὁμοίη,
> μή μιν ταρβήσειεν ἐν ὀφθαλμοῖσι νοήσας.
> 她立在他面前，宙斯的女儿阿弗洛狄忒，
> 身形与样貌都恰似未驯服的处女，
> 好让他用他的双眼打量她而不感到畏惧。
>
> （81—83）

---

① 与这一行的后半句最相似的在《奥德赛》第八卷第 457 行对瑙西卡娅的描述中。参见 Odyssey 6.18; Hesiod fr. 171.4 and fr. 215.1 (Merkelbach-West)。这一表达在别处仅用于女性。
② 《神谱》第 1009 行称安奇塞斯为英雄。
③ 参见 Smith (198121), p. 44. 对比典型的史诗出场顺序，见 Lenz (1975), pp. 123-124.

引诱，正如我们已经说过的，是弱者对强者的爱欲征服；它的工具是欺哄与劝诱。在这一个别案例中，阿弗洛狄忒是女神，也就比凡人安奇塞斯更有力量。她以真实形象现身将不会在安奇塞斯心中引起爱意，反而会引起恐惧，面对比自己强且有能力伤害自己的存在所唤起的那种恐惧。因此强者必须伪装成弱者。爱之女神不仅变身为凡人，还伪装成一个天真的处女，"未驯服的"①，这就是说她还没有性经验，她孤零零地出现在安奇塞斯面前，在这个孤绝之地，她处于极其脆弱的境地。这一表象与事实的颠倒所蕴含的辛辣讽刺完美地体现了阿弗洛狄忒的计谋。②

安奇塞斯一见她便被她的美貌震慑住了，她耀眼的衣着和闪亮的饰物。在梳妆打扮的情节中，颂诗对阿弗洛狄忒的外表是相对轻描淡写的。我们现在看到，这一部分被推迟到这儿加以细细描摹，即她出现在安奇塞斯眼前的时候。前边主要描绘的是香气；在这里则是视觉，因为有许多意为灿烂与明亮的词语。③ 安奇塞斯对这一梦幻闪耀场景的反应，诗歌陈述得相当精炼："爱欲攫住了安奇塞斯。"（91）④ 即便如此，他仍用虔诚的祷词向这位可

---

① 《奥德赛》第六卷第 109 和 228 行，瑙西卡娅被称为 παρθένος ἀδμής [未驯服的处女]。
② 参见 Podbielski (1971), p. 52："阿弗洛狄忒的自画像与她的传统形象截然相反，也与颂诗开头所描述的截然相反。"
③ 关于阿弗洛狄忒的闪亮特质，见 Smith (1981a), p. 45。关于这一描述的戏剧性，见 Podbielski (1971), p. 43。
④ 同样的表述在第 144 行阿弗洛狄忒的引诱讲话结束之后再次出现，这一点令许多批评家困惑。Lenz (1975), p. 37, n. 1 称这一表述在两段中意义不同，诗人重复使用相同的程式化用语，是犯了"一个心理偏差"（eine psychologische Ungenauigkeit）的错误。Van der Ben (1981), p. 71 有类似的观点，他认为第 91 行的爱欲仅仅指"大概的态度"，而第 143—144 行中加上了"甜蜜"的爱欲则意味着一股要求立刻得到满足的难以抑制的欲望。这些特地的辩护均属多余，且破坏了戏剧性进程。

爱的陌生人致意，并称她为他所不识的女神。她一定是有福者之一——可能是阿尔忒弥斯或勒托或金色的阿弗洛狄忒，又或者是忒弥斯或雅典娜，还有可能是美惠女神之一或者就是一位本地的宁芙。她可能是哪位女神的漫长罗列既表现出安奇塞斯的无知，也表现出他的谨慎。因为他不知道出现在他眼前的是哪一位神灵，他设想了所有的可能以免冒犯她。他不知道的是，事实上他已正中靶心。安奇塞斯承诺，无论她是哪一位，他都会为她在显眼的位置安放祭坛，一年四季奉上丰美的牺牲（100—102）。① 根据常规的祷词顺序，承诺之后便是请求。但愿这位未知的女神乐善好施，祝佑他在特洛伊人中卓尔不群，子孙繁盛，健康而长寿，在他的族人中安享晚年（102—107）。安奇塞斯的祷词对于身处他的位置的青年而言，毫无过分和出格之处。② 这样的祷词属于一个认识到神的优越性和人类处境的局限性的谦逊而理智之人。

至少有一位批评家提出安奇塞斯在此是否真诚的问题。由于首次发话对确立主人公的角色而言很重要，这个问题值得深思。他真的认为他邂逅了一位神吗，还是他在使用"深思熟虑的奉承"或"采取了奥德修斯面对瑙西卡娅（Nausikaa）所用的外交态度"？③ 在《奥德赛》（6.149-158）中，浑身沾满海水、赤身露体的闯入者

---

① Podbielski (1971), pp. 46, 85，还有 Càssola (1975), p. 549，设想此处涉及伊达山的阿弗洛狄忒崇拜的起源。但是，Lenz (1975), p. 27 和 van der Ben (1981), p. 72 均指出，不论是这里还是诗歌结尾处，阿弗洛狄忒都没有对安奇塞斯的祭祀承诺做任何回应。

② Smith (1981a), p. 47 以为，安奇塞斯的祷词"表明他不同寻常地格外思虑他的老年与家族的未来"。但是他的祷词与赫克托尔为他儿子的祝祷（参见《伊利亚特》vi.476-478）相仿，剩下的部分也可与奥德修斯对诸宁芙的祷词（《奥德赛》13.360）以及忒瑞西阿斯对他的预言的结尾（《奥德赛》11.134-137）相比拟。

③ Smith (198ra), pp. 46-47.

向处女公主问道，她是神还是凡人：如果是神，他把她比作阿尔忒弥斯；如果是凡人，他认为她的双亲是最有福的。这个问题迅速被搁置了。奥德修斯既没有祈祷，也没有承诺会祭拜她，而他的请求也毫无疑问是普通而低微的：随便什么可以蔽体的东西。因而这一片段与颂诗的对比没有说服力。[①] 此外，仅仅依据文本的内部理由，我们也必须假设安奇塞斯是真诚的。否则，这一情节所蕴含的高雅喜剧元素和逗趣的讽刺将大大丧失。其中一点是，即便阿弗洛狄忒竭力掩饰她的美貌和诱人，她超人的美丽仍然碾压凡人。人们可能会回忆起《伊利亚特》第三卷的片段，女神化作老妇差不多地出现在海伦面前。然而她诱人的颈项、令人喜爱的胸脯，还有她那闪闪发亮的双眸背叛了她（iii.396-397）。看起来，爱之女神不可能是不可爱与不诱人的。更重要的是，安奇塞斯的真诚对于叙事的戏剧性进展而言至关重要。必须认定他的虔敬是真实的。尽管爱欲牢牢地掌控着他，但宗教上的顾虑不让他做出任何不得体的举动。安奇塞斯显然不是不敬神之人（hybristēs），不是伊克西翁（Ixion）或俄里翁（Orion）那样不虔敬的愚人，会在肉欲的驱策下侵犯女神。最后，如果安奇塞斯是在伪装，阿弗洛狄忒的反应便是多余的了；她不需要战胜他的抗拒，也不需要劝服他。她引诱的话便没有着落，成了没有谜底的谜面了。而文本告诉我们的是（91），尽管安奇塞斯见到阿弗洛狄忒的第一眼就陷入欲望的罗网，他的言辞却一丝也没有泄露他的激动。虔敬的安奇塞斯能够克制也确实克制了他的性渴求，只要他相信他面

[①] 参见 Podbielski (1971), pp. 45-46，他指出了两个片段的本质差异。亦见 van der Ben (1981), p. 72。

前的陌生女子是一位女神。她为了达成目的，必须说服他改变想法；换句话说，她必须引诱他。不像欲望必须立即得到满足的野兽，人类受制于某些限制性自由的顾虑与约束，无论是社会还是宗教方面的。人类像动物一样要交媾，但是用来战胜禁忌与限制的引诱艺术，将人区别于兽。

阿弗洛狄忒的任务很清晰：她必须说服安奇塞斯相信她不是神，来移除实现欲望的障碍。安奇塞斯受到她的操控，而她自己也不知不觉地成为宙斯的卒子；她达成自己目的的同时，也完成了宙斯的计划。安奇塞斯的欲望使得他多少更容易相信她。阿弗洛狄忒在接下来的发言（108—142）中为自己建构的形象是对她的生理伪装的口头补充。既然她装出朴实少女的率真口吻，那她也就必须解释她为何出现，并用迂回的说法和影射来把安奇塞斯已经燃起的欲火烧得更旺。她出人意料地先道出了安奇塞斯的名字，还加上一个恭维的饰词："土地生养的最耀眼的男子。"① 神当然知道他的名字，但她之后需要解释她是怎么知道的。坚决否认她是神（109—110）以后，女神开始讲述她的出身背景，其中有许多无关紧要的细节，让她的故事（110—116）听起来很像是真的。她的父亲是弗里基亚（Phrygia）的统治者奥特柔斯（Otreus），"也许你在哪儿听过他的名字"②。她还灵机一动，补充说她从她的特

---

① χαμαιγενέων[土地生养的] 在荷马颂诗中仅于《致德墨忒尔颂诗》第352行再度出现了一次。Smith (1981a), pp. 50-51 指出阿弗洛狄忒从来没有给自己编造一个假名。

② 《伊利亚特》第三卷第184—189行中，普里阿摩斯联想到，他年轻时，曾襄助弗里基亚的统治者奥特柔斯与阿玛宗人作战。阿波罗多洛斯 3.12.3 提到一位普拉喀厄（Placia）是拉俄墨冬（Laomedon）的妻子，她也是奥特柔斯之女。这样的联姻会在弗里基亚和特洛伊王室之间建立紧密的家族纽带，而安奇塞斯很可能听说过这些。

洛伊保姆那儿学会了安奇塞斯所说的话。① 接着，阿弗洛狄忒利落地回答了她是如何一身华裳地来到这个孤绝之地的尴尬问题，同时竭力突出她的诱人之处。似乎是赫尔墨斯把她从"阿尔忒弥斯的合唱队"带走了，她原本在那儿和其他"价值许多牛群"的少女一起跳舞，有一大群人观看。② 献给阿尔忒弥斯的舞蹈经常出现在希腊神话中，这种舞蹈由适婚少女表演，其实就是养在深闺的适婚少女首次公开露面或展示自己的场合。③ 至此，阿弗洛狄忒确立了她具有皇室血统的适婚少女的身份，她有良好的教养，按照贵族的标准与世隔绝；除了她显而易见的美丽与诱人之外，她还是价值不菲的商品。

阿弗洛狄忒两次提到赫尔墨斯把她从阿尔忒弥斯的舞蹈中劫走，这是发生侵犯或劫掠的传统地点。她用的动词 ἁρπάζω 其实就是劫掠的专用词；此外《伊利亚特》有个片段恰好描述了赫尔墨斯的一次劫掠。④ 当然颂诗中赫尔墨斯只是把假冒的少女运送过来，但阿弗洛狄忒为何要在此影射常见的劫掠母题？我认为，她讽刺地执着于这一母题是为了挑逗、唤醒安奇塞斯——给他"一点想法"。我们应当注意，引诱是弱者战胜强者，与强行侵犯是两极对立。阿弗洛狄忒从头到尾扮演的都是弱者；但她现在向安奇

---

① 语言问题见 Smith (1981a), p. 50; and Reinhardt (1961b), p. 517。

② Smith (1981a), p. 51 称，阿弗洛狄忒讲述的是一个"纯洁被侵犯的故事"，并注意到第 119—123 行里令人屏息的少女的天真。

③ 关于阿尔忒弥斯的舞蹈，见 Boedeker (1974), pp. 47-49; and C. Càlame, *Les Choeurs de jeunes filles en Grèce archaïque* (Rome, 1977), 1: 174-190。

④ 《伊利亚特》xvi.181-186. ἁρπάζω 是表示劫掠的恰当用词。见《致德墨忒尔颂诗》第 3、19 行等。Podbielski (1971), p. 51, and Reinhardt (1961b), pp. 517-518 均评点了神灵掠夺在安奇塞斯家族里的发生率很高。参见《致阿弗洛狄忒颂诗》第 203 和 218 行。

塞斯暗示侵犯，因为他眼下显然是强者。

话说回来，赫尔墨斯带她经过有人栖居和无人栖居的土地，既有"凡人的劳作"也有"未开垦且未建造"、野兽经常造访的土地。我们不可避免地想到阿弗洛狄忒的掌管领域，它也涵盖了二者。这会儿看起来，赫尔墨斯远非劫掠者，反而是婚配者：

> Ἀγχίσεω δέ με φάσκε παραὶ λέχεσιν καλέεσθαι
> κουριδίην ἄλοχον, σοὶ δ' ἀγλαὰ τέκνα τεκεῖσθαι.
> 他反复告诉我，在安奇塞斯的床榻，我会被称为 ①
> 你婚配的妻子，并为你诞下杰出的子女。

（126—127）

（她就是这样得知安奇塞斯的名字的！）② 因此，赫尔墨斯预先告知的婚姻经过了众神的正式许可：安奇塞斯无须害怕。当然讽刺的是，二者的结合（而非婚姻）不仅得到了宙斯的许可，而且恰恰是宙斯自己策划的。

阿弗洛狄忒解释了她是如何来到这里，又是出于什么神意来到这里，这些都表明她此刻的无助，这时她又借着宙斯以及安奇塞斯本人的双亲向他求助，他的父母有这么一个好儿子必定是了不起人物；让他把她——"未驯服的"、没有性经验的她——介绍给他的父母和兄弟，因为她会是合适的嫂嫂。③ 同时他还要给她

---

① 有关这一行的词汇，见 Càssola (1975), p. 550; and Kamerbeek (1967), pp. 391-392.
② 注意第126行名字出现在行首，有强调意味。
③ Van der Ben (1981), p. 75 认为提到兄弟是对安奇塞斯的间接恭维。不过，提到他的兄弟是否有可能使人注意到她的自然保护者不在场呢？

父母捎话——她的母亲也许会担心。他们也会送来与她的社会地位相称的礼物。①

> ταῦτα δὲ ποιήσας δαίνυ γάμον ἱμερόεντα,
> τίμιον ἀνθρώποισι καὶ ἀθανάτοισι θεοῖσιν.
> 做完这些，为这值得渴盼的婚姻安排宴会吧，
> 这既为人也为不朽的神所祝福的婚姻。
>
> （141—142）

阿弗洛狄忒在说话的过程中，竭力暗示她的处女身份——这会使人更想要娶她为妻②，她的社会地位很高，与她结婚会给安奇塞斯带来财富——总的来说，就是一桩极划算的买卖，卖的这个人几乎根本不需要卖。但同时，她坚持遵守婚前的规矩和繁文缛节——清楚地表明不允许婚前性行为——给即刻的满足设置了路障，并且更加厉害地捉弄了安奇塞斯。阿弗洛狄忒一一列举诸多规范婚礼的社会习俗，这当中包含另一层讽刺意味。我们记得，阿弗洛狄忒并非合法婚姻——这牵扯到两个家庭的交易——的庇护者，而是性爱的庇护者。

我已经详细地讨论了上述发言的一些细节。这一哄骗与劝诱的小型杰作体现了阿弗洛狄忒正是引诱和欲望的完美女主人，她

---

① J. J. Keaney, "Hymn. Ven. 140 and the Use of ἌΠΟΙΝΑ," *AJP* 102 (1981): 261-264，颇有说服力地论证道，第 140 行所用的令人困惑的 ἄποινα，"赎金"，强化了阿弗洛狄忒作为安奇塞斯的乞援者的姿态，并且强调了她完全无助的状态。她表现得像是完全落入他的掌心——而他也立即利用了这一形势。

② 参见 van der Ben (1981), pp. 74-75。

说的每一个字都精挑细选，恰好对安奇塞斯达成她想要的效果。① 同时，阿弗洛狄忒的发言还在我们面前将宙斯计划的神学意涵置于讽刺的视角之下。严格来说，从她说的第一个字到最后一个字，神人联结很成问题这一点始终突出。无论他们的结合多么短暂，都只能通过欺骗与自我欺骗实现，而阿弗洛狄忒自身就是这欺骗的象征。

> ὣς εἰποῦσα θεὰ γλυκὺν ἵμερον ἔμβαλε θυμῷ.
> Ἀγχίσην δ᾽ ἔρος εἷλεν.
> 这么说着，女神在他心中注入甜蜜的欲望，
> 爱情攫住了安奇塞斯。
>
> （143—144）

安奇塞斯即便已经处于激情亢奋的状态，仍然谨慎地回应。② 如果她确实如她所声称的是凡人，由一个凡人母亲产下，奥特柔斯是她的父亲，而且如果她是依据赫尔墨斯的意志到来的……他复述女神编造的故事既好像是他在保护自己，又好像是单单重复她的谎言便可以使谎言成真。他一定会如她所要求的那样娶她；但是人和神都不能阻止他此时此刻拥有她。③

---

① 参见 Lenz (1975), p. 126: "我们可以说，诗人用阿弗洛狄忒的引诱——集中体现于第107行及以下——给魅惑的女神提供了类似荷马史诗中的英雄时刻（Aristie）。"

② Van der Ben (1981), p. 76 提到安奇塞斯此处近乎审慎。而 Smith (1981a), p. 55 注意到这里没有呼格，因此表明了一定程度的冲动。

③ 注意 αὐτίκα νῦν 到第151行才出现。比较阿尔基罗库斯的 Cologne Epode, fr. S 478 中描述一个男人与少女的类似处理方式，D. Page, Supplementum lyricis graecis (Oxford, 1974), pp. 151-154。

> ... οὐδ᾽ εἴ κεν ἑκηβόλος αὐτὸς Ἀπόλλων
> τόξου ἀπ᾽ ἀργυρέου προϊῇ βέλεα στονόεντα.
> βουλοίμην κεν ἔπειτα, γύναι εἰκυῖα θεῇσι,
> σῆς εὐνῆς ἐπιβὰς δῦναι δόμον Ἄϊδος εἴσω.
>
> ……不，即便是远射的阿波罗
> 从他的银弓射出令人悲伤的箭。
> 酷似女神的女人，我情愿在这以后，
> 登上你的床榻以后，去哈德斯的冥府。
>
> （151—154）

安奇塞斯夸张地宣布，只要能和这女孩子睡一觉，他情愿去死。这位虔敬的英雄之前即便处于炙热的激情中也不愿打破宗教禁忌，现在却相当乐意无视人类的社会习俗。不过，英雄激情澎湃的宣言中包含更深的讽刺：尽管诸神会击杀女神的凡人爱人，但他们通常不会干涉纯粹是人的结合，也不会把婚前性行为视作值得惩罚的渎神之举。[①] 但是安奇塞斯出于难以抑制的激情的大胆宣言，表明了他真正的危险。

说完这些话，安奇塞斯就牵起女神的手，把她引至他的床榻前，而她"垂下她美丽的双眸"（156）[②]，得体地跟随着他。史密

---

① 在《伊利亚特》的第一卷中，由于阿伽门农侮辱了克律塞斯，阿波罗的箭给希腊人带来一场巨大的灾难。他"温柔的箭矢"给欧迈奥斯的叙里埃的居民带来死亡（《奥德赛》15.410-411）；而肮脏的牧羊奴墨兰提奥斯祈祷神击杀特勒马科斯（《奥德赛》17.251）。唯一一位惩罚不贞洁的神似乎是阿尔忒弥斯。

② 阿弗洛狄忒的姿态表明她的谦恭，但也可能是为了隐藏她的神灵身份，因为诸神闪亮的双眸经常泄露他们的身份。参见《致德墨忒尔颂诗》194。我认为 Thalmann (1984), p. 95 错误地把阿弗洛狄忒的姿态解释成"她自降身份的标志"。

斯指出，安奇塞斯"在此是主导者，掌控了这场偶遇"①。但他的掌控仍是假象；威力无比的女神此刻看似是被动的伴侣，实际已经实现了她的目的。他们走近的床榻铺着柔软的毯子，挂着"他自己在高山上捕杀的熊与吼狮的皮"（156—160）——半野蛮半开化的爱欲的绝佳象征。② 这时，安奇塞斯先取下阿弗洛狄忒正是为了此刻而精心佩戴的珠宝，然后为女神宽衣解带，把她的衣物利落地放在一张椅子上。

... ὃ δ' ἔπειτα θεῶν ἰότητι καὶ αἴσῃ
ἀθανάτῃ παρέλεκτο θεᾷ βροτός, οὐ σάφα εἰδώς.
……接着，按照诸神的意志与天命，
他躺在不朽的女神身旁，一介凡人，不清楚他做了什么。
（166—167）

不祥的字句把神和凡人的结合推向顶点。安奇塞斯作为凡人没有意识到③他的床伴是神，正呼应了阿弗洛狄忒没有意识到诸神的意志。女神和她的凡人爱人都不自觉地充当了宙斯的工具，在对宙斯的计划一无所知的情况下结合了。

---

① Smith (1981a), p. 59.
② 参见 Segal (1974), p. 210; and Smith (1981a), p. 59。
③ Smith (1981a), p. 61 只提及安奇塞斯的"认识不充分"；而 van der Ben (1981), p. 77 则强调了两方的无知。

结局

颂诗剩下的内容与这对情侣的无知至少得到部分程度的消除有关。安奇塞斯认出女神的过程相对简短，之后便立即是女神的现身（168—190）。阿弗洛狄忒相对更复杂的心理醒悟（anagnōrisis），则由她的长篇发言（192—291）颇具戏剧性地表达出来；她不单单是认识到眼前发生了什么，还意识到她掉入的陷阱。

安奇塞斯一直睡到傍晚，也就是牧人们从牧场返回的时候（168—171）。诗人用这一惯常表示时间的说法①，令我们想起英雄失踪了的同伴们，在情侣嬉戏的时候，他的同伴们在照管他们的畜群。爱欲既要求闲暇，也要求隐私；由一张床框定的情侣的领地，让位于更大世界中"一天劳作"的考量。与此同时，"闪耀的女神"穿上衣服，显露出她原本的身形与超人的光辉：

> ἔστη ἄρα κλισίῃ, εὐποιήτοιο μελάθρου
> κῦρε κάρη, κάλλος δὲ παρειάων ἀπέλαμπεν
> ἄμβροτον, οἷόν τ' ἐστὶν ἐϋστεφάνου Κυθερείης.
> 她站在小屋里，她的头顶触到了
> 精美的房顶梁，她的脸颊闪耀着不朽者的
> 美，正如戴花环的库特瑞娅所拥有的那样。
>
> （173—175）

---

① 参见 Smith (1981a), pp. 61-62。

先前，伪装起来的神灵因她的珠宝而闪耀；现出真身的女神则是由内而外地发出神圣的光芒。这样的光芒四射是神灵现身的标志。① 女神增高的身材使我们回忆起对阿基琉斯的盾牌上的神灵的描绘。② 神人的交合的确要求神缩小体型。

女神用命令的口吻唤醒她的爱人（"起来，达尔达诺斯的后人"③），然后嘲讽地问他，她是不是还和刚才一样。安奇塞斯一看到她的"脖颈和美丽的双眸"便吓坏了，他移开眼睛，并把脸埋进床单之下。女神之前就正确地预测了她的真身会引起恐惧（参见第83行）。这下，谁才是更强者就毫无疑问了。驯顺的少女成了可怕的女神，而先前狂妄的爱人安奇塞斯成了战战兢兢的乞援人。④ 安奇塞斯以哀求的口吻坚称他从一开始就知道她是女神，是她欺骗并误导了他。他以宙斯的名义乞求她

μή με ζῶντ' ἀμενηνὸν ἐν ἀνθρώποισιν ἐάσῃς
ναίειν, ἀλλ' ἐλέαιρ'· ἐπεὶ οὐ βιοθάλμιος ἀνὴρ
γίγνεται, ὅς τε θεαῖς εὐνάζεται ἀθανάτῃσι.
别让我毫无力量地生活在人群中，
可怜可怜我；因为，与不朽的女神

---

① 参见《指阿波罗颂诗》202-203, 440-442, 444-445；《致德墨忒尔颂诗》275-280。亦见 F. Pfister, "Epiphanie", *RE* suppl. 4 (1924): 315-316。神灵现身是颂诗体裁的常规元素，关于这一点见 Lenz (1975), pp. 19-20。
② 《伊利亚特》xviii.519。
③ 达尔达诺斯不仅是特洛伊一脉的始祖，还是宙斯的儿子。参见《伊利亚特》第二十卷第 215—241 和 304 行中的谱系。
④ 参见 Smith (1981a), p. 65。Lenz (1975), p. 40 注意到，现在（第181行）是安奇塞斯移开了他的目光，而之前（第156行）是伪装的阿弗洛狄忒这么做。

同床共枕过的男子，生活不会兴旺。

(188—190)

认出女神和她的欺骗的安奇塞斯请求她的仁慈，但是他害怕的是什么？① 一些评注者引证提堤俄斯（Tityus）、俄里翁和伊克西翁，他们都与女神同床共枕过，或试图这么干过；他们都为他们的僭越（hybris）受到了杀鸡儆猴的惩罚。其他学者引用《奥德赛》第五卷第119—129行，卡吕普索（Calypso）列举了几个凡人被女神爱上的例子，男神嫉妒凡人男子的幸福，便杀了他们。② 不过，安奇塞斯的情况与上述两种情形都不完全吻合。不是他试图侵犯爱之女神，而是女神引诱了他。至于卡吕普索的控诉，它们显然发生在颂诗所叙述的事件之后，并且其实以颂诗中的事件为前提。那么，安奇塞斯害怕的既不是对僭越的惩罚，也不是神的嫉妒——不是诸神的某个仇恨举动，而是如贾科梅利（Giacomelli）最近论证的③，行为本身的直接后果：丧失 μένος[力量]。她还指出，我们不需要诉诸大母神和她的配偶的东方神话以寻找高度相似的同类例子。④ 在《奥德赛》的第十卷中，基尔克（Circe）先发

---

① Smith (1981a), p. 65 把安奇塞斯在这里的请求视作他在第102—106行中的请求的"消极与畏惧的"表达。Van der Ben (1981), p. 79 认为安奇塞斯在要求女神赐予他永生，如"别把我留在这儿与众人一起生活，把我带走"。对我来说没有说服力。

② Podbielski (1971), pp. 63-64 认为卡吕普索的发言是安奇塞斯的模板，但是他没有考虑颂诗的时间框架。AHS (1936), p. 363 认识到卡吕普索列举的例子与安奇塞斯的处境之间的差别，他们的结论是："也许安奇塞斯在这里的恐惧来源于他对超自然的力量感到一股模模糊糊的害怕。"

③ A. Giacomelli, "Aphrodite and After," *Phoenix* 34 (1980): 1-19.

④ Giacomelli (1980), p. 17: "这种害怕显然是属于希腊人的。"我赞同她对基尔克片段的解读，不过我认为在这个语境中引用伊克西翁的故事会误导人。

制人地邀请奥德修斯登上她的床榻。这个狡诈的英雄担心女神在他赤身露体之时把他变得"虚弱且丧失男子气"(341),便要求女神发誓不会给他"谋划其他一些可恶的痛苦"(344)。事后,基尔克给他沐浴,让他恢复精神,又招待他吃饭,舒缓他"摧心的疲惫"(363)——无疑是他了得的性活动带来的。同样,颂诗中的安奇塞斯也担心他与阿弗洛狄忒的结合会导致他陷入持久的无力状态,就像性交后的疲惫。不过,他还没有意识到未来的另一危险。安奇塞斯被阿弗洛狄忒欺骗,并不知道自己的僭越行为,但他在不知不觉中跨过了神人之间的界线,那时这一界线正要开始加固。

阿弗洛狄忒的回答构成了诗歌剩下的部分,这一段可以恰当地称为对前述情节的评述。① 同时,正如伦茨所注意到的②,这一部分回归到意料之中的尾声,即带我们回到宙斯的计划,全部的情节正是由宙斯的计划所引发。因此,我们有理由预期,女神的发言不仅会说明她刚刚与安奇塞斯的相遇,还会解释宙斯的计划所勾勒出的长远后果。整个发言过程中,我们有必要时时提醒自己,颂诗所表现的事件总是具有划时代意义。既然颂诗表明了一个时代的结束和一个新时代的开始,阿弗洛狄忒的发言就既解释了神人关系的旧秩序,也暗示了新时代将形成的新关系。如果说阿弗洛狄忒在颂诗前半部分的行为是这一变化的体现,那么她的语言则使我们同时看到新旧秩序,并因此说明了诗歌的关键特

---

① 参见 Podbielski (1971), p. 64。

② Lenz (1975), pp. 24-25. 比较《致德墨忒尔颂诗》的结构,这首诗开始于众神之中,结束时又回到他们中间。

征。即便如此，女神本身仅仅意识到她的行为的部分后果。尽管她的语言表明，她意识到在她对安奇塞斯燃起欲望这件事中宙斯所起的作用，但她从未完全了解他的终极计划，而她不自觉地执行了这一计划。只有作为听众的我们对奥林坡斯的宙斯的 ἄφθιτα μήδεα[不朽的谋划]知情。分享至高神的永恒谋划带来崇高的精神愉悦，这在某种程度上安慰了我们在与神的亲密关系上的丧失，而这丧失正是宙斯计划的目的。

因此，阿弗洛狄忒发言的复杂层次来自其三重功能。在女神对安奇塞斯说话的层面上，她的话语既安慰又警告了她的凡人爱人。同时，她又道出了她对人神关系的思索，她因与凡人强行接触以及意识到宙斯在其中的参与而思索。最后，她先知般地提到了未来，但她仅模糊地感知到未来的轮廓，她邀请我们参与未来并理解未来的演变及其必然性。

阿弗洛狄忒再次称安奇塞斯为"最耀眼的男子"（192），但她用 καταθνητῶν[终有一死的] 替代了她先前使用的饰词 χαμαιγενέων[土地生养的]（108），这也许更加强调了她亮明的神灵身份与他的凡人身份之间的差距。① 他不担心她的惩罚，或者"其他有福者的②，因为你对于诸神是亲爱的"（195）。安奇塞斯的行为并非僭越，也不会激起神的敌意。众神，或者至少是宙斯，绝没有妒忌他们的结合，反而促成了他们的结合。安奇塞斯仍像以前一样为众神所钟爱，他不会受到惩罚，而是会得到奖赏——不

---

① 参见 Smith (1981a), p. 126, n. 79。

② μακάρων 用来称神只出现在这里和第 92 行安奇塞斯向他所不认识的女神祈祷时。这一用语表明一种意识，即意识到受祝福的神和人类之间存在鸿沟。

是他担心的绝后,而是他曾经希望拥有的继承人。阿弗洛狄忒宣布,他们二人的结合将产生一子,他将统治特洛伊人,安奇塞斯的血脉将一直绵延。① 她的承诺至少部分地呼应了英雄自己之前对她的祈祷,他祈求"子孙繁盛"(104)。但是,她完全没有涉及他想要"在特洛伊人中卓尔不群"(102)的请求。也许阿弗洛狄忒的心爱之人总是无法希图英雄品性。② 无论如何,她宣称:我孕育的儿子

> ... Αἰνείας ὄνομ' ἔσσεται οὕνεκα μ' αἰνὸν
> ἔσχεν ἄχος ἕνεκα βροτοῦ ἀνέρος ἔμπεσον εὐνῇ.
> 名字叫作埃涅阿斯,因为我落入了
> 凡人的床榻,可怕的哀伤③ 俘获了我。
>
> (198—199)

阿弗洛狄忒说的是"落入安奇塞斯的床榻"④,这间接承认了她是被动的。不止如此,女神用赐予儿子的名字来纪念她痛苦的堕落,她从无忧无虑甚至从无责任的神堕落到与凡人发生了亲密接触,而这接触的产物必然是个哀伤。

阿弗洛狄忒肯定了众神对安奇塞斯的喜爱,为了进一步说明

---

① 给安奇塞斯的预言和《伊利亚特》第二十卷第307—308行给埃涅阿斯的预言不同,见 van der Ben (1981), pp. 81-82; and Lenz (1975), pp. 114-115。

② 关于阿弗洛狄忒的另一心爱人物帕里斯的缺乏英雄品性,见 H. Monsacré, *Les Larmes d'Achille* (Paris, 1984), pp. 41-51。

③ 哀伤一词的希腊文与埃涅阿斯名字的前半部分近似。——译者注。

④ 登上床榻通常用的词是 ἐπιβαίνω。参见第154和161行。《伊利亚特》第十八卷第85行说众神把忒提斯扔在了 (ἔμβαλον) 凡人男子的床上。

这一点，她继续说道，他这一族由于美貌始终"与神接近"——也就是说，这一族人拥有与神亲近的优越地位。① 她举伽倪墨得斯（Ganymede）的例子作为证据，宙斯

> ἥρπασε ὃν διὰ κάλλος ἵν' ἀθανάτοισι μετείη
> καί τε Διὸς κατὰ δῶμα θεοῖς ἐπιοινοχοεύοι.
> 因他的英俊掳走② 他，好让他活在不朽者当中
> 并在宙斯的宫殿中做侍酒者。

（203—204）

那里，伽倪墨得斯得到所有神灵的尊敬，他为奥林坡斯众神倒出使他们永远年轻美貌的琼浆玉液。③ 然而，特罗斯（Tros）因为儿子的离奇失踪悲伤不已，直至宙斯起了怜悯之心，赐他不死神马作为补偿④，并向伽倪墨得斯的父亲表明他儿子的命运：

> ... εἶπεν δὲ ἕκαστα
> Ζηνὸς ἐφημοσύνῃσι διάκτορος Ἀργειφόντης,
> ὡς ἔοι ἀθάνατος καὶ ἀγήρως ἶσα θεοῖσιν.
> ……信使赫尔墨斯，

---

① ἀγχίθεοι 一词在《奥德赛》中用于费埃克斯人。

② 在《伊利亚特》第二十卷第 234 行，是众神掳走伽倪墨得斯。《致阿弗洛狄忒颂诗》强调了伽倪墨得斯这件事中宙斯的主动性。参见 Lenz (1975), p. 108; and van der Ben (1981), pp. 83-84, 他理解了其中的暗示："宙斯能做的事，阿弗洛狄忒不能做。"

③ 参见 Clay (1981-1982), pp. 112-117。

④ 在《伊利亚特》第五卷第 265—268 行中，我们知道安奇塞斯偷了特罗斯的马，并给了埃涅阿斯两匹。

> 按照宙斯的吩咐，告诉了他一切，
>
> 他（伽倪墨得斯）将不死，甚至像神一样不老。
>
> （212—214）

特罗斯一听到这些便不再哀叹，而是为他的儿子如此非凡的命运欢喜起来。

由于事关颂诗的整体理解，我在此必须花一点篇幅反驳彼得·史密斯对这一片段的解读。① 史密斯对伽倪墨得斯命运的评价大体是消极的，他论证的第一个原因是特罗斯虽然获赠不死神马，但这不足以弥补他的丧子之痛。更重要的是，对伽倪墨得斯本人来说，他的神化包含人并不想要的元素：他将永远无法"长大"；"他没有发展的潜能"；"他的永生纯粹是消极的补偿性收获"。② 此外，他与宙斯的亲密关系永远无法补偿他所失去的普通人的父子关系。最后，史密斯基于奥德修斯与阿基琉斯所做出的选择，总结道："两大史诗的主人公都拒绝了长寿的机会，因为长寿意味着他们无法充分实现他们身为人的潜能。似乎不难想象，两位英雄如果有机会获得伽倪墨得斯的那种永生，会做出什么选择。"③ 史密斯误把"长寿"等同于众神永恒的不死。除了这个明显的错

---

① Smith (1981a), pp. 71-77.

② Smith (1981a), p. 74. Smith, p. 72亦从伽倪墨得斯在同性恋爱关系中是被动方这一事实中察觉到了一丝消极的暗示。R. Janko 在他给 Smith 的书评（*CR* 31 [1981]: 286）中提出，赫西俄德笔下的白银时代与"伽倪墨得斯永恒的青春期"对应。然而宙斯并不愿意这些巨婴在奥林坡斯等着他。事实上，他毁灭了他们。

③ Smith (1981a), pp. 76-77. 参见第75—76页他对奥德修斯与阿基琉斯的选择判断错误的解读。奥德修斯拒绝卡吕普索提供的永生选择经常被误读和感慨。参见 Clay (1983), p. 185. 阿基琉斯在短暂但辉煌与默默无闻但漫长的一生之间的选择，同样不是拒绝永生，而是明白永生在他的时代已无可能。

误以外，他对伽倪墨得斯角色的解读渗透了现代人的感受，这种感受与古希腊人对人类境遇的悲观评价以及他们对英雄主义的理解是背道而驰的。

仅有少数几个凡人由人升格为神——一位赫拉克勒斯，因其英雄的壮举与经历的诸多磨难①，一位伽倪墨得斯，因其超人类的美。一个时期以后，当神开始把他们自己与人分隔开来，就不再有人成神了。然而，并不因为成神很难甚或是不可能就使得成为神不值得向往和艳羡。对《致阿弗洛狄忒颂诗》中的伽倪墨得斯故事最好的评注是品达的《第一首奥林匹亚凯歌》(First Olympian)，这首诗通过坦塔洛斯（Tantalus）和佩洛普斯（Pelops）的神话宣告了英雄的人生可能性已发生变化。坦塔洛斯与众神关系亲密，因而极受祝福，然而他无法消受他的好运。他试图盗走众神的琼浆与珍馐，最终成为僭越的典型代表。坦塔洛斯的儿子佩洛普斯直接被描述为与伽倪墨得斯相似，是他的前身（43—45）②，波塞冬喜爱他，并把他带到奥林坡斯山上。当众神发现坦塔洛斯的罪孽，就把佩洛普斯送下奥林坡斯山，让他"回到短命的人类种族中去"（66）。佩洛普斯恢复了凡人之身以后，正是因为终有一死，才选择了英雄事业的危险，而不是"无名的老年"（83—84）。在喜爱他的波塞冬的帮助下，佩洛普斯历尽险阻，赢得了英雄的挑战，他的死亡得到了英雄崇拜仪式的祭奠。

品达对英雄主义的沉思清楚地表明，英雄主义仍是最后一

---

① 参见《致勇猛的赫拉克勒斯颂诗》。
② 参见 D. E. Gerber, *Pindar's Olympian One: A Commentary* (Toronto, 1982), pp. 79-80; and J. T. Kakrides, "Die Pelopssage bei Pindar," *Philologus* 85 (1930): 463-465. 二者都认为品达参照了伽倪墨得斯的故事来塑造他的佩洛普斯故事。

着，是丧失永生之后的次好之选。在《伊利亚特》的著名片段，通常被称作"英雄暗语"（the Code of the Hero）的那一段当中，萨尔佩冬对他的朋友格劳科斯（Glaucus）说出了类似的感想：

> 我的朋友，倘若我们从这场战争幸存，
> 你和我便可永远不老也不死，
> 那么我自己不会去前线作战，
> 也不会派你去往赐人荣誉的战役；
> 既然死亡的无算劫数始终围绕我们，
> 让我们上前吧，要么向别人夸耀，要么让某人向我们夸耀。①
> （《伊利亚特》xii.322—328）

毫无疑问，凡人神化在荷马史诗中已属前代之事，但伽倪墨得斯的命运——成为不死与不老的，仍然是人们能想象的至高与至好之事。在《致阿弗洛狄忒颂诗》中，女神讲述伽倪墨得斯的故事时完全没有相反的暗示。

阿弗洛狄忒为了进一步说明众神喜爱安奇塞斯家族这一论点，她又引证了第二个例子：黎明女神掳走美丽的提托诺斯（Tithonus）的故事。虽然故事的开头在各方面都与伽倪墨得斯的故事相似，但提托诺斯的故事发展成了对比鲜明的情景，提托诺斯的不幸与伽倪墨得斯受祝福的命运形成强烈的对照。同时，阿

---

① 参见 Griffin (1980), pp. 92-93 论这一片段："如果英雄真的和神一样，如果他能免于衰老和死亡，正如诸神那样，那么他也绝不是英雄了。" Smith (1981a), p. 129, n. 94 完全误解了这一片段。

弗洛狄忒还利用提托诺斯的寓言来解释并合理化她自身的处境。因此，提托诺斯的例子具有双重功能，既给理解伽倪墨得斯的故事带来了新角度，迫使我们重新评估该故事的某些特征，又给回到安奇塞斯与女神当前的困境奠定了基础。①

阿弗洛狄忒详细叙述了黎明女神厄俄斯带走提托诺斯——"他像极了不朽者"（219）——以后，是如何恳求宙斯赐予他永生。宙斯答应了她的请求，但是黎明女神忘记要求青春和"远离老年"。②只要提托诺斯葆有他"可爱的青春"，他就能享受厄俄斯的陪伴，但是当他的头发出现第一缕灰白，女神便离弃了他的床榻。这时她仍然把他留在"她的厅堂里"，关切地喂他"谷类和珍馐"。然而，一旦"可恨的老年"完全把他压垮，提托诺斯不再能行动，她就把他藏在了重门紧锁的内室。他什么都没有留下，除了他的声音，"无休无止地流淌着"③——那声音永远地哀叹些什么，我们只能猜测。随着提托诺斯不可避免地一步又一步衰朽，黎明女神也一步又一步地远离她往日的恋人。④

有一种解读称，黎明女神的疏忽（只要求永生而没有要求永葆青春）出于"她的轻率……或者不如说是爱情带来的盲目"。因此，故事的道德教训在于谴责不理智的激情。⑤但我认为，诗歌的

---

① 根据 Lenz (1975), p. 111，提托诺斯的故事具有"二重性"，既与伽倪墨得斯故事相似又与后者形成对比。

② 关于 ἀποξύνω 的含义，见 van der Ben (1981), p. 86。

③ 关于此处希腊文转变为现在时态的效果，见 Smith (1981a), p. 81。提托诺斯的声音现在仍在流淌。想象他可能在说什么的尝试，见丁尼生的《提托诺斯》。

④ 关于这一逐渐远离的各个阶段，见 Smith (1981a), pp. 73-31。

⑤ 参见 Podbielski (1971), pp. 71-72："'黎明女神'的轻率，或者不如说是她盲目的爱，带来的后果似乎是对她那不理性的疯狂之爱的谴责。"

重任在别处。叙事层面上说，厄俄斯只能向宙斯申请赐予她的凡人爱人永生。看起来唯独他有权力同意这样的请求，也唯独他有权力豁免人类共有的命运。其实，当他同意赫斯提亚保持贞洁的请求时，发挥的也是差不多的功能。仅有宙斯能赐予此类非同一般的特权和荣誉。这一点在故事的后续发展中将清晰地看到。

　　阿弗洛狄忒对安奇塞斯的讲述，丝毫没有给我们带来提托诺斯那种情况中的恐怖与怜悯。死亡本身看起来比永恒的衰老要好得多得多，后者被弥涅墨斯（Mimnermus）称为一种κακὸν ἄφθιτον，即"不朽之恶"①。荷马和赫西俄德都没有提及提托诺斯的悲惨命运，许多学者认为他的故事由颂诗诗人首创②，但真相是什么无法肯定。不管这个故事的出处是什么，这个故事都是在思索史诗中用来形容不朽的格套，这种格套总是有两种成分而非一种：ἀθάνατος καὶ ἀγήρως ἤματα πάντα，"永远不死也不老"。③ 这毫无疑问就是众神与伽倪墨得斯那种受祝福的状态，但这两种品质是可以分开的现象。提托诺斯是不死的，但却不是不老的。从这里可以发现一种模式，而到了颂诗的结尾，这两种范畴的所有可能的组合都会表现出来构成一个完整的系统。这样一来，它欣然接受，甚至邀请我们对它做二元对立的结构分析。这些我们之后再来考虑。而现在，我们必须记住它们在故事展开的戏剧逻辑中

---

① Mimnermus fr. 4.1 (West).

② Podbielski (1971), p. 70; Smith (1981a), p. 84; van der Ben (1981), p. 86; and C. Segal, "Tithonus and the Homeric Hymn to Aphrodite: A Comment," *Arethusa* 19 (1986): 45. 而 J. T. Kakrides, "ΤΙΘΩΝΟΣ," *Wiener Studien* 48 (1930): 25-38, 认为这个故事比颂诗古老。H. King, "Tithonos and the Tettix," *Arethusa* 19 (1986): 15-35, 不仅认为颂诗诗人了解这个神话，还认为阿弗洛狄忒在她的发言中隐去了故事的结局，即提托诺斯变形为知了，因为这个结局不符合她的修辞目的。

③ 参见 Clay (1981-1982), pp. 112-117。

的动态功能。

　　阿弗洛狄忒显然从提托诺斯的命运联系到了安奇塞斯的处境。① 她举提托诺斯的例子，是为了证明她不选择安奇塞斯做她的配偶的决定是正确的：

> οὐκ ἂν ἐγώ γε σὲ τοῖον ἐν ἀθανάτοισιν ἑλοίμην
> ἀθάνατόν τ᾽ εἶναι καὶ ζώειν ἤματα πάντα.
> ἀλλ᾽ εἰ μὲν τοιοῦτος ἐὼν εἶδός τε δέμας τε
> ζώοις, ἡμέτερός τε πόσις κεκλημένος εἴης,
> οὐκ ἂν ἔπειτά μ᾽ ἄχος πυκινὰς φρένας ἀμφικαλύπτοι.
> νῦν δέ σε μὲν τάχα γῆρας ὁμοίιον ἀμφικαλύψει
> νηλειές, τό τ᾽ ἔπειτα παρίσταται ἀνθρώποισιν,
> οὐλόμενον καματηρόν, ὅ τε στυγέουσι θεοί περ.
> 我真不会愿意让你加入不朽者，
> 成为不死的，永远活着，
> 除非你能保持现在的形象与身型
> 而活着，并被称作我的丈夫，
> 那么悲伤不会包围我灵巧的心，
> 但事实是，压倒一切的老年会无情地
> 包围你，也从此光临可恶、劳苦的
> 人类，甚至连众神都厌弃老年。
>
> （239—246）

---

① Van der Ben (1981), p. 85 说提托诺斯的故事是阿弗洛狄忒论证的主要前提。

阿弗洛狄忒的论证不讲逻辑，似是而非，但很具修辞效果。女神强调了提托诺斯的可怕处境之后，坚定地表明她不希望这样的命运降临到安奇塞斯身上。她向他暗示，保持肉眼凡胎要比承受这样的不朽好得多。然而，她的论点很容易被一个简单的事实削弱，即阿弗洛狄忒没有理由也会重复厄俄斯的愚蠢错误。同时，阿弗洛狄忒继续说道，如果安奇塞斯能像他现在一样年轻英俊——即像一个伽倪墨得斯——并成为她的配偶，那她就不会悲伤了。然而这一可能性被无声地否决了，这是不可能的："但事实是……"如果我们留意到了伽倪墨得斯和提托诺斯的故事，就可以理解否决背后的原因：宙斯有权力使他心爱的伽倪墨得斯永生，而黎明女神为了她的爱人获得永生需要请求宙斯。阿弗洛狄忒也需要代替安奇塞斯向宙斯申请，而这恰恰是她做不到的。① 对厄俄斯来说，带着她的请求来到宙斯面前也许不成问题，但阿弗洛狄忒默认这种可能连想都不用想。因此，她的发言表明她意识到宙斯在整件事中发挥的作用。阿弗洛狄忒知道，她向宙斯请求安奇塞斯的永生一定会被轻蔑地拒绝，因为他从一开始就想给阿弗洛狄忒一个教训。宙斯使她不由自主地对一个凡人产生欲望，就是他布下的陷阱。但是只有阿弗洛狄忒认识到，她无法逃脱这样一种结合注定会带来的悲伤与痛苦——因为逃脱的唯一手段掌握在设下陷阱的那位神手里，陷阱的机关才啪嗒合上。

有人可能会反驳，颂诗并没有明确说明阿弗洛狄忒意识到她的窘境里宙斯所起的作用。然而，根据戏剧性逻辑与叙事逻辑，

---

① 参见 Boedeker (1974), p. 80："在《致阿弗洛狄忒颂诗》中，阿弗洛狄忒正如厄俄斯，显然无法凭借自身给她的爱人带来永生。这个能力属于宙斯。"亦见 van der Ben (1981), p. 87。

必须如此假设。我们已经看到，虽然诗歌未言明，她在现身瞬间的醒悟，正与安奇塞斯发现她的神灵身份相呼应。此外，如果我们不默认这一点，就得牺牲一种连贯的解读，不仅是这一片段要牺牲，整首诗也失去了连贯的解读。伽倪墨得斯和提托诺斯这两个神话先例将与安奇塞斯的故事失去真正的联系，沦为"推测性的象征"，而阿弗洛狄忒的发言就属于"日常逻辑的瘫痪"。① 史密斯最终形成上述观点，他所依据的论点是，"如果这是严肃的神话而不仅仅是一个愿望实现的幻想"，我们就必须接受"指导神话的潜在现实之一……是人类无法改变的有死性"。② 我无法反驳颂诗所讲述的神话具有严肃性这一主张。但是，人类以前可以不死，而现在且永远也不可能获得永生的命运，并从此把自己交付给有死性，颂诗的严肃性正在于它解释了这一切是如何发生的。

阿弗洛狄忒以一种可以说是奥林坡斯的傲慢给安奇塞斯的未来命运盖了钢戳，然后她道出了自己的未来：

> αὐτὰρ ἐμοὶ μέγ' ὄνειδος ἐν ἀθανάτοισι θεοῖσιν
> ἔσσεται ἤματα πάντα διαμπερὲς εἵνεκα σεῖο,
> οἳ πρὶν ἐμοὺς ὀάρους καὶ μήτιας, αἷς ποτε πάντας
> ἀθανάτους συνέμιξα καταθνητῇσι γυναιξί,

---

① Smith (1981a), pp. 88-89. 参见第 90 页："诗人并置了"伽倪墨得斯、提托诺斯和安奇塞斯的故事，即便这样并置不能给故事制造任何效果"（强调为原文所有）。Smith 至少没有忽视此处的逻辑与连贯性问题，但是他倾向于绕过这一点带来的问题。伦茨的评注（[1975], p.122）完全不能令人满意："诗人无法违背神话传统，让女神向宙斯请求安奇塞斯的永生和永葆青春。" Càssola (1975), p. 248 注意到"诗歌的逻辑发展进程中出现了一丝裂缝"，但是归因于颂诗吟诵时的临场发挥。

② Smith (1981a), pp. 87-88.

> τάρβεσκον · πάντας γὰρ ἐμὸν δάμνασκε νόημα.
> 然而等着我的将是众神永不停止的
> 严厉羞辱，这是为了你的缘故，
> 他们以往常常对我的挑逗和密谋瑟瑟发抖，因为
> 我一度让所有男神都与凡人女子交媾；
> 我的计策曾经能战胜他们所有神。
>
> （247—251）

192 安奇塞斯和阿弗洛狄忒必须各走各的。他仍是肉眼凡胎，屈服于他终有一死的命运，而她将返回奥林坡斯山。可是在那里，她与凡人的短暂相遇将永远是众神可以羞辱她的把柄。① 阿弗洛狄忒描述她先前战胜所有神的非凡力量时，仅提到她给男神和凡人女子带去的结合。也许她认为她对女神的征服是较小的胜利，因为这种情况并不总是意味着强者败在弱者的手里。② 尽管男神与凡人女子的结合以及女神与凡人男子更稀少的结合都能生出有死的英雄，后者似乎带来更痛苦的情感联结，因为它们更持久。我们立刻会想到忒提斯，那位悲伤的母亲（mater dolorosa），δυσαριστοτόκεια[最高贵之人的不幸母亲]，她不仅要承受佩琉斯的衰老，还要承受阿基琉斯的英年早逝。即便阿弗洛狄忒试图切断与安奇塞斯的联系，即便她不久便会和她的孩子保持距离，她还是承认她的神灵母亲身份是痛苦的，这从她赐予儿子的名字可以看出。因此，女神忽略她对女性神灵的胜利表明，她尴尬地意

---

① 此处 ὄνειδος 的用法，见 van der Ben (1981), pp. 88-89。
② Van der Ben (1981), p. 89 仅提到，男神在这方面更主动，因此这类结合更常见。

识到自身的处境。

阿弗洛狄忒横扫一切的征服属于过去："如今不再……"（252）。遗憾的是，在这紧要关头，文本并不完全清晰。① 从文本看，女神似乎在说，她不再能"向众神提及此"。"此"（τοῦτο [253]）一定是指 νόημα 了，即阿弗洛狄忒使神与凡人乱交的"计策"，也包括前面对她过往战无不胜力量的全部描述。许多批评家止步于认为阿弗洛狄忒只是放弃了她以往对自己战无不胜的夸耀。② 但是如我们前面已经看到的，宙斯的计划远不止阻止阿弗洛狄忒嘲弄那些落入她的力量之罗网的诸神。所以阿弗洛狄忒在这里意识到，她再也无法提及那些胜利，因为再没有胜利可言了；她设法制造混合婚姻的日子永远结束了，

ἐπεὶ μάλα πολλὸν ἀάσθην

σχέτλιον, οὐκ ὀνοταστόν, ἀπεπλάγχθην δὲ νόοιο,

παῖδα δ' ὑπὸ ζώνῃ ἐθέμην βροτῷ εὐνηθεῖσα.

由于我被轻率的盲目——

---

① 诸手稿在第 252 行的读法是 στοναχήσεται，这不是希腊文。Hermann (1806), Baumeister (1860), Humbert (1936), and AHS (1936) 读作 στόμα χείσεται，"我的嘴不再限制我说出他们的名字"，意思很牵强。Gemoll (1886) 和 Càssola (1975) 接受 στόμα τλήσεται 的读法，"我的嘴不敢再说出他们的名字"，意思上更通，但格律不对。参见 P. M. Smith, "Notes on the Text of the Fifth Homeric Hymn," *HSCP* 83 (1979): 34-35。Kamerbeek (1967), pp. 392-393 赞同 στόμ' ἀχήσεται，"我的嘴不再大声喊出他们的名字"。Van Eck (1978), pp. 86-87 提出了 στοναχὴ (ἔ)σεται，"但是现在，那不再是众神一提起便会叹息的理由"，这保留了抄本的读法，但是没有说服力。Van der Ben (1981), p. 90 提出了最大胆的修订：νῦν δὲ δὴ μοι γάμων ἔσσεται ἐξονομῆναι / τοῦτο ἐν ἀθανάτοισιν，"现在，不可能再说出这种类型的婚姻"。

② 例如 Bickerman (1976), p. 239："她一度使所有神灵与凡人女子配偶，但她现在不敢再公然谈论其他神的过失。"亦见上文注 43。van der Ben (1981), p. 92 的观点是例外。

那坏得难以形容①的坏东西——俘获并丧失理智；
在与一个凡人共枕后，我的腰带下有了一个孩子。

（253—255）

阿弗洛狄忒怀了凡人的孩子，她像她之前的受害者一样成了盲目的愚蠢②和疯狂的猎物。女神认识到神和人的结合只会制造悲伤之后，把注意力转移到她将产下的儿子的未来上，我们现在知道，这个孩子是半神种族的最后一位。

在这首颂诗中，人与神的鸿沟由两组对立确定：终有一死／不死，以及变老／不老。尽管这两组对立贯穿全诗，但直到阿弗洛狄忒描述她儿子未来的保姆（257—273）时才凸显出来。早期的一些学者认为对宁芙们长篇累牍的描述要么是不必要的，要么仅仅是生动的插曲③，而一些现代批评家已经认识到这段插曲在诗歌整体结构中的功能。④我们得知，将来照顾婴儿埃涅阿斯的宁芙们，她们住在伊达山上，过着既不像凡人也不像不朽者那样的生活：她们活得很久，吃神的食物。她们与神舞蹈，甚至与那些身份低微的自然神祇交合，比如老年萨提尔（Silenes），还与赫尔墨

---

① ὀνομαστόν 是 Gemoll (1886), Humbert (1936), Kamerbeek (1967), p. 393, Càssola (1975), Smith (1979), pp. 36-37 的读法，明显比 AHS (1936) 的 ὀνοταστόν 可取。

② 与 πολλὸν ἀάσθην 这一表达最为相似的表达出现在《伊利亚特》第十九卷第 113 行，阿伽门农描述了即便是宙斯也会遭遇痛苦（atē），例如赫拉在赫拉克勒斯出生前夕戏弄了宙斯。我怀疑第 253 行从阿弗洛狄忒的嘴里说出来的这个短语是否同样表明，她知道对她耍的把戏。

③ 早前把宁芙部分作为衍文置于括号中，见 Baumeister (1860), p. 252, and Gemoll (1886), p. 274。参见 van Groningen (1958), p. 106, 对他来说，这几行仍是"插在中间的"离题。

④ 参见 Podbielski (1971), pp. 75-77; Segal (1974), pp. 209—211; Smith (1981a), pp. 92-95; and van der Ben (1981), p. 94。

斯交合。这些宁芙的生活以某种特别的方式与群山——它们被称为"不朽者的领地"（267）——中巨大的橡树与松树紧密相连，没有哪个凡人敢砍倒这些树。这些树枯死之日，便是宁芙"离开日光"（272）之时。

女神与凡人的后代由这些中间物养育再合适不过了，她们的栖息地正好是孕育这个孩子的荒野，也属于阿弗洛狄忒的领地。但是用于描述这些林间宁芙的篇幅和细节超乎寻常，这表明她们出现在诗歌中的功能超出了单纯的叙事。实际上，描述宁芙的这段插曲完成了由伽倪墨得斯故事开始的系列事例，这一系列可以用下面的对应关系说明：

伽倪墨得斯	提托诺斯	宁芙	安奇塞斯
永生	永生	终有一死	终有一死
不老	变老	不老	变老

如西格尔已指出的，这一对应关系还可进一步发展为囊括与每位成员匹配的餐饮和空间范围：

奥林坡斯	海洋	伊达荒野	特洛伊
珍馐/琼浆	珍馐/谷物	珍馐类食物	谷物

我们可以清晰地看到一个有意味的对立与呼应模式，这种模式可以道出颂诗的主要关注背后的各种可能性与组合。① 但是有必要指

---

① 关于颂诗中的其他结构成分与呼应，参见 Segal (1974)；亦见他的重申 (1986), pp. 37-44。

出，完整的图式要等到诗歌结尾介绍宁芙时才全部浮现。① 在那一点上，我们可以回看伽倪墨得斯和提托诺斯的故事，并从这一新的视角重估它们的意义。

用列维-斯特劳斯式的话语来说，中间的两列就像是介于终有一死和不死两个极端之间的过渡部分。不过，提托诺斯这个案例只能被视作败笔。他永恒的衰老是比死亡更糟的命运，阿弗洛狄忒用他的例子来使安奇塞斯甘心于他的凡人身份。而宁芙们则提供了调和神人的成功例子。在叙事层面上，她们其实就是把埃涅阿斯从他的神灵母亲转交给他的凡人父亲的中介。同样，她们既和神也和人交合。② 但是，在我们可称为象征的层面上，宁芙们，或者说她们的生命之所系——树木，暗示着人神矛盾的调和。③ 这些橡树或枞木从"养育众多的土地"中生长出来，而那土地是人类的居所，也是神的圣林所在。它们蓬勃地生长着，在它们的漫长生命中不断更新，直到死期降临。然后它们干枯，枝干落尽。

树木和人类的象征性联系在古希腊文学中十分平常。个体的人会被称为枝条或嫩枝，将像树一样成长、繁茂。《伊利亚特》中，普里阿摩斯用颂诗诗人形容树的词——τηλεθάοντες，"繁盛"——来描述他的儿子们（266）。④ 衍生自植物生长的观念，同一个动

---

① 我要强调，尊重文本的线性进程，以及一些核心母题在线性进程中出现的顺序很重要。因此，在我看来，不顾主题性模式或母题出现的时机与方式就先行分析它们，是一种坏的批评。

② 这一点在第284—285行变得清晰。关于宁芙是英雄的保姆，见赫西俄德残篇145.1-2 (Merkelbach-West)，宙斯明确把他的儿子米诺斯托付给宁芙。

③ 参见 Smith (1981a), pp. 92-95; and Segal (1974), pp. 209-211。

④ 《伊利亚特》xxii.423. 尤其参见《伊利亚特》xviii.437-438忒提斯对年轻的阿基琉斯的描述："他像一棵小树一样生长，/ 而我就像培育果园高地里的幼苗一样看护他。"

词词根出现在安奇塞斯的请求"子孙繁盛"（θαλερὸν γόνον [104]）中。最后，阿弗洛狄忒自己也把她的儿子称为"嫩枝"（θάλος [278]）。荷马史诗中的一个著名片段用精巧的比喻逐步表现人和树的关系：

> οἵη περ φύλλων γενεή, τοίη δὲ καὶ ἀνδρῶν.
> φύλλα τὰ μέν τ' ἄνεμος χαμάδις χέει, ἄλλα δέ θ' ὕλη
> τηλεθόωσα φύει, ἔαρος δ' ἐπιγίγνεται ὥρη ·
> ὣς ἀνδρῶν γενεή ἡ μὲν φύει ἡ δ' ἀπολήγει.
> 就像树叶的更替，人也是如此。
> 一些叶子被风吹到地上，又有一些由繁盛的
> 森林带来，春天的季节便来了。
> 人的世代也是这样：一代生长，而一代凋零。
>
> （《伊利亚特》vi.146-149）

树叶有更替，但森林永存，并在每个春天自我更新。[①] 毫无疑问，从神的视角看，这一意象说明人类的生命短暂得可怜。所以阿波罗可以以此来劝说波塞冬不再因凡人而与他争战：

> ἐννοσίγαι', οὐκ ἄν με σαόφρονα μυθήσαιο
> ἔμμεναι, εἰ δὴ σοί γε βροτῶν ἔνεκα πτολεμίξω
> δειλῶν, οἳ φύλλοισιν ἐοικότες ἄλλοτε μέν τε

[①] 关于这一传统主题，见 M. Griffith, "Man and the Leaves: A Study of Mimnermos fr. 2," *California Studies in Classical Antiquity* 8 (1975): 73-88。

> ζαφλεγέες τελέθουσιν ἀρούρης καρπὸν ἔδοντες,
> ἄλλοτε δὲ φθινύθουσιν ἀκήριοι.
> 大地摇撼者，你不会说我是理智的，
> 如果我为了凡人的缘故与你作战，
> 可怜的生物，他们就像树叶，一时
> 因饱餐土地的养分而繁盛非常，
> 下一刻，他们便枯萎、消亡了。
>
> （《伊利亚特》xxi.462-466）

然而，从人类的角度来说，家族的绵延稍微弥补了人类生命的短暂。由于代代相传，种族比个人更长久，人类正是必须在这种有限的存续中找到慰藉。① 阿弗洛狄忒给安奇塞斯生下的孩子将延续他的血脉，在他丧失永生以及不可能与女神永久结合之后，为他带来安慰。

阿弗洛狄忒继续说道②，第五年上她会把她的儿子带给安奇塞斯：

> τὸν μὲν ἐπὴν δὴ πρῶτον ἴδῃς θάλος ὀφθαλμοῖσι,
> γηθήσεις ὁρόων· μάλα γὰρ θεοείκελος ἔσται.
> 当你的双眼第一次见到你的嫩枝，

---

① 根据 Smith (1981a) 的观点，这是颂诗传递的核心信息。

② AHS (1936), p. 371 捍卫抄本第 274—277 行的文本原貌。Hermann (1806) 及 Gemoll (1886) 把第 277—278 行括在括号中。Baumeister (1860), Humbert (1936), and Càssola (1975) 删去了第 274—275 行。参见 Smith (1979), pp. 39-41。Van der Ben (1981), p. 95 把第 275 行移至第 227 和 278 行之间。但是问题正出在第 275 行上，因为这一行把宁芙称为女神，即便诗人颇费心思地描述她们与神和凡人的不同。因此，我不得不同意把第 274—275 行视为衍文的学者们的意见。

> 你将为你所看到的欢喜，因他会极其像神。
>
> （278—279）

某种意义上，安奇塞斯刚一遇见阿弗洛狄忒时所说出的完全属人的祷词得到了回应。成神及以后与女神的性结合二者都遭到否决以后，祷词与牺牲仍是与神往来的恰当渠道。第 279 行所使用的 θεοείκελος 不仅是出于惯例。埃涅阿斯与神的相像并非简单地证明他的美貌；人神结合的最后一位后代之所以会极其像神，是因为他的血脉里流淌着神的血液。不久之后，安奇塞斯便会带他的儿子去特洛伊。埃涅阿斯孕育于荒野且在那里得到养育之后，将加入人类的社群。①

阿弗洛狄忒发言的结尾是对安奇塞斯的郑重禁令与警告②：有任何凡人问起他儿子的母亲，安奇塞斯必须回答埃涅阿斯的母亲是伊达的宁芙之一：

> εἰ δέ κεν ἐξείπῃς καὶ ἐπεύξεαι ἄφρονι θυμῷ
> ἐν φιλότητι μιγῆναι ἐυστεφάνῳ Κυθερείῃ,
> Ζεύς σε χολωσάμενος βαλέει ψολόεντι κεραυνῷ.
> εἴρηταί τοι πάντα · σὺ δὲ φρεσὶ σῇσι νοήσας
> ἴσχεο μηδ᾽ ὀνόμαινε, θεῶν δ᾽ ἐποπίζεο μῆνιν.
> 但你若胆敢说出，且头脑不理智地夸耀，

---

① 关于城邦的调节功能，见 Segal (1974), pp. 206-207。
② Smith (1981a), p. 98 正确地指出阿弗洛狄忒在这里的发言有一个"主题与声调的突变"："她此刻在意的是隐私和掩饰真相，这与她现身以来对安奇塞斯基本高调的行为大不相同。"（p. 99）但是史密斯没有解释阿弗洛狄忒何以改变声调。

> 你曾和戴美丽花环的库特瑞娅做爱,
> 发怒的宙斯将用他燃烧的雷电击杀你。
> 一切都告诉你了。而你,心中明白,
> 要克制,也不要提起;敬畏诸神的愤怒。

(286—290)

最后的最后,阿弗洛狄忒亮明了她的身份,但同时也勒令她的爱人保密。这一戒令叫人费解。如史密斯所评论的,既然阿弗洛狄忒不可能向诸神掩饰她成为母亲的事实,"那么她让人类不知道这件事有什么好处呢?"① 尽管阿弗洛狄忒的陷落也许会削弱她在奥林坡斯山上的权势,但她与人类的关系却完全没有影响她在凡人眼中的地位,凡人无一例外地臣服于她的统治。毕竟颂诗本身在细细道来故事的同时,也赞颂了爱之女神的力量。

要回答这个问题,我们必须牢记颂诗呈现了人神关系史上的一个关键时刻。我们想起,宙斯的计划旨在终结人神之间的性结合,并借此结束英雄时代。他的谋划大获全胜;阿弗洛狄忒由于她痛苦耻辱的经历再也不会制造那样的结合。分隔神与凡人的沟堑在这首诗的进程中已变得更深、更宽:新的时代已经初现。虽然阿弗洛狄忒向安奇塞斯保证,他与她的结合不会遭到惩罚,但

---

① Smith (1981a), p. 98 继续说道:"人们会猜测,她这么做的好处极少,因为阿弗洛狄忒与性有关这件事本身对她来说并非尴尬之事;无论如何,即便秘密泄露,凡人知道她是埃涅阿斯的母亲,对她的尊重也不会有一丝减少。"然而,Lenz (1975), pp. 42-43 认为安奇塞斯揭露他俩的风流韵事会构成对女神的进一步羞辱。但是他似乎有点儿自相矛盾,因为他又说,在众神眼里,阿弗洛狄忒的行为是失败的,但在凡人眼里,她的行为仍是胜利的,也标志着她的权力。

她现在威胁他，只要他泄露出去便会受罚。尽管他与她的交合被定为无辜的，但泄露这件事则构成了僭越行为。女神使用的语言明晰了这一点：她说到不理智的夸耀、发怒的宙斯，以及"诸神的愤怒"——不仅是她自己的。μῆνις，神的愤怒，由人类总是意欲消除人神区别并跨越人神界线的举动所激发。① 但由于颂诗站在新时代的门槛上，界线本身重新得到了界定。以前可能允许的，现在甚至言语提到都成了僭越。

阿弗洛狄忒预言，安奇塞斯一旦不留心她的警告就会遭致惩罚，而这惩罚不是出自她，是出自宙斯的雷电。宙斯通常用雷电击杀僭越他的秩序的敌人。② 这里有一个明显的悖论：宙斯一开始设法削弱阿弗洛狄忒在诸神之间的权力，但现在看似是她的捍卫者。③ 但是，只要我们意识到，宙斯的雷电惩罚的不是仅针对阿弗洛狄忒的冒犯，而是攻击所有神灵并挑战奥林坡斯秩序的自负举动，矛盾便消失了。

显然，安奇塞斯不顾女神的郑重警告，泄露了秘密，因为我们——颂诗的听众——知道了。因此就有了第二个问题：惩罚执行了吗？还是阿弗洛狄忒的威胁就像她的禁令一样无效？颂诗最早的一批听众无疑是熟悉安奇塞斯的最终命运的，但我们就没那

---

① 参见 Clay (1983), pp. 65-68。

② 关于宙斯的雷电，见《伊利亚特》xv.117-18, xxi.198 和《奥德赛》5.125-128, 12.415-419。参见《神谱》839-856 和赫西俄德残篇 51 (Merkelbach-West) 中的提示。

③ 参见 Lenz (1975), p. 150, n. 1: "第 45 行以下的位置，宙斯为了捍卫神的声望而反对一位女神，而在第 286—288 行，宙斯为了捍卫女神而反对人类。"不过，已经预告过的宙斯在颂诗结尾的干涉不只是捍卫阿弗洛狄忒，而是捍卫所有神灵。宙斯的行为从始至终完全一致。参见 van Eck (1978), p. 97: "宙斯限制阿弗洛狄忒的尊荣，以保护其他神灵的尊荣；而现在，他又保护阿弗洛狄忒的尊荣免受人类的漠视。"

么好运了。根据某个可能追溯至史诗诗系的传统①，安奇塞斯只是被宙斯的闪电弄成了跛腿和盲人，还和他的儿子一道在特洛伊的陷落中幸存下来。这些后来的传统可能是在试图将第187—190行中安奇塞斯对残疾的恐惧与阿弗洛狄忒最后的威胁协调起来。但是这个故事的某些版本中的浪漫色彩——据称，阿弗洛狄忒为她以前的爱人求情——表明，上述版本缓和了更早版本的残暴程度，原本安奇塞斯其实被杀死了。②至少《伊利亚特》就暗示了这一结果，那里，埃涅阿斯是在他姐夫的家中长大的。③最后的一点分析是，依据纯粹的内部证据，也可能得出阿弗洛狄忒郑重声明的威胁最终实现的结论。阿弗洛狄忒说话的口吻并不是一位因自己受到冒犯而愤慨的神灵，而是一位警告僭越行为的威风凛凛的神灵。

ὣς εἰποῦσ' ἤϊξε πρὸς οὐρανὸν ἠνεμόεντα.
这么说完，她便飞向多风的天界了。

（291）

---

① 见 Lenz (1975), pp. 144-152 的讨论。

② Servius 在评注《埃涅阿斯纪》2.649 时，详细叙述了安奇塞斯仅是微瘸，因为阿弗洛狄忒使雷电偏离了目标。但是，在《埃涅阿斯纪》1.617，他又称安奇塞斯双目失明。Rose (1924), p. 16 相当执拗地主张，宙斯的雷电实际上赐予了安奇塞斯永生。Lenz (1975), p. 147, 假定颂诗预设了安奇塞斯瘸腿的传统。参见 Kamerbeek (1967), p. 394, 他认为安奇塞斯既没有受到目盲的惩罚，也没有受到瘫痪的惩罚，而 Smith (1981a), p. 99 没有明确安奇塞斯所受惩罚的确切性质。Van der Ben (1981), pp. 97-99, 认同阿弗洛狄忒用死亡来威胁安奇塞斯，但认为安奇塞斯从未违反禁令。

③ 《伊利亚特》xiii.465-466。在 Hyginus, *Fabula* 94, 安奇塞斯因泄露秘密而被杀死，这通常被视作后来的版本，但同样有可能是早期版本，特别是由于 Hyginus 亦（在第 254 和 260 行）保存了安奇塞斯存活的传统，这个传统在《埃涅阿斯纪》中成为正典。

颂诗戛然而止，安奇塞斯没有机会回应。而在女神返回的奥林坡斯山上，秩序恢复了。阿弗洛狄忒不再违抗她的父亲，从此成为宙斯真正的女儿。至此，我们就很清楚，颂诗诗人为什么没有采用赫西俄德的版本，把阿弗洛狄忒说成是诞生自去势的乌拉诺斯的精子中（188—200）——尽管他显然熟悉《神谱》，而是选择追随荷马的说法，把女神当作宙斯的女儿。在《致阿弗洛狄忒颂诗》中，女神的行为仍是奥林坡斯家族内部的不服从，而不是作为辈分在宙斯之上的更老的神灵从奥林坡斯家族外部发起的挑战。①

阿弗洛狄忒发言到最后，她不仅作为她自己在说话，更是作为新秩序的代表和保卫者在说话。她最后的话确保了奥林坡斯众神之间重建的团结。与此同时，阿弗洛狄忒无礼地离开此地回到奥林坡斯，标志着一个时代的终结，原本众神与凡人共享如今不复存在的亲密；也开启了一个新时代，他们不再能随心所欲地在大地上往来，也不能再结合以生出半神。不过，众神在他们遥远的居所奥林坡斯山上，会继续加强隔离的新秩序。对我们而言，我们必须放弃永生的念头，也放弃与神结合的愿望。新时代的暗语很可能是阿尔克曼的格言："勿挖空心思娶阿弗洛狄忒为妻。"②《致阿弗洛狄忒颂诗》解释了我们如何丧失与神的亲密并证明了其正当性，借此，颂诗命我们与终有一死的命运和解。

---

① 参见 Boedeker (1974), p. 37："阿弗洛狄忒身为宙斯女儿的身份暗示，她也臣服于他，这个主题经常影响颂诗对阿弗洛狄忒的刻画。" Solmsen (1968), p. 67, n. 1，尽管他对颂诗中的"赫西俄德式"神谱感兴趣，但他忽视了这个问题："人们充其量只能问，为什么诗人不首先说出……阿弗洛狄忒的双亲与谱系；但这样思考价值有限。我们的颂诗诗人对谱系几乎不感兴趣。"

② *Partheneion* 17 (fr. 1, Page).

第四章　致德墨忒尔颂诗

《致德墨忒尔颂诗》是长篇荷马颂诗中最有名的，也是最近五十年来唯一有完整的学术评注本的一首。① 神话的耳熟能详和叙事的魅力甚至吸引了那些不认为自己的研究领域是希腊神话的学者。泊耳塞福涅被死神劫走、德墨忒尔的寻找和哀叹，以及母亲和女儿最后的欣然重聚，这个故事比任何一个其他古希腊神话都更好地证明了希腊想象力中的人性，这种人性把四季轮回的永恒宇宙现象与丧失及重生的神灵戏剧相联系。颂诗本身，连同其中仁慈（charis）和庄重（semnotēs）的混合，带来了一系列令人着迷的场景：摘花的泊耳塞福涅无邪的喜悦；克琉斯（Celeus）的女儿们像牛犊或小鹿那样欢跃；戴黑面纱的德墨忒尔沉默而令人敬畏的形象；还有墨塔涅拉（Metaneira）在家中看到可敬的女神现身时吓得说不出话来。②

在继续运用引言里提出的大框架解读颂诗之前，我们必须先清除一些"学术灌木"。毫无疑问，颂诗与厄琉息斯崇拜的关系一直是学术研究的核心兴趣，但是这个问题也间接拖慢了研究这首诗的步伐。艾伦、哈利迪和赛克斯评价道："尽管这首颂诗有很高

---

① Richardson (1974).
② 参见 Fränkel (1962), pp. 288-289 的赞美之词。

的诗歌价值，但它主要的重要性也许在于这是有关厄琉息斯秘仪最古老的记载。"① 研究古代宗教的史学家们注定会被这首颂诗吸引，因为它似乎为古代最严守的秘密——厄琉息斯**二女神**的神圣秘仪——提供了重要线索。关于秘仪的内容，我们拥有的明确信息绝大部分来自基督教的护教士——不可靠也不是客观的资料来源。即便是晚至保萨尼阿斯（Pausanias）和普鲁塔克的作家们也都恪守神圣的训令，保守仪式的秘密；我们可以回忆一下，在公元前5世纪晚期雅典的"启蒙"氛围中，玷污秘仪的控诉导致阿尔基比亚德（Alcibiades）被放逐，甚至造成了雅典的战败与衰落。最后，碑铭证据虽然数量颇丰，但内容多是圣所的实际管理事务。而《致德墨忒尔颂诗》是有关这一宗教崇拜建立最完整也是最早的记录，于是不可避免地，人们会在颂诗中搜寻蛛丝马迹，以了解一年一度在终殿（telesterion）举行的入教仪式（initiation）上发生了什么。毕竟我们能拿来作依据的太少；而学术研究就像自然一样，拒绝真空。

然而，追踪秘密仪式的线索在某种程度上损害了对颂诗的解读。每一个乍看与叙事关系不大的细节，人们都会诉诸仪式活动来解释。举例来说，通常认为赫卡特之所以出现在叙事中，仅仅是因为她在厄琉息斯秘教中扮演了一个角色。② 因此，她在颂诗中

---

① AHS (1936), p. 118. 完全以神话-仪式的路径解读诗歌，见 F. Wehrli, "Die Mysterien von Eleusis," *ARW* 31 (1934): 77-104. Clinton (1986), p. 44 指出，"诗歌的某些方面……表明诗人对厄琉息斯事务的了解一点也不深入"。克林顿在他这篇重要文章的结论部分提出，学者们有时太过专注于颂诗，这其实阻碍了他们对秘仪实际情形的理解（p. 49）。

② Richardson (1974), p. 156. 为方便起见，我从理查森的评注中引用了许多这类"仪式的"解释，尽管他通常没有其他学者那么教条。

的露面被认定为纯粹解释秘仪起源的，而她重要的叙事功能被忽视了。同样的，德墨忒尔寻找泊耳塞福涅时举着火炬反映的是秘仪举行时的火炬游行①，第59—61行中女神的沉默也被"解释为秘教的特征之一"②。证据更不充分的意见说，德墨忒尔寻女时九天禁食，对应的是"在厄琉息斯，新入教者也有一个类似的禁绝期"③，还有种说法说，克琉斯家中的女人为安抚女神而守夜与厄琉息斯的守夜（pannychis）有关④。在主题层面，颂诗叙事的某些方面被联系到秘教的象征意义上去。诗中反复出现的看与听的母题也许来自仪式中的不同阶段。⑤ 相似的，德墨忒尔进入克琉斯家中时的部分现身到她动身前的完全现身，也被视作影射入教仪式的渐进过程。⑥ 最后并且也许是更为抽象的层面上，得摩丰（Demophoon）已被确定为第一个入教者的象征。⑦

当然，这些说法中的一些比另一些更有说服力，它们在本章之中会得到应有的考量。但必须承认的是，人们所声称的颂诗神话与厄琉息斯秘教活动的对应之处，其中有很多引发的问题比解决的更多。通常，这些相似之处使我们坐立不安，因为它们让我们用更模糊的来解释模糊的。此外，追寻这些假定的呼应之处会把颂诗简化为某种字谜。但是对理解颂诗甚至更有害的是这样一种设想，即一

---

① Richardson (1974), p. 165.
② Ibid., p. 171.
③ Ibid., p. 165.
④ Ibid., p. 256. 更多的例子见第 201 和 293 页。
⑤ 参见 P. Scarpi, *Letture sulla religione classica: L'Inno omerico a Demeter* (Florence, 1976). pp. 9-46。
⑥ 参见 Richardson (1974), p. 209。
⑦ 参见 D. Sabbatucci, *Saggio sul misticismo greco* (Rome, 1965), pp. 163-165。

旦发现那种假定的影射，便足以解释一个叙事元素的出现。

神话与宗教崇拜的关系一度被视作相对简单的一一对应，但人们发现它是远为复杂的现象也有一段时间了。① 不仅如此，我们还认识到，要解读神话叙事，我们必须首先尊重它的完整性。在《致德墨忒尔颂诗》这个具体例子中，我们不能忘记，当颂诗诗人想解释宗教崇拜的起源时，他完全不会为自己表现得过于明显而不安——不过他郑重地再三禁止揭露秘教内容。② 那么，颂诗必须被视作面向公众的作品。③ 尽管可能很遗憾，但我们必须放弃，或者至少是推迟，从颂诗中发现厄琉息斯之秘密的希望，我们必须首先设法理解颂诗所讲述的故事。

该故事绝不像它第一眼看上去那么简单和直白。我们对神话的熟悉程度可能会导致我们忽视或低估这首颂诗所详述的故事版本的特殊之处，特殊之处主要体现在它所包含以及所略去的内容，尤其体现在它对事件的排布。最令人惊讶的是，颂诗完全不

---

① Richardson (1974), p. 234 提醒我们："应当记住，我们无法指望神话与仪式的关系严格地合乎逻辑。"参见 J. Fontenrose, *The Ritual Theory of Myth* (Berkeley, 1966), p. 50, 他指出了如下事实，"原始人有各种各样的神话与仪式之间的关系：仪式性戏剧可能清晰地表演出神话的情节，或者神话可能解释了仪式中几乎全部的动作，依次解释每一个仪式动作；但是，剩下的神话能解释仪式的方式并不那么系统；甚至还有一些仅仅讲述仪式的起源。此外，仪式与神话一旦相联系，就会互相影响。神话表明仪式有所衍生……而仪式说明神话的增补和篡改。"关于"希腊酒神狂女崇拜与《酒神女伴侣》中神话与仪式的多重相互影响"，见 A. Henrichs, "Greek Maenadism from Olympias to Messalina," *HSCP* 82 (1978): 122: "《酒神女伴侣》本身，作为对酒神神话的仪式化解释，必须被视作后世酒神狂女崇拜可能的灵感来源。我们永远也无法解开希腊人所编织的狂女神话与仪式的错综之网。"厄琉息斯的情况当然也差不多。那么，我们就不得不同意 G. S. Kirk, *Myth: Its Meaning and Functions in Ancient and Other Cultures* (Berkeley, 1970), p. 18: "因此，不看叙事元素与仪式的联系，分别评估它们，更为合适。"

② 第 478—479 行。

③ 参见 Sabbatucci (1965), p. 170; and Lenz (1975), p. 60, 他称颂诗中的德墨忒尔神话"并不十分'神圣'……因为序诗往往有一半的俗世色彩"。

提德墨忒尔给人类的礼物——农耕。此外，德墨忒尔前往厄琉息斯、试图使得摩丰永生的动机模糊，正如描述她进入克琉斯家中之时第一次"现身"的动机也不清楚一样。德墨忒尔明白承诺要指导厄琉息斯人举行她的仪式，到仪式真正完成之间的延宕，以及表面上的主题切换（切换为饥荒）提出了更多的问题。

那么，颂诗看起来缺乏某些关键的逻辑链与动机。① 然而关于叙事中的断裂与不连贯，尤其值得注意的是，这个神话现存的其他版本用同样的元素和母题构成了一连串连贯的叙事，其中每一场景的切换或转折都紧接着前面发生的事情，极具逻辑、十分明晰。这里有充分的理由假定，这些版本中至少有一些没有构成后来颂诗中经过理性化修改的元素，相反，它们保存了比颂诗本身更古老的传统。此外，颂诗有一些内部迹象表明，诗人了解其他版本并有意识地回避它们。如果对比这些变体，我们便会注意到颂诗中关键时刻的转折和叙事方向的突变，而这似乎正可概括《致德墨忒尔颂诗》的特点。诗人一次又一次地使我们的期待落空，并使叙事进程变得颇成问题，似乎在其中享受扭曲的快感。

面对如此明显的断裂与不合逻辑，老一代的学者诉诸各种各样的解释，包括颂诗有多位作者、后人篡改、文本脱漏、后人增补，以及后人重写这些说法。② 大体上来说，现代评注者倾向于把

---

① 参见 Càssola (1975), p. 33: "很容易看出叙事情节缺乏逻辑上的联系。"

② 例如，Hermann (1806), p. XCIX 认为，颂诗包含 "至少两种无法区别开的修订（recensiones）"; R. Wegener, "Der homerische Hymnus auf Demeter," *Philologus* 35 (1876): 227-254, 基于他的超理性的标准，在诗歌中发现了四条不同的线索。V. Puntoni, *L'Inno omerico a Demeter* (Leghorn, 1896), pp. 2-3, 可能提出了最为复杂的方案：原始颂诗 A，加上两首其他颂诗 B 和 C 的残篇。最后的版本又经过两名不同的修订者的修改。要对抗这些分析派，我们也可以找到一些统一派，例如 K. Francke, *De hymni in Cererem Homerici compositione dictione aetate* (Kiel, 1881); 还有 Baumeister (1860), 他提供了很好的颂诗早期版本史 (pp. 274-279)。

颂诗设想为完整的作品①，他们通过合并神话的不同版本，通过论证诗人受到形式（例如诗歌或体裁）或外部（尤其是宗教）的限制来解释颂诗中的不一致。举个例子，根据理查森（Richardson）的说法，颂诗"显然糅合了两个不同的故事"，而更多的前后不一致出于"传统的史诗叙事的要求"。②而卡索拉认为，叙事的含糊可能是由于诗人不完全了解厄琉息斯神话，同时他担心泄露机密的教义。③

如我已经论证的，要解读这首颂诗，我们必须与厄琉息斯多少保持一点距离。但是，我们也必须避免用过度简化的回答来解决叙事问题。那些回答通常在刚一触及问题，正要变得有趣之时，就结束了问题。发现"无意义的离题"要求我们重新考量颂诗叙事中什么是有意义的；觉察叙事上的不连贯要求我们重新检视叙事与神话中的因果性；捕捉到"动机的缺乏"意味着重新思考诗人可能的意图。与厄琉息斯的仪式一样，颂诗由言说（legomena）与表演（dromena），即诗人的叙事与他的角色的言行两部分组成。也存在大量的难解之谜（mysteries），尽管我们不能全部解决，但我们至少可以期望提出切中肯綮的问题。谜底最终的揭开不要求神秘体验，而是要求专注于文本，极下功夫。

接下来的内容是解读颂诗，而非分析德墨忒尔和科瑞（Kore）的神话，后者要求穷尽神话的各个变体和相似故事，还有其中的

---

① 参见 Wilamowitz (1959), 2: 47，他相当勉强地承认："它（颂诗）是一体的；我们无权删去较大篇幅的段落，因为删去一连串诗行的可能性缺乏证据，只要我们考虑到吟诵者吟诵时的随性，那么文本中就没有值得一提的前后矛盾之处。"

② Richardson (1974), pp. 259 , 285.

③ Càssola (1975), p. 34.

结构元素。^① 颂诗的独特之处正在于它的情节顺序与各个母题的安排——它替换了其中一些母题，割裂了另一些母题之间的逻辑联系。这就是颂诗的独特品质，而它的独特品质等同于它所传递的独特信息。颂诗诗人改写德墨忒尔和科瑞的传统故事时，他挑选了某些材料重新组织，这给一个也许已经陈旧的故事赋予了新的意义。同时，他把这个神话融入一个更大的框架，这个框架的基本观念与奥林坡斯众神相关，涉及神人关系，而这些观念追随的是荷马尤其是赫西俄德的神学思索所勾勒出的宏大框架。经过这样的修改，最后呈现的颂诗超越了地方传统和实践，成为泛希腊思想的证据。

颂诗很容易区别为三个部分：^② 泊耳塞福涅被劫走以及德墨忒尔得知这一消息；女神在厄琉息斯的停留；故事的结局，包括德墨忒尔随后回归，泊耳塞福涅返回，最终的团聚。戏剧的开头和最终部分发生在神灵领域，涉及神灵演员，而中间部分聚焦于德墨忒尔与人类的互动。因此，颂诗发生在两个层面，神灵的和人类的，颂诗的结构表明二者的相互依存。一个领域发生的事情给另一个领域带来重大后果。这样一来，就形式和含义而言，《致德墨忒尔颂诗》与《致阿弗洛狄忒颂诗》最为接近，并与主要是奥林坡斯视角的《致阿波罗颂诗》与《致赫尔墨斯颂诗》形成对照。

---

① 关于从结构主义的角度研究颂诗，见 Scarpi (1976)。

② L. J. Alderink, "Mythological and Cosmological Structure in the Homeric Hymn to Demeter," *Numen* 29 (1982): 1-16, 坚定地认为有四个部分，并把厄琉息斯部分划分为一系列的"伪装"与"揭示"。我认为这破坏了颂诗刻意为之的对称。关于颂诗中诸多"三"的重要性，见 E. Szepes, "Trinities in the Homeric Demeter-Hymn," *Annales Universitatis Budapestinensis de Rolando Eötvös nominatae,* sectio classica 3 (1975): 23-38。

叙事的最终结果不仅带来众神之间尊荣的调整,亦开启了神人关系的新时代。

从空间上来说,《致德墨忒尔颂诗》囊括了宇宙的三大疆域:奥林坡斯、地上世界和地下世界。它探索了这三个领域之间的关系,也探索了在三者之间移动、交流的可能性。在整个故事中,交流的线索时而连通时而中断,最终一个囊括三个活动领域的联络通衢建立了,并且是稳固而永久的。诗中发生的事件的结果为宇宙的空间结构带来了不可逆的变更。

我已经论证,每一首长篇荷马颂诗都处于神话的时间框架中,在宙斯开始掌权到"人如我们所是"的年代之间的某处。每首颂诗都以这样或那样的方式,带我们一步步走近世界现在所是的样子。《致德墨忒尔颂诗》中的"神话"时期距离我们的时代并不太远。克罗诺斯的三个儿子瓜分宇宙的事件已经发生,宙斯享有至高权力。其他诸神想来也应该已经在奥林坡斯的众神系统中获得各自的功能与尊荣。最重要的是,德墨忒尔已经掌管农耕——她给人类的礼物。与此同时,凡人在城市栖居,在土地上劳作;他们建有神庙并向诸神献祭。正如古希腊人会说的那样,叙事发生在后普罗米修斯时代,一个与我们自己的时代十分接近的时代。① 问题很自然地出现了:颂诗所开启的世界与我们的世界有什么区别?更进一步:如果神灵的等级秩序与人类的生活境况根本上与现在相同,那么颂诗把"那个时代"与我们的时代划分

---

① 参见 J. Rudhardt, "à propos de l'hymne homérique à Déméter," *MH* 35 (1978): 10:"因此普罗米修斯危机已经发生。"鲁德哈特这篇出色的论文聚焦于颂诗的核心观念——(重新)分配尊荣,以及颂诗的时间与空间框架。

开带来了什么变化？

颂诗的复杂性源于它所涉及之事的复杂性，包括诸神之间的关系、他们与凡人的关系，还有在空间与时间两个领域中引起的回响。解读这首颂诗要求我们意识到叙事——情节的梗概，以及每个演员的所说和所做——在诗歌要勾勒的整体宇宙框架方面的效果。

劫掠与揭示

> Δήμητρ᾽ ἠΰκομον, σεμνὴν θεὰν, ἄρχομ᾽ ἀείδειν,
> αὐτὴν ἠδὲ θύγατρα τανύσφυρον, ἣν Ἀϊδωνεὺς
> ἥρπαξεν, δῶκεν δὲ βαρύκτυπος εὐρύοπα Ζεύς,
> νόσφιν Δήμητρος χρυσαόρου, ἀγλαοκάρπου....
> 我首先歌唱有美丽发绺的德墨忒尔，令人敬畏的女神，
> 她还有她细脚踝的女儿，她被埃多纽斯（Aidoneus）
> 劫走，但这是雷声轰鸣、眼观六路的宙斯赐予的，
> 趁着持金杖的、赐予丰美果实的德墨忒尔外出时……
>
> （1—4）

颂诗一开头便道出了主题：德墨忒尔，其次是她的女儿。德墨忒尔是接下来的叙事的首要关注和推动者，但是她的行为——或者更贴切地说是她的反应——由泊耳塞福涅被劫走并消失驱动。从另一方面来说，虽然是哈德斯掳走泊耳塞福涅——她在其中是被动的受害者（参见 ἥν），但这一行为归根结底得到了宙斯的授意。因此，第 1—4 行以德墨忒尔始以德墨忒尔终，但也引入了

这出神灵戏剧的其他主要角色：泊耳塞福涅、哈德斯，以及所有角色背后的宙斯。第 3 行 ἥρπαξεν[劫走]与 δῶκεν[赐予]并列，既令人震惊，同时又充满矛盾。如果宙斯凭着他作为父亲的特权把他的女儿许配给哈德斯，哈德斯又为什么要把她劫走呢？答案很快就明晰了：不仅泊耳塞福涅不愿意，德墨忒尔如果知道的话也会抗拒或者不同意这桩婚事。女神的反应被预料到了。于是这桩婚事就不是平常的婚事，而需要采取超常的手段。① 赐予与劫掠的惊人并置已经埋下了其后整个叙事的种子。《神谱》中赫西俄德简洁的提及及相近的用语（Περσεφόνην ... ἣν Ἀιδωνεὺς / ἥρπασε ἧς παρὰ μητρός, ἔδωκε δὲ μητίετα Ζεύς, 913-914）表明，赫西俄德遵循的是类似的传统。② 这一点反过来在颂诗所详述的神话版本与神谱传统之间塑造了一种重要联系。

有许多批评家主要从心理学的角度——也即母女之间的自然情感、注定要与母亲分离的痛苦，以及性成熟与婚姻所必需的暴力这些角度——来解释泊耳塞福涅的被劫和德墨忒尔对女儿婚事

---

① 参见 Richardson (1974), p. 138：" 他（宙斯）作为父亲同意这桩婚事是使其合法的必要条件……但是劫掠也出自他的计划。" 宙斯不仅同意劫掠还为其设下陷阱，这是独一无二的。参见 Ramnoux (1959), pp. 129-130。因此 Scarpi (1976), p. 127 在劫掠中看到对原始婚姻制度的影射，是错误的。毫无疑问，希腊神话中还有别的不情愿的少女与母亲；事后合法化的婚姻在现实生活和神话中一定都很常见。《致阿弗洛狄忒颂诗》第 145—151 行中，安奇塞斯似乎就是这么想的。但我想不到与《致德墨忒尔颂诗》中这一独特婚姻安排真正相似的例子。最接近的类比可能是佩琉斯与忒提斯的婚姻，女神被众神"赐予"凡人，但佩琉斯还是必须要给她设陷阱。在那个故事里，婚姻也是出于奥林坡斯的政治考虑，并且动用强力成就一对看似不匹配的夫妻。

② 参见 Richardson (1974), p. 137："这几行很可能是传统表述，因为它们几乎与赫西俄德《神谱》第 913 行及下一行一模一样……这表明它们是传统的身世简介，没有必要认为颂诗这里是在效仿赫西俄德。" Lenz (1975), p. 61 试图区分两个片段，我认为他是错误的。根据伦茨，赫西俄德说宙斯 ἔδωκε 是指劫掠之后的事，是 "事后对这一婚姻的认可"。照他的说法，是颂诗诗人弄错了这一片段，把宙斯的同意提前了。

的抗拒。① 或者还有一种女性主义的解读，认为宙斯的决定属于无情地运用父亲的权威，是男性压制女性的征候；而哈德斯的行为象征男性性征粗暴地侵入无邪的女性意识。② 尽管颂诗诗人绝不是没有意识到他的叙事中的心理学含义和性别意味，但他的注意力仍集中于他的故事在脉络分明的希腊神话思想框架之内带来的更大的政治和神学后果。这一点在诗人赋予宙斯的计划举足轻重的分量上表现得很明显，而这恰恰把一个关于母爱和孺慕之情的动人故事提升到神学与宇宙学思索的范畴之中。

尼尔松（Nilsson）指出，宙斯"不属于与厄琉息斯有关的诸神圈"③，并且"他在秘教中不扮演任何角色。无论是在文学表现还是艺术表现中，如果他出现，也是作为一个无关紧要的角色出现"④。德墨忒尔和科瑞神话更古老的版本可能和宙斯完全无

---

① 德墨忒尔与科瑞的故事似乎特别吸引荣格学派。例如，参见 K. Kerényi, *Eleusis: The Archetypical Image of Mother and Daughter, trans.* R. Mannheim (Princeton, 1967)（以下简称 Kerényi [1967a]）; Kerényi 的 "Kore" in C. G. Jung and K. Kerényi, *Essays on a Science of Mythology: The Myth of the Divine Child* (Princeton, 1967), pp. 101-155；以及同一文集中荣格的文章，"The Psychological Aspects of the Kore," pp. 156-177。亦见 P. Berry, "The Rape of Demeter/Persephone and Neurosis," Spring (1975): 186-198。

② M. Arthur, "Politics and Pomegranates: An Interpretation of the Homeric Hymn to Demeter," *Arethusa 10* (1977): 7-47, 称颂诗"揭示了……一种尤其属于女性的感知"，并且"在某个层面上，德墨忒尔的困境……属于全体女性，她们在一个更看重男性特征、贬低女性的社会与精神世界中，必须经过奋斗才能实现自我定义"(p. 8)。Arthur "使用女性性心理发育的精神分析模式"进一步分析颂诗。亦可参考更加社会学取向的 B. Lincoln, "The Rape of Persephone: A Greek Scenario of Women's Initiation," *Harvard Theological Review 72* (1979): 223-235。Lincoln 不把泊耳塞福涅的被劫看作嫁给哈德斯，而是认为反映了女性通过"男性压迫者"的中介"经由劫掠得到启蒙"。

③ M. Nilsson, "Die eleusinischen Gottheiten," *ARW* 32 (1935): 126.

④ Nilsson, *GGR* (1955), 1: 662.

关。① 我们能看到的文学叙述分配给他的角色，通常仅限于同意哈德斯把泊耳塞福涅许配给他，并且安排德墨忒尔与哈德斯最终的和解。当然也有一些学者注意到了颂诗中宙斯的存在和其中普遍的奥林坡斯取向。② 根据伦茨，宙斯扮演的角色加在旧神话之上，这导致他的行为呈现出一定程度的前后不一致。一开始，宙斯站在哈德斯一边，但在最后，他又充当诸神纷争的调解者，这是他的典型角色。③ 伦茨看来，奥林坡斯以及宙斯的干涉构成了颂诗体裁的典型形式特征，它们有时无法充分地融入叙事之中。④ 戴希格雷贝尔（Deichgräber）则表现出了对宙斯及其计划在颂诗中的极端重要性的深刻理解："宙斯——这才是决定性因素——不只看到当下，还看到永恒，而这意味着将来会发生什么。"⑤

宙斯的大计是颂诗接下来所有情节的起点，这个计划给诸神制造了席卷整个宇宙的危机。⑥ 因此，恰当地理解宙斯的意图及其宇宙学与神学后果是对颂诗做任何一种解读的基础。而我们对宙斯计划的理解又需要把握好颂诗开始时的那种状态以及宙斯所思索的变化。在最开始，诗人反复强调两大宇宙疆域的统一：

---

① 参见 Lenz (1975), p. 59："如果宙斯作为科瑞的父亲和德墨忒尔的丈夫，在厄琉息斯崇拜中颇为陌生，那么厄琉息斯崇拜的神话一定也可以没有宙斯。"

② 例如，Rudhardt (1978); and U. Bianchi, "Sagezza olimpica e mistica eleusina nell' inno omerico a Demetra," *SMSR* 35 (1964): 161-193。

③ Lenz (1975), pp. 65-68.

④ Lenz (1975), pp. 59-60 称"德墨忒尔颂诗中的宙斯和奥林坡斯母题"是"典型的颂诗元素"。

⑤ K. Deichgräber, "Eleusinische Frömmigkeit und homerische Vorstellungswelt im Homerischen Demeterhymnus," *Akademie der Wissenschaflen und der Literatur in Mainz, Geistes- und Sozialwissenschaftlichen Klasse* 6 (1950): 526.

⑥ 参见 Rudhardt (1978), p. 10。

天上和大地。泊耳塞福涅摘花时，天空、大地，还有海洋一齐欢喜（13—14）；而在她被掳走之后，山巅与海底都回响着她的哭号（38，参见33）。诸神在他们奥林坡斯的家和大地——凡人的居所——之间自由穿行。因此，泊耳塞福涅摘花的地方是倪萨平原，而其后德墨忒尔将走遍大地和海洋寻找她的女儿。但是在哈德斯的领地与上面的世界之间，不存在任何交流。泊耳塞福涅被劫走的过程中，只要她还能看到大地、天空、海洋和太阳（33—35），"她就仍希望见到母亲和永恒的众神"（35—36）。① 一旦到了地底，一切希望都烟消云散。类似地，当德墨忒尔最终得知女儿的下落，她既没有跟随她去往地下世界——有一些神话版本中她这么做了，也想都没想过这一可能性。② 理由很简单：对众神来说，没有通往地下世界的道路，去往地下是不可能的任务。鲁德哈特（Rudhardt）理解了诗歌所预设的宇宙空间布局的核心重要性：

> 上面是众神在奥林坡斯山上统治，但不仅限于此；他们可以下山，也可以在整个大地上自由行动……下面是厄瑞玻斯（Erebus），黑暗，且被雾笼罩着，由亡灵栖居。一条边界把它与上面的世界分开……颂诗清楚地告诉我们，亡灵永远不能离开他们的领地。颂诗在这一点上与通常的说法吻合，

---

① 参见 Richardson (1974) 在第13行的评注："'天空、大地和海洋'是表达'整个世界'的一种方式。诗人对此类表达很感兴趣。"理查森在第33行的评注更为精准："'大地、天空和海洋'是'（地上）世界'的一种表达形式。"有关类似的表达，见 E. G. Schmidt, "Himmel—Meer—Erde im frühgriechischen Epos und im alten Orient," *Philologus* 125 (1981): 1-24。

② 关于德墨忒尔的冥府之旅（kathodos），见 *Orphei hymni* 41.5 (Quandt) 和 Hyginus *Fabulae* 251。

但它还揭示了另一点，虽然不是那么显而易见，但是具有关键的重要性：除了一个例外，诸神不能跨过地下世界的边界。如果我们不承认这一壁垒，德墨忒尔、哈德斯与泊耳塞福涅的神话便是无法理解的。①

宙斯大计的含义这下变得清晰起来：他把女儿泊耳塞福涅许配给哈德斯，为的是在天上和目前为止无法进入的地下世界之间架起桥梁、结成联盟。泊耳塞福涅尤其适合充当成就这一联盟的工具。作为宙斯和德墨忒尔唯一的女儿②，她在某种意义上是女继承人（epiklēros）③，不是她自己继承，而是通过婚姻把她父母的遗产转移给她最近的亲戚——也就是她的叔叔，哈德斯。④ 那么，这桩婚事是政治利益驱动的，出自最高神为了统一奥林坡斯诸神与阴间的最高动机。

这场王室婚姻的背景——上界与下界的分隔——也正是这场婚姻最终想要补救的。这样一来，婚礼便不能依照常规的流程：宙斯必须偷偷摸摸、连哄带骗，而合法新郎必须使用武力。⑤

---

① Rudhardt (1978), p. 8. 参见 Bianchi (1964), pp. 164-166 论地上世界和地下世界的分野。他指出（p. 166），冥界既属于又不属于宙斯的奥林坡斯疆域，这是个悖论。亦见 Ramnoux (1959), pp. 127-129。

② 泊耳塞福涅在 *Orphei hymni* 29.2 (Quandt) 被称为 μουνογένεια [唯一的后代]。

③ 关于女继承人制度，见 W. K. Lacey, *The Family in Ancient Greece* (Ithaca, N.Y., 1968), pp. 139-145; D. M. MacDowell, *The Law in Classical Athens* (London, 1978), pp. 95-98; W. Erdmann, *Die Ehe im alten Griechenland* (Munich, 1934), pp. 68-86; and J. Karnezis, "The Epikleros" (Diss., Athens, 1972)。

④ 关于女继承人与父亲兄弟的婚姻，参见 A.R.W. Harrison, *The Law of Athens* (Oxford, 1968), 1: 23："事实上，她（女继承人）的父亲的兄弟有牵手女继承人的优先权。"

⑤ 也许值得一提的是，颂诗所描述的婚姻安排在（从吠陀文本中归纳出的）印欧婚姻可能类型的穷尽式列表中找不到类似情况，列表见 G. Dumézil, *Mariages Indo-Européens* (Paris, 1979), pp. 32-33。

正当从未起疑的泊耳塞福涅与她的同伴在倪萨平原嬉戏、摘花之时,盖亚,即地母,根据宙斯的计划让水仙长出上百个花苞来。① 盖亚的合谋绝不是随意的。她在颂诗中扮演的角色只能通过神谱传统的视角得到理解。在《神谱》中,盖亚不仅生出了百手巨人,还带来了可怕的百头怪提丰。② 在众神的整个史前史中,一直是盖亚精心安排了天界的王位继承。③ 直到提坦与提丰被打败之后,她才与胜利者宙斯结盟,并指导他如何保卫他的统治。④ 那么,从时间上说,颂诗中盖亚配合宙斯的计划表明,反对奥林坡斯统治的最后一个正经威胁已经消失。盖亚在宙斯与哈德斯之间调停得当,并帮助宙斯巩固他的普遍统治,这表明她接受了新的秩序。正如盖亚过去曾诞下的其他异常生物,这里的水仙也属畸形的种类,但是这一次地母惊人的繁殖能力为奥林坡斯的宙斯服务。

虽然泊耳塞福涅按理来说已到婚嫁年龄,但她仍像一个孩子那样嬉戏,她伸手摘花,仿佛花是一件美丽的玩具。⑤

---

① 水仙花的神话联系,尤其是与死亡及地下世界的神话联系,见 J. Murr, *Die Pflanzenwelt in der griechischen Mythologie* (Innsbruck, 1890), pp. 246-250; and I. Chirassi, *Elementi di cultura precereale nei miti e riti greci* (Rome, 1968), pp. 143-155。

② 《神谱》147-152, 820-828。

③ 盖亚鼓励克罗诺斯割除了他父亲的生殖器(《神谱》159-166);她还隐藏了婴儿宙斯(《神谱》479-480);她策划了克罗诺斯的垮台(《神谱》494);她在宙斯与提坦开战之前建议他放出百手巨人(《神谱》626-628)。

④ 盖亚生出了提丰(《神谱》821);经由她的设计,宙斯成王(《神谱》884);她向他警告了墨提斯(《神谱》888-893)。

⑤ 关于 καλὸν ἄθυρμα,参见《致赫尔墨斯颂诗》32,那里把这一表达用于婴儿赫尔墨斯发现的乌龟。泊耳塞福涅虽然明显达到适婚年龄,却仍像个孩子似的玩耍。有一些版本表明,德墨忒尔对泊耳塞福涅有一种过度保护或占有的态度,但是《致德墨忒尔颂诗》没有这种迹象。

> χάνε δὲ χθὼν εὐρυάγυια
> Νύσιον ἂμ πεδίον τῇ ὄρουσεν ἄναξ πολυδέγμων
> ἵπποις ἀθανάτοισι, Κρόνου πολυώνυμος υἱός.
> ἁρπάξας δ᾽ ἀέκουσαν ἐπὶ χρυσέοισιν ὄχοισιν
> ἦγ᾽ ὀλοφυρομένην.

> 大地裂开,露出一条大路
> 在倪萨平原上,接纳众多的主人从中冲出,
> 连同他不死的马匹,这位名目众多的克罗诺斯之子。
> 他不顾她的意愿,把她抓进他金色的马车之中,
> 他劫走了她,而她在哭泣。
>
> (16—20)

泊耳塞福涅对这一节毫不知情,她被拐走时呼喊她的父亲,"克罗诺斯之子,最高贵也是最好的"[1]。但是,宙斯本人远离了这一幕[2],他的父亲身份让位给了"国家理性"(reasons of state)。正当宙斯坐在他的神庙之中,接受凡人的精致供品时(不久就会被打断),

> τὴν δ᾽ ἀεκαζομένην ἦγεν Διὸς ἐννεσίῃσι
> πατροκασίγνητος, πολυσημάντωρ πολυδέγμων,
> ἵπποις ἀθανάτοισι, Κρόνου πολυώνυμος υἱός.

---

[1] 参见 Richardson (1974), p. 153, 论及第 20 行泊耳塞福涅的哭喊:"哭喊以寻求帮助是原始司法的重要元素,尤其是在强奸或劫掠的案件中,哭喊无法坐实会使原告接下来的控诉无效。"泊耳塞福涅呼喊她的父亲为"最高贵也是最好的",这当中多少有些讽刺。因为在这一特殊情形中,众神之王的政治利益与他为人父母的义务相违背。

[2] 参见 Gemoll (1886), p. 283:"当然是有意的。"

> 他（哈德斯）带着百般不情愿的她①，根据宙斯的指示，
> 她的叔父，众多事物的统治者，众多事物的接纳者，
> 坐在他不死的马背上，这位名目众多的克罗诺斯之子。
>
> （30—32）

同时，我们得知，除了岩穴中的赫卡特和太阳神赫利俄斯，没有哪个人也没有哪位神听到泊耳塞福涅呼喊她的父亲（22—26）。只有这两位神能够，也将要把泊耳塞福涅被劫一事告诉德墨忒尔。

> ὄφρα μὲν οὖν γαῖάν τε καὶ οὐρανὸν ἀστερόεντα
> λεῦσσε θεὰ καὶ πόντον ἀγάρροον ἰχθυόεντα
> αὐγάς τ᾽ ἠελίου, ἔτι δ᾽ ἤλπετο μητέρα κεδνὴν
> ὄψεσθαι καὶ φῦλα θεῶν αἰειγενετάων.
> 女神只要能看到大地和星空
> 还有流动而多鱼的强大海洋，
> 太阳的光线，她就怀揣再见可敬的母亲
> 与永生众神种族的希望。
>
> （33—36）

这里的句法是模糊的；我们也可以译作："她仍怀揣希望，她的母亲和众神会看到她。"②但是意思一样。去往哈德斯的居所意味着

---

① 有关 ἄγω (=uxorem ducere[娶妻]) 和 ἁρπάζω[劫掠] 的张力，参见 Scarpi (1976), p. 114。

② 参见 Gemoll (1886), p. 284, 他把 μητέρα 当作这句的主语并译为："只要她还能看到天空……就仍怀揣希望，希望母亲和不朽的诸神会看到这场劫掠。"

既无法被那些在上面的看到①,也不能再见阳光。只有还在地上时,泊耳塞福涅才可能保持那诱人的希望,希望看到和被看到。

正当我们期待诗人继续描述泊耳塞福涅下到冥界以及她的绝望时,诗人戛然而止。②赫尔曼(Hermann)认为文本脱漏了一些文字并大胆做了补充。③但是我认为此处的突转乃诗人有意为之;叙事者引人注目地将他的注意力从地下不可见的事物上移开。④即便是他的目光——正如诸神的目光——也无法穿过区分天上与地下世界的屏障。

泊耳塞福涅在地上世界的全部遗迹只剩土地对她的神灵声音的回响。⑤"而她的母亲听到了"(39)。随着泊耳塞福涅消失在大地以下,颂诗第一部分的第二个情节变化开始了:德墨忒尔得知女儿的厄运。情节的发展正好可以分为三个阶段。首先,德墨忒尔听到的只是泊耳塞福涅求救声的低沉含糊的回音。但是她听出那是她女儿的声音。德墨忒尔这时还不知道她的厄运,只知道她亲爱的孩子遭遇了某件可怕的事。被悲伤击倒的女神扯下她的头

---

① 参考民间的词源说法,Ἅιδης 来自 ἀ-ἰδής*,意为"无法看见的","使……无法看见"。
② 参见 Richardson (1974), p. 159:"《颂诗》未提及泊耳塞福涅与哈德斯一起下到地底。这在崇拜中很重要……人们以为《致德墨忒尔颂诗》第 33—36 行之后会出现一些与之相关的内容。"
③ Hermann (1806), p. ci 这样填补他所认为的阙文:"当她真的来到地底,除了环绕四周的黑暗什么也看不到,那时她心里就真的放弃了。当她真的进入打开的地面,并且知道她被领向冥界,那时她才感到比刚才更深的绝望,她激烈地哭喊:群山的山巅、海里的岩穴响起回声;而她的母亲听到了。" Richardson (1974), AHS (1936), and Càssola (1975) 都怀疑此处有阙文,但只要我们理解到,德墨忒尔听到的是泊耳塞福涅哭喊的回声而非她的第二次哭喊,就不一定存在阙文了。
④ 整首颂诗始终避免提及亡灵与冥界。θάνατος 只在第 262 行处出现过一次。这种委婉说法并非简单的风格问题;我们没有从颂诗中获知任何有关亡灵与冥界领地的信息。
⑤ 这一观察与接下来对揭示情节的讨论极大地依赖 D. Mankin 即将出版的论文。

饰，戴上黑面纱，像个疯女人似的飞遍土地和大海，想寻找她的女儿（44—46）。① 没有哪位神或凡人愿意② 告诉她真相，也没有任何来自预兆的间接报告给她带来消息（44—46）。

> ἐννῆμαρ μὲν ἔπειτα κατὰ χθόνα πότνια Δηὼ
> στρωφᾶτ᾽ αἰθομένας δαΐδας μετὰ χερσὶν ἔχουσα,
> οὐδέ ποτ᾽ ἀμβροσίης καὶ νέκταρος ἡδυπότοιο
> πάσσατ᾽ ἀκηχεμένη, οὐδὲ χρόα βάλλετο λουτροῖς.
> 九天九夜，力量非凡的德奥（Deo）在大地上
> 游荡，手里擎着火炬，
> 她既没有尝一点珍馐或琼浆，那甜美的饮品，
> 沉浸于她的悲伤之中，也没有沐浴她的肌肤。

（47—50）

尽管缺乏明确的证据，一些学者仍寻求女神九天不进食不沐浴与厄琉息斯的宗教活动的联系。③ 我们必须承认，九天禁食算得上很长一段时间，即便对神来说也是如此；对于凡人新入教者而言，这几乎是不可能的。④ 九天时间必须被视为过渡期，就像史诗

---

① Richardson (1974), p. 161 让我们注意到这一节与《伊利亚特》xxii.401-470 安德洛玛刻的相似之处。亦可参考《伊利亚特》xxiv.94 忒提斯的黑面纱，"没有比这更黑的衣物"。

② 参见 Gemoll (1886), p. 285: οὐκ ἤθελεν[不愿意] 不等于 non poterat[不能]。

③ 参见 Richardson (1974), pp. 165-167。

④ 正如 P. R. Arbesmann, *Das Fasten bei den Griechen und Römern* (Giessen, 1929), pp. 80-83 所指出的。他认为，入教者的禁食仅限于入教仪式当天的前一天。德墨忒尔在颂诗中的禁食"仅是诗人的想象"(p. 82)。

里经常出现的那种①，一段死寂的、什么都不做的时间，积累到第十天便会出现重要变化。德墨忒尔游荡时拿着的火炬也被认为有仪式意义。②的确，火炬游行在厄琉息斯是重头戏，最后神的昭示（revelation）伴随着火炬的燃烧。此外，图像中表现的女神也常常携带着火炬。然而，颂诗中的火炬还有一个简单的叙事功能。德墨忒尔日以继夜地寻找，而火炬头一次点亮恰好是在黎明时分。赫卡特前来，开启了发现泊耳塞福涅下落过程的第二个阶段。

赫卡特在这一场景中发挥的作用通常被误解了。他们说，诗人引入赫卡特仅仅是因为她与厄琉息斯在宗教方面的联系，而不认为她的出场有什么功能。③在这一情况下，诉诸外部证据其实

---

① Arbesmann (1929), p. 80 指出，德墨忒尔禁食的日子，即在她饮用库克昂（kykeon）之前的日子，颂诗也没有明确说明。九天对应的也许是她寻找的日子，但并不一定对应她禁食的日子。九天时间在史诗中很突出。参考《伊利亚特》i.53 的九天瘟疫以及《伊利亚特》xxiv. 107 中诸神的九天争吵。在《奥德赛》中，抵达忘忧国和奥古吉埃前都经历了九天的风暴；奥德修斯从爱奥利亚到伊萨卡也航行了九天。参见 G. Germain, *Homère et la mystique des nombres* (Paris, 1954), p. 13: "数字 9 主要用于表示时间，第十天或第十年上将发生决定性的事件。"

② 参见 Richardson (1974), pp. 165, 167-168。

③ 参见 Richardson (1974), pp. 155-156: "在《致德墨忒尔颂诗》中，她很大程度是一个'支线角色'（Nebenfigur）：她没有告诉德墨忒尔任何新信息……她之所以出现应该是因为她在宗教崇拜中的位置。"参见第 169 页及 Càssola (1975), p. 470。亦见 Puntoni (1896) p. 5: "赫卡特对诗人叙述的事件之展开而言毫无用处。尽管她向德墨忒尔表现为 ἀγγελέουσα [传达信息]，但她没有告诉德墨忒尔任何她想知道的信息。" 理查森解释 ἀγγελέουσα 也许来自赫卡特 / 阿尔忒弥斯在崇拜中的名号 Ἄγγελος，但是接着他并不认为赫卡特 "实际上告诉了德墨忒尔任何她原本不知道的事情"。用赫卡特在崇拜中的作用解释她在颂诗中的出场还有一个问题；理查森在 p. 155 和 pp. 168-169 引用的对赫卡特的呈现没有把她与仪式像与神话那样关联起来。O. Kern, "Mysterien," in *RE* 16, pt. 2 (1935): 1213 指出，"赫卡特这个角色在荷马'颂诗'中没有任何厄琉息斯的痕迹"。Wilamowitz (1959), 2: 50 指出，在厄琉息斯，赫卡特被等同于山门阿尔忒弥斯（Propylae），"但这甚至于荷马颂诗中也并没有体现"。Clinton (1986), p. 45 一锤定音地指出，"大约在一千年的时间里，厄琉息斯没有任何一处出现赫卡特的名字"。Arthur (1977), p. 13 建议把赫卡特解读为提坦对抗宙斯的家长权威的残留。但是盖亚已经坚定地属于宙斯的阵营了。关于赫卡特在《神谱》中的调停功能，见 Clay (1984)。

妨碍我们理解叙事进程。文本自身即充分说明，赫卡特在逐步揭示泊耳塞福涅被劫的过程中扮演重要的中间者角色。第十天的黎明，女神遇见德墨忒尔：

> καί ῥά οἱ ἀγγελέουσα ἔπος φάτο φώνησέν τε.
> 为了向她传达一个信息，她开口说道。
>
> （53）

但与我们所期待的宣告不同，赫卡特只是提出了一个问题：

> τίς θεῶν οὐρανίων ἠὲ θνητῶν ἀνθρώπων
> ἥρπασε Περσεφόνην καὶ σὸν φίλον ἤκαχε θυμόν;
> φωνῆς γὰρ ἤκουσ᾽, ἀτὰρ οὐκ ἴδον ὀφθαλμοῖσιν
> ὅς τις ἔην.
> 天上的神灵或是凡人中的哪一位
> 劫走了泊耳塞福涅，使你心悲？
> 我听到了她的声音，但没有亲眼看到
> 是哪一位。
>
> （55—58）

219　赫卡特身处她的岩穴（参见第25行）——恰好在大地上，也即天上和地下之间①——无法目睹那一事件；但她听到了女孩的求救

---

① 参见隐藏新生儿宙斯的岩穴：ἄντρῳ ἐν ἠλιβάτῳ, ζαθέης ὑπὸ κεύθεσι γαίης（《神谱》483）。

声,并意识到有谁——她不知道是神还是人——用暴力劫走了泊耳塞福涅。德墨忒尔从赫卡特的问句中收集到了一条关键信息:她的女儿被掳走了,但她还是不知道是谁干的。现在,沉默无语的① 德墨忒尔由赫卡特陪同着前往唯一一个完整可靠信息的来源:赫利俄斯,他是"神与人的照视者",他目睹了那一事件。德墨忒尔糅合了赫卡特的证词,乞求赫利俄斯告诉她是谁劫走了她的女儿:

> ἀλλά, σὺ γὰρ δὴ πᾶσαν ἐπὶ χθόνα καὶ κατὰ πόντον
> αἰθέρος ἐκ δίης καταδέρκεαι ἀκτίνεσσι,
> νημερτέως μοι ἔνισπε φίλον τέκος εἴ που ὄπωπας,
> ὅς τις νόσφιν ἐμεῖο λαβὼν ἀέκουσαν ἀνάγκῃ
> οἴχεται ἠὲ θεῶν ἢ καὶ θνητῶν ἀνθρώπων.
> 而你,用你的光线从闪耀的天空中
> 照视着全部的大地与海洋,
> 请如实告知我亲爱的孩子的下落,你是否在某地看到,
> 神或凡人中的哪一位趁我外出时前来,
> 不顾她的意愿,强行抓走了她。
>
> (69—73)

赫利俄斯出于对她的尊敬与对她的悲伤的同情,向她保证他会告诉她她想知道的事情。但是出乎我们意料的是,赫利俄斯首先说

---

① 正如 Richardson (1974), p. 171 所提出的,我认为德墨忒尔的戏剧性沉默与秘仪期间的仪式性沉默没有任何关系。此刻,德墨忒尔不回应赫卡特的问话比她说任何话都更雄辩有力。但是,大多数评注者拒绝承认女神从赫卡特那儿获知了一些惊人的消息。

出的不是劫掠者的名字，而是背后怂恿者的名字：

> οὐδέ τις ἄλλος
> αἴτιος ἀθανάτων, εἰ μὴ νεφεληγερέτα Ζεύς,
> ὅς μιν ἔδωκ' Ἀΐδῃ θαλερὴν κεκλῆσθαι ἄκοιτιν.
>
> 除了集云的
> 宙斯，没有其他神灵可怪罪，正是他
> 把她给了哈德斯，让她被称为他温柔的妻子。
>
> （77—79）

这桩非常婚姻的反常安排现在完全展露在德墨忒尔面前。由于宙斯亲自许可了这桩婚事，既成事实看起来无法逆转。赫利俄斯预见到德墨忒尔的悲伤与"难以平息的怒火"，赶快试图安慰她的丧失：哈德斯作为女婿并非不合适；他的出身和她一样高贵，因为哈德斯正是她的兄弟。

> ἀμφὶ δὲ τιμὴν
> ἔλλαχεν ὡς τὰ πρῶτα διάτριχα δασμὸς ἐτύχθη·
> τοῖς μεταναιετάει τῶν ἔλλαχε κοίρανος εἶναι.
>
> 至于他的尊荣，
> 他享有他那一份，当最初三分契约订立之时；
> 他生活在归他统治的那些亡灵之中。①
>
> （85—87）

---

① 请再次注意颂诗典型的委婉说法。

赫利俄斯在这里提到奥林坡斯众神胜利之后，克罗诺斯之子三分宇宙的旧事。① 此处的引用不仅强调了颂诗的神话时间——位于宙斯掌权之后的第一次神灵特权分配与我们的时代之间，还强调了颂诗所预设的宇宙空间分配。但是赫利俄斯反复申明德墨忒尔的新女婿的高贵出身与地位，他这么做的直接用意是抚慰她。言毕，太阳神便继续他的常规事务，驾着他的马车在天空穿行了。然而，女神听闻的消息对她的耳朵来说可不寻常。现在，泊耳塞福涅的厄运及其全部意义首次清晰地显露出来。与此同时，《致德墨忒尔颂诗》的第一"幕"接近尾声。

我们可以暂停一会儿来考量颂诗开篇部分的结构。首先，颂诗与神话的其他版本不同，劫掠之后立即就是发现的过程。这一点对于理解颂诗接下来的叙事进程至关重要，后文将进一步讨论。对揭示过程的详细铺陈也令人惊讶。这首诗极力强调包裹着宙斯大计的机密。德墨忒尔毫无头绪地寻找时，没有神也没有人愿意主动提供信息。几乎是出于疏忽，赫卡特给了德墨忒尔必要的线索，女神得以主动询问赫利俄斯并最终得知真相。这一逐步发现真相的过程（39—87）所占篇幅事实上比描述劫掠（2—39）的篇幅更长，因而增加了叙事分量。颂诗诗人通过使人注意谜底揭开的每一步，强调了揭露的重要性及其完整过程。德墨忒尔不

---

① 宇宙的三分见《伊利亚特》xv.187-192，波塞冬对宙斯的信使伊里斯抗议道："我们是克罗诺斯和瑞亚所生的三兄弟，/ 宙斯与我，第三位是掌管冥界的哈德斯。/ 一切分成三份，每份获得相应的尊荣；/ 我们抓阄时，我获得灰色的大海作为 / 永久的居所，哈德斯获得浓雾弥漫的黑暗；/ 宙斯获得有着晴朗天空和云的天界。"下一行波塞冬又补充说："但是大地与高耸的奥林坡斯仍是大家共有的。"这最后的情形到《致德墨忒尔颂诗》已经不再如此了。参见 Orphei hymni 18.6 (Quandt)。

仅得知她女儿失踪的直接原因，也了解了宙斯的同谋身份。

德墨忒尔的反应迅速而剧烈：

> τὴν δ' ἄχος αἰνότερον καὶ κύντερον ἵκετο θυμόν.
> 更强烈更凶猛的悲伤向她的心中袭来。
>
> （90）

女神一开始只是为女儿的失踪悲伤，得知原因后更加悲痛了。她的情绪进而掺杂了对宙斯的盛怒。又是鲁德哈特清楚地把握住了背后的缘由：

> 在所有古希腊神话中，没有哪桩婚事像哈德斯与泊耳塞福涅的这桩一样引发出一场戏剧，也没有哪桩婚事把年轻的新娘和她的母亲拆散到这种程度，因为诸神之间的正常婚姻不会把她们永久地分开。在天界，诸神可以随心所欲地拜访其他神灵，无论他们身处何处。如果德墨忒尔和泊耳塞福涅能够跨越地下世界的界线，哈德斯的婚姻就会和其他神灵的婚姻一样了，也就不会制造出这场厄琉息斯颂诗所详述的危机了。①

因此，这桩独一无二的婚事激起了德墨忒尔一系列独一无二的反应，她的反应是由悲伤与盛怒的双重激情所驱动的。

---

① Rudhardt (1978), p. 8.

厄琉息斯

> χωσαμένη δὴ ἔπειτα κελαινεφέϊ Κρονίωνι
> νοσφισθεῖσα θεῶν ἀγορὴν καὶ μακρὸν Ὄλυμπον
> ᾤχετ' ἐπ' ἀνθρώπων πόλιας καὶ πίονα ἔργα....
> 于是，怀着对黑云的克罗诺斯之子（宙斯）的愤怒，
> 她远离众神的集会和高耸的奥林坡斯山，
> 来到人类的城市与他们丰产的劳作中……
>
> （91—93）

泊耳塞福涅的劫掠发生在德墨忒尔外出时（4），而宙斯也远离那一犯罪现场（27），所以现在德墨忒尔也远离奥林坡斯并居住在凡人之中。颂诗的开头，天上世界与地下世界的分离导致母女的强行分离。接着，母女分离又引得德墨忒尔自我流放，远离众神。不和与分裂刻画了众神之间的关系，也刻画了宇宙各疆域间的关系。①在最终的重聚与和解之前，必定会发生进一步的分裂与易位。

女神来到厄琉息斯，而厄琉息斯将是颂诗中间部分的发生地点。此处也是学者聚讼纷纭的焦点。厄琉息斯这一节的开头、中间、结尾都有许多叙事难点。首先是德墨忒尔去那里的动机；她在那儿所做之事的含义，尤其是她试图使婴儿得摩丰永生的行为；最后还有她的现身与愤怒的离去——这些看起来都离题万

---

① 参见德墨忒尔缺席的 νόσφιν[遥远]（4）；宙斯在他的神庙中 θεῶν ἀπάνευθε[远离众神]（28）；德墨忒尔远离奥林坡斯的 νοσφισθεῖσα[离弃]（92）；德墨忒尔把自己关在她的神庙时的 μακάρων ἀπὸ νόσφιν ἁπάντων[远离所有有福者]（303）。参见 C. Segal, "Orality, Repetition and Formulaic Artistry in the Homeric 'Hymn to Demeter,'" in Brillante (1981), pp. 131-133。

里，且与泊耳塞福涅被劫掠与被找回的框架性主题无关。有一位批评家总结道：

> 如果把诗歌作为整体来考察，那么立即就会清楚地看到，泊耳塞福涅的劫掠与厄琉息斯的故事是拼凑在一起的。只要把厄琉息斯故事去掉，前后便连贯了。当德墨忒尔听闻哈德斯掌控了她女儿，她因此无法见到女儿，她就放弃了她的寻找，转而通过停止植物的生长向宙斯施压。这个神话与厄琉息斯完全无关。①

同样的还有：

> 荷马颂诗目前的文本形态呈现出断裂的位置有一处在第95行前后。女神从赫利俄斯那儿得知劫掠者的身份之后，她前往人类的城市……为什么德墨忒尔去了厄琉息斯？不是因为她的女儿，赫利俄斯已经告诉她劫掠者是谁了。厄琉息斯人都很虔敬，他们不可能藏起她那被偷走的女儿。在厄琉息斯，女神甚至一个字都没有问起她女儿；一涉及厄琉息斯人，泊耳塞福涅及其厄运就被忘得一干二净。②

---

① Wilamowitz (1959), 2: 50.

② L. Malten, "Altorphische Demetersage," *ARW* 12 (1909): 433, n. 4. 参见 G. Zuntz, *Persephone* (Oxford, 1971) p. 79: "德墨忒尔为了寻找她的女儿在大地上游荡了'九天'（第48行及以下）；在那之后，她从日神那儿得知泊耳塞福涅被冥王劫走了，并且得到了宙斯的同意（第77行）。这个消息必定是她九天寻找的结果，并且由于她的女儿在冥界，她鞭长莫及，愤怒的女神是时候收回她的赠予来强行解决这个问题了。然而，吟诵者让女神继续游荡——好把她带到厄琉息斯；他叙述完她在那儿的行动以后，情况和之前完全一样（第91—304行），这时情节才开始走上我们期待的轨迹。"

最后，理查森也指出："德墨忒尔在大地上游荡，来到厄琉息斯，这并没有特殊用意。"① 这两百行诗——几乎占颂诗一半的篇幅，尽管有其内在价值，甚至也有其魅力，但似乎与主要的故事没有联系。

神话的其他版本中，德墨忒尔在厄琉息斯的停留没有构成类似的问题，而是与核心叙事充分结合。在别处，女神是在寻找泊耳塞福涅的途中来到厄琉息斯的，并从当地居民那里得知女儿的下落。德墨忒尔出于感激，送给他们农耕作为奖赏，或者（在另一些版本里）给他们建立她的秘仪。②

上述神话形态——尽管也有众多细微分歧——最早由一些所谓的俄耳甫斯教作品（orphic composition）得到证实，它们可追溯至公元前6世纪或更晚，并在之后广泛流行起来。③ 然而，我们有充分的理由假定这一形态与颂诗所讲述的另一版本至少一样古老。理查森谨慎地表达他的观点："'俄耳甫斯教的'版本在某

---

① Richardson (1974), p. 81. 参见 K. Stiewe, "Der Erzählungsstil des homerischen Demeterhymnos" (Diss., Göttingen, 1954), p. 82 微弱的辩护："如果泊耳塞福涅与厄琉息斯情节是相对独立的，那么第91行及以下还有第302行之后的视野几乎突然改变，就不再能说明颂诗不是统一的，尤其是对这位诗人的个性而言，他也许并不力图创作出一个联系更紧密的作品整体。"

② 关于不同的版本，见 R. Forster, *Der Raub und Rückker der Persephone* (Stuttgart, 1874)。其他版本的影响极大，以致谨慎的批评家都不免偶尔弄错颂诗的叙事。例如，Zuntz n. 70 的引文中，颂诗不支持这一说法：德墨忒尔抵达厄琉息斯以前继续游荡。R. Wünsch 在 *RE* 9, pt. 1 (1914): 155, "颂诗"（Hymnos）词条下对颂诗的误导性概括可以提供几个佳例。他没有提到德墨忒尔寻找之旅的终点，并且暗示饥荒与她的悲伤同步。参见 Bianchi (1964), p. 168："德墨忒尔哀悼期间，四季的节奏停滞了。"参见 p. 173, n. 10；以及下文注136。

③ Malten (1909) 提出，"俄耳甫斯教的"版本可以追溯至庇西特拉图斯统治时代。然而，F. Graf, *Eleusis und die orphische Dichtung Athens in vorhellenistischer Zeit* (Berlin, 1974), pp. 151-181 指出，要明确哪个版本是真正的"俄耳甫斯教"版本存在困难。在他看来，一首已经吸收了特里普托勒摩斯使命故事的俄耳甫斯教诗歌，应该追溯到公元前468—前405年间的雅典。

些方面有可能代表比颂诗诗人更早、更纯正的传统。"① 我想进一步提出，颂诗诗人默认他的听众了解这一常见版本，并有意做了修改。不仅如此，他还通过打断听众所预想的叙事连贯性，按照自己的意图重塑故事来使他的修改引人注意。可以举两个例子说明。当德墨忒尔离开奥林坡斯，她来到"人类的城市与他们丰产的劳作"（93）。史诗短语 πίονα ἔργα 毫无疑问是指"农业劳作"。这一短语出现在这个特定关节，避开了在神话的其他版本中属于高潮的情节：德墨忒尔把农耕赠予人类。类似的，诗人在叙述劫掠的发生之后立即叙述德墨忒尔的发现过程，这取消了女神前往厄琉息斯的平常动机；她的寻找已经结束。借此，诗人向他的听众发出信号，表明他为德墨忒尔的厄琉息斯之旅寻找的理由不同于前。尽管我相信，诗人和他的听众熟悉另一个神话版本——这个版本的故事梗概与俄耳甫斯教及其后的传统相似，本章对颂诗的解读却并不基于这一观点，我也并非坚持这一观点一定正确。然而，如果我们假定这样一个平行传统存在，那么颂诗采取的叙事策略便具有更多的意义，也更前后连贯。

不管怎样，无论我们是否把德墨忒尔的厄琉息斯之旅看作对传统版本的有意偏离，德墨忒尔的动机依然是个问题。学者们普遍认为，德墨忒尔在厄琉息斯逗留期间既忘记了她为泊耳塞福

---

① Richardson (1974), p. 85. F. R. Walton, "Athens, Eleusis, and the Homeric Hymn to Demeter," *Harvard Theological Review* 45 (1952): 105-114, 提出这一论点：颂诗创作于雅典人占领厄琉息斯以后，而非如通常所认为的在占领之前。在他看来，颂诗呈现了一份颇有火药味的声明，它反对雅典人统治厄琉息斯，也反对雅典人的文化宣传。Nilsson *GGR* (1955), 1: 655, n. 1 称 Walton 的论点"并非不可能"。能提出这一观点表明我们对颂诗写作背景所知甚少。Wünsch (1914), p. 155 认为神话的"原型"更接近保存在柏林纸草（= *Orphicorum Fragmenta* 49, Kern）中的俄尔甫斯教版本。参见 Wehrli, (1934), p. 84，现在亦可见 Clinton (1986), pp. 47-48。

涅悲伤，也忘记了她对宙斯的愤怒。但是前半条就可以轻松地驳倒。女神进入克琉斯的宫殿时，她被丧女之恸击倒了，我们甚至可以称之为悲伤的无声爆发（197—201）。同样也没有理由认为，促使德墨忒尔离开奥林坡斯的盛怒随着她抵达厄琉息斯就突然放下了。相反，她的愤怒一直持续到她的悲伤缓和为止。她对宙斯的反抗不是以无力的愤怒体现的，而是以一个考虑周全的行动计划浮出水面，计划的目的是为自己报复宙斯。宙斯最初的暴力（boulē）与诡计（dolos）必然要求德墨忒尔也谋划一个反计划和相应的策略。奥林坡斯的政治游戏不仅限于宙斯，其他神灵同样可以参与。

要理解德墨忒尔的计划需要分析她在厄琉息斯的行为，她的行为没有显示出一丝任意或随机；它们从最开始就指向具体的目的。如果宙斯为了他的政治意图把德墨忒尔的女儿从她身边夺走，那么她也要为了自己的目的收养一个凡人的孩子。哺育得摩丰不单单是释放受挫的母性本能，也不仅仅是试图替代失去的泊耳塞福涅。如果仅是如此，女孩会是更合适的替代者，然而一个女儿并不能满足女神的政治意图。兰姆努（Ramnoux）近乎理解了德墨忒尔的意图，并抓住了泊耳塞福涅的劫掠与她母亲在厄琉息斯的活动之间的联系：

> 德墨忒尔要如何做才能为自己复仇？夺走原本理所当然地属于哈德斯的猎物，一个凡人的孩子，一个生来有死的孩子。作为她被盗走的孩子的交换，要有另一个孩子被盗走。同时，德墨忒尔通过对抗所有神灵来满足她的仇恨。借由严

重性不亚于普罗米修斯盗火的行径,她为她的凡人婴孩盗走了永生,赋予他所有神均享有的特权。①

不过,德墨忒尔对哈德斯或是所有神的愤怒都没有对宙斯的那么强烈,宙斯才是她女儿失踪的罪魁祸首。然而,德墨忒尔所要做的事情之恢宏完全可以比拟普罗米修斯挑战宙斯的行为。因为,如果说普罗米修斯的行为导致了神人分离,并确立了严格区别他们的界线,那么,德墨忒尔试图赐予一个人类婴儿以永生则打破了宙斯所规定的后普罗米修斯时代的秩序。不过,对于熟悉神谱传统的听众来说,德墨忒尔选择男婴有更深远、更不祥的意味。收养一个男婴并赋予他永生将使得女神能够反抗宙斯的权威。换句话说,德墨忒尔的计划——经过必要的修改——与《致阿波罗颂诗》中赫拉的计划相类似。尽管没有明说德墨忒尔的意图,但她的行动已不言而喻。此外,颂诗的听众不仅可以根据《致阿波罗颂诗》中赫拉对宙斯的反抗,还可以根据贯穿整首《神谱》的盖亚的举动,辨认出这一模式。事实上,有权力的女性神灵反抗至高男性神灵当属暴君的行为时,通常都采取这种行动模式。在宙斯掌权之前,这便是天界王位更替的首要推动力。但是宙斯的统治稳固之后,所有类似的尝试都注定失败。一旦我们把握住德墨忒尔计划背后的模式,那些发生在厄琉息斯、乍看不相干或不协调的事件在很大程度上就说得通了。厄琉息斯这一节绝非毫无目的地嫁接在颂诗之上,而是把颂诗与神谱及宇宙生成传统紧密

---

① Ramnoux (1959), pp. 131-132.

相连，它自身也是构成这一传统的一部分。

厄琉息斯的诸多事件发生在凡人之中，颂诗的焦点现在从神灵与宇宙领域转移至德墨忒尔与厄琉息斯居民之间的互动。构成诗歌这一部分的核心对立是众神与凡人的差异——更确切地说是凡人相较于众神的无知。发生在厄琉息斯的情节整体上可分为三个片段：第一个的高潮是德墨忒尔在克琉斯的王宫中得到接待；第二个聚焦于她哺育得摩丰；最后一个描述成神过程被打断后的结果。第一部分的主要情节发展包括女神的身体从厄琉息斯郊外逐步进入国王宫殿的大厅（megaron），同时在精神上从一个无家可归的外邦人成为受信任的王室成员。

德墨忒尔一抵达厄琉息斯，便在城市边缘的一口井旁坐下。为了达成目的，她"抹去了她的容貌"（94），换上了不寻常的伪装：

> γρηῒ παλαιγενέϊ ἐναλίγκιος, ἥ τε τόκοιο
> εἴργηται δώρων τε φιλοστεφάνου Ἀφροδίτης,
> οἷαί τε τροφοί εἰσι θεμιστοπόλων βασιλήων
> παίδων καὶ ταμίαι κατὰ δώματα ἠχήεντα.
> ……像一位老之又老的妇人，与分娩
> 还有喜爱花冠的阿弗洛狄忒的赠予绝缘，
> 就如同那些颁布法令之国王的孩子们的乳母，
> 或是发出回声的大厅里的女管家。
>
> （101—104）

她所扮演的角色明显不是一位神，因为神永远是正当盛年，免于老年的蹂躏，只有凡人会受到老年的袭击。对于德墨忒尔，她选择的面具尤其讽刺：丰饶与生殖力之主神竟然表现为一个没有生育能力的老妇。艾伦、哈利迪和赛克斯认为，"德墨忒尔变身为老妇不需要有特殊含义"①。但是在史诗中，神所选择的伪装由环境与他或她插手干涉的动机决定。②此处，德墨忒尔的伪装经过精心挑选，为的是引起怜悯与敬意，但最重要的是为了帮助她得到信任，被接纳为尊贵的小君主的保姆。

克琉斯的女儿们来到井边汲水。讽刺的是，德墨忒尔"摧残她的容貌"，而这些年轻女孩们却被描述为"青春焕发，如女神一般"（108），但是她们无法察觉到女神正处于她们中间。

οὐδ᾽ ἔγνων · χαλεποὶ δὲ θεοὶ θνητοῖσιν ὁρᾶσθαι.
她们也没有认出她；凡人是很难注意到神灵的。

（111）

厄琉息斯发生之事的结果将再度确认人类有死与众神不死之间的断裂。理查森指出这一幕的另一重讽刺；如果将这一片段与史诗中其他人神相遇的片段相比较，便会发现"通常的角色颠倒了，因为女神成了乞援者"③。

最年长的女孩询问老妇的身份，并惊讶于在城外发现一位老妇，她本应待在家中，与年纪相仿的女人为伴，"她们在语言和行

---

① AHS (1936), p. 142. 我不认为参见心理学的解读——德墨忒尔装扮成一位老妇是她情绪低落的象征——有多少说服力。Arthur (1977), pp. 15ff.。

② 我们只需想一想《奥德赛》中的"门托尔"。

③ Richardson (1974), p. 180.

动上都会欢迎你"（117），那才是她应处的位置。女神回应了，她自己的陈述是对她的伪装的口头补充，使得她扮演的角色更加真实。海盗把她从克里特劫到这里，"用武力，强行违背我的意愿"（124），但她设法逃走了，"我将不要钱财地出卖自己，这样他们就无法从我的定价中获利了"（132）。德墨忒尔给自己编造了克里特出身，令我们想起奥德修斯回伊萨卡时杜撰的克里特故事。这不仅表明女神在撒谎，还表明她为了达成自己的目的——以奥德修斯的方式——操纵真相。我们得记得，奥德修斯的克里特故事不仅仅是谎言，还是一个"很像真相"的谎言。① 德墨忒尔被劫掠的虚假故事与泊耳塞福涅的真实故事对应。泊耳塞福涅未来的丈夫把她劫走是为了完婚；海盗劫走老妇是为了利益。在这两种情况中，女人都是贵重的商品。但是被动的泊耳塞福涅无法靠自己逃走，老妇却可以从她的劫掠者手中逃脱。德墨忒尔在厄琉息斯的全部活动都是为了报复，报复她的丧女之痛，她的努力最终会收获部分的成功。

女神乞求问话者的怜悯，并为她们祈祷生活繁盛，这在此类发言中很常见：

ἀλλ᾿ ὑμῖν μὲν πάντες Ὀλύμπια δώματ᾿ ἔχοντες
δοῖεν κουριδίους ἄνδρας καὶ τέκνα τεκέσθαι,
ὡς ἐθέλουσι τοκῆες · ἐμὲ δ᾿ αὖτ᾿ οἰκτείρατε κοῦραι.
愿居住在奥林坡斯之家的所有神灵

---

① 参见 Arthur (1977), p. 19: "正如奥德修斯的类似故事……虚假只是表面的，因为故事传递的信息是真实的。"我们没有理由在这里联想到德墨忒尔崇拜可能起源于克里特。

> 赐予你们婚配的丈夫，并孕育孩子，
> 如父母所渴求的；不过少女们，请你们也怜悯我。
>
> （135—137）

适合年轻女孩的繁盛生活是让父母满意的丈夫和家庭。我们不可避免地想起，德墨忒尔没有同意她自己的女儿的婚事；但我们也要注意到她并不是反对所有婚事，而只是反对泊耳塞福涅与冥王那桩特别令她痛苦的婚事。女神既然乞求了怜悯，那她的发言本来应该就此结束。① 但相反，她突然改换话题，请求作她们家的乳母和管家——这正是她从始至终的目标。②

最美丽的女孩卡利狄刻（Callidice）做了回应，她安慰老妇的不幸遭遇说：

> μαῖα, θεῶν μὲν δῶρα καὶ ἀχνύμενοί περ ἀνάγκῃ
> τέτλαμεν ἄνθρωποι · δὴ γὰρ πολὺ φέρτεροί εἰσι.
> 老奶奶，神灵的赠予即便令我们悲伤，
> 我们人也必然、必须承受，因为他们远为强大。
>
> （147—148）

这番格言式的发言很大程度上囊括了希腊古风思想涉及神人关系方面的特点：承受众神分配给凡人之"赠予"的伦理；他们必须

---

① 史诗中的这类发言，乞求怜悯与想望繁荣中间通常掺杂着寻求帮助。参见 Richardson (1974), p. 190。

② 注意第 103—104 行中对她的伪装的描述："这类女人是颁布法令之国王的孩子们的乳母，或是发出回声的大厅里的女管家。"

自觉自愿接受的神灵赠予的不确定性；还有人类的无能为力。①不论这种情感表达有多平常，它始终是人类相对于强大神灵的脆弱与无助的深刻陈述，人无法知晓神灵的计划。但在当前的背景中，可爱的卡利狄刻所提供的安慰还有明显是讽刺的弦外之音。她不知道，她的说话对象是那位自称"赐予者"②的女神，而她最了不起的赠予便是人类的粮食，也就是使人类生命成为可能的谷物。此外，德墨忒尔不久便会尝试赐予得摩丰一种更了不起的礼物，不只是生命，而是永生。但是，人类的无知丝毫不理解众神的终极目的，再度破坏了这些计划，并且为之付出代价。

卡利狄刻这时说出了厄琉息斯最有权势的几个人的名字；他们中没有谁的妻子不尊重这个外邦人或是要把她驱逐出去③，"因为你如神一般"（159）。年轻女孩列举的厄琉息斯的四个"王"很可能捕获我们的注意力。特里普托勒摩斯（Triptolemus）虽然是首先提到的，但单纯只是四人中的一个。颂诗没有提供任何蛛丝马迹，暗示他是把德墨忒尔所赠予的农耕传播至世界各地的文化英雄。④ 通常认为，特里普托勒摩斯独特的突出地位与他的**使命**的故事在雅典人掌控厄琉息斯以后才发展出来的，并且进一步用作雅典人的文化宣传工具。从公元前 6 世纪晚期开始，到公元前 5 世

---

① 参见 Deichgräber (1950), pp. 529-531。Bianchi (1964), p. 171 指出，卡利狄刻的发言与赫利俄斯的发言呼应。但是，虽然凡人必须听命于奥林坡斯的统治，德墨忒尔却拒绝如此。

② 第 122 行抄本作 Δώς，不合乎格律。Δωσώ "是最令人满意的方案"（Richardson [1974] p. 188）。

③ 关于 ἀπονοσφίσσειεν[驱逐，使……远离] 这一表达的主题性重要程度，见上文第 281 页注①。

④ 关于特里普托勒摩斯，见 Richardson (1974), pp. 194-196; and F. Schwenn, "Triptolemus," *RE* 7A (1939): 213-230。

纪达到顶峰，描绘特里普托勒摩斯和他的马车的瓶画数量众多，这证明了这一主题的流行程度。毋庸置疑，这个故事是为雅典人在公元前 5 和前 4 世纪要求其他希腊城邦进贡第一批果实提供合理性。然而，特里普托勒摩斯是雅典人的宣传工具并不意味着他就是雅典人的首创。他作为剌瑞昂平原（Rarian plain）上的第一个耕种者，与厄琉息斯神话牢固的地方纽带别有所指。颂诗自身看起来表现出了知道那一故事的存在，在第 450—456 行的地方有些笨拙地影射了那一地点。① 沃尔顿（Walton）论证，颂诗是雅典人吞并圣所以后的厄琉息斯作品。② 在这一观点中，颂诗之所以没有特别地提及特里普托勒摩斯的角色，是厄琉息斯为反对雅典主权而有意识地压抑他的角色。无论正误，沃尔顿的论证表明，能确定诗歌写作年代的历史证据是多么稀少，也提醒我们当心，基于假定的时间尺度解读颂诗是有危险的。

弱化特里普托勒摩斯的重要性也许出于历史背景以外的原因。因为这毕竟不是颂诗中的孤立现象。就在下一行，欧摩尔坡斯（Eumolpus）也被剥夺了他的特殊身份，他是秘仪的世袭祭司（Hierophant）的第一位。③ 目前尚无学者提出，欧摩尔坡斯一族在宗教崇拜中的特出地位是雅典人的首创。因此，颂诗的沉默也许需要别种解读路径。颂诗处理欧摩尔坡斯与特里普托勒摩斯的方

---

① 见下文我对这一段的讨论。《帕罗斯编年史》（Marmor Parium）第 23—29 行（F. Jacoby, Das *Marmor Parium* [Berlin, 1904]）两个版本都提到了。

② Walton (1952), pp. 105-114. 参见 Clinton (1986), pp. 46-47，他质疑历史证据，并强调"《颂诗》甚至连重要的厄琉息斯事务都不清楚"。

③ 关于颂诗既忽略特里普托勒摩斯，也同样忽略欧摩尔坡斯和克律克斯（Keryx），参见 Clinton (1986), pp. 45-46。

式与诗歌中的某些其他旨趣高度一致。其中的第一点，也许是整体上为了更广阔的泛希腊视角而不强调地方宗教崇拜。另外，削弱特里普托勒摩斯的角色有力地指明，颂诗拒绝那个以德墨忒尔赐予人类谷物为故事高潮的版本。为了奥林坡斯神学观而拒绝耕地神话，以及从关注地方宗教崇拜转到泛希腊取向——我主张，这两点构成了颂诗创新之处的基本坐标。

这时，克琉斯之女建议老妇待在原地，她们回家去找她们的母亲墨塔涅拉，并把她们相遇的故事原原本本地告诉她。墨塔涅拉正有可能邀请老妇到他们家来照看她的儿子，一个日夜祈祷得来、备受钟爱的晚生子：

> εἰ τόν γ᾽ ἐκθρέψαιο καὶ ἥβης μέτρον ἵκοιτο,
> ῥεῖά κέ τίς σε ἰδοῦσα γυναικῶν θηλυτεράων
> ζηλώσαι · τόσα κέν τοι ἀπὸ θρεπτήρια δοίη.
> 如果你来抚养他，直至他青春之时，
> 女人中的某个见到你将会极易嫉妒：
> 养育他，你将获得多么丰厚的报酬。
>
> （166—168）

这个孩子是女孩儿堆里的唯一男孩，他妈妈很晚才生下他，他是家中唯一的继承人，因此是特殊关照的对象。家庭的希望都寄托在他身上。他的珍贵、养育他的重要程度，还有他必须顺利度过婴儿期的危险，这些都得到了强调。女神默许了这个提议，女孩儿跑回去报告她们的母亲。当她们返回把外邦人带回她们家时，一个比喻把她们比作春天里欢腾的鹿或牛犊，颇具魅力地描述了她们的年轻活力。形成对比的是德墨忒尔，她裹着面纱跟在她们后面，心中仍然悲伤。

德墨忒尔跨进门槛时，不同寻常的事发生了：

ἣ δ' ἄρ' ἐπ' οὐδὸν ἔβη ποσὶ καί ῥα μελάθρου

κῦρε κάρῃ, πλῆσεν δὲ θύρας σέλαος θείοιο.

她的脚踏上门槛，且看哪，

她的头触到了屋顶，一道神圣之光充溢门框。

（188—189）

这通常被称为现身或"部分现身"，但这一场景是独特的。学者此前引用他们所认为的相似段落没有一处是令人信服的。在典型的现身场景中，神灵希望被认出。德墨忒尔在第 275—280 行亮明自己的身份便是如此。其他情况下，伪装起来的神要么是故意地部分表露自身，要么是无意中引起是否有神灵在场的怀疑。比如说，人们会引用《致阿弗洛狄忒颂诗》的一个场景作为我们眼下这个场景的原型，其中，阿弗洛狄忒伪装成一个适婚的年轻女子突然出现在安奇塞斯面前（81—110）。[①] 他怀疑她可能是某位女神，而阿弗洛狄忒必须极力否认她的神灵身份，以便继续她事先计划的引诱。诗人蛮可以利用这一情景内在包含的对人类无知的反讽，正如他在别处所做的，但是我们的片段中并无此类描述。尽管外邦人的出现使墨塔涅拉受到震动，甚至感到惊恐，但是没

[①] 参见 Lenz (1975), p. 56; and Heitsch (1965), pp. 39-40。

有哪一点表现出她怀疑面前的老妇可能是一位神灵。不过,她确实认识到,这位外邦人身上有一些令人敬畏和奇异的东西,某种神秘力量,这种力量也许是仁慈的,也许不是。① 德墨忒尔威严地进入王宫必须被视作她的伪装不可或缺的一部分。德墨忒尔如何向这一家庭展现自己,以及墨塔涅拉如何估量这位陌生客人,将证明对克琉斯宫中所发生的事件后果举足轻重。

诗歌的下个片段(192—211),正如长期以来的认识,显然是在解释起源,反映了入教仪式之前的初始仪式。女神在神话中的每一个具体限定姿态——她的沉默、她的禁食、她坐在铺着羊毛垫子的凳子上,以及她饮下一种混合药饮库克昂(kykeon)——都在仪式中得到她的信徒的模仿与无限的重复。她的行动既根植于神话中的特定时间,"彼时",也超越那个时间,因为新入教者在为秘仪中的昭示做准备时会重复她的动作。在这个神话与仪式暂时融为一体的片段中,叙事风格改变便是可以理解的。诗人仅通过间接陈述(ἔφασκε [207])来传达德墨忒尔的话,并对伊安珀(Iambe)打诨的内容仅稍作暗示。事实上,人们有一种印象,似乎整个行动被什么遮掩着,言语也不知怎么是低沉含糊的,也许这些不能让教外人士目睹和耳闻。

随着女神进入宫殿,心怀敬畏的墨塔涅拉把椅子让给了她。一开始,德墨忒尔拒绝坐下,仍然无言地站立着,目光下垂。这时,伊安珀给她拿来一个铺着羊毛垫子的"拼接凳子"②,女神才

---

① 参见 Scarpi (1976), p. 181:"对墨塔涅拉而言,德墨忒尔还不是'女神',而是一位很有价值的'外邦人'。"

② 这个凳子在入教仪式的预备仪式中的意义,见 Richardson (1974), p. 212。我认为它在宗教崇拜中的使用并不妨碍它的叙事功能,叙事功能的总结见下文。

满腹无言悲伤地坐下了：

> ἔνθα καθεζομένη προκατέσχετο χερσὶ καλύπτρην·
> δηρὸν δ᾽ ἄφθογγος τετιημένη ἧστ᾽ ἐπὶ δίφρου,
> οὐδέ τιν᾽ οὔτ᾽ ἔπεϊ προσπτύσσετο οὔτε τι ἔργῳ,
> ἀλλ᾽ ἀγέλαστος ἄπαστος ἐδητύος ἠδὲ ποτῆτος
> ἧστο πόθῳ μινύθουσα βαθυζώνοιο θυγατρός.
> 她坐在那儿，手里拿着面纱放在眼前；
> 她一言不发地坐了很久，沉浸于悲伤，
> 也没有用语言或姿势向任何人致意；
> 相反，她不笑，也不碰食物和饮品，
> 她坐着，因思念她紧束腰带的女儿而憔悴。
>
> （197—201）

234　　终于，"通晓绝妙之事"的伊安珀打破了魔咒，她嘲笑并责怪悲伤的女神，把她的注意力从伤痛上移开，使她先是微笑，继而大笑，最后"开心了起来"。也许是出于保持诗歌体面的自觉，诗人没有告诉我们伊安珀具体说了什么逗笑了女神。① 解读者们通常假设那是仪式性猥亵或称 aischrologia [猥亵] 的某种形式，我们知道这在厄琉息斯崇拜中占据一席之地。但是所谓的骂街（gephurismoi）——人们在雅典去往厄琉息斯的路上过桥时向精英

---

① 参见 Arthur (1977), p. 21："伊安珀的叙述与她的笑话……可能隐藏了对德墨忒尔生育力量更粗俗也更直接地与性相关的指涉。"这一掩饰也许超出了诗歌体面所要求的限度；许多学者怀疑，秘仪进行到高潮时所展示的东西之一是外阴。

公民倾泻的辱骂——是游行的一部分，而非在厄琉息斯本地举行的预备仪式。①

这一有趣插曲的其他版本也许指出了一条不同的解读路线，能更紧密地契合颂诗的戏剧性情景。②在某个变体中，是少女包珀（Baubo）③提起裙子逗笑了德墨忒尔。但是这个姿势不仅仅出人意料地展现通常遮掩起来的东西，似乎还意味着通过女性的生殖器展现她们的繁殖能力。因为正如包珀自己所展现的，一个嬉笑的婴儿从她的肚子下探出头来。④如果我们记着这一对照版本，就有可能解释伊安珀大概说了什么使德墨忒尔发笑。首先，我们注意到 χλεύης 和 παρασκώπτουσ'（202—203）不是指开玩笑和讲述滑稽故事——无论是否猥亵，而是指向某个人的人身攻击和咒骂。⑤其次，正如许多批评家已经指出的，女神沉默的姿态也许与哀悼的姿态接近。但是，哀悼者一般坐在地上⑥，而德墨忒尔坐在一条凳子上。因此，我提出，德墨忒尔的姿态最接近坐在分娩凳上即

---

① 阿波罗多洛斯 1.5.1 把伊安珀的故事看作解释地母节上女人开玩笑的行为，但他显然不知道厄琉息斯有类似的仪式。Wilamowitz (1959), 2: 52, n. 2 认为厄琉息斯的淫秽笑话在某一时期转化到游行中："ἰαμβίζειν [用短长格讽刺攻讦] 在许多女性的宗教崇拜中均有出现，但在厄琉息斯没有保存下来，而是转移到 γεφυρισμοί [骂街] 中。"我对他推测的转化不太满意。

② Orphicorum Fragmenta 52 (Kern). 对 Clement 与 Arnobius 中的资料的讨论，见 Graf (1974), pp. 194-199。

③ βαυβώ 一词意思明显是阴户。参见 Hesychius，他从恩培多克勒引用了该词意为κοιλία 的例子，亦见 Herondas, Φιλιαζουσαί 19，那里这个词意为假阴茎。

④ 比较普里埃内（Priene）出土的赤陶人像，那是一个女性形象，腹部是一张孩子的脸，图片见 Nilsson, GGR (1955), pl. 45, no. 3。

⑤ 参见亚里士多德《修辞学》2.2.12 论易发怒的人：ὀργίζονται δὲ τοῖς τε καταγελῶσι καὶ χλευάζουσι καὶ σκώπτουσιν · ὑβρίζουσι γάρ（"人们会对那些嘲弄、取笑、讥笑他们的人发怒，因为这是一种羞辱。" Aristotle: The "Art" of Rhetoric, trans. J. H. Freese [London, 1926], p. 181.）

⑥ 比较《奥德赛》4.716-717 中的佩涅洛佩："她无法坐在椅子上，尽管房子里有许多椅子，但她坐在门槛上。"亦见 Richardson (1974), pp. 218-219 , 220。

将分娩的女人。① 伊安珀注意到这一相像——及其荒诞。因为德墨忒尔装扮成一名老妇,完全过了生育的年龄。伊安珀天性快活,没有认出女神的身份,她奚落取笑这名老妇所塑造的荒诞形象。但是德墨忒尔的反应与神遭到凡人侮辱通常做出的反应不同;伊安珀的打诨带来的不是愤怒,而是笑声。结果便是伊安珀"后来还继续在她的仪式上取悦她"(205)。当然,我这里提出的解释必然只是一种尝试,但它的长处在于考虑到了叙事的戏剧性情景,并且强化了颂诗这一部分如此突出的婴儿与生育母题。

接着,墨塔涅拉为恢复过来的女神拿来酒,但是她拒绝了,因为对她来说喝酒是不合法的。虽然不喝酒,但她吩咐王后给她准备大麦与薄荷的混合饮品,即入教者(mystai)在入教前饮用的库克昂。此处,诗人又明显是在解释起源:

---

① 参见索拉努斯(Soranus)在 Περὶ Γυναικείων 2.3 (Ilberg) (= Corpus Medicorum Graecorum 4 [1927]) 中对这种分娩凳的描述。索拉努斯明确认为使用凳子比床更好,至少对于健康的女人来说是如此。基于《致阿波罗颂诗》第 117 行勒托的姿势,通常认为正常的分娩姿势是跪着并前倾。这忽视了《致阿波罗颂诗》第 17 行说勒托向后仰,更重要的是,勒托在什么也没有的岛上分娩,这一神话背景不属于通常情况。参见 G. Most, "Callimachus and Herophilus," *Hermes* 109 (1981): 188-196,他提出,卡利马库斯在他的颂诗中颠倒了勒托的姿势,是基于他那个时代的医疗观(即 Herophilus 的观点)。F. G. Welcker, "Entbindung" in *Kleine Schriften* (Bonn 1850), 3: 185-208 和 E. Samter, Geburt, *Hochzeit und Tod* (Leipzig, 1911), pp. 6-15,二者都坚持古代的常见分娩姿势是跪着,并且发现了生育女神各种跪着的形象。P. Baur, *Eileithyia* (University of Missouri Studies 1.4) (Chicago, 1902), p. 44 表达了怀疑,因为埃勒提埃的形象不是这样表现的。J. Morgoulieff, Étude critique sur les monuments antiques représentant des scènes d'accouchement (Paris, 1893) 决定性地反驳了跪姿分娩的整套理论。他的结论(p. 75)是:"在古代希腊最早的时期,通常在有靠背的椅子或类似太阳椅的椅子上分娩。"(强调是我加的。)Festus 174b, 33 提到的生育诸神(Nixi Dii),连同希腊发现的一些跪着的形象,也许应该理解为跪着的助产妇或分娩时的陪护。Alan Hall 向我指出,加泰土丘的新石器时代遗址中有坐姿女神形象,她坐在类似的椅子上分娩。见 J. Mellaart, *Catal Hüyük: A Neolithic Town in Anatolia* (London, 1967), p. 184 and pl. 67, 68, IX。

> ἣ δὲ κυκεῶ τεύξασα θεᾷ πόρεν ὡς ἐκέλευε·
> δεξαμένη δ᾽ ὁσίης ἕνεκεν πολυπότνια Δηώ.
> 她（墨塔涅拉）准备好了库克昂，如她吩咐地给了女神；
> 但她，德奥，众多事物的女主人，是为仪式的目的接下的。
>
> （210—211）

关于厄琉息斯的库克昂，人们已经写了连篇累牍的内容；① 这里只需指出这种特别的饮品是德墨忒尔与凡人的联结即可。这种大麦饮品居于神灵食物——德墨忒尔离开奥林坡斯便拒绝了这种食物——与众神不能饮用的凡人之酒中间的某处，既属于德墨忒尔这位农耕女神，也属于接受女神赠予的人类。喝下这种药饮，有死与不朽便短暂地结合了。

神与人，神话与仪式在这段插曲中短暂地结合，我们的时间与"彼时"也神秘地相交。插曲过后，诗人又回到纯粹的史诗叙事模式。同时，重新振作的女神继续实施她的计划。

回到史诗叙述的标志是，又回到了直接引语：墨塔涅拉现在正式问候这位外邦人。她显而易见的优雅与端庄向王后表明，这位老妇可能来自王室家族。墨塔涅拉用与女儿们相呼应的话语，安慰她的客人所失落的昔日辉煌（216—217，参见第147—148行）。但是，女孩们的普遍陈述——"神灵远为强大"——被王后

---

① 见 A. Delatte, *Le Cycéon: Breuvage rituel des mystères d'Eleusis* (Paris, 1955), pp. 23-56，他指出，尽管饮用库克昂必定发生在神话出现之前，但是就入教者被认为是模仿女神的举动而言，神话给仪式提供了解释。亦见 A. Battegazzore, "Eraclito e il ciceone eleusino," *Maia* 29/30 (1977-1978): 3-12。

替换成一种苦涩的逆来顺受的表达，毫无疑问这出自她更丰富的阅历，"因为必然性的枷锁套在他们的脖子上"（217）。然而，既然这位外邦人到来了，就请她共享这个家庭的繁荣，并照看她臂弯里的孩子，

> ...τὸν ὀψίγονον καὶ ἄελπτον
> ὤπασαν ἀθάνατοι, πολυάρητος δέ μοί ἐστιν.
> ……这个晚生的、意料之外的，
> 不朽者赐予的孩子；因为他是我日夜祈祷得来的。
>
> （219—220）

颂诗再次提及这个孩子的特殊地位，以及照看他周全长大的丰厚报酬（219—223，参见164—168）。如果我们注意到墨塔涅拉此时早已过了生育年龄，ὀψίγονος[晚生的]（165、219）这个形容词就显得格外切中要害。由于这个独子生得晚，且出乎所有人的意料，万一有什么灾难降到他头上，便没有人能替代他了。

女神也问候王后，并祝福她生活繁荣。她同意照看这个婴儿：

> κού μιν ἔολπα κακοφραδίῃσι τιθήνης
> οὔτ' ἄρ' ἐπηλυσίη δηλήσεται οὔθ' ὑποτάμνον·
> οἶδα γὰρ ἀντίτομον μέγα φέρτερον ὑλοτόμοιο,
> οἶδα δ' ἐπηλυσίης πολυπήμονος ἐσθλὸν ἐρυσμόν.
> 我相信，既没有保姆的恶意，
> 也没有袭击会毁掉他，或是毒草，

因为我知道比杀人草更有力的解药，

我知道如何奏效地抵御制造苦痛的咒语。

(227—230)

这里德墨忒尔使用了术士的语言，具体来说是女巫的语言，不过是一位善良的女巫，懂得所有为儿童抵御咒语、毒药还有婴儿极易遭受的神秘"袭击"所必需的反巫术手段。[①] 德墨忒尔把自己表现为一位女巫，这样做，她就仍然停留于她的伪装所限定的范围之内，距离她的终极目标也更近了。她声称她拥有巫术知识，于是在墨塔涅拉眼里，选她作为爱子的保姆便更加理想，更加合适了。德墨忒尔的话语加强了她刚进宫殿时与她一同出现的奇异光环的效果。但是在后续故事中，二者都将引起王后的怀疑。

墨塔涅拉满心欢喜地把孩子交付给德墨忒尔"不朽的双手"，这时第一次提到孩子的名字。当女神接过婴儿，抱在她"芬芳的怀里"，便是德墨忒尔大计第一阶段结束，第二阶段开始的时刻，这一时刻的重要性体现在一个总结性的句子中：

ὣς ἣ μὲν Κελεοῖο δαΐφρονος ἀγλαὸν υἱὸν
Δημοφόωνθ᾽, ὃν ἔτικτεν ἐΰζωνος Μετάνειρα,
ἔτρεφεν ἐν μεγάροις.

因此，她在王宫中抚养

[①] 关于这几行诗有魔力且咒语一般的特点，见 Scarpi (1976), pp. 165-170, 179-180。关于德墨忒尔把自己表现为巫婆，见 pp. 170-171: "正是因为德墨忒尔想'保护'孩子，她把自己表现为属于巫医的'善良的女巫'，但这并不意味她没有那种降下灾祸的能力。"

智慧的克琉斯光辉灿烂的儿子，
得摩丰，是系美丽腰带的墨塔涅拉生了他。

(233—235)

德墨忒尔试图赋予克琉斯之子永生构成了她的厄琉息斯之旅的焦点：

ὃ δ᾽ ἀέξετο δαίμονι ἶσος
οὔτ᾽ οὖν σῖτον ἔδων, οὐ θησάμενος <γάλα μητρὸς>
　　　　　　　Δημήτηρ
χρίεσκ᾽ ἀμβροσίῃ ὡς εἰ θεοῦ ἐκγεγαῶτα,
ἡδὺ καταπνείουσα καὶ ἐν κόλποισιν ἔχουσα·
νύκτας δὲ κρύπτεσκε πυρὸς μένει ἠΰτε δαλὸν
λάθρα φίλων γονέων.

他像精灵一样成长，
不吃谷物，也不＜靠母乳＞喂养。
＜日间＞①……德墨忒尔……
用琼浆涂抹他，就如同他是神的后代②，
向他呼出甜美的气息，把他抱在她的怀里；
但在夜间，她将他像火把一样藏在火的力量中，
这是他自己的父母不知道的秘密。

(235—240)

---

① 尖括号中的文字补充了第 236—237 行的阙文。
② 比较《致阿波罗颂诗》第 123—129 行阿波罗的抚育与迅猛生长。

德墨忒尔不使用任何凡人的食物，而是给那孩子琼浆——一种延年益寿剂①，并给他注入她那神灵的气息。多个反复体（iterative）动词表明，转变过程不是即刻发生的，需要时间与精力。不过这一过程最令人好奇的部分仍是得摩丰的"浴火洗礼"。人们经常拿该环节与命名日（Amphidromia）的家庭仪式相比较，在后者中，新生儿绕着家中灶台转圈，如此才正式被他的家庭接纳。②然而，这二者的可比性甚少。这个灶台属于克琉斯，他的后代得摩丰已经得到承认；此外，孩子是被放在火中——这显然不是正常做法，因为墨塔涅拉的反应是惊吓。赫拉克勒斯在柴堆上燃烧成神的故事提供了更好的类比。③在那里，就像在相似的故事中，活的肉体在火中似乎可以"烧掉"有死的命运。④不过，我们还必须注意到，德墨忒尔不仅试图赋予这个婴儿永生，还打算把他收养为自己的孩子；她把孩子抱在怀里的母亲姿态表明如此。⑤

---

① 关于琼浆延年益寿的功能，见 Clay (1981-1982), pp. 112-117; and Scarpi (1976), pp. 184-185。

② 参见 Richardson (1974), pp. 231-236；尤见 J. G. Frazer 在其编辑的阿波罗多洛斯文本（Cambridge, Mass., 1921）的附录，"Putting Children on the Fire," 2: 31 1-17。关于命名日，亦见 E. Samter, *Familienfeste der Griechen und Römer* (Berlin, 1901), pp. 59-64。C.-M. Edsman, *Ignis divinus: Le Feu comme moyen de rajeunissement et d'immortalité* (Lund, 1949), pp. 224-229，综述了对得摩丰的"浴火洗礼"的不同解读。除了与命名日的联系之外，还有人提出可能与厄琉息斯献祭仪式、入教仪式有关，与某些火葬信仰与实践有关。参见 Scarpi (1976), pp. 202-204。Nilsson, *GGR* (1955), 1: 659-660，否认这一场景有解释起源的性质："只要更仔细地审视，人们就会认识到这并非起源解释，而纯粹是文学创作。"

③ 参见 Edsman (1949), pp. 233-249; and F. Stoessel, *Der Tod des Herakles* (Zurich, 1947), esp. pp. 15-18。

④ 忒提斯对婴儿阿基琉斯类似的做法，参见 Apollonius Rhodius 4.869-872 和 Apollodorus 3.13.6。二者均很有可能受到《致德墨忒尔颂诗》的启发。亦见 Plutarch, *De Iside et Osiride* 16 和 Iamblichus, *De mysteriis* 5.12。

⑤ 参见第 187 行，在那里墨塔涅拉 παῖδ' ὑπὸ κόλπῳ ἔχουσα[把孩子抱在怀里]；以及第 286 行，得摩丰的一个姐姐担起了母亲的职能：παῖδ' ἀνὰ χερσὶν ἑλοῦσα ἑῷ ἐγκάτθετο κόλπῳ[用手抓起孩子抱在怀里]。

这个孩子奇迹般的成长和神样的容貌引起了墨塔涅拉的好奇心，也激发了她的怀疑。外邦人保姆早些时候声明自己是一名术士，以及她进入宫殿时的奇异景象，这些也许已经在母亲的心中唤起了些许焦虑。不管怎样，墨塔涅拉在夜间窥视女神①，发现她珍贵的孩子②身处火焰之中，她惊恐地喊出声来。由于墨塔涅拉对女神的意图一无所知，她不可避免地认为她的儿子正处于某个极其邪恶的巫术仪式中，即将被杀害。墨塔涅拉的哭喊声打破了咒语。德墨忒尔听到声音，愤怒地把孩子从火中取出，放在地上。她的姿势意味着，他将永远是肉体凡胎。盛怒的德墨忒尔不仅谴责墨塔涅拉，还谴责全体人类：

νήϊδες ἄνθρωποι καὶ ἀφράδμονες οὔτ᾽ ἀγαθοῖο

αἶσαν ἐπερχομένου προγνώμεναι οὔτε κακοῖο.

无知且迟钝的人类，无法

预知即将到来的命运是好是坏。

（256—257）

墨塔涅拉的鲁莽阻碍了女神实现她的意图，这仅仅是人类普遍愚蠢这一规律的一个显著例子。颂诗之前已经使我们注意到神灵知

---

① νύκτ᾽ ἐπιτηρήσασα（244）这一表达很独特，表明墨塔涅拉等待着寻找时机。对比 ἐπιτηρητέον τὸν καιρόν 这一短语。诗歌的用语清晰地表明，墨塔涅拉的闯入绝非偶然，而是基于她日益加重的疑虑，事先计划的行为。

② Richardson (1974), p. 242 在第 252 行评注道，"这一行的主语改变了，句子有一点笨拙"，他说得很对，但我并不认同他把这行看作"不必要的"或是"充数的"。这里，诗人再度绞尽脑汁地强调这个无可取代的婴儿的特殊地位，使得墨塔涅拉的恐慌与悲伤是可以理解的。

识与人类无知的不对等。然而，在这个例子中，很难忽视墨塔涅拉身为母亲为失去儿子感到悲伤与德墨忒尔为泊耳塞福涅悲伤存在相似之处。[1] 墨塔涅拉误会了女神的意图，以为得摩丰一定会可怕地死去。那么，德墨忒尔是否也有可能同样误会了宙斯为泊耳塞福涅所做的安排，只能将它理解为意味着与女儿永久、彻底的分离——也就是某种死亡？

无论如何，德墨忒尔发誓，她本可以使得摩丰"永远不死且永葆青春"，并赐予他"不朽的荣耀"。她的失败正是墨塔涅拉和她那毁灭性的愚蠢造成的。不过，虽然现在这个孩子注定要死，但德墨忒尔仍会赐予他"不朽的荣耀"，因为"他曾坐在她的腿上，躺在她的臂弯中"：

ὥρῃσιν δ' ἄρα τῷ γε περιπλομένων ἐνιαυτῶν
παῖδες Ἐλευσινίων πόλεμον καὶ φύλοπιν αἰνὴν
αἰὲν ἐν ἀλλήλοισιν συνάξους' ἤματα πάντα.
随着年岁流转，到适当的时候[2]，为了他，
厄琉息斯人的孩子们将加入战争与可怕的纠纷，
总是如此，在他们之间，一直如此。

(265—267)

---

[1] N. Rubin and H. Deal, "Some Functions of the Demophon Episode in the Homeric Hymn to Demeter," *QUCC* 34 (1980): 7-21, 提醒我们注意这个相似："悲伤与愤怒使二者都打破了神的计划（德墨忒尔破坏宙斯的旨意；墨塔涅拉打破德墨忒尔的计划）"（p. 9）。两位作者也指出，墨塔涅拉以为她失去了他的儿子所做出的反应导致无助，而德墨忒尔是有目的地谋划未来。人们设想的得摩丰一节与德墨忒尔／泊耳塞福涅故事的其他一些相似性有点牵强。

[2] Richardson, (1974), p. 245 也采取这种读法，是正确的。AHS (1936), p. 160 采取了 ὥρῃσιν 等，意为"当他长成成年男子"，见下文我对第 289 行的讨论。

作为失去永生的补偿,得摩丰死后将收获英雄崇拜仪式。① 通常认为,德墨忒尔指的是巴雷提斯节(Balletys),一种厄琉息斯的年轻男子会进行模拟战斗的地方小节日。② 颂诗的听众会理解这个预言式影射,但是墨塔涅拉很可能会对女神包含预兆的言词感到困扰。

这时,女神庄严地亮明了自己的身份:

εἰμὶ δὲ Δημήτηρ τιμάοχος, ἥ τε μέγιστον
ἀθανάτοις θνητοῖς τ' ὄνεαρ καὶ χάρμα τέτυκται.
我乃德墨忒尔,我拥有尊荣,我给
神灵与凡人带来最大的恩惠与欢乐。

(268—269)

农耕是德墨忒尔声明属于她的尊荣,也是她给予神与凡人的恩惠。③ 农耕如何不仅使人类受益还有益于众神,即将揭晓。德墨忒尔的宣言再度明确地把颂诗定位于后普罗米修斯时代,此时农耕与祭祀已成为人类生活的关键元素。④

这时,女神有点突然地要求所有人在城外为她建造一座神庙:

ὄργια δ'αὐτὴ ἐγὼν ὑποθήσομαι ὡς ἂν ἔπειτα

---

① 参见 Nagy (1979), pp. 181ff.。
② 关于巴雷提斯节,见 Richardson, (1974), pp. 245-247, and O. Kern, s.v. "Βαλλητύς", *RE* 2 (1896): 2830-2831。参见 Clinton (1986), p. 44, n. 6:"用来解释巴雷提斯节比赛起源的得摩丰故事……也许要晚于我们的颂诗。颂诗仅仅提到作为惩罚的内战。"
③ Gemoll (1886), pp. 299-300 错误地解释了 τιμάοχος(268),称该词"很显眼,因为德墨忒尔自身只是安排了他们的工作"。
④ 参见 Rudhardt (1978), p. 10。

> εὐαγέως ἔρδοντες ἐμὸν νόον ἱλάσκοισθε.
> 我将亲自规定仪式，这样，你们从今往后
> 便可一丝不苟地举行仪式，来平复我的心情。
>
> （273—274）

学者们假定第 273 行的 orgia（仪式）是指秘仪，结果意想不到地发现了一个明显的矛盾。① 因为事实上，德墨忒尔直到颂诗的结尾处（473—479）才建立秘仪。这样一来，她的承诺就奇怪地推迟了，或者在理查森看来是被引入的饥荒母题打断。② 不过，叙事进行到此处，不要提前透露任何秘仪的消息是很关键的。德墨忒尔只是要求厄琉息斯人"平复我的心情"（274）。③ 在直接的上下文中，德墨忒尔要求神庙与祭祀④，只是为了平息她因墨塔涅拉的愚蠢之

---

① 参见 AHS (1936), p. 118, 他指出"秘仪的建立在第 273 行下令，但直到第 473 及以下诸行才执行"。

② Richardson (1974), pp. 260, 330.

③ ἱλάσκομαι 可以表示"使……仁慈"和"平息（愤怒）"（LSJ）；"使被喜爱，和解"（P. Chantraine, *Dictionnaire étymologique de la langue grecque* [Paris, 1968-1980]）；"使……仁慈"和"净化"（G. Kittel, ed., *Theologisches Wörterbuch zum Neuen Testament* [Stuttgart, 1938], 3: 314-317）。在 Kittle 的辞书中，F. Büchsel 提到这个词的"双重含义"。词意具体的细微区别需要上下文来确定。ἱλάσκομαι 在这里和颂诗其他地方（第 292 和 368 行）有很强的平息、缓和一位愤怒的神灵的含义。比较《伊利亚特》1.100, 147, 386, 444, and 472 提到平息阿波罗的怒火，因为他给希腊人降下了瘟疫。参见 Büchsel, p. 316: "这种崇拜行为——以动词命名——的目的，是有罪的一方重新获得诸神的仁慈。"（强调是我加的。）

④ N.M.H. van der Burg, ΑΠΟΡΡΗΤΑ—ΔΡΩΜΕΝΑ—ΟΡΓΙΑ (Amsterdam, 1939), pp. 91-101, 论证 ὄργια 最早的含义（与 ἔρδω、ἔργον 等有关）仅仅是任何一种宗教或崇拜活动，尤其是"祭祀"。这个词后来才与秘教联系起来，也许是错误地把这个词的词源归为 ὀργάω、ὀρέγω 或 ὀργή 造成的。参见 Clement, *Protrepticus* 2.13.1 令人感兴趣的评论："在我看来，ὄργια 这个词的来源有必要从德墨忒尔对宙斯的愤怒中去寻找。" Burg, p. 94 不顾他之前的论点，仍然把《致德墨忒尔颂诗》第 273 行和第 476 行的 ὄργια 等同起来，即便这和他自己的证据矛盾。但是可以参见 J. Casabona, *Recherches sur le vocabulaire des sacrifices en Grec* (Aix-en-Provence, 1966), p. 66, 他评注第 273—274 行的 ὄργια...εὐαγέως ἔρδοντες 道：（转下页）

举而升起的对人类的怒火。① 秘仪的建立只能发生在德墨忒尔与神和凡人都和解之后,而在那之前还有许多事要发生。

德墨忒尔现在卸下她的伪装,她在离开前展现出了她的全部神圣光辉。女神的现身,毫无疑问还有女神愤怒的言辞,令墨塔涅拉震惊得晕过去,而忘记去捡起她珍爱的儿子。他的姐姐们听到他可怜的哭声,从床上冲出来,把他抱起来,重新点亮熄灭的火,又扶起墨塔涅拉。然后她们的注意力又回到愁眉苦脸的婴儿:

> ἀγρόμεναι δέ μιν ἀμφὶς ἐλούεον ἀσπαίροντα
> ἀμφαγαπαζόμεναι· τοῦ δ' οὐ μειλίσσετο θυμός·
> χειρότεραι γὰρ δή μιν ἔχον τροφοὶ ἠδὲ τιθῆναι.
> 他气喘吁吁,她们围着他,给他沐浴,
> 并抱起他。但是他并不感到惬意,
> 因为现在是笨手笨脚的保姆在抱他。
>
> (289—291)

这便是我们在《致德墨忒尔颂诗》中最后获悉的有关可怜的得摩

(接上页)"这两行与第 368—369 行(θυσίαισι... εὐαγέως ἔρδοντες)的对比表明 ὄργια 与 θυσία 的意思相同,或者至少二者在一些用法上相同。"注意,女神在这里仅仅是确立或说描述了普通的祭祀;而当她确立秘仪时,她必须"向所有人展现她的神圣仪式的步骤,并解释她的诸仪式"(474—476)。德墨忒尔下令为她建的神庙与厄琉息斯的终殿(Telesterion)二者之间的地形关系问题的讨论,见 Richardson (1974), pp. 328-330; and G. Mylonas, *The Hymn to Demeter and Her Sanctuary at Eleusis* (Washington University Studies n.s. 13) (St. Louis, 1942), pp. 28-63。Clinton (1986), p. 44 评点道:"诗人对厄琉息斯地形的了解没有他应该达到的那么深。"

① 参见 Hermann (1806), p. cvii 对第 300 行的评注:"(诗人)很不可能在这里提到厄琉息斯秘仪;因为如果谷物女神建立仪式不久之后,就如此不正义地以饥饿来惩罚她的崇拜者的虔敬,这是荒唐的。"

丰的消息。在其他版本中，这个孩子立刻在火中燃成了灰烬①，但是我们的颂诗诗人也明确地暗示这孩子不久就会夭折。在荷马史诗中，ἀσπαίρω[气喘吁吁]（289）仅用于描述英雄临死时的痛苦；②而在这里，这个词用来表明，这个婴儿注定很快便会夭折。

考虑到得摩丰这一角色在颂诗中的重要性，许多学者尝试把他与厄琉息斯仪式紧密地联系起来，或者把他视作新入教者的原型。③但是，神话与仪式的联系在这里依然并非那么简单。毕竟德墨忒尔原本想让这孩子永生——这和入教仪式相当不同——而她的意图失败了。类似地，得摩丰的终极命运——在宗教崇拜中得到荣耀——与入教者死后的命运也并不相似。此外，献给他的崇拜仪式仍是厄琉息斯的地方事务，并且就我们所知，与泛希腊的秘仪没有明显的联系。④那么，试图把得摩丰的身份确定为在秘仪高潮德墨忒尔应该会诞下的、属于秘仪的神婴，似乎就错了。⑤最后，难以忽视的事实是，得摩丰"从未出现在厄琉息斯的碑铭和

---

① *Orphicorum fragmenta* 49.101 (Kern); Apollodorus 1.5.1-2.
② 参见 LSJ。亦可参考埃斯库罗斯《波斯人》977 对薛西斯吃了败仗的军队的描述：τλάμονες ἀσταίρουσι χέρσῳ[这些不幸的人躺在岸边喘息]；以及 H. D. Broadhead (*The Persae of Aeschylus* [Cambridge, 1960]) 的评注："ἀσταίρουσι 使我们仿佛看到波斯人的栩栩如生的画面，他们被海浪推到岸边，就像在网中垂死的鱼一样喘息。"要承认，Herodotus 1.111.3 提供了一个反例。
③ 参见 Richardson (1974), pp. 233-36; and Sabbatucci (1966), p. 163。
④ 参见 Nilsson, *GGR* (1955), 1: 660，他说巴雷普提节是献给得摩丰的，"与秘仪没有什么看得出来的联系，这是一个与秘仪无关的厄琉息斯仪式"。
⑤ 参见 Richardson (1974), pp. 233-234，和 Hippolytus, *Refutatio omnium Haeresium* 5.8.39 中的引证：ἱερὸν ἔτεκε πότνια κοῦρον βριμὼ βριμόν[可畏的女神生下了神圣而高大的孩子]。关于财神是德墨忒尔的孩子，见下文对第 487—488 行的讨论。

艺术作品中"①。

不过,得摩丰和入教者之间还是存在一点联系,虽然是一种消极的联系。如果德墨忒尔成功地使得摩丰成神,那就不需要入教仪式了。②在颂诗的语境中,得摩丰的例子,以及他失败的成神过程,确保了人类始终不可能获得永生;人类想要逃离死亡是无望的。在这个意味上,颂诗重新确认了众神与人类的绝对差别,而这差别正是奥林坡斯等级秩序的基础原则。另一方面,颂诗通过秘仪的习俗缓和终有一死者的命运的严峻程度。于是我们可以说,得摩丰的厄运是人们渴望入教仪式和入教仪式有可能存在的前提。③只有通往永生的大道永远地关闭了,走向入教的小径才可能打开。

德墨忒尔令人惊异地亮明自己的身份并离开之后,克琉斯家中的女人都恐惧得发抖,她们整夜都在想办法平息女神的怒火。④到黎明时分,她们向克琉斯传达了德墨忒尔的命令:

> αὐτὰρ ὅ γ᾽ εἰς ἀγορὴν καλέσας πολυπείρονα λαὸν
> ἤνωγ᾽ ἠϋκόμῳ Δημήτερι πίονα νηὸν
> ποιῆσαι καὶ βωμὸν ἐπὶ προὔχοντι κολωνῷ.

---

① Richardson (1974), p. 237.
② 参见 Sabbatucci (1965), p. 165:"如果成神成功,(那么)就不会有入教仪式了。"参见 Bianchi (1964), pp. 173-175。
③ 参见 Scarpi (1976), p. 218; and Bianchi (1964), pp. 175-176:"单个人的神化……是奥林坡斯分类系统的一部分,而不是秘仪分类系统的一部分,正是这些特例证明,人必有一死,且注定腐朽。"
④ Richardson (1974), p. 256 提出,这一段有一部分反映了守夜仪式,波德罗米昂月的第20天夜晚,未来的入教者抵达之后会举行这个仪式。但是理查森也注意到"恐怖的气氛(《致德墨忒尔颂诗》293)对守夜来说不合适……对我们所了解的厄琉息斯庆典来说尤其不合适"。

于是他召集了一大群民众，

命令他们为发绺美丽的德墨忒尔建造华贵神庙

还有祭坛，建在凸起的山丘上。

（296—298）

建造神庙是公共活动，要由全体民众（laos），即厄琉息斯的男人来实现。女神早先的活动（得摩丰除外）仅与女人有关，且发生在王宫中，这是属于女性的地盘。① 从室内到室外，从女性到男性，从私人领域到公共领域的转变具有重大意义。与之相伴的是德墨忒尔卸下她的伪装，不再是一名老妇和女巫，并亮明她真正的神格。从这一角度看，女神想令得摩丰成神的尝试看起来便是一种巫术形式：为了某个私人目的而进行的私人仪式，由术士悄悄施法，通常与一个人或一件东西的变形或状态改变有关。② 我们看到，德墨忒尔的私人巫术失败了，这标志着个人成神绝无可能。相反，女神现在建立了一所公共神庙及祭祀来平息她的愤怒。一直到颂诗的结尾，女神才会揭示所有入教者都可以参与的，"她的

---

① 有一些版本里不是母亲而是父亲打断了获得永生的过程。例如，在 Hyginus, *Fabulae* 147 中，父亲（名为厄琉息尼乌斯[Eleusinius]）发现了谷物女神对孩子（在这里是特里普托勒摩斯）开展的夜间行为，他被愤怒的女神杀死。参见 Frazer (1921), p. 312。

② 参考 M. Mauss, *A General Theory of Magic*, trans. R. Brain (London, 1972), pp. 23-24 的论述："巫术仪式通常在夜间的森林中进行，远离居住地，或者在房子里隐秘处的阴暗角落，或者无论如何在某个不寻常的地点。宗教仪式总是完全在公众的视域之内公开举行的，而巫术仪式总是悄悄进行……隔绝和隐蔽几乎是巫术仪式私密性的完美符号……行为与行为者都裹在神秘之中……巫术仪式是反宗教的……它们不属于我们称为崇拜的有组织的系统。宗教实践相反，即便是那些具有偶然性和自发性的宗教实践，也总是可以预见，可以定下规矩，属于官方的……巫术仪式是任何不属于有组织的崇拜的仪式——它是私人的、隐蔽的、神秘的，甚至接近禁忌仪式的边缘。"定义巫术并将其与宗教区分的尝试，亦见 B. Malinowski, *Magic, Science and Religion and Other Essays* (Boston, 1948), pp. 20-21, 68-70。参见 Scarpi (1976), pp. 191-196。Bianchi (1964), p. 176 提到使得摩丰获得永生的步骤中的"巫术成分"。

神圣仪式的安排"。

饥荒、重聚与和解

然而时机还未成熟。《致德墨忒尔颂诗》第三幕开启，此时人类戏剧终止、神灵戏剧继续。尽管众神将采取进一步的行动，目前这些行为也不会对人类毫无影响。德墨忒尔的神庙一经筑好，她便退入她的神庙：

> ἔνθα καθεζομένη μακάρων ἀπὸ νόσφιν ἁπάντων
> μίμνε πόθῳ μινύθουσα βαθυζώνοιο θυγατρός.
> 她坐在那儿，远离所有有福者，
> 她驻留在此，因思念她紧束腰带的女儿而憔悴。

（303—304）

德墨忒尔在厄琉息斯的努力一无所获，她的复仇计划失败了。与此同时，她失去女儿的哀恸仍未消减。第 304 行与第 92 行呼应。女神在厄琉息斯的中途活动没有缓和她的愤怒与悲伤。如果说先前她远离众神来到地上，现在她不仅断绝与神的来往，也断绝与人类群体的来往。

德墨忒尔把自己关在①她的神庙里，这当中有一重残酷的讽刺意味，因为神庙正是凡人前来献祭神灵，神灵来此接受他们应得的供奉之处。②换句话说，神庙即神人交流的中枢。德墨忒尔在

---

① 注意 νόσφιν（303）。参见第 4、92、114 行，以及第 355、27 行的 ἀπάνευθε。
② 参见 Rudhardt (1958), pp. 56-57。

此用神庙来隔绝人类及众神，这颠覆了神庙的恰当功能。不仅如此，她还要破坏所有牺牲，而这是神人交流的主要媒介。

> αἰνότατον δ᾽ ἐνιαυτὸν ἐπὶ χθόνα πουλυβότειραν
> ποίησ᾽ ἀνθρώποις καὶ κύντατον, οὐδέ τι γαῖα
> σπέρμ᾽ ἀνίει, κρύπτεν γὰρ ἐϋστέφανος Δημήτηρ.
> 她在滋养众物的土地上给人们带来
> 极其艰难的一年，也是极为凶荒的一年①，大地没有
> 产出一粒种子；因为戴美丽花冠的德墨忒尔藏起了它。
>
> （305—307）

饥荒或干旱的母题在神话的许多其他版本中也会出现。当悲痛欲绝的德墨忒尔徒劳地寻找她的女儿时，谷物不再生长。② 饥荒因此成为压倒植物女神的悲伤的外在表现。我们已经看到，《致德墨忒尔颂诗》压抑了寻找泊耳塞福涅这个主题，并且饥荒一直推迟到克琉斯宫中的事情发生之后才出现。情节安排上的惊人变动令许多学者困惑，其中卡索拉谈到："因此，女神不让谷物生长以摧毁人类——包括厄琉息斯的居民——并借此向诸神报复……为什么这一行动发生在泊耳塞福涅被劫掠之后那么久……是不可理解的。"③ 除非我们把握了颂诗叙事的整体构造，否则饥荒主题便始

---

① 参见第 90 行：ἄχος αἰνότερον καὶ κύντερον ἵκετο θυμόν 与 αἰνότατον δ᾽ ἐνιαυτὸν...καὶ κύντατον（305—306）呼应。

② 有关饥荒与德墨忒尔悲痛欲绝的寻找如影随形，例如见 Carcinus the Younger, fr. 5 (*Tragicorum Graecorum fragmenta* 1, ed. B. Snell [Gottingen, 1971], pp. 213-214)；以及奥维德《变形记》5.477-486。

③ Càssola (1975), p. 34.

终是不可理解的。饥荒情节的推迟彻头彻尾地改变了其意义。饥荒在颂诗中不仅仅是女神哀恸的附属品,而是成为独立的母题,有其自己的意义。德墨忒尔的第一个计划,使一个人类婴孩永生并认养他——进而借此颠覆宙斯的秩序——受阻。失败以后,女神又谋划了第二个计划(参见第 345 行和下文注 150):令人们食不果腹,无法再给众神带来供品。尽管德墨忒尔可能还在为人类破坏了她的计划而恼怒,但她愤怒的真正目标始终是众神,尤其是宙斯。不过,她也很乐意为了她的目的牺牲人类。植物停止生长是德墨忒尔为了实现她的目标有意识地,同时也有点无情地,渴望并计划的。

如果说德墨忒尔的第一个计划失败了,她对奥林坡斯的封锁将会成功。我们可以推测其成功的理由。首先,德墨忒尔运用了她独有的权力:对农耕的影响是她的尊荣的基础。其次,人类的无知阻碍了她的第一个计划,这明白地显示出人类境况受到多种限制并且脆弱。德墨忒尔这下可以利用人类的弱点,即他们依赖农耕活命,来让众神屈服。因为众神也不完全是自足的;他们的存续当然不依赖凡人,但他们的尊荣依赖。① 我们还可以说,德墨忒尔最终胜利是因为她遵循宇宙等级秩序的原则行事,而她原来的计划则违背了那原则。

καί νύ κε πάμπαν ὄλεσσε γένος μερόπων ἀνθρώπων
λιμοῦ ὑπ᾽ ἀργαλέης, γεράων τ᾽ ἐρικυδέα τιμήν

---

① 阿里斯托芬的《云》以喜剧的方式处理了这个母题。

καὶ θυσιῶν ἤμερσεν Ὀλύμπια δώματ᾽ ἔχοντας,

εἰ μὴ Ζεὺς ἐνόησεν ἑῷ τ᾽ ἐφράσσατο θυμῷ.

这下,她差点就要通过难以忍受的饥饿摧毁

人类种族①,并夺走居住在奥林坡斯之家的

众神的礼物与供品所带来的光辉荣耀,

如果不是宙斯发现并在他的心中思考。

(310—313)

宙斯派他的使者伊里斯去找德墨忒尔。宙斯的话语,无论是在此处还是在颂诗别处,都(与史诗的惯例相反)通过间接引语表达,用以强调即便对于展开的宇宙戏剧而言,他也是遥不可及、高高在上的。②这位身为首领的奥林坡斯神从始至终避免与愤怒的女神直接对峙。伊里斯在传达宙斯的旨意时,把他称为 ἄφθιτα εἰδώς,"了解永恒之事者"(321)。这个短语在颂诗的其他地方都没有出现过,但在《神谱》(545、550、561)的普罗米修斯故事中却意味深长地出现了三次,当时经过互相的欺骗与对抗行动之后,宙斯表现为一个战胜了狡黠对手的得意洋洋的胜利者。③这一表达出现在这里,突出了宙斯在当前的对峙中亦身居至高地位。它也进一步表明,德墨忒尔的抵抗最后会被平定,最高神的

---

① 我略过了这个含义不明的饰词 μέροψ 没有翻译("含义与来源都不清楚,"H. Frisk, *Griechisches etymologisches Wörterbuch* [Heidelberg, 1970])。

② 参见 Richardson (1974), p. 262。在荷马史诗中,宙斯随心所欲地与奥林坡斯的其他诸神谈话,尽管他与凡人的交流也只能是间接的。

③ 参见异文,Ζεὺς ἄφθιτα μήδεα εἰδώς(《伊利亚特》xxiv.88),以及 Ζεὺς δ᾽ ἄφθιτα μήδεα εἰδώς(《致阿弗洛狄忒颂诗》43),同样强调宙斯的至高无上。参见 Deichgräber (1950), p. 525。

旨意终将实现。

宙斯对德墨忒尔所下的命令并不如我们所预想的是结束饥荒，而是命她返回奥林坡斯，回到"不死的众神种族当中"（322）。女神返回奥林坡斯这一点本身标志着她与其他诸神的和解，就会结束饥荒，恢复自然秩序。当然，德墨忒尔拒绝了伊里斯的邀请①，此时，使者传达的"宙斯的话语"必然是 ateleston，即无结果的（324）。现在宙斯派其他神灵轮番前往，他们向德墨忒尔允诺"华丽的礼物或任何她想要在众神中享有的尊荣"②（328）。女神斩钉截铁地拒绝了。

德墨忒尔自己选择的孤立，她的悲伤、愤怒，以及她顽固地拒绝礼物与祈求，与阿基琉斯在《伊利亚特》第九卷的处境极其相似。③事实上，德墨忒尔神话有一个版本的开头曾是：Μῆνιν ἄειδε θεά, Δημήτερος ἀγλαοκάρπου（"女神，歌唱掌管丰美果实的德墨忒尔的愤怒"）（《俄耳甫斯残篇》48）；这句诗很可以用作我们这首颂诗的开头。在此找到与"使团游说阿基琉斯"一节中出现的短语相似的动词，也不出人意料。④正像阿基琉斯，德墨忒尔宣布了要她返回奥林坡斯的条件：

---

① 我想不到荷马史诗中有哪位神简单地拒绝宙斯的命令。

② Gemoll (1886), p. 302，认为这几行诗不可信，依据是"只有宙斯才能奖赏尊荣"，这是实情，但是这里宙斯借其他神为他代言。

③ 比较 M. L. Lord, "Withdrawal and Return: An Epic Story Pattern in the Homeric Hymn to Demeter," *CJ* 62 (1967): 241-248; Segal (1981), pp. 145-148; and Sowa (1984), pp. 108-116.

④ στερεῶς δ' ἠναίνετο μύθους（330）；参见《伊利亚特》ix.510，福尼克斯警告阿基琉斯拒绝祈求女神会有什么后果：ὅς δέ κ' ἀνήνηται καί τε στερεῶς ἀποείπῃ[如果他拒绝这样做，顽强否认]；参见《伊利亚特》ix.157, 261, 299。

> οὐ μὲν γάρ ποτ' ἔφασκε θυώδεος Οὐλύμποιο
> πρίν γ' ἐπιβήσεσθαι, οὐ πρὶν γῆς καρπὸν ἀνήσειν,
> πρὶν ἴδοι ὀφθαλμοῖσιν ἑὴν εὐώπιδα κούρην.
> 她说她再也不会踏足芬芳的奥林坡斯，
> 也不会让土地结出果实，
> 除非她亲眼看到她可爱的女儿。
>
> （331—333）

面对德墨忒尔决不妥协的要求，宙斯派赫尔墨斯去见亡灵之主。赫尔墨斯是唯一一位能穿越上界与下界之间壁垒的神。他的任务是用"巧言"① 劝服哈德斯，并把泊耳塞福涅"从浓雾弥漫的黑暗中带到光明处，带回众神之间，这样她的母亲……也许可以不再生气"（334—339）。正如诗人没有描述泊耳塞福涅被劫掠的过程中如何下到地下世界，他也不去描述赫尔墨斯前往哈德斯领地的旅途。尽管地下世界是颂诗情节的一个焦点，它的地理形态仍如之前一样模糊。即便诗歌有能力描述②，颂诗诗人还是保持了等待末日般的沉默。

赫尔墨斯正好碰见亡灵之主在他的宫殿中"与他可敬的妻子坐在床上"（343）。③ 哈德斯和泊耳塞福涅的姿态，以及她被称为

---

① 参见《伊利亚特》ix.158，哈德斯在那里被称为 ἀμείλιχος ἠδ' ἀδάμαστος。

② 参考赫西俄德在《神谱》736-819 对塔尔塔罗斯的描述，当然还有荷马史诗的两次招魂（Nekyiae）。

③ Gemoll (1886), p. 303 注解道："无疑是指他们的婚床。" Càssola, (1975), p. 480 错误地翻译成"在王座上"；而 Richardson (1974), p. 265 看来把 ἐν λεχέεσσι 当作宴会上的长椅。

他的妻子，表明他们已按时完婚，这桩婚姻无法作废。① 泊耳塞福涅消极地坐着哀伤，因思念母亲而憔悴，而德墨忒尔（ἡ δ'）却在积极地寻求她的暴力报复（344—345）。那些残缺诗行的大意必定是这样：② 泊耳塞福涅无助的消极态度与她母亲即将成功的积极策划之间形成对比。赫尔墨斯传达了宙斯让哈德斯允许泊耳塞福涅回到上界的命令：

> ... ὄφρα ἑ μήτηρ
> ὀφθαλμοῖσιν ἰδοῦσα χόλου καὶ μήνιος αἰνῆς
> ἀθανάτοις παύσειεν · ἐπεὶ μέγα μήδεται ἔργον
> φθῖσαι φῦλ᾽ ἀμενηνὰ χαμαιγενέων ἀνθρώπων
> σπέρμ᾽ ὑπὸ γῆς κρύπτουσα, καταφθινύθουσα δὲ τιμὰς
> ἀθανάτων.

> ……这样，她的母亲
> 亲眼看到她以后，也许能终止愤怒以及可怖的
> 针对众神的盛怒③；因为她想出了一种暴行——
> 来毁灭土地生养的弱小人类种族，
> 她把种子藏在地下，使得众神的

---

① 参见 Scarpi (1976), p. 120。
② 各种不同的方案见 Richardson (1974), p. 266。我看不出为什么"指德墨忒尔（读作 ἡ δ'）是不可能的"。参见 Baumeister (1860), pp. 316-317. Càssola (1975) 就这么做并读作：ἡ δ' ἐπ' ἀτλήτοις ἔργοις θεῶν μακάρων δεινὴν μητίσετο βουλήν（这位母亲，通过行动／不向其他诸神低头，她思索她那恢弘的计划）。μητίσετο 很可能是未完成时。
③ 这是颂诗中绝无仅有的一次把德墨忒尔的愤怒称为 μῆνις。关于这个词的含义，见 Clay (1983), pp. 65-68。关于第 351 行中 μέγα ἔργον 的负面内涵，亦见 M. Bissinger, *Das Adjecktiv ΜΕΓΑΡ in der griechischen Dichtung* (Munich, 1966), pp. 201-209。

尊荣（timai）凋零。

(349—354)

正如理查森指出的①，ἀμενηνὰ [弱小]——荷马史诗"用来形容死者"——和χαμαιγενέων[土地生养的]都"强调人类的无助"。女神可以通过饥饿轻易地摧毁人类。她也可以摧毁众神的尊荣（虽然不能摧毁众神），因为那些尊荣依赖人类，会随着人类的消失而消失。

通常不苟言笑的哈德斯微笑着聆听宙斯的要求②，"他没有违抗宙斯王的命令"(358)。很快，哈德斯便告诉"聪慧的泊耳塞福涅"回到母亲身边，"但要心中温和，不要过分恼怒"(360—361)：

> οὔ τοι ἐν ἀθανάτοισιν ἀεικὴς ἔσσομ' ἀκοίτης
> αὐτοκασίγνητος πατρὸς Διός · ἔνθα δ' ἰοῦσα
> δεσπόσσεις πάντων ὁπόσα ζώει τε καὶ ἕρπει,
> τιμὰς δὲ σχήσησθα μετ' ἀθανάτοισι μεγίστας,
> τῶν δ' ἀδικησάντων τίσις ἔσσεται ἤματα πάντα
> οἵ κεν μὴ θυσίαισι τεὸν μένος ἱλάσκωνται
> εὐαγέως ἔρδοντες ἐναίσιμα δῶρα τελοῦντες.
> 在众神之中，我不算是配不上你的丈夫，

---

① Richardson (1974), p. 267.

② *Palatine Anthology* 7.439.4 称哈德斯不苟言笑。

> 我可是父亲宙斯的兄弟。去往那里①，
> 你将成为所有活着能动者的女主人，
> 你将在众神中享有最大的荣耀，
> 并且会永远惩罚那些行事不正义的人，
> 无论是谁，只要他没有用祭祀来缓和你的威力，
> 祭祀时没有一丝不苟，没有给你带来合适的礼物。
>
> （363—369）

252　哈德斯发言的难解之处在于他有意识地含糊其辞、保留歧义。② 虽然他没有明确提及泊耳塞福涅最终要回到他这里，他暗示了她将在人神之间享有的伟大尊荣取决于她是他的妻子（365—366），这些尊荣来自她作为"所有活着能动者"的女主人的权力。为了与颂诗提到亡者总是用委婉说法相一致③，也或许是出于一种得体感，哈德斯提到泊耳塞福涅的权力的性质时有些含糊。但我们知道泊耳塞福涅是冥后，所有活着的东西最后都会进入她的统治领域。不仅如此，她将永远有权力惩罚行事不正义的，拒绝或忽视讨好她的人。τίσις ... ἤματα πάντα（367）不是指有罪者死后会受到永远的惩罚④，而仅仅是指泊耳塞福涅永远有权报复那些冒犯她的人。

在此，我们必须谨慎，不要以为这便是颂诗的结尾，也不要

---

① AHS (1936), Humbert (1936), Richardson (1974), and Càssola (1975) 均采纳 ἔνθα δ' ἐοῦσα 的读法。手稿的读法 ἐνθάδ' ἰοῦσα，"来这里"（意即返回），如理查森指出的，"无意中泄露了秘密"。ἔνθα δ' ἰοῦσα 则保留了我们想要的多义。因为当泊耳塞福涅以哈德斯之妻的身份回到上界，她已经是 "所有活着能动者的"（即亡灵）的女王。

② 参见 Richardson (1974), pp. 269-270。

③ θάνατος 只在颂诗的第 262 行出现过一次。

④ 参见 AHS (1936), p. 168："这里指的不是来世。"

犯时代误置的错误。正如哈德斯所列举的，泊耳塞福涅未来的尊荣，与秘仪、入教仪式，当然还有死后惩罚这种俄耳甫斯教观念毫无关系。① 要到更晚的时候，俄耳甫斯教相信死后奖惩的来世观的影响才渗入厄琉息斯的宗教崇拜。② 哈德斯向他的新娘允诺的尊荣属于荷马史诗中可畏的泊耳塞福涅（ἐπαινὴ Περσεφόνεια），这位地下世界的王后及其配偶，还有"行走在雾中的复仇女神们"，当他们被召唤时，他们拥有诅咒不义者的权力。③

我们之前已注意到，神灵获得尊荣构成颂诗体裁的中心主题④，而在长篇荷马颂诗尤其如此。泊耳塞福涅不像德墨忒尔已经拥有农耕的尊荣，在诗歌的开篇，这位无忧无虑的少女与她的玩伴一道摘花，还没有任何尊荣可言。因此，严格来说，她在众神系统中还没有位置，因为一位没有尊荣的神灵几乎算不得是神。⑤ 这里允诺给泊耳塞福涅的尊荣与她在史诗中拥有的那些一样。⑥ 我

---

① 但是见 Richardson (1974), pp. 270-275，他试图论证二者存在某种联系。
② 参见 Graf(1974), pp. 79-150。
③ 参见 Baumeister (1860), p. 321，他引用了《伊利亚特》ix.454-457。
④ 参见 Keyssner (1932), pp. 55-75。
⑤ 正如德墨忒尔计划剥夺众神他们的尊荣所充分证明的。关于泊耳塞福涅在颂诗的展开中获取尊荣，见 Rudhardt (1978), p. 12。
⑥ 泊耳塞福涅在颂诗中获得的两组尊荣很可能反映了这位女神在历史上的进化。参见 O. Kern, "Mysterien," *RE* 16, pt. 2 (1935): 1246: "如果科瑞－泊耳塞福涅最初是一位独立的冥界女神——这正是今天广为接受的观点，那么德墨忒尔与科瑞在厄琉息斯作为母女的亲密关系，很有可能不是在这里创造出来也是在这里永久确立下来的。"亦可参考 Zuntz (1971), pp. 75-83，论及前希腊的泊耳塞福涅即冥后与希腊的科瑞即德墨忒尔之女的关系，以及两个形象的同化，但二者从来没有完全等同。《致德墨忒尔颂诗》令人惊异的事实是，泊耳塞福涅这一名字在她成为哈德斯的新娘之后出现了 7 次（337, 348, 360, 370, 387, 405, 493），但在此之前仅出现了一次（56）。Clinton (1986), p. 44 注意到，"从约公元前 500 年至公元后 300 年之间的时间里，厄琉息斯所有带铭文的纪念碑上，德墨忒尔的女儿在希腊文中从未被称为泊耳塞福涅"。Clinton 认为，在厄琉息斯，提到泊耳塞福涅与哈德斯的名字是禁忌，因为她们与冥界有关。

们必须等到颂诗的结局，才能看到她获得那些她作为厄琉息斯的"高贵女神"将与母亲共享的荣耀。

泊耳塞福涅带着孩子气的喜悦快乐地跳了起来，当然是想到要与母亲重新相见而感到高兴，也可能因为哈德斯刚刚允诺的特权而高兴。或者，仅仅在哈德斯发言的前后泊耳塞福涅才被称为"考虑周全的"以及"聪慧的"，纯粹是个巧合？① 哈德斯已经② 悄悄地把致命的石榴子给了他的新娘，"这样她就不会永远留在"她母亲的身旁（373—374）。石榴以其与性及死的二重联系③，是泊耳塞福涅与冥王结合的绝佳象征。④

赫尔墨斯驾着哈德斯的金色马车，泊耳塞福涅前往上界的旅程很快地完成了。不死的马匹一离开地下宫殿⑤，他们就抵达了海洋、河流、草甸和群山，这些事物塑造了土地的轮廓。他们毫不费力地在厚重的空气中飞行，来到"戴美丽花冠的德墨忒尔在那里等待"（384）的神庙：

ἣ δὲ ἰδοῦσα

ἤϊξ', ἠΰτε μαινὰς ὄρος κάτα δάσκιον ὕλης.

一看见她，

---

① 如果 C.F.H. Bruchmann, *Epitheta Deorum* (Leipzig, 1893) 的列表是完整的，那么现存希腊文学中没有其他用于泊耳塞福涅的饰词涉及她的聪慧。

② 参见 Gemoll (1886), p. 304："ἔδωκε 应该理解为过去完成时。"对神秘的 ἀμφὶ ἑ νωμήσας 的多种解读，见 Richardson (1974), pp. 276-277。

③ 参见 Richardson (1974), p. 276; Murr (1890), pp. 50-55; and Chirassi (1968), pp. 73-90。

④ 参见 Baumeister (1860), p. 321："这被理解为象征受到干扰的婚姻的纽带。"

⑤ διὲκ μεγάρων (379) 是我们听到的关于地下世界的全部信息。关于颂诗避免描述冥界，见上文第 273 页注④。

她便像酒神狂女似的冲下森林覆盖的幽暗山峰。

（385—386）

而泊耳塞福涅从马车里跳下，跑向她的母亲。虽然抄本在此处有破损，但我们可以很容易地补充重聚的母女相互拥抱，也许还有快乐的泪水。然而不久，德墨忒尔便打破了欢乐的重聚，问泊耳塞福涅她在地下世界是否吃了什么东西。如果没有，她的女儿也许可以永远待在上界的家中①。如果吃了，那她必须每年三分之一的时间待在地下，三分之二的时间和母亲及其他神灵在一起：

ὁππότε δ' ἄνθεσι γαῖ' εὐώδε[σιν] ἠαρινο[ῖσι]
παντοδαποῖς θάλλει, τότ' ἀπὸ ζόφου ἠερόεντος
αὖτις ἄνει μέγα θαῦμα θεοῖς θνητοῖς τ' ἀνθρώποις.
每当大地开出各种各样的
芳香的春花，你便会从浓雾弥漫的黑暗中
再度出现，让众神与凡人为你惊叹。

（401—403）

有一些故事版本中，泊耳塞福涅在地上和地下的时间安排是经由宙斯的裁决达成一致的。② 在另一些版本中，泊耳塞福涅在

---

① 抄本的读法 κε νέουσα 更可取。至少对德墨忒尔来说，泊耳塞福涅的家当然是奥林坡斯。参见 B. A. van Groningen, "NEOMAI—NEΩ," *Mnemosyne* 4, no. 2 (1949): 42。

② 例如见奥维德《变形记》5.564-565；《岁时记》4.613。

地下吃下了石榴子一事仅仅间接地暗示。① 而《致德墨忒尔颂诗》处理这些问题的方法都不太一样。很显然，德墨忒尔很快就知道了女儿在冥府吃下的东西造成的后果。她了解后果后，便不再抵抗。② 德墨忒尔默许这一安排，是因为她理解并接受这一安排的全部意义吗？

连儿童都知道泊耳塞福涅每年回归的含义，那刚好与植物在春天的季节性重生吻合。她消失在地下世界，与每年冬天谷物消失相对应。这一广为流传的神话的其他所有版本都把泊耳塞福涅的上界下界之旅——因此也把一个农耕年——分成两半。③ 这种分配毫无疑问是最早的分配，因为可以解释季节的轮回，而这正是神话存在的理由。然而颂诗对泊耳塞福涅在地上和地下的时间做了独一无二的分配。这一改动乍看微不足道，甚至没有意义，但其实表明颂诗的首要关注并非季节的起源。

弱化古老的季节神话在第 401—403 行的表述中也显而易见。虽然泊耳塞福涅的回归与春天的到来同时，但前者并非后者的原因。颂诗也不像其他版本的神话故事，说德墨忒尔每年为女儿的回归所感到的欢欣带来了植物的新生。从颂诗的开头就一直存在的农耕，预设了季节的存在。德墨忒尔一开始便是 ὡρηφόρος，"带

---

① 通过阿斯卡拉福斯（Ascalaphus）的中介，他报告了泊耳塞福涅吃下石榴子的事情。参见阿波罗多洛斯 1.5.3 和奥维德《变形记》5.538-550。

② 参见 Rubin and Deal (1980) p. 13, n. 18："她（德墨忒尔）不接受她的女儿采摘水仙花的后果，也不认为泊耳塞福涅的地下之行与劫掠是不可逆的；但她显然接受泊耳塞福涅吞下石榴子的后果，也接受泊耳塞福涅与哈德斯的联结以及随之而来的周期性生/死、丰饶/贫瘠模式的不可逆性。"

③ 例外（恰好证明这一规律）是阿波罗多洛斯 1.5.3，他在这一细节以及其他许多细节上明显都与颂诗保持一致。

来季节的神"。① 颂诗通过弱化古老的季节神话与泊耳塞福涅故事的联系，指向不同的解读，而这种解读与主导颂诗的神学观与宇宙观保持一致。② 理解这些观念之意义的线索就在诗歌三分一年的创新当中。

一年的三分与宇宙的三分相呼应。③ 正如本研究的开端所明确的，宇宙的三大领域之间的关系构成颂诗叙事的核心背景。奥林坡斯及大地两个地上领域与地下世界缺乏交流联系，是该颂诗最重要的宇宙问题。宙斯大计的目标，就是把女儿嫁给亡灵之主来解决这一僵局。泊耳塞福涅的婚事是用来统一宇宙的三个领地，打破分裂它们的壁垒的。泊耳塞福涅的周期性往返——时间分配

---

① 季节版本的影响力极大，以至于一些学者不顾清楚的文本证据，依然谈论德墨忒尔在这首颂诗中创立农耕制度。见 Bianchi (1964), p. 180, n. 10; and Alderink (1982), p. 11。Rudhardt (1978), pp. 12-14，提出了一种更精细的解读；尽管他承认颂诗开头就出现了农耕，但他认为，农业的季节性节奏在诗歌结尾处才由德墨忒尔开启："那也许是第一个春天。"（p. 13）参见 Bianchi (1964), p. 184, n. 9。这种解释虽然很有吸引力，但我认为是错的。希腊人不可能想象没有季节的农业。永远的春天属于黄金时代（参见《工作与时日》109-120，以及奥维德《变形记》1.107）和奥林坡斯（参见《奥德赛》6.42-46）。

② 参见 Sabbatucci (1965), p. 170："这种新的神圣性被颂诗认识到了，并且还被用一种通俗的形式传承下去，略过甚或超越了它所活动的农业领域……这就是秘仪的革命。"我会把"神话的"修改为"奥林坡斯/神话的"。参见 Kerényi (1967a), p. 120："泊耳塞福涅神话把一年三分，这对应的并非大自然的进程，而是一种神话观念。"亦见 W. Burkert, *Homo Necans* (Berlin, 1972), p. 287。

③ 参见 Richardson (1974), p. 284："三分之一与三分之二的划分也许反映了哈德斯拥有的世界份额。"参见 p. 176。关于颂诗中诸多的"三"，见 Szepes (1975)。值得一提的是，诗歌重复了三次泊耳塞福涅旅程的时间安排：第 399—400、445—447、463—465 行。

诗对一年的三分启发 Nilsson (1935), pp. 106-109 and *GGR* (1955), 1: 472-475，依据 F. M. Cornford, "The ΑΠΑΡΧΑΙ and the Eleusinian Mysteries," in Essays and Studies Presented to William Ridgeway, ed. E. C. Quiggin (Cambridge, 1913), pp. 153-166，创造了一个新神话。尼尔松指出［希腊］"没有冬天最后四个月的休眠时间"（p. 473），而通常的解读——泊耳塞福涅的返回标志着植物春天的复苏——与"神话明确的陈述，即泊耳塞福涅必须在地下世界待四个月"（1935, p. 107）矛盾。相应地，尼尔松把泊耳塞福涅缺席的四个月与夏季的四个月对应起来，这期间，谷物正在地底蓄势。他的观点没有赢得太多拥护者，不过见 Burkert (1972), pp. 287-289。

映照宇宙领地的空间分配，打开了一条迫切需要的交流路径。泊耳塞福涅的年度旅行实现了宙斯的大计。

这时，德墨忒尔有些突兀地问她的女儿："接纳众多者用什么伎俩欺骗了你？"（404）泊耳塞福涅这才首次详细说出，她如何被迫吃下决定她未来命运的石榴子。泊耳塞福涅颇具迷惑性的冗长答案，如理查森所指出的，实际上抗议得过了头。① 因为如果哈德斯悄悄地把石榴给她，她怎么会是"迫于武力，违背我的意愿"（413）吃下它的呢？如我们已指出的，石榴是性经验的象征。泊耳塞福涅表明，她已不再是曾经的那个孩子了。说完她又开始略带修辞地描述② 劫掠过程本身，泊耳塞福涅再度强调了她的不情愿，但她完全没有表现出她对劫掠者的愤怒。

正当母女俩在彼此的欢喜中度过一天剩余的时间，赫卡特不招自来地加入了她们。诗人告诉我们，从此以后，应当是在每年泊耳塞福涅上升又从地上世界下到地下世界之时，赫卡特将作为泊耳塞福涅的侍女陪伴她。ἐκ τοῦ 或者其他类似表达，在颂诗别处均宣布一种仪式的建立；③ 很有可能是赫卡特毫无缘故地出现在这里反映了她在厄琉息斯宗教崇拜中扮演的角色。④ 不过她在这一场景中的中间者功能也与颂诗一开头时相似。赫卡特在

---

① 参见 Richardson (1974) 论第 406 和 413 行。泊耳塞福涅再三声明施加于她的暴力。这对应性侵害与 μοιχεία[通奸] 在法律上的重要区别。参见 S. G. Cole, "Greek Sanctions against Sexual Assault," *CP* 79 (1984): 97-113; and U. E. Paoli, "Il reato di adulterio (μοιχεία) in diritto attico," in *Altri studi di diritto greco e romano* (Milan, 1976), pp. 251-307.

② 为泊耳塞福涅发言的辩护，见 Baumeister (1860), pp. 275-276。列举俄刻阿诺斯诸女时提及阿尔忒弥斯与雅典娜（424）也许是窜入的衍文。

③ 参见第 205 和 211 行；亦见《致赫尔墨斯颂诗》125—126，以及《神谱》556。

④ 见 Richardson (1974), pp. 294-295 对第 440 行的评论。参见上文第 277 页注①。

她地上与地下世界之间的岩穴中，听到了泊耳塞福涅的哭喊，她是把劫掠的消息告诉德墨忒尔的关键的中介。从今以后，赫卡特就是泊耳塞福涅周期性旅行的永恒伴侣，这将把她作为中间者的角色规定下来。在颂诗的开头，赫卡特因她处于大地与地下世界之间的异常位置，看起来不属于二者中的任何一个领域，因此在宇宙图式中没有一席之地。宇宙通过泊耳塞福涅的年度旅行得到统一，赫卡特也随之在最终的分配中获得一席之地。因此，赫卡特也像泊耳塞福涅一样，在叙事过程中获得了她此前未有的尊荣。

简单重述劫掠过程，以及赫卡特的再度出现，把我们带回颂诗的开头，并点出颂诗的环状结构。① 这样的结构并不仅仅出于形式或颂诗惯例的考虑，还承载着意义。正如我们已经看到的，劫掠的神灵／宇宙戏剧为聚焦于神灵／人类关系的厄琉息斯片段提供了框架。重述劫夺及赫卡特的返场，要求我们在颂诗即将结束时开始重新评估那些中途发生的事件与情节的含义。

颂诗此时很快地走向结局。宙斯派瑞亚去把德墨忒尔带回"神灵种族之中"（443），她是宙斯和德墨忒尔二神的母亲，因此是绝佳的提醒者，提醒德墨忒尔尽管她和宙斯有许多不同之处但仍有某些纽带将他们联结。他重新向德墨忒尔允诺，赐予她"任何她想要在不朽的众神中享有的尊荣"（443—444）；② 最后，他正式

---

① 关于古风诗歌的风格特征之一环状结构，见 W.A.A. van Otterlo, "Untersuchungen über Begriff, Anwendung, und Entstehung der griechischen Ringkomposition," *Med. d. Kon. Ned. Akad. van Wetenseh. Afd. Letterkunde* n.s. 7, no. 3 (1944): 131-176。

② 参见 Richardson (1974), p. 296："我们并未被告知，德墨忒尔选择了哪些尊荣。"但是见下文第 332 页。

批准已经决定了的泊耳塞福涅每年在地上和地下世界的时间分配（445—447）。很快，瑞亚便从奥林坡斯出发下山了：

> εἰς δ' ἄρα Ῥάριον ἷξε, φερέσβιον οὖθαρ ἀρούρης
> τὸ πρίν, ἀτὰρ τότε γ᾽ οὔ τι φερέσβιον, ἀλλὰ ἔκηλον
> ἑστήκει πανάφυλλον · ἔκευθε δ' ἄρα κρῖ λευκὸν
> μήδεσι Δήμητρος καλλισφύρου · αὐτὰρ ἔπειτα
> μέλλεν ἄφαρ ταναοῖσι κομήσειν ἀσταχύεσσιν
> ἦρος ἀεξομένοιο, πέδῳ δ' ἄρα πίονες ὄγμοι
> βρισέμεν ἀσταχύων, τὰ δ' ἐν ἐλλεδανοῖσι δεδέσθαι.
> ἔνθ' ἐπέβη πρώτιστον ἀπ' αἰθέρος ἀτρυγέτοιο.
> 她来到剌瑞昂，曾经是连片的田地、哺育生命的
> 怀抱，但那时毫无生命的迹象，一片荒芜，
> 没有一片叶子的踪影；事实是，经由美丽脚踝的
> 德墨忒尔的谋划，它把白色的大麦藏起；但往后
> 它将随着春天的到来缀满长条的谷穗；
> 到那时，地上肥沃的田垄
> 将不堪谷穗的重负；而有些会一束一束地捆好。
> 那里是她（瑞亚）从贫瘠的天空降临的第一站。
>
> （450—457）

颂诗对剌瑞昂平原最初的肥沃不嫌繁冗的描述看起来并不必要；但是瑞亚首次降临大地的庄严宣告使我们相信，这个地点有某种

特别的意义。① 尽管诗人没有告诉我们更多，但刺瑞昂引发的传统联想在古代广为人知。② 其中之一是保萨尼阿斯（1.38.6）所提到的："人们说，名为刺瑞乌姆（Rharium）的平原是最早播种并最早长出谷物的地方，因此，使用祭祀大麦并用大麦的出产制成糕点作为祭祀供品是这里的习俗。据记载，这里有一个被称为属于特里普托勒摩斯的打谷场和一个祭坛。"③ 提及拉瑞昂平原影射了神话的某一个版本，其中德墨忒尔为了感恩泊尔塞福涅的归来而首先赐予厄琉息斯人农耕的礼物。根据理查森的说法，"诗人隐藏了这一情节"④。我则持相反意见，诗人有意识地影射神话的另一个版本，以此来着重强调他对那一版本的背离。整首颂诗中，诗人数次费尽心思地说明，人类已经掌握农耕。现在颂诗到了尾声，它通过影射它所排斥的神话版本再度强调它独一无二的叙事。

瑞亚一抵达目的地，便与德墨忒尔"以欢迎的态度相互看着，心中都欢喜"（458）。在德墨忒尔的母亲尚未传达她带来的消息时，德墨忒尔便热情地接待她，这已经预示德墨忒尔将与奥林坡斯众神和解。因此，瑞亚转达宙斯的承诺（并且第三次重复泊尔塞福涅注定的时间分配 [464—465]）时，几乎不需要敦促她的女儿同意：

---

① 参见 Gemoll (1886), p. 309："瑞亚降临大地首先……到达剌瑞昂，这一明确的说明留下这样的印象：这是某种新仪式的首次引入。" 格莫尔在这里想到（我认为是超前想到）的是瑞亚的崇拜仪式进入阿提卡，以及她此后与德墨忒尔的合而为一（见欧里庇得斯《海伦》1301-1368）。但我想，诗人的 πρώτιστον [第一站]（457）在此有不同的功能。Stiewe (1954), p. 105 指出，"相较于瑞亚来到厄琉息斯的过程作为次要时刻的重要性而言，对它的着墨过多了"。

② 参见 Richardson (1974), pp. 297-298。

③ *Pausanias: Description of Greece*, trans. W.H.S. Iones (Cambridge, Mass., 1918), 1: 205.

④ Richardson (1974), p. 298.

> [ἀλλ᾽ ἴθι, τέκνον] ἐμόν, καὶ πείθεο, μηδέ τι λίην
> ἀ[ζηχὲς μεν]έαινε κελαινεφέϊ Κρονίωνι·
> α[ἶψα δὲ κα]ρπὸν ἄεξε φερέσβιον ἀνθρώποισιν.
> 来吧，孩子，留意我的话，不要过度地
> 无止无休地对黑云的克洛诺斯之子愤怒；
> 赶快让哺育生命的果实为人类生长。
>
> （467—469）

德墨忒尔不再抗拒。说到底，她一听说泊耳塞福涅吃下了石榴子并接受这一行为不可逆转的结果时，她就放下了她的愤怒。① 既然德墨忒尔理解了宙斯原本的计划——这归根结底是和解的计划，是统一曾经分裂者的计划——的全部含义，她现在不但配合这个计划，事实上还进一步推动并完成计划。她采取的第一步是恢复谷物的生长，这样也就修复了神人之间通过祭祀交流的自然秩序。恢复原有状况之后，她介绍了一些全新的东西：

> ἡ δὲ κιοῦσα θεμιστοπόλοις βασιλεῦσι
> δ[εῖξε,] Τριπτολέμῳ τε Διοκλεῖ τε πληξίππῳ,
> Εὐμόλπου τε βίῃ Κελεῷ θ᾽ ἡγήτορι λαῶν,
> δρησμοσύνην θ᾽ ἱερῶν καὶ ἐπέφραδεν ὄργια πᾶσι,
> σεμνά, τά τ᾽ οὔ πως ἔστι παρεξ[ίμ]εν [οὔτε πυθέσθαι,]

---

① 参见 Lenz (1975), p. 66：“宙斯在第 441 行及以下说出的妥协，德墨忒尔在第 398 行及以下便无需推理地预先知晓了。”但是对 Lenz 来说，这是更早的版本——其中没有宙斯的位置——存在的迹象。

οὔτ' ἀχέειν · μέγα γάρ τι θεῶν σέβας ἰσχάνει αὐδήν.

她走向颁布法令的国王们，

演示给特里普托勒摩斯、策马的狄奥克勒斯，

给强壮的欧摩尔坡斯，给人们的领袖克琉斯，

她的神圣仪式的步骤，并向他们全体揭示，她的诸仪式程序，

那些令人敬畏的程序，不能僭越，无法听闻，

也不能说起；因为对众神的极高敬畏使人类噤声。

（473—479）①

奥林坡斯崇拜的核心是通过祭祀进行神人交流。这一行为本身强调区别神灵与人类的纵向的和本体论意义上的距离，这距离基于有死与不死的基本差异，基于一个的凡尘性质和另一个的神圣性质之间的对立。刚刚引用的这几行以及其后诗行的语言，清楚地突出了秘仪与常规的奥林坡斯众神崇拜仪式不同。德墨忒尔演示并揭示（reveal）她的仪式。② 入教仪式毫无疑问包括表演与言说，但是厄琉息斯入教仪式的最高等级以视觉揭示为核心：ἐποπτεία。正如亚里士多德所说，秘仪是用来体验的，而不是用来学习和教授的。③ 这种对神灵的直接体验与奥林坡斯崇拜形成鲜明

---

① 我赞同 Richardson (1974), p. 304，第 477 行应为窜入的衍文。

② 关于此处的语言，见 Richardson (1974), pp. 302-303。关于 δείκνυμι 作为建立秘仪的术语，参见 Graf (1974), pp. 31-33。

③ 亚里士多德《论哲学》(Περὶ Φιλοσοφίας), fr. 15 (Ross)：亚里士多德认为，那些秘仪入教者必须做的不是学习些什么而是体验……

的对比，后者的"惯例是既无显灵亦无神启"①。同样地，不允许向未入教者揭示"令人敬畏的仪式"的神圣禁令，连同入教者与未入教者的界线分明，在奥林坡斯宗教中也找不到。即便我们仍不知道，在厄琉息斯的终殿中揭示的是什么，这种交流模式已经充分证实了一种不同的神人关系的观念。

秘仪的确立构成《致德墨忒尔颂诗》的高潮，也是叙事的最终鹄的。不过，这不仅仅象征德墨忒尔与人类的和解；如果是为了这个理由，恢复农耕并由此恢复主流的神人关系便足够了。我们也不能把德墨忒尔的行为看作对厄琉息斯人的奖赏或是对他们表示感谢，虽然某一些版本是这样呈现的。尽管秘仪在某种意味上是女神赐予人类的礼物，但在更深的层次，秘仪带来了神人关系的变化，而这种变化又反映了奥林坡斯宇宙的变化。德墨忒尔确立了她的仪式，也就意味着她最后选择了宙斯多次允诺的尊荣。德墨忒尔接受这些尊荣，标志着她加入了新的宇宙秩序。一位神灵获得新的尊荣注定会为奥林坡斯等级结构带来变动，但不会摧毁它。可以与之比拟的是，厄琉息斯开启了神人关系的变化，但并没有取消定义他们的永恒差异。②

ὄλβιος, ὃς τάδ' ὄπωπεν ἐπιχθονίων ἀνθρώπων·

---

① Burkert (1977), p. 290.
② 参见 Rohde (1898), p. 293，他论及厄琉息斯信仰"产生自神人无条件的分离与差异，它完全处于希腊民间宗教的体系之内，在入口处恰好有这几个字，决定了一切：ἓν ἀνδρῶν, ἓν θεῶν γένος [一个是人的种族，一个是神的种族]。" Kevin Clinton 向我指出，在厄琉息斯，"奥林坡斯祭祀的数量极大。众神似乎相当满意。他们允许男女祭司加入前往厄琉息斯的游行队列"。这么看起来，厄琉息斯与奥林坡斯在宗教崇拜的层面上也有所融合。

> ὃς δ᾽ ἀτελὴς ἱερῶν, ὅς τ᾽ ἄμμορος, οὔποθ᾽ ὁμοίων
> αἶσαν ἔχει φθίμενός περ ὑπὸ ζόφῳ εὐρώεντι.
> 大地上的人中，目睹这些的是快乐的：
> 但是他若没有在仪式中达至完美，也没有参加任何仪式，
> 那么他永远不会得到相同事物的一份额，即便他消失在摧毁一切的黑暗中时。
>
> （480—482）

这一声明暂时打断了叙事进程，宣布了人类的一种新秩序和一种由 ὄλβιος[快乐的]一词定义的新状态。先前，人类存在只分两个阶段：生和死；而德墨忒尔现在设立了第三个，一种中间态（tertium quid），某种意义上它构成了生死两极之间的中间层。当然，人类还是活在大地上（ἐπιχθόνιοι），他们也无法免于死后下到地下世界的命运。人类生命仍然是有限的，死亡无法超越。ὄλβιος 并不是 μάκαρ[受祝福的]，后者专门用来表达众神永恒不变的状态。① 我们必须承认，入教者并没有被确凿地允诺更好的命运，这一点令我们不安。② 依据颂诗，凡人所受最严重的限制便在于他们不知道未来的好与坏（参见第256—257行③），对他们来说，允诺"快乐"必已足够。

---

① 参见 C. de Heer, ΜΑΚΑΡ—ΕΥΔΑΙΜΩΝ—ΟΛΒΙΟΣ—ΕΥΤΥΧΗΣ: A Study of the Semantic Field Denoting Happiness in Ancient Greek to the End of the 5th Century (Amsterdam, 1969), esp. pp. 14-15.

② 参见 Graf (1974), p. 139，他指出，厄琉息斯信仰仍基于一种"相当模糊的希望，希望死后有更好的命运"。

③ 原文作356—357，当误，颂诗第356—357行并未提及人类不知未来是好是坏，提到这一点的是第256—257行。——译者注

层层递进、最终带来秘仪的诸多事件明确了它们在颂诗中的意义。没有宙斯的计划，没有泊耳塞福涅的劫掠，没有德墨忒尔在厄琉息斯的失败以及其后制造饥荒的成功，没有泊耳塞福涅的回归及其年度旅行的确立，也就不会有令人敬畏的厄琉息斯仪式。简短地概括这些关键插曲——因为我已经阐释过它们——也许是环环相扣的。宙斯的意图是，把泊耳塞福涅嫁给哈德斯以便统一他的疆域之内分裂的领地。这一意图一开始加剧了宇宙的分裂，因为德墨忒尔离开了奥林坡斯。在厄琉息斯，她试图赐予一个凡人永生来阻挠宙斯的计划。如果她的计划成功，宙斯的统治权威将会招致质疑，划分神人的界线也将模糊。然而，德墨忒尔的计谋因为人类的无知和目光短浅而失败了。德墨忒尔抵抗宙斯的失败重新确认了凡人与神灵之间始终无法跨越的鸿沟。认识到这一本质差异，但也理解了联结神人的纽带之后，德墨忒尔的第二个计划成功了；同时，它也揭示了二者相互依赖的全部复杂情况。最后，泊耳塞福涅的回归以及她在地上地下的时间分配实现了宙斯的计划，也开启了宇宙与时间的一种新秩序。

　　德墨忒尔用她的秘仪为人类设立的新天命（dispensation）与众神之间的新分配（dispensation）相呼应，尽管不是完全对等。[①] 厄琉息斯并未废除奥林坡斯的铁律及其有关人类终有一死的教导。另一方面，人类生命不会模仿泊耳塞福涅的永恒移动所反映

[①] 参见 Rohde (1898), pp. 291-93; and Bianchi (1964), pp. 181-187："因此这并不会赋予人类的生命以循环性……不过这种混合的视角同它那个积极的结局始终指向三分而非两分……就像通常在奥林坡斯的视角里那样。"

的死亡与重生的循环模式。厄琉息斯没有灵魂转世的教义。① 尽管泊耳塞福涅打开了一条上界与下界交通的神圣通衢，但亡灵仍不能进入生者的世界。泊耳塞福涅与人类的类比仍有缺陷。不过，她每年在此前隔绝的领地之间的移动暗示了原本不可调和的生死两极存在中间态——ὄλβιος。

德墨忒尔教导厄琉息斯人如何举行她的仪式以后，在女儿的陪同下，回到奥林坡斯"其他神灵的集合之中"（484）。

> 泊耳塞福涅和德墨忒尔首次在该秩序中获得一席之地，她们身为女神凭位阶有权享有。这里，我们再次在故事中看到解释起源的时刻，但这在荷马的众神世界中也完全有意义。可以这么说，厄琉息斯的女神们首次进入奥林坡斯，进入奥林坡斯宗教……宙斯是统治之神，他的意志将得到实现，即便存在那些对抗与显而易见的障碍。Διὸς δ' ἐτελείετο βουλή. （宙斯的计划实现了。）②

正如在女神赠予秘仪之前植物恢复生长，女神的回归也是自然秩序的恢复。然而，神灵秩序与人类秩序都被这些插曲改变了。③ 那改变一经确立并被纳入宙斯的秩序之中，便成永恒。颂诗切换为现在时，意味着新秩序成为永恒的秩序：

---

① 参见 Graf (1974), p. 184: "厄琉息斯……没有关于灵魂的教义，尤其没有灵魂轮回说。" 亦见 Burkert (1972), p. 323, 以及 Bianchi (1964), pp. 190-193 论厄琉息斯宗教的非神秘性质。

② Deichgräber (1950), p. 528.

③ 参见 Rudhardt (1978), pp. 12-17.

> ἔνθα δὲ ναιετάουσι παραὶ Διὶ τερπικεραύνῳ
> σεμναί τ' αἰδοῖαι τε· μέγ' ὄλβιος ὅν τιν' ἐκεῖναι
> προφρονέως φίλωνται ἐπιχθονίων ἀνθρώπων.
>
> 在那里，她们（德墨忒尔与泊耳塞福涅）居住在雷神宙斯身边，
>
> 尊贵而备受敬畏；大地生养的人当中，
>
> 被她们所乐意喜爱者，是最为快乐的。
>
> （485—487）

两位女神对人类的仁慈亦是永恒的。几乎是后见之明使我们领悟到，她们的礼物有两个层次，既包含来世，也包含此世。她们从奥林坡斯的家中，把财神普路托思——"赐予凡人财富的那位"（488—489）——派往她们所爱之凡人的炉灶前。拟人化的财富普路托思，通常被认为是德墨忒尔的孩子，艺术作品也是这样表现的。① 从儿童在颂诗中的主题性重要程度来看，他在颂诗结尾出现具有特别的意义。毕竟正是丧失女儿引发最初的危机，而德墨忒尔又试图领养得摩丰来弥补她的丧失。而现在，诗歌的结尾派德墨忒尔的儿子普路托思下山分发德墨忒尔的财富赠予。因此，普路托思对应的是得摩丰。他提供了神人之间正确关系的模板，而以得摩丰故事为例的神人关系是不正确的。德墨忒尔一度想把一个凡人的孩子养育成神；而现在，神的孩子被派往人的炉灶②。德墨忒尔

---

① 参见 Richardson (1974), pp. 316-320.《神谱》969—974, 赞颂普路托思时称他为德墨忒尔与伊阿宋（Iasion）之子。

② ἐφέστιον (488) 是德墨忒尔试图赐予得摩丰永生（239）所用之火的残余。我在文末附有一张勾勒三个宇宙领域来与往的示意图。

本想赐予得摩丰的礼物是永生，而她的财富赠予，尤其是农业繁荣，才是符合她的权力也适合人类需求的礼物。由此，在普路托思的例子中，神之礼物的性质、赠予方向，及其接受者，构成了神与人等级关系的恰当表达。进一步而言，女神送去的普路托思的礼物呼应了人类给众神的礼物——这礼物体现于牺牲之中，牺牲的香味升至奥林坡斯。礼物交换的完美互惠，证实奥林坡斯框架之内的宇宙秩序运行正常。

《致德墨忒尔颂诗》最令人惊讶的特征是宙斯大计的主导作用。宙斯的计划尽管遭到反抗，但最后还是成功了。这反过来又意味着，宙斯的对手至少部分被打败了。正如《致阿弗洛狄忒颂诗》，《致德墨忒尔颂诗》最终也展现了德墨忒尔的权力缩小或受到限制，只是以更婉曲的方式展现。这必须通过神谱的角度去理解。厄琉息斯始终是奥林坡斯潜在的对抗者，其教义也对奥林坡斯的神学话语（theologoumenon）构成一种可能的威胁，其后反奥林坡斯的俄耳甫斯教及其他教派借鉴厄琉息斯充分确认了这一点。从整体上说，《致德墨忒尔颂诗》可以理解为奥林坡斯秩序纳入进而吸收德墨忒尔崇拜及厄琉息斯的启示的一个尝试。

颂诗的结尾是诗人祈求两位女神赐予他一份生计作为对他的诗歌的回报。这时，他提到了她们的三处崇拜地："芬芳的厄琉息斯""四面环海的帕罗斯岛""多岩石的安特戎（Antron）"（490—491）。三个饰词强调大地的面貌——肥沃的平原、包含群岛的海洋，还有群山。它们诱使我们思考，这个世界——我们的世界——曾经是如何被颂诗中的那些事件改变的。

338　奥林坡斯的政治

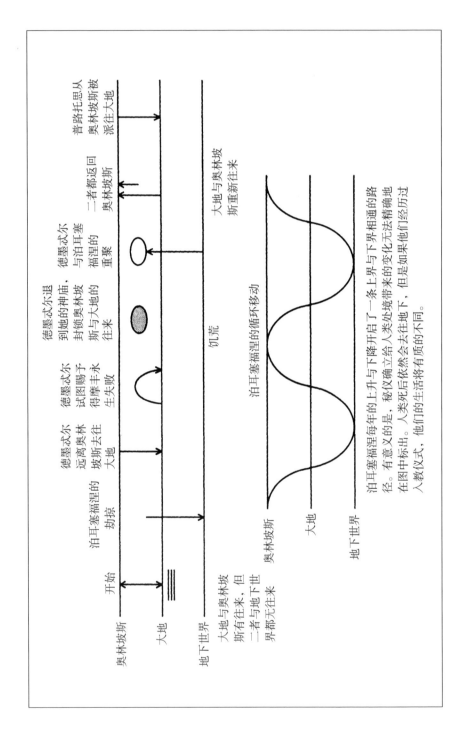

结论：颂诗时刻

在前面的整个研究中，我的目标是为四首长篇荷马颂诗提供具体而贯通的解读。一些读者很可能会认为，本研究的某些方面存在争议。这没什么坏处，尤其是如果能激发人们对这些非凡的文本做进一步讨论就更好了。无论如何，我想前面的研究充分地表明，长篇荷马颂诗应该与史诗、神谱诗平分秋色，不仅在于它作为诗歌创作达到同样的品质、精妙与魅力，更在于它作为历史记录同样包含古风时期的一些最为持久且系统的神学思索。颂诗时刻表现了神灵的永恒复现与一连串独一无二的宇宙事件的交织，一种无时间与神话时间的结合，神灵的存在（being）与生成（becoming）的结合。① 然而，确定颂诗叙事范围的事件并不是大地之神和天空之神以及他们的后代的诞生，而是奥林坡斯秩序的开辟与形成过程。不过，原始的宇宙生成模式顽强地进入奥林坡斯时代，这并不令人惊讶，奥林坡斯时代正是神谱脉络的延续与顶峰。

尽管每一首诗都全心全意地赞颂各自的神灵，但颂扬并不是没有限度的，而是由那位神灵在奥林坡斯众神系统中的位置所限定。颂诗的叙事主题进一步受到奥林坡斯秩序形成过程中的重

---

① P. Philippson, *Untersuchungen über den griechischen Mythos* (Zurich, 1944), pp. 49-53，提及"万古的存在与……持久的生成之交会"。

要时刻的限制，它把在奥林坡斯的塑造与组织过程中发挥最重要功能的角色归于宙斯。分析到最后，奥林坡斯的政治即宙斯的政治。正是他，也只有他，有权力给新神分配尊荣，并给已经存在的诸神增加或削减尊荣。即便在那些他的计划没有鲜明地构成叙事跳板的颂诗里，也可以从情节中瞥见他的无处不在。《致阿波罗颂诗》中，我们看到，宙斯的出场在叙事过程中只是一闪而过，但新神是通过与他父亲的关系来明确他自己的身份的；而在《致赫尔墨斯颂诗》中，宙斯的干涉得到了特殊的强调，这正是因为故事本身不需要他的干涉。不同的特权在众神之间的分配，以及众神系统内部实现权力与特权的稳定平衡——这些都是宙斯的成就。

宙斯的秩序想要永恒且稳固，就要求同时限制女性，因为女性拥有致使分裂的引诱能力，还有可能产下宙斯的对手或继任者。奥林坡斯的性别政治最为明显地体现在《致阿波罗颂诗》里勒托与赫拉的对比中，以及阿弗洛狄忒在她那首颂诗里的臣服中，同样也体现在《致德墨忒尔颂诗》最后达成的妥协里。同样的，男性神祇，无论是可能对父亲构成威胁的儿子，还是在众神中制造分裂与惑乱的小鬼，都必须在神灵等级秩序的框架之内找到授予他们的位置与尊荣。此外，尽管颂诗始终保持神灵视角——这一点与史诗不同，但也追踪不断变化的神人关系，既包括他们的亲密与疏离，也有神人之间重获的亲近关系，不过并没有消除他们之间的本质差异。

长篇荷马颂诗的奥林坡斯取向与其无处不在的泛希腊主义如影随形，这在我们幸运地拥有其他版本的故事中最为明显。这种根本的泛希腊修正主义源于诗人想把地方及其他传统纳入奥林坡斯的框架。

简单地综合叙事颂诗的主要特征，把我们带回到体裁问题——我们的探索正始于这一问题，以及另一密切相关的问题，即颂诗与赫西俄德的《神谱》以及荷马史诗的关系。如我们已经看到的，泛希腊主义的颂诗补充了另两种叙事诗，似乎可以说弥合了二者之间的神话断裂。类比史诗诗系中有一些诗歌显然是为串联起《伊利亚特》与《奥德赛》之间的事件而作，我们也可以论证，荷马颂诗是为弥合赫西俄德与荷马之间的断裂而作的，因此叙述了奥林坡斯进化过程中的重大事件。但是，正如史诗诗系毫无疑问援引更为久远的材料，我们可以推测，颂诗传统也同样有漫长的史前史。

事实上，存在一些迹象表明，嵌在颂诗里的叙事类型与神谱诗和英雄史诗属于同一时期。我们已经发现，荷马史诗似乎避免提到奥林坡斯史上较早时期的事件，除了一些暗示，但有些元素没有那一背景是无法理解的，例如《伊利亚特》里忒提斯神秘地掌控了宙斯，或是卡吕普索罗列了一连串带来灾难的女神与凡人男子的结合。或许同样意义重大的是，我们现在所拥有的颂诗集开头的作品献给了最被史诗忽略的两位神——狄奥尼索斯与德墨忒尔，诗集中没有献给宙斯的叙事型荷马颂诗。① 类似地，《神谱》虽然提到宙斯分配尊荣，并列举他的诸多妻子与后代，但很快就

---

① 唯一一首致宙斯的荷马颂诗（第23首）仅有四行。M. H. Van der Valk, "On the Arrangement of the Homeric Hymns," *L'Antiquité Classique* 45 (1976): 433 提出，宗教方面的规矩阻止诗人创作更长的致宙斯颂诗，但缺乏说服力。我们毫无疑问可以说，《神谱》是致宙斯颂诗的一部分。

继续讲述神与凡人的结合了，没有详述奥林坡斯分配系统的特征与结构。

　　神话材料的这种分布表明，存在由真实的体裁界线划分的不同体裁。关于荷马与赫西俄德的关系，斯拉特金（Slatkin）最近评述道："体裁可以被视为……存在于一种互相依存的关系里，不同的体裁互相补充，共同表达一个贯通的……关于世界的信念系统的不同方面。这些不同之处或分化的关键点在于它们的互相补充：它们存在于一个有关世界如何运行的观念系统之中，并且也完善着这个观念系统。"① 在英雄史诗与神谱诗的泛希腊主义体裁之外，我们现在可以加上长篇荷马颂诗，它是一种不同的补充体裁，可以这么说，在为希腊人塑造一个统一的有关有序宇宙的观念体系这一伟大的泛希腊事业中，它们旗鼓相当。

---

① L. Slatkin, "Genre and Generation in the *Odyssey*," *Mètis* 1 (1986): 260.

参考文献

Alderink, L. J. 1982. "Mythological and Cosmological Structure in the Homeric Hymn to Demeter." *Numen* 29: 1–16.
Allen, T. W., ed. 1912. *Homeri Opera*, vol. 5. Oxford.
Allen, T. W., W. R. Halliday, and E. E. Sikes, eds. 1936. *The Homeric Hymns*. Oxford.
Allen, T. W., and E. E. Sikes, eds. 1904. *The Homeric Hymns*. London.
Aloni, A. 1980. "*Prooimia, Hymnoi*, Elio Aristide e i cugini bastardi." *Quarderni Urbinati di Cultura Classica* n.s. 4: 23–40.
Altheim, F. 1924. "Die Entstehungsgeschichte des homerischen Apollonhymnus." *Hermes* 59: 430–49.
Amandry, P. 1950. *La Mantique Apollinienne à Delphes: Essai sur le fonctionnement de l'Oracle*. Paris.
Arbesmann, P. R. 1929. *Das Fasten bei den Griechen und Römern*. Giessen.
Arthur, M. 1977. "Politics and Pomegranates: An Interpretation of the Homeric Hymn to Demeter." *Arethusa* 10: 7–47.
Baltes, M. 1982. "Die Kataloge im homerischen Apollonhymnus." *Philologus* 125: 25–43.
Battegazzore, A. 1977–1978. "Eraclito e il ciceone eleusino." *Maia* 29/30: 3–12.
Baumeister, A., ed. 1860. *Hymni homerici*. Leipzig.
Baur, P. 1902. *Eileithyia*. University of Missouri Studies 1.4. Chicago.
Ben, N. van der. 1980. "De Homerische Aphrodite-hymne I." *Lampas* 13: 40–77.
———. 1981. "De Homerische Aphrodite-hymne 2: Een interpretatie van het gedicht." *Lampas* 14: 69–107.

Ben, N. van der. 1986. "Hymn to Aphrodite 36–291: Notes on the *pars epica* of the Homeric Hymn to Aphrodite." *Mnemosyne* 39: 1–41.

Benardete, S. 1967. "Hesiod's *Works and Days*: A First Reading." ΑΓΩΝ 1: 150–70.

Benveniste, É. 1932. "Le Sens du mot ΚΟΛΟΣΣΟΣ." *Revue de Philologie* 6: 118–35.

———. 1966. *Problèmes de linguistique générale*, vol. 1. Paris.

———. 1969. *Le Vocabulaire des institutions indo-européennes*. 2 vols. Paris.

Bergren, A.L.T. 1982. "Sacred Apostrophe: Re-Presentation and Imitation in the Homeric Hymns." *Arethusa* 15: 83–108.

Berry, P. 1975. "The Rape of Demeter/Persephone and Neurosis." *Spring* 1975: 186–98.

Berthiaume, G. 1982. *Les Rôles du mágeiros: Étude sur la boucherie, la cuisine et le sacrifice dans la Grèce ancienne*. *Mnemosyne* Supplement 70. Leiden.

Bethe, E. 1922. *Homer: Dichtung Und Sage II: Kyklos—Zeitbestimmung*. Leipzig.

———. 1931. *Der homerische Apollonhymnos und das Prooimion*. Berichte der Sächsischen Akademie der Wissenschaften, Leipzig. Phil.-hist. Klasse 83, no. 2. Leipzig.

Bianchi, U. 1964. "Sagezza olimpica e mistica eleusina nell' inno omerico a Demetra." *Studi e Materiali di Storia delle Religione* 35: 161–93.

Bickerman, E. J. 1976. "Love Story in the Homeric Hymn to Aphrodite." *Atheneum* 54: 229–54.

Bielohlawek, K. 1930. "Komische Motive in der homerischen Gestaltung des griechischen Göttermythus." *Archiv für Religionswissenschaft* 28: 185–211.

Bissinger, M. 1966. *Das Adjecktiv ΜΕΓΑΣ in der griechischen Dichtung*. Munich.

Blumenthal, A. von. 1927–1928. "Der Apollontempel des Trophonios und Agamedes in Delphi." *Philologus* 83: 220–24.

———. 1942. "Paian." In *Paulys Realencyclopädie der classischen Altertumswissenschaft* 18, pt. 2: 2345–62.

Bodson, L. 1971. "Hymne homérique à Apollon, 209–213: Un 'locus desperatus'?" *L'Antiquité Classique* 40: 12–20.

Boedeker, D. D. 1974. *Aphrodite's Entry into Greek Epic*. *Mnemosyne* Supplement 31. Leiden.

Böhme, R. 1937. *Das Prooimion: Eine Form sakraler Dichtung der Griechen*. Bühl.

Bona, G. 1978. "Inni omerici e poesia greca arcaica." *Rivista di Filologia e d'Istruzione Classica* 106: 224–48.

Bremer, J. M. 1981. "Greek Hymns." In *Faith, Hope and Worship: Aspects of Religious Mentality in the Ancient World*, edited by H. S. Versnel, pp. 193–215. Leiden.

Brillante, C., M. Cantilena, and C. O. Pavese, eds. 1981. *I poemi epici rapsodici non omerici e la tradizione orale. Atti del Convegno di Venezia, 28–30 settembre 1977*. Padua.

Broadhead, H. D., ed. 1960. *The Persae of Aeschylus*. Cambridge.
Brown, N. O. 1947. *Hermes the Thief*. Madison, Wis.
Bruchmann, C.F.H. 1893. *Epitheta Deorum quae apud poetas graecos leguntur*. Supplement to *Ausführliches Lexikon der griechischen und römischen Mythologie*, by W. H. Roscher. Leipzig.
Bruit, L. 1986. "Pausanias à Phigalie." *Mètis* 1: 71–96.
Bundy, E. 1962. *Studia Pindarica I: The Eleventh Olympian Ode*. Berkeley.
Burg, N.M.H. van der. 1939. ΑΠΟΡΡΗΤΑ—ΔΡΩΜΕΝΑ—ΟΡΓΙΑ. Amsterdam.
Burkert, W. 1972. *Homo Necans*. Berlin.
———. 1977. *Griechische Religion der archaischen und klassischen Epoche*. Stuttgart.
———. 1979a. "Kynaithos, Polycrates, and the Homeric Hymn to Apollo." In *Arktouros: Hellenic Studies Presented to Bernard M. W. Knox*, pp. 53–62. Berlin.
———. 1979b. *Structure and History in Greek Mythology and Ritual*. Berkeley.
———. 1984. "Sacrificio-sacrilegio: Il 'trickster' fondatore." *Studi Storici* 4: 835–45.
Calame, C. 1977. *Les Choeurs de jeunes filles en Grèce archaïque*. 2 vols. Rome.
Cantilena, M. 1980. "Due versi dell' inno omerico ad Apollon." In *Perennitas: Studi in honore di Angelo Brelich*, pp. 109–13. Rome.
Casabona, J. 1966. *Recherches sur le vocabulaire des sacrifices en Grec*. Aix-en-Provence.
Càssola, F., ed. 1975. *Inni omerici*. Milan.
Cessi, C. 1928. "L'inno omerico ad Apollo." *Atti del Reale Instituto Veneto di scienze, lettere ed arti* 87: 864–83.
Chantraine, P. 1968–1980. *Dictionnaire étymologique de la langue grecque*. 2 vols. Paris.
Chirassi, I. 1968. *Elementi di cultura precereale nei miti e riti greci*. Rome.
Chittenden, J. 1947. "The Master of Animals." *Hesperia* 26: 89–114.
Clairmont, C. 1951. *Das Parisurteil in der antiken Kunst*. Zurich.
Clay, J. S. 1981–1982. "Immortal and Ageless Forever." *Classical Journal* 77: 112–17.
———. 1983. *The Wrath of Athena*. Princeton.
———. 1984. "The Hecate of the *Theogony*." *Greek, Roman and Byzantine Studies* 25: 24–38.
———. 1985. "Aeolia, or Under the Sign of the Circle." *Classical Journal* 80: 289–91.
Clinton, K. 1986. "The Author of the Homeric *Hymn to Demeter*." *Opuscula Atheniensia* 16: 43–49.
Cole, S. G. 1984. "Greek Sanctions against Sexual Assault." *Classical Philology* 79: 97–113.

Cornford, F. M. 1913. "The 'ΑΠΑΡΧΑΙ and the Eleusinian Mysteries." In *Essays and Studies Presented to William Ridgeway*, edited by E. C. Quiggin, pp. 153–66. Cambridge.
Croci, G. 1977–1978. "Mito e poetica nell' Inno a Ermes." *Bollettino dell' Istituto di Filologia greca dell' Università di Padova* 4: 175–84.
Defradas, J. 1954. *Les Thèmes de la propagande delphique*. Paris.
Deichgräber, K. 1950. "Eleusinische Frömmigkeit und homerische Vorstellungswelt im homerischen Demeterhymnus." *Akademie der Wissenschaften und der Literatur in Mainz, Geistes- und Sozialwissenschaftlichen Klasse* 6: 503–37.
Delatte, A. 1955. *Le Cycéon: Breuvage rituel des mystères d'Eleusis*. Paris.
De Martino, F. 1982. *Omero agonista in Delo*. Brescia.
Detienne, M. 1972. *Les Jardins d'Adonis: La Mythologie des aromates en Grèce*. Paris.
———. 1973. *Les Maîtres de vérité dans la Grèce archaïque*. 2nd ed. Paris.
———. 1976. *Dionysus mis à mort*. Paris.
Detienne, M., and J.-P. Vernant. 1974. *Les Ruses de l'intelligence: La Mètis des Grecs*. Paris.
Deubner, L. 1938. "Der homerische Apollonhymnus." *Sitzungsberichte der Preussischen Akademie der Wissenschaften, Phil.-hist. Klasse* 24: 248–77.
Diano, C. 1968. "La poetica dei Feaci." In *Saggezza e poetiche degli antichi*, pp. 185–214. Vicenza.
Diels, H., and W. Kranz. 1934. *Fragmente der Vorsokratiker*, 5th ed. Berlin.
Dornseiff, F. 1931. "Der homerische Aphroditehymnos." *Archiv für Religionswissenschaft* 29: 203–4.
———. 1933. *Die archaische Mythenerzählung: Folgerungen aus dem homerischen Apollonhymnos*. Berlin.
———. 1935. *Nochmals der homerische Apollonhymnos: Eine Gegenkritik*. Greifswalder Beiträge zur Literatur- und Stilforschung 8.
———. 1938. "Zum homerischen Hermeshymnos." *Rheinisches Museum* 87: 80–84.
Drerup, E. 1937. "Der homerische Apollonhymnos: Eine methodologische Studie." *Mnemosyne* 5: 81–134.
Duchemin, J. 1960. *La Houlette et la lyre*. Paris.
Dumézil, G. 1970. *Archaic Roman Religion*, 2 vols., translated by P. Krapp. Chicago.
———. 1979. *Mariages Indo-Européens*. Paris.
———. 1982. *Apollon sonore et autres essais*. Paris.
Durante, M. 1976. *Sulla preistoria della tradizione poetica greca. Parte seconda: Risultanze della comparazione indoeuropea*. Rome.
Dyer, R. 1975. "The Blind Bard of Chios (*Hymn Hom. Ap.* 171–76)." *Classical Philology* 70: 119–21.

Eck, J. van. 1978. "The Homeric Hymn to Aphrodite: Introduction, Commentary and Appendices." Dissertation, Utrecht.
Edsman, C.-M. 1949. *Ignis divinus: Le Feu comme moyen de rajeunissement et d'immortalité*. Lund.
Eitrem, S. 1906. "Der homerische Hymnus an Hermes." *Philologus*. 65: 248–82.
———. 1909. *Hermes und die Toten*. Christiania.
———. 1938. "Varia, 87: Ad Homericum hymnum in Apollinem." *Symbolae Osloenses* 18: 128–34.
Eliade, M. 1954. *The Myth of the Eternal Return*, translated by W. R. Trask. New York.
———. 1963. *Myth and Reality*, translated by W. R. Trask. New York.
Erdmann, W. 1934. *Die Ehe im alten Griechenland*. Munich.
Fairbanks, A. 1900. *A Study of the Greek Paean*. Cornell Studies in Classical Philology 12. Ithaca.
Farnell, L. R. 1896–1909. *The Cults of the Greek City States*. 5 vols. Oxford.
Ferri, S. 1960. "L'inno omerico a Afrodite e la tribù anatolica degli Otrusi." In *Studi in onore di L. Castiglioni*, 1: 291–307. Florence.
Floratos, Ch. 1952. "'Ο ὁμηρικὸς ὕμνος εἰς 'Απόλλωνα." 'Αθήνα 56: 286–309.
Fogelmark, S. 1972. *Studies in Pindar with Particular Reference to Paean VI and Nemean VII*. Lund.
Fontenrose, J. 1959. *Python: A Study of Delphic Myth and Its Origins*. Berkeley.
———. 1966. *The Ritual Theory of Myth*. Berkeley.
———. 1978. *The Delphic Oracle*. Berkeley.
Forderer, M. 1971. *Anfang und Ende der abendländische Lyrik: Untersuchungen zum homerischen Apollonhymnus und zu Anise Koltz*. Amsterdam.
Forrest, G. 1956. "The First Sacred War." *Bulletin de Correspondence Hellénique* 80: 33–52.
Förstel, K. 1979. *Untersuchungen zum homerischen Apollonhymnos*. Bochum.
Förster, R. 1874. *Der Raub und Rückkehr der Persephone*. Stuttgart.
Fowler, A. 1982. *Kinds of Literature: An Introduction to the Theory of Genres and Modes*. Cambridge, Mass.
Francke, K. 1881. *De hymni in Cererem Homerici compositione dictione aetate*. Kiel.
Fränkel, H. 1960. *Wege und Formen frühgriechischen Denkens*. Munich.
———. 1962. *Dichtung und Philosophie des frühen Griechentums*. 2nd edition. Munich.
Frazer, J. G. 1921. "Putting Children on the Fire." In *Apollodorus*, 2: 311–17. Cambridge, Mass.
Freed, G., and R. Bentman. 1955. "The Homeric Hymn to Aphrodite." *Classical Journal* 50: 153–58.
Friedländer, P. 1966. "Das Proömium von Hesiods Theogonie." In *Hesiod*, edited by E. Heitsch. *Wege der Forschung*, 44: 277–94. Darmstadt.

Friedrich, P. 1978. *The Meaning of Aphrodite*. Chicago.
Frisk, H. 1960–1972. *Griechisches etymologisches Wörterbuch*. Heidelberg.
Frolíková, A. 1963. "Some Remarks on the Problem of the Division of the Homeric Hymn to Apollo." In ΓΕΡΑΣ: *Studies presented to George Thomson on the Occasion of his 60th Birthday*, pp. 99–109. Prague.
Gemoll, A., ed. 1886. *Die homerischen Hymnen*. Leipzig.
Gerber, D. E. 1982. *Pindar's Olympian One: A Commentary*. Toronto.
Germain, G. 1954. *Homère et la mystique des nombres*. Paris.
Giacomelli, A. 1980. "Aphrodite and After." *Phoenix* 34: 1–19.
Gill, D. 1974. "*Trapezomata*: A Neglected Aspect of Greek Sacrifice." *Harvard Theological Review* 67: 117–37.
Görgemanns, H. 1976. "Rhetorik und Poetik im homerischen Hermeshymnus." In *Studien zum antiken Epos*, edited by H. Görgemanns and E. A. Schmidt, pp. 113–28. Meisenheim.
Graefe, G. 1973. "Der homerische Hymnus auf Hermes." *Gymnasium* 70: 515–26.
Graf, F. 1974. *Eleusis und die orphische Dichtung Athens in vorhellenistischer Zeit*. Berlin.
Griffin, J. 1980. *Homer on Life and Death*. Oxford.
Griffith, M. 1975. "Man and the Leaves: A Study of Mimneros fr. 2." *California Studies in Classical Antiquity* 8: 73–88.
Groningen, B. A. van. 1948. "Quelques considérations sur l'aoriste gnomique." In *Studia Varia Carolo Vollgraff*, pp. 49–61. Amsterdam.
———. 1949. "NEOMAI—NEΩ." *Mnemosyne* 4, no. 2: 42–43.
———. 1958. *La Composition littéraire archaïque grecque*. Amsterdam.
Guida, F. 1972. "Apollo arciere nell'inno omerico ad Apollo Delio." *Studi Omerici ed Esiodei* (Rome) 1: 7–25.
Hammarström, M. 1921. "Griechisch-etruskische Wortgleichungen." *Glotta* 11: 211–17.
Harrison, A.R.W. 1968. *The Law of Athens*. 2 vols. Oxford.
Heer, C. de. 1969. ΜΑΚΑΡ—ΕΥΔΑΙΜΩΝ—ΟΛΒΙΟΣ—ΕΥΤΥΧΗΣ: *A Study of the Semantic Field Denoting Happiness in Ancient Greek to the End of the 5th Century*. Amsterdam.
Heitsch, E. 1965. *Aphroditehymnos, Aeneas und Homer*. Hypomnemata 15. Göttingen.
Henrichs, A. 1978. "Greek Maenadism from Olympias to Messalina." *Harvard Studies in Classical Philology* 82: 121–60.
Hermann, G. 1806. *Homeri hymni et epigrammata*. Leipzig.
Herter, H. 1976. "Hermes: Ursprung und Wesen eines griechischen Gottes." *Rheinisches Museum* 119: 193–241.
———. 1981. "L'Inno a Hermes alla luce della poesia orale." In *I poemi epici*

rapsodici non omerici e la tradizione orale, edited by C. Brillante, M. Cantilena, and C. O. Pavese, pp. 183–201. Padua.
Herwerden, H. van. 1907. "Forma antiquissima hymni homerici in Mercurium." *Mnemosyne* 35: 181–91.
Heubeck, A. 1961. *Praegraeca*. Erlangen.
———. 1972. "Gedanken zum homerischen Apollonhymnus." In *Festschrift K. J. Merentitis*, pp. 131–46. Athens.
Hirsch, E. D. 1967. *Validity in Interpretation*. New Haven.
Hirzel, R. 1902. *Der Eid: Ein Beitrag zu seiner Geschichte*. Leipzig.
———. 1907. *Themis, Dike und Verwandtes*. Leipzig.
Hocart, A. 1936. *Kings and Councillors: An Essay in the Comparative Anatomy of Human Society*. Cairo.
Hoekstra, A. 1969. *The Sub-epic Stage of the Formulaic Tradition: Studies in the Homeric Hymns to Apollo, to Aphrodite and to Demeter*. Verhandelingen der Koninklijke Nederlandse Akademie van Wetenschappen, afd. Letterkunde 75, no. 2. Amsterdam.
Holland, R. 1926. "Battos." *Rheinisches Museum* 75: 156–83.
Hooker, J. 1986. "A Residual Problem in *Iliad* 24." *Classical Quarterly* n.s. 36: 32–37.
Hoz, J. De. 1964. "Poesia oral independiente de Homero en Hesíodo y los Himnos homéricos." *Emerita* 32: 283–98.
Hübner, W. 1986. "Hermes als musischer Gott." *Philologus* 130: 153–74.
Humbert, J. 1936. *Homère: Hymnes*. Paris.
Huxley, G. L. 1969. *Greek Epic Poetry from Eumelos to Panyassis*. Cambridge, Mass.
Immerwahr, W. 1891. *Die Kulte und Mythen Arkadiens. Volume I: Die arkadischen Kulte*. Leipzig.
Jacoby, F. 1933. "Der homerische Apollonhymnos." *Sitzungsberichte der preussischen Akademie der Wissenschaften, Phil.-hist. Klasse* 15: 682–751.
———. 1904. *Das Marmor Parium*. Berlin.
Janko, R. 1981a. Review of *Nursling of Immortality*, by P. M. Smith. *Classical Review* 31: 285–86.
———. 1981b. "The Structure of the Homeric Hymns: A Study in Genre." *Hermes* 109: 9–24.
———. 1982. *Homer, Hesiod and the Hymns: Diachronic Development in Epic Diction*. Cambridge.
Jeanmaire, H. 1939. *Couroi et courètes: Essai sur l'éducation spartiate et sur les rites d'adolescence dans l'antiquité hellénique*. Lille.
———. 1945. "Le Substantif *hosia*." *Revue des Études Grecques* 58: 66–89.
Jouan, F. 1956. "Thétis, Hestia et Athéna." *Revue des Études Grecques* 69: 290–302.
Jung, C. G. 1967. "The Psychological Aspects of the Kore." In *Essays on a Science*

of Mythology: The Myth of the Divine Child, by C. G. Jung and K. Kerényi, pp. 156–77. Princeton.

Kadletz, E. 1984. "The Sacrifice of Eumaios the Pig Herder." *Greek, Roman and Byzantine Studies* 25: 99–105.

Kahn, L. 1978. *Hermès passe ou les ambiguïtés de la communication*. Paris.

Kaimio, M. 1974. "Music in the Homeric Hymn to Hermes." *Arctos* 8: 29–42.

Kakridis, J. T. 1930a. "Die Pelopssage bei Pindar." *Philologus* 85: 463–77.

———. 1930b. "ΤΙΘΩΝΟΣ." *Wiener Studien* 48: 25–38.

———. 1937. "Zum homerischen Apollonhymnos." *Philologus* 92: 104–8.

Kalinka, E. 1932. Review of "Der homerische Apollonhymnos und das Prooimion," by E. Bethe. *Philologische Wochenschrift* 52: 385–94.

Kamerbeek, J. C. 1967. "Remarques sur l'Hymne à Aphrodite." *Mnemosyne* 20: 385–95.

Karnezis, J. 1972. "The Epikleros." Dissertation, Athens.

Keaney, J. J. 1981. "Hymn. Ven. 140 and the Use of ἌΠΟΙΝΑ." *American Journal of Philology* 102: 261–64.

Kerényi, K. 1967a. *Eleusis: The Archetypical Image of Mother and Daughter*, translated by R. Mannheim. Princeton.

———. 1967b. "Kore." In *Essays on a Science of Mythology: The Myth of the Divine Child*, by C. G. Jung and K. Kerényi, pp. 101–55. Princeton.

Kern, O., ed. 1922. *Orphicorum Fragmenta*. Berlin.

———. 1935. "Mysterien." In *Paulys Realencyclopädie der classischen Altertumswissenschaft* 16, pt. 2: 1210–314.

Keyssner, K. 1932. *Gottesvorstellung und Lebensauffassung im griechischen Hymnus*. Würzburger Studien zur Altertumswissenschaft 2. Stuttgart.

King, H. 1986. "Tithonos and the Tettix." *Arethusa* 19: 15–32.

Kirchhoff, A. 1893. "Beiträge zur Geschichte der griechischen Rhapsodik II: Der Festhymnos auf den Delischen Apollon." In *Sitzungsberichte der Preussischen Akademie, Berlin*, pp. 906–18. Berlin.

Kirk, G. S. 1970. *Myth: Its Meaning and Functions in Ancient and Other Cultures*. Berkeley.

———. 1981. "Orality and Structure in the Homeric 'Hymn to Apollo.'" In *I poemi epici rapsodici non omerici e la tradizione orale*, edited by C. Brillante, M. Cantilena, and C. O. Pavese, pp. 163–82. Padua.

Kittel, G., ed. 1932–1972. *Theologisches Wörterbuch zum Neuen Testament*. Stuttgart.

Kolk, D. 1963. *Der pythische Apollonhymnus als aitiologische Dichtung*. Meisenheim.

Koller, H. 1956. "Das kitharodische Prooimion." *Philologus* 100: 159–206.

———. 1968. "Πόλις Μερόπων Ἀνθρώπων." *Glotta* 46: 18–26.

Kraus, T. 1960. *Hekate: Studien zu Wesen und Bild der Göttin in Kleinasien und Griechenland*. Heidelberg.

Kroll, J. 1956. "Apollon zum Beginn des homerischen Hymnus." *Studi Italiani di Filologia Classica* 27–28: 181–191.
Kuhn, A. 1886. *Die Herabkunft des Feuers und des Göttertranks*. 2nd edition. Gütersloh.
Kuiper, K. 1910. "De discrepantiis hymni homerici in Mercurium." *Mnemosyne* 38: 1–50.
Kullmann, W. 1956. *Das Wirken der Götter in der Ilias: Untersuchungen zur Frage der Entstehung des homerischen Götterapparats*. Berlin.
———. 1960. *Die Quellen der Ilias (Troischer Sagenkreis)*. *Hermes* Einzelschriften 14. Wiesbaden.
Lacey, W. K. 1968. *The Family in Ancient Greece*. Ithaca, N.Y.
Latacz, J. 1966. *Zum Wortfeld "Freude" in der Sprache Homers*. Heidelberg.
Latte, K. 1939. "Orakel." In *Paulys Realencyclopädie der classischen Altertumswissenschaft* 18, pt. 1: 829–66.
———. 1940. "The Coming of the Pythia." *Harvard Theological Review* 33: 9–18.
Leaf, W., ed. 1900–1902. *The Iliad*. 2 vols. 2nd edition. London.
Lehmann, G. A. 1980. "Der 'Erste Heilige Krieg'—Eine Fiktion?" *Historia* 29: 242–46.
Lenz, L. 1975. *Der homerische Aphroditehymnus und die Aristie des Aineias in der Ilias*. Bonn.
Liderski, J. 1962. "Etruskische Etymologien: zilaθ – und purθ." *Glotta* 40: 150–59.
Lincoln, B. 1979. "The Rape of Persephone: A Greek Scenario of Women's Initiation." *Harvard Theological Review* 72: 223–35.
Lobeck, C. A. 1829. *Aglaophamus*. 2 vols. Königsberg.
Lord, M. L. 1967. "Withdrawal and Return: An Epic Story Pattern in the Homeric *Hymn to Demeter*." *Classical Journal* 62: 241–48.
Ludwich, A. 1908. *Homerischer Hymnenbau*. Leipzig.
MacDowell, D. M. 1978. *The Law in Classical Athens*. London.
Malinowski, B. 1948. *Magic, Science and Religion and Other Essays*. Boston.
Malten, L. 1909. "Altorphische Demetersage." *Archiv für Religionswissenschaft* 12: 417–46.
———. 1931. "Aeneias." *Archiv für Religionswissenschaft* 29: 33–59.
Maltese, E. V. 1982. *Sofocle Ichneutae*. Papyrologica Florentina 10. Florence.
Mauss, M. 1968. "Les fonctions sociales du sacré." In *Oeuvres* 1, edited by V. Karady, pp. 193–307. Paris.
———. 1972. *A General Theory of Magic*, translated by R. Brain. London.
Mellaart, J. 1967. *Catal Hüyük: A Neolithic Town in Anatolia*. London.
Merkelbach, R. 1973. "Ein Fragment des homerischen Dionysos–Hymnus." *Zeitschrift für Papyrologie und Epigraphik* 12: 212–15.
Merkelbach, R., and M. L. West, eds. 1967. *Fragmenta Hesiodea*. Oxford.

Meuli, K. 1946. "Griechische Opferbräuche." In *Phyllobolia für Peter von der Mühll*, pp. 185–288. Basel.
Miller, A. M. 1979. "The 'Address to the Delian Maidens' in the *Homeric Hymn to Apollo*: Epilogue or Transition?" *Transactions and Proceedings of the American Philological Association* 109: 173–86.
———. 1985. *From Delos to Delphi: A Literary Study of the Homeric Hymn to Apollo*. Leiden.
Minton, W. W. 1970. "The Proem-hymn of Hesiod's *Theogony*." *Transactions and Proceedings of the American Philological Association* 101: 357–77.
Mondi, R. 1978. "The Function and Social Position of the *Kêrux* in Early Greece." Ph.D. dissertation, Harvard University.
Monro, D. B., and T. W. Allen, eds. 1912–1920. *Homeri Opera*. 5 vols. Oxford.
Monsacré, H. 1984. *Les Larmes d'Achille*. Paris.
Moran, W. S. 1975. "Μιμνήσκομαι and 'Remembering' Epic Stories in Homer and the Hymns." *Quaderni Urbinati di Cultura Classica* 20: 195–211.
Morgoulieff, J. 1893. *Étude critique sur les monuments antiques représentant des scènes d'accouchement*. Paris.
Most, G. 1981. "Callimachus and Herophilus." *Hermes* 109: 188–96.
Müller, K. O. 1824. *Geschichten hellenischer Stämme und Städte II: Die Dorier*. 2 vols. Breslau.
———. 1833. "Die Hermes-Grotte bei Pylos." In *Hyperboreisch-römische Studien für Archäologie*, edited by E. Gerhard, pp. 310–16. Berlin.
Murr, J. 1890. *Die Pflanzenwelt in der griechischen Mythologie*. Innsbruck.
Mylonas, G. 1942. *The Hymn to Demeter and Her Sanctuary at Eleusis*. Washington University Studies n.s. 13. St. Louis.
Nagy, G. 1979. *The Best of the Achaeans*. Baltimore.
———. 1982. "Hesiod." In *Ancient Writers*, edited by T. J. Luce, pp. 43–73. New York.
Niles, J. D. 1979. "On the Design of the Hymn to Delian Apollo." *Classical Journal* 75: 36–39.
Nilsson, M. P. 1935. "Die eleusinischen Gottheiten." *Archiv für Religionswissenschaft* 32: 79–141.
———. 1955. *Geschichte der griechischen Religion*. 2nd edition. Volume 1. Munich.
Norden, E. 1923. *Agnostos Theos*. Berlin.
Notopoulos, J. A. 1962. "The Homeric Hymns as Oral Poetry: A Study of the Post-homeric Oral Tradition." *American Journal of Philology* 83: 337–68.
Oppé, A. P. 1904. "The Chasm at Delphi." *Journal of Hellenic Studies* 24: 214–40.
Orgogozo, J. 1949. "L'Hermès des Achéens." *Revue de l'histoire des religions* 136: 10–30, 139–79.
Otterlo, W.A.A. van. 1944. "Untersuchungen über Begriff, Anwendung und

Entstehung der griechischen Ringkomposition." *Mededeelingen der Koninklijke Nederlandse Akademie van Wetenschappen, Afd. Letterkunde* n.s. 7, no. 3: 131–76.
Otto, W. F. 1954. *The Homeric Gods*, translated by M. Hadas. New York.
Owen, A. S., ed. 1939. *Euripides Ion*. Oxford.
Page, D., ed. 1962. *Poetae melici graeci*. Oxford.
———. 1974. *Supplementum lyricis graecis*. Oxford.
Pagliaro, A. 1953. "'Ιερός in Omero e la nozione di 'sacro' in Grecia." In *Saggi di critica semantica*, pp. 91–122. Messina.
———. 1971. "Il proemio dell' Iliade." In *Nuovi saggi di critica semantica*. 2nd edition. Florence.
Panagl, O. 1969. "Stationen hellenischer Religiosität am Beispiel des delphischen Sukzessionsmythos." *Kairos* 11: 161–71.
Paoli, U. E. 1976. "Il reato di adulterio (μοιχεία) in diritto attico." In *Altri studi di diritto greco e romano*. Milan.
Parke, H. W. 1940. "A Note on the Delphic Priesthood." *Classical Quarterly* 34: 85–89.
Parke H. W., and D.E.W. Wormell. 1956. *The Delphic Oracle*. 2 vols. Oxford.
Péristérakis, A. E. 1962. "Essai sur l'aoriste intemporel en Grec." Dissertation, University of Paris. Athens.
Pellizer, E. 1978. "Tecnica compositiva e struttura genealogica nell' Inno ad Afrodite." *Quaderni Urbinati di Cultura Classica* 27: 115–44.
Pfister, F. 1924. "Epiphanie." In *Paulys Realencyclopädie der classischen Altertumswissenschaft* supplement 4: 277–323.
Philippson, P. 1944. *Untersuchungen über den griechischen Mythos*. Zurich.
Podbielski, H. 1971. *La Structure de l'Hymne Homérique à Aphrodite à la lumière de la tradition littéraire*. Wroclaw.
Pomtow, H. 1901. "Delphoi." In *Paulys Realencyclopädie der classischen Altertumswissenschaft* 4, pt. 2: 2517–700.
Porter, H. N. 1949. "Repetition in the Homeric Hymn to Aphrodite." *American Journal of Philology* 70: 249–272.
Pötscher, W. 1987. *Hera: Eine Strukturanalyse im Vergleich mit Athena*. Darmstadt.
Powell, J. U., ed. 1925. *Collectanea Alexandrina*. Oxford.
Preisendanz, K., and A. Heinrichs, eds. 1973–1974. *Papyri graeci magicae*. 2nd edition. Stuttgart.
Preller, L., and C. Robert. 1887. *Griechische Mythologie*, 2 vols. 4th edition. Berlin.
Pucci, P. 1977. *Hesiod and the Language of Poetry*. Baltimore.
———. 1987. *Odysseus Polutropos*. Ithaca, N.Y.
Puntoni, V. 1896. *L'Inno omerico a Demeter*. Leghorn.
Quandt, W. 1962. *Orphei hymni*. 2nd edition. Berlin.

Race, W. H. 1982. "Aspects of Rhetoric and Form in Greek Hymns." *Greek, Roman and Byzantine Studies* 23: 5–14.
Radermacher, L. 1931. *Der homerische Hermeshymnus*. Sitzungsberichte Akademie der Wissenschaften in Wien 213, no. 1: 1–263.
Raingeard, P. 1934. *Hermès psychagogue*. Rennes.
Ramnoux, C. 1959. *Mythologie ou la famille olympienne*. Paris.
Regenbogen, O. 1956. "Gedanken zum homerischen Apollon-Hymnus." *Eranos* 5: 49–56.
Reinhardt, K. 1961a. *Die Ilias und ihr Dichter*. Göttingen.
———. 1961b. "Ilias und Aphroditehymnus." In *Die Ilias und Ihr Dichter*, pp. 507–21. Göttingen.
Richardson, N. J. 1974. *The Homeric Hymn to Demeter*. Oxford.
Robert, C. 1906. "Zum homerischen Hermeshymnos." *Hermes* 41: 389–425.
Robertson, N. 1978. "The Myth of the First Sacred War." *Classical Quarterly* 72: 38–73.
Roeger, J. 1924. ΑΙΔΟΣ ΚΥΝΕΗ: *Das Märchen von der Unsichtbarkeit in den homerischen Gedichten*. Graz.
Rohde, E. 1898. *Psyche: Seelencult und Unsterblichkeitsglaube der Griechen*. 2nd edition. Freiburg.
Roscher, W. H., ed. 1884–1937. *Ausführliches Lexikon der griechischen und römischen mythologie*. 6 vols. Leipzig.
Rose, H. J. 1924. "Anchises and Aphrodite." *Classical Quarterly* 18: 11–16.
Roux, G. 1965. "Sur deux passages de l'Hymne homérique à Apollon." *Revue des Études Grecques* 77: 1–22.
———. 1976. *Delphes: Son oracle et ses dieux*. Paris.
Rubin, N., and H. Deal. 1980. "Some Functions of the Demophon Episode in the Homeric Hymn to Demeter." *Quaderni Urbinati di Cultura Classica* 34: 7–21.
Rudhardt, J. 1958. *Notions fondamentales de la pensée religieuse et actes constitutifs du culte dans la Grèce classique*. Geneva.
———. 1962. "La Reconnaissance de la paternité dans la société athénienne." *Museum Helveticum* 19: 39–64.
———. 1978. "À propos de l'hymne homérique à Déméter." *Museum Helveticum* 35: 1–17.
———. 1981. *Du mythe, de la religion grecque et de la compréhension d'autrui*. Revue Européenne des Sciences Sociales 19. Geneva.
Ruijgh, C. 1967. "Sur le nom de Poséidon et les noms en -α-ϝον-, ι-ϝον-." *Revue des Études Grecques* 80: 6–16.
Russell, D. A., and N. G. Wilson, eds. 1981. *Menander Rhetor*. Oxford.
Sabbatucci, D. 1965. *Saggio sul misticismo greco*. Rome.
Saïd, S. 1979. "Les Crimes des prétendants, la maison d'Ulysse et les festins de l'Odyssée." In *Études de littérature anciennes*, pp. 9–49. Paris.

Samter, E. 1901. *Familienfeste der Griechen und Römer*. Berlin.
———. 1911. *Geburt, Hochzeit und Tod*. Leipzig.
Scarpi, P. 1976. *Letture sulla religione classica: L'Inno omerico a Demeter*. Florence.
Schachter, A. 1976. "*Homeric Hymn to Apollo*, lines 231-238 (The Onchestus Episode): Another Interpretation." *Bulletin of the Institute of Classical Studies* 23: 102-13.
Scheinberg, S. 1979. "The Bee Maidens of the Homeric *Hymn to Hermes*." *Harvard Studies in Classical Philology* 83: 1-28.
Schmid, W., and O. Stählin. 1929. *Geschichte der griechischen Literatur*. Volume 1, part 1, by W. Schmid. Munich.
Schmidt, E. G. 1981. "Himmel—Meer—Erde im frühgriechischen Epos und im alten Orient." *Philologus* 125: 1-24.
Schröder, J. 1975. *Ilias und Apollonyhymnos*. Meisenheim.
Scodel, R. 1982. "The Achaean Wall and the Myth of Destruction." *Harvard Studies in Classical Philology* 86: 33-50.
Seek, O. 1887. *Die Quellen der Odyssee*. Berlin.
Segal, C. 1974. "The Homeric Hymn to Aphrodite: A Structuralist Approach." *Classical World* 67: 205-12.
———. 1981. "Orality, Repetition and Formulaic Artistry in the Homeric 'Hymn to Demeter.'" In *I poemi epici non omerici e la tradizione orale*, edited by C. Brillante, M. Cantilena, and C. O. Pavese, pp. 107-60. Padua.
———. 1982. *Dionysiac Poetics and Euripides' Bacchae*. Princeton.
———. 1986. "Tithonus and the Homeric *Hymn to Aphrodite*: A Comment." *Arethusa* 19: 37-47.
Shelmerdine, S. C. 1981. "The 'Homeric Hymn to Hermes': A Commentary (1-114) with Introduction." Ph.D. dissertation, University of Michigan.
———. 1984. "Hermes and the Tortoise: A Prelude to Cult." *Greek, Roman and Byzantine Studies* 25: 201-7.
———. 1986. "Odyssean Allusions in the Fourth Homeric Hymn." *Transactions and Proceedings of the American Philological Association* 116: 49-63.
Slatkin, L. 1986a. "The Wrath of Thetis." *Transactions and Proceedings of the American Philological Association* 116: 1-24.
———. 1986b. "Genre and Generation in the *Odyssey*." *Mètis* 1: 259-68.
Smith, P. M. 1979. "Notes on the Text of the Fifth Homeric Hymn." *Harvard Studies in Classical Philology* 83: 29-50.
———. 1981a. *Nursling of Mortality: A Study of the Homeric Hymn to Aphrodite*. Studien zur klassischen Philologie 3. Frankfurt.
———. 1981b. "Aineidai as Patrons of *Iliad XX* and the Homeric *Hymn to Aphrodite*." *Harvard Studies in Classical Philology* 85: 17-58.
Snell, B., ed. 1971–. *Tragicorum Graecorum fragmenta*. Göttingen.
———. 1975. *Die Endeckung des Geistes*. 4th edition. Göttingen.

Snell, B., and H. Maehler, eds. 1975–1980. *Pindari Carmina*. 2 vols. Leipzig.
Solmsen, F. 1968. "Zur Theologie im grossen Aphrodite-hymnus." In *Kleine Schriften*, 1: 55–67. Hildesheim.
Sordi, M. 1953. "La prima guerra sacra." *Rivista di Filologia e d'Istruzione Classica* n.s. 31: 320–46.
Sourvinou-Inwood, C. 1987. "Myth as History: The Previous Owners of the Delphic Oracle." In *Interpretations of Greek Mythology*, edited by J. Bremmer, pp. 215–41. London.
Sowa, C. A. 1984. *Traditional Themes and the Homeric Hymns*. Chicago.
Stiewe, K. 1954. "Der Erzählungsstil des homerischen Demeterhymnos." Dissertation, Göttingen.
———. 1962. "Die Entstehungszeit der hesiodischen Frauenkataloge." *Philologus* 106: 291–99.
———. 1963. "Die Entstehungszeit der hesiodischen Frauenkataloge (Fortsetzung)." *Philologus* 107: 1–29.
Stoessel, F. 1947. *Der Tod des Herakles*. Zurich.
Szepes, E. 1975. "Trinities in the Homeric Demeter-Hymn." *Annales Universitatis Budapestinensis de Rolando Eötvös nominatae, sectio classica* 3: 23–38.
Teske, A. 1936. *Die Homer-Mimesis in den Homerischen Hymnen*. Greifswalder Beiträge zur Literatur und Stilforschung 15.
Thalmann, W. G. 1984. *Conventions of Form and Thought in Early Greek Epic Poetry*. Baltimore.
Thompson, D. W. 1895. *A Glossary of Greek Birds*. Oxford.
Toutain, J. 1932. "Hermès, dieu social chez les Grecs." *Revue d'Histoire et de Philosophie Religieuses* 12: 289–329.
Treu, M. 1968. *Von Homer zur Lyrik*. Zetemata 12. 2nd edition. Munich.
Turner, T. 1977. "Narrative Structure and Mythopoesis." *Arethusa* 10: 103–64.
Turyn, A., ed. 1948. *Pindari Carmina*. Cracow.
Unte, W. 1968. "Studien zum homerischen Apollonhymnos." Dissertation, Berlin.
Van der Valk, M. H. 1942. "Zum Worte 'ΟΣΙΟΣ.'" *Mnemosyne* 10: 113–40.
———. 1976. "On the Arrangement of the Homeric Hymns." *L'Antiquité Classique* 45: 420–45.
———. 1977. "A Few Observations on the Homeric *Hymn to Apollo*." *L'Antiquité Classique* 46: 441–52.
Van Nortwick, T. 1975. "The Homeric *Hymn to Hermes*: A Study in Early Greek Hexameter Style." Ph.D. dissertation, Stanford University.
———. 1980. "Apollônos Apatê: Associative Imagery in the Homeric *Hymn to Hermes* 227–292." *Classical World* 74: 1–5.
Van Windekens, A. 1961. "Réflexions sur la nature et l'origine du dieu Hermès." *Rheinisches Museum* 104: 289–301.

———. 1962. "Sur le nom de la divinité grecque Hermès." *Beiträge zur Namenforschung* 13: 290–92.
Verdenius, W. J. 1960. "L'Association des idées comme principe de composition dans Homère, Hésiode, Théognis." *Revue des Études Grecques* 73: 345–61.
Vernant, J.-P. 1965a. "Aspects mythique de la mémoire et du temps." In *Mythe et pensée chez les Grecs*, 1: 80–107. Paris.
———. 1965b. "Hestia–Hermès: Sur l'expression religieuse de l'espace et du movement chez les Grecs." In *Mythe et pensée chez les Grecs*, 1: 124–84. Paris.
———. 1965c. *Mythe et pensée chez les Grecs*. 2 vols. Paris.
———. 1974. *Mythe et société en Grèce ancienne*. Paris.
———. 1979a. "À la table des hommes." In *La Cuisine du sacrifice en pays grec*, edited by M. Detienne and J.-P. Vernant, pp. 37–132. Paris.
———. 1979b. "Manger aux pays du Soleil." In *La Cuisine du sacrifice en pays grec*, edited by M. Detienne and J.-P. Vernant, pp. 239–49. Paris.
Vian, F. 1963. *Les Origines de Thèbes*. Paris.
Vidal-Naquet, P. 1981. "Temps des dieux et temps des hommes." In *Le Chasseur noir: Formes de pensée et formes de société dans le monde grec*, pp. 69–94. Paris.
Wade-Gery, H. T. 1936. "Kynaithos." In *Greek Poetry and Life: Essays Presented to Gilbert Murray on His Seventieth Birthday*, pp. 56–78. Oxford.
Walsh, G. B. 1984. *The Varieties of Enchantment: Early Greek Views of the Nature and Function of Poetry*. Chapel Hill, N.C.
Walton, F. 1952. "Athens, Eleusis and the Homeric Hymn to Demeter." *Harvard Theological Review* 45: 105–14.
Watkins, C. 1970. "Studies in Indo-European Legal Language, Institutions, and Mythology." In *Indo-European and Indo-Europeans*, edited by G. Cardona and H. Hoenigswald, pp. 321–54. Philadelphia.
Webster, T.B.L. 1975. "Homeric Hymns and Society." In *Le Monde grec: Pensée littérature histoire documents: Hommages à Claire Préaux*, pp. 86–93. Brussels.
Wegener, R. 1876. "Der homerische Hymnus auf Demeter." *Philologus* 35: 227–54.
Wehrli, F. 1931. "Leto." In *Paulys Realencyclopädie der classischen Altertumswissenschaft*, supplement 5: 555–76.
———. 1934. "Die Mysterien von Eleusis." *Archiv für Religionswissenschaft* 31: 77–104.
Welcker, F. G. 1849. *Der epische Cyclus oder die homerischen Dichter 2: Gedichte nach Inhalt und Composition*. Bonn.
———. 1850. "Entbindung." In *Kleine Schriften*, 3: 185–208. Bonn.
———. 1857. *Griechische Götterlehre*. 2 vols. Göttingen.
West, M. L. 1961. "Hesiodea." *Classical Quarterly* 55: 130–45.
———. 1975. "Cynaethus' Hymn to Apollo." *Classical Quarterly* 25: 161–70.

West, M. L. 1985. *The Hesiodic Catalogue of Women*. Oxford.
West, M. L., ed. 1966. *Hesiod: Theogony*. Oxford.
———., ed. 1971–1972. *Iambi et Elegi Graeci*. 2 vols. Oxford.
Whitman, C. H. 1970. "Hera's Anvils." *Harvard Studies in Classical Philology* 74: 37–42.
Wilamowitz–Moellendorff, U. von. 1920. *Die Ilias und Homer*. 2nd edition. Berlin.
———. 1922. *Pindaros*. Berlin.
———. 1959. *Der Glaube der Hellenen*. 2 vols. 3rd edition. Darmstadt.
———. 1971. "Hephaistos." In *Kleine Schriften*, 5, pt. 2: 5–35. Berlin.
Wissowa, G., et al., eds. 1894–. *Paulys Realencyclopädie der classischen Altertumswissenschaft*. Stuttgart.
Wolf, F. A. 1985. *Prolegomena to Homer 1795*, translated by A. Grafton, G. Most, and J. Zetzel. Princeton.
Wünsch, R. 1914. "Hymnos." In *Paulys Realencyclopädie der classischen Altertumswissenschaft* 9, pt. 1: 140–83.
Zumbach, O. 1955. *Neuerungen in der Sprache der homerischen Hymnen*. Winterthur.
Zuntz, G. 1971. *Persephone*. Oxford.

索 引[*]

Aeneadae, 6, 48, 153
Aeneas, 158, 165, 167 n. 48, 184, 194-97, 200
Aeschylus, 13, 62
aition, 117, 205, 233, 257
Alcman, 201
apostrophe, 29-32, 43, 50
Archilochus, 143 n. 148
Aristophanes' *Birds*, 247 n. 138
Aristotle, 79, 261
Artemis, 160, 174, 176, 179 n. 91
atasthalos, 35-38
Athena, 160, 171, 174

Bee Maidens, 100, 147-48
birthing stool, 235
blind man of Chios, 49, 51, 55

Calypso, 182, 186 n. 118, 269
Chios, blind man. *See* blind man of Chios
choral poetry, 31, 48-53, 55
Circe, 182-83
Contest of Homer and Hesiod, 47 n. 95
Cretan tales, 228
culture hero, 114, 116, 143, 146, 160, 230
Cyclic epics, 15 n. 27, 156-57, 199, 269
Cypria, 156-57, 167, 168 n. 52, 172 n. 65

daimōn, 123
dais, 7, 108, 119-26, 137, 140, 142, 145
Delphic oracle, 10, 41, 44, 46, 48, 53, 56-63, 74-78, 80, 82, 84, 86-87, 89-91, 93-94, 100, 101, 131, 141, 144, 147, 150
Dichterweihe, 27, 143 n. 148
Dionysus, 77, 101, 167, 269

Eleusis, 9, 10, 48, 202-7, 217-18, 219 n. 64, 222-28, 230-36, 241-46, 252-53, 257, 261-65
epic poetry, 7, 23, 30, 48, 52, 83, 139, 142 n. 145, 156-58, 269
epikleros, 213
Eumaeus, 125
Euripides, 77 n. 183, 147 n. 160

fire, 116, 123, 124, 137, 239-40
First Sacred War, 87-90

Ganymede, 185-91, 194-95
Greek cult, 4, 5, 7, 9, 29 n. 36, 32 n. 47, 33, 37, 39, 47, 50 n. 102, 57, 59, 72, 76, 89, 93, 97, 100, 101, 108 n. 44, 114 n. 67, 117, 118, 119, 123 n. 96, 125 n. 102, 126, 129, 142 n. 147, 152, 154, 174 n. 73, 176, 187, 218 n. 62, 231, 234, 239, 241, 244, 252, 257, 260

---

[*] 译注：以下页码俱为原书页码，即本书边码。

harpazo, 176, 209
Hecate, 126, 203, 215, 217–19, 221, 257–58
Helios, 113, 215, 219–20, 221
Hera, 11, 13, 41–43, 65, 67–71, 73–74, 78, 92, 103, 163, 171, 226, 268
Heracles, 167, 186
Heraclitus, 91 n. 224
hermaion, 106, 125
Hermes, 176–78, 185, 194, 249–50, 253
Herodotus
    2.53.1–2: 8
heroes, 14, 15, 57, 63, 79, 118, 157, 166–70, 172, 184, 187, 192–93, 198, 201, 241
Hesiod, 3, 8, 9, 16, 69, 118, 162, 189, 207
    Catalog of Women, 114
        fr. 1 (Merkelbach-West), 123, 167, 169
        fr. 204 (Merkelbach-West), 167
        fr. 347 (Merkelbach-West), 47 n. 95
    Theogony, 12, 68, 213, 214, 226, 269
        1–115: 27–28, 31, 53
        43–49: 109 n. 45
        53–62: 112
        68–71: 112 n. 58
        68–74: 139 n. 138
        99–101: 5
        166: 68
        188–200: 200
        295–96: 71 n. 166
        406–7: 22 n. 12
        453–97: 161
        454: 99 n. 14
        535–69: 123
        545: 165, 248
        613: 70
        820–68: 66
        837: 13
        881–85: 15
        901–2: 41
        913–14: 210
        965–1020: 167
        969–74: 264 n. 199
    Works and Days
        106–201: 12, 14
        109–201: 166
        521: 156
Hestia, 98–99, 151, 158, 161–62, 188
hilaskomai, 242

Homer, 3, 8, 9, 15, 16, 48, 76, 103 n. 29, 118, 189, 207, 243
    Iliad, 11, 67, 153, 157, 269
    I: 20
    I.271–72: 168
    I.396–406: 11
    III.184–89: 176 n. 78
    III.396–97: 175
    IV.58–61: 161
    V.428–29: 160 n. 23
    V.438–44: 37
    V.890: 68
    VI.145–49: 196
    VII.477–83: 11
    VIII.477–83: 12
    IX: 249
    IX.568–69: 70 n. 165
    X.267: 107 n. 39
    XII.13–33: 169
    XII.242: 37 n. 62
    XII.322–28: 187
    XII.423: 195
    XIII.465–66: 200
    XIII.633–34: 36 n. 56
    XIV.164, 171
    XIV.338: 68 n. 159
    XV.36–44: 136 n. 129
    XV.187–92: 220 n. 66
    XV.187–95: 122
    XV.187–211: 12
    XVI.181–86: 176
    XVI.705–11: 37
    XVIII.395–405: 69
    XVIII.437–38: 195 n. 146
    XVIII.519: 181
    XVIII.604–6: 54 n. 115
    XIX.96–133: 42
    XIX.113: 193 n. 139
    XX.234: 185 n. 113
    XXI: 11
    XXI.423–25: 160 n. 23
    XXI.461–67: 37
    XXI.462–66: 196
    XXI.497–501: 101
    XXIV.334–35: 150 n. 173
    XXIV.62: 168
    Odyssey, 3, 81, 108 n. 42, 113, 269
    1.71–73: 103 n. 29
    1.338: 4
    4.277: 99

5.57–74: 103 n. 29
5.119–20: 182
6.149–58: 174
6.232–34: 160 n. 24
7.312:68 n. 159
8.266–366: 4
8.334–42: 101
9.5–10: 142
10: 182
11: 169
11.249–50: 57
11.367–69: 110
11.423: 70 n. 165
14.418–56: 125
15.319–24: 121 n. 90
16.86: 36 n. 56
18.192–94: 171
19: 73
19.395–98: 107 n. 39
24.64: 169
24.226–31: 115
24.282: 36 n. 56
24.352: 36 n. 56
Homeric Hymns
  6: 112 n. 58, 154 n. 6
  8: 102 n. 27
  9.12: 151
  14.4: 26
  15: 186 n. 119
  18: 104
  18.4: 103 n. 29
  19: 112 n. 58
  19.10–15, 29: 26
  19.27–47: 109 n. 45
  20.3: 160 n. 24
  22.4: 26
  23: 269 n. 2
  25.2–3: 53
  27.18–20: 109 n. 45
  29.3: 26
  33: 26
Homeric Hymn to Aphrodite, 5, 8, 14, 15, 17, 26, 48, 82 n. 198, 90, 140 n. 139, 148, 150, 152–201, 207, 265, 268
  145–51: 209 n. 23
  22–23: 99 n. 14
  43: 248 n. 141
  81–110: 232
Homeric Hymn to Apollo, 5, 7, 8, 10, 13, 14, 15, 17–94, 96, 150, 154, 158, 170, 226, 268
  117: 235 n. 99
  123–29: 238 n. 103
  131–32: 127 n. 109
  132: 147 n. 161
  158–61: 5
  190: 109
  190–91: 5
  216: 112
  225–30: 116
Homeric Hymn to Demeter, 5, 14, 48, 82 n. 198, 148 n. 164, 150, 154, 155 n. 7, 183 n. 106, 203–66, 268
  3: 176 n. 82
  27: 41
  194: 179 n. 92
  270–74: 63 n. 141
  321: 165 n. 42
Homeric Hymn to Dionysus (Hymn 1), 5, 10, 13, 15, 30 n. 41, 112 n. 58, 148 n. 164, 154
Homeric Hymn to Hermes, 5, 7, 10, 14, 15, 48, 95–151, 154, 158, 170, 268
  32: 214 n. 36
  125–26: 257 n. 179
Horace
  Odes
    1.10: 97 n. 9, 124 n. 98
    1.10.11: 145 n. 154
hosiē, 122, 128–31, 150
Hosioi, 90, 91
hybris, 36, 38, 60, 71, 86–87, 123, 175, 182–84, 187, 198–99
Hyginus, 200 n. 158
Hymnic tenses, 23–28, 104, 158

Iambe, 233–35

katathnetos, 158, 184
kykeon, 233, 235–36

laurel, 76, 77
lots, 77, 121, 122, 220
lyre, 43, 54, 74, 84, 94, 101, 105–11, 120, 131, 137–38, 140–43, 145, 147, 150, 172
lyric poetry, 31, 64, 190

magic, 237, 245
matriarchy, 13, 43, 66, 67, 68, 69, 70, 78, 155 n. 7, 213, 226, 268

meat, 111, 116–17, 121–23, 125, 138, 143
Menander Rhetor, 5
Metis (*mētis*), 13, 67, 69, 70, 99, 108, 113, 123–24, 131–34, 137 n. 132, 138, 140, 150, 159
mimesis, 49, 50, 52
Mimnermus, 189
mortals, 5, 10, 14, 15, 17, 28–29, 37, 40, 44, 47, 49, 55, 56, 57, 63, 71, 72, 75, 79, 82, 87, 89, 91–92, 94, 102, 103, 109, 111, 113, 114–16, 118, 120, 123, 124, 126, 128–31, 132, 142, 147, 149–50, 154, 158, 162–65, 169, 180, 183, 184, 187, 190–200, 207–8, 212, 215, 219, 222, 226, 228–30, 236, 239–41, 243–44, 246–47, 251, 260–65, 268
Muses, 5, 27–28, 49, 53–55, 75, 79, 103, 109, 112, 138, 139 n. 138, 140, 155
Myth of the Ages, 12, 14, 166, 186 n. 117, 255 n. 174

Nymphs, 193–95, 197

Odysseus, 100, 110, 111 n. 54, 113, 125, 142, 174, 182–83, 186, 228
olbios, 262
Olympianism, 9–11, 78–79, 101, 112, 119, 124, 127, 149, 150, 155 n. 7, 158, 207, 231, 260–65, 267–68
Olympian politics, 11–14, 15, 20, 38, 54–55, 62, 65, 67, 68, 69, 70, 71, 73–74, 91–92, 94, 96, 98, 102, 116, 122, 128, 130, 131, 134, 136, 140, 149–50, 154, 165–70, 183, 188, 190, 193, 198–201, 213–14, 220–21, 225–26, 244, 247–48, 256, 260–65, 268
Onchestus, 59, 114–16, 124, 131
oral composition, 4
orgia, 242
Orphic Hymns, 5, 102 n. 27, 212 n. 36, 220 n. 66, 224–25, 249

paean, 31, 84
Panhellenism, 9–11, 16, 46, 48, 50 n. 102, 52, 57, 59, 92–94, 97, 112, 119, 207, 231, 244, 268–70
Paris, Judgment of, 157, 172 n. 65
penetration, 99, 107, 118, 120, 131, 134, 135, 148, 151, 212, 227
philos, 101, 104 n. 30, 109, 121, 141, 142, 151

Philostratus, 103 n. 28
Pindar, 13, 28, 139 n. 138
  Isthmian
    8.27–37: 69 n. 161
  Olympian 1, 186
  Pythian 9, 159
Plutarch, 69 n. 162, 126
Plutus, 264–65
Proclus, 156
proem theory, 3, 27
Prometheus, 13, 14, 116, 120, 123, 124, 126, 165, 208, 226, 241, 248
Pythia, 75–78

ring composition, 73, 257

Sacred War, First, 87–90
Sarpedon, 168
Semantores, 89, 91
Sophocles, 158 n. 18
  Ichneutae, 105 n. 35, 106 n. 38
sub-epic, 4
Succession myth, 13, 20, 38, 43, 44, 65, 66, 71, 73–74, 92, 94, 161, 213, 226, 268

textual problems, 33 n. 49, 34 n. 51, 38 n. 63, 40 n. 72, 41 n. 77, 45, 50 n. 102, 51 n. 107, 56 n. 120, 63 n. 139, 64, 69 n. 163, 70 n. 164, 71 n. 167, 80 n. 191, 84 n. 201, 86, 95, 102, 107 nn. 40 and 41, 113, 115, 116 n. 75, 130 n. 115, 132 n. 121, 135, 137 n. 133, 141 n. 142, 143, 144, 146 n. 158, 148, 163 n. 35, 192, 197 n. 149, 206, 216, 230 n. 83, 238, 239 n. 110, 250, 251 n. 154, 254, 257 n. 178, 260 n. 188
Thebes, 58, 88, 116, 167
Themis, 40–41, 43, 61, 63, 67, 71 n. 168, 77 n. 183, 78, 174
Theognis, 76, 91 n. 224
Thetis, 11, 68–69, 157, 161 n. 26, 168, 192, 195 n. 146, 209 n. 23, 216 n. 56, 239 n. 107, 269
Thucydides
  3.104.3–5: 48 n. 97
timai, 11, 12, 15, 19, 43, 44, 46, 56, 62, 66, 68, 75, 92, 96, 98, 100, 102, 106, 110, 111, 120, 122, 123, 127–28, 130–31, 137–38, 141, 144, 145, 148–50, 150, 154, 162, 163, 165, 199 n. 155, 208, 241, 247, 249, 251–53, 257–58, 261, 268–69

Tithonus, 187–91, 194–95
tortoise, 106–8, 127, 133
trade, 145–46, 150
Triptolemus, 230–31, 259–60
Typho (Typhoeus), 13, 63–67, 71–73, 78, 92, 213–14

witches, 237, 245

Zeus, 11–15, 20–23, 37–41, 44, 54, 56, 58, 65–74, 77 n. 183, 82, 83, 89, 92, 94, 96, 103–4, 109, 116, 119, 123–24, 127–28, 131, 132, 134–36, 141, 146–51, 161–69, 171, 175, 177–78, 180, 182–86, 185, 186, 188, 190, 193, 198–200, 208, 209, 211–15, 220–21, 222, 225–26, 240, 247–49, 251, 254, 256, 258–65, 268